二重葉脈

新装版

松本清張

角川文庫
24492

目次

二重葉脈　5
解説　香山二三郎　629

倒産会社

春浅い三月十一日の午後一時のことである。

東京荻窪《おぎくぼ》駅に近い杉並《すぎなみ》公会堂では三百人くらいの集会があった。この公会堂はよく総評の大会にも使われることがあるが、今日の会場もかなり異様な緊張に包まれていた。外にはうすら寒いような淡い陽射しがどんよりした曇り空から落ちている。

公会堂の表には、「更生会社イコマ電器第一回関係人集会会場」と立看板が出ていた。七、八人ならんで、はいってくる客から通知書をていねいに受け取っていた。債権者宛《あて》の通知書が、そのまま入場者の資格証明になっている。社員の顔には生気がない。告別式のように沈痛で行儀よかった。

入場者の服装もまちまちで、会社の重役のような身なりもあれば、町工場の埃《ほこり》のなかからとび出してきたような、ジャンパーの上に色のさめたオーバーをひっかけた人もいた。彼らはいずれも、叩頭《こうとう》する受付の社員たちには眼もくれず、重い足どりで中に消えた。

観客席はすでに三百近い椅子が、こうした人びとによって占められていた。舞台に近いほうから会場の半分近くが埋まっている。

舞台はいつもの装置とは少し違う。ちょうど労働団体の集会のように議長団席のようなものがしつらえられ、その前に演壇がある。左右の舞台袖《そで》にもいくつかの席が設けられていた。

聴衆席は静かだった。私語もあまり聞こえない。隣同士にすわっていても互いが素知らぬ顔だった。自分のことで胸がいっぱいだという表情ばかりだ。

重苦しい気分が最初から場内にみなぎっていた。議長席と演壇の前にマイクが置かれてあるが、観客席の前列正面にもマイクの設備があった。

舞台の隅には制服制帽の裁判所の廷吏が立っている。これは三か月前に倒産したイコマ電器が会社更生法を適用されたのちの第一回の債権者会議であった。この会社の倒産は社会的な問題を投げたので報道陣もきていた。

一時三分前になると、舞台右袖の横長い机の前に四人の男が現われてすわった。その中央に近い端は七十ぐらいの白髪の老人で、あとの二人もかなり年配者だった。白布を覆った机の前には、実は、「管財人席」と貼紙があったのである。舞台左側の机の前には、これはずっと若い三人の男がならんだ。裁判所書記席である。

若い書記たちは聴衆のほうには見向きもしないで、とり出した書類に首をうなだれていた。管財人は、落ちつかない顔で聴衆を見たり、耳を寄せて何か打合わせをしたり、時計を見たりしている。

その時計の針が一時を指した。舞台下手から、裁判官の法服をきた眼鏡の男を先頭に三人がひょこひょこ歩いて出た。左手の若い裁判所書記連中が手本を示すように、椅子を引いて起《た》ちあがった。管財人が起つ。聴衆もいっせいに起ちあがって、裁判長が着席するのを敬意をもって待った。

三人の裁判官が舞台正面の席に落ちつくと、廷吏が正面マイクにあゆみ寄って告げた。

「この集会は裁判所法廷に準じて行ないますので、そのつもりで願います。発言は人身攻撃にわたらないようにして下さい。また、集会を円滑に進行させるため、秩序を乱す言動がある場合は、裁判長の命令によって退場させることがありますのでご承知下さい」

場内は静まりかえった。神聖な緊張が盛り上がり、あちこちに咳払《せきばら》いがひとしきり聞こえた。

眼鏡をかけた裁判長が威厳のある、抑揚のない声で、

「更生会社イコマ電器株式会社第一回関係人集会を開会する」

と、マイクで宣告した。

このとき、舞台右袖の管財人席の端にいた白髪の老人が席をはなれた。老管財人は舞台中央のマイクに進まずに、なんと思ったか、演壇から観客席に降りかけた。

中央にいる眼鏡の裁判長がそれを見て身体を乗り出し、

「管財人はここから発言して下さい。下に降りないで」

と制止したが、老人は構わず舞台隅の段に足をのせ、床に降りた。そして、聴衆席の正面、参会者の発言用マイクの前に進んだ。裁判長が苦い顔をした。

「わたしが管財人の原《はら》でございます」

と、彼は白髪を参会人の前に下げた。原和次郎《わじろう》といって、民事の古い弁護士だった。イコマ電器のメイン・バンクS銀行の顧問弁護士でもあった。

「当会社の債務は社会的に大きな影響がありますので、株主ならびに債権者各位は大きな立場からご協力ねがいます」

原管財人は、こういう意味のことを三分間足らずで話し終えた。彼が舞台から降りたのは、高い場所からの挨拶《あいさつ》を避けたことがわかった。彼は再び舞台の脇からのこのこと上がって、もとの席に戻った。

これに対して発言するものは一人もなかった。そのあと、管財人書記が中央マイクに進み、

「これより当社の債務内容等につきまして管財人の報告をいたします」

と、これも平凡な調子で書類を読みあげはじめた。

その内容は、倒産したイコマ電器の業務と財産の調査過程を述べ、会社財産の現在内容にわたり、社が会社更生法適用をうける必要な点に及んだ。

――イコマ電器は昭和二十六年に設立した会社だが、三十三、四年までにはすごい発展ぶりを示してきた。社長は生駒伝治《いこまでんじ》で、もと大手の電器会社に専務としていたものだが、そこの社長と袂《たもと》をわかって独立した。以来、洗濯機、冷蔵庫を中心に次々と新しいデザインの製品を開発し、急激な上昇を遂げてきた。会社設立当時はわずか百人程度の

従業員だったのが、倒産前には二千三百人にのぼっていた。

ところが、このワンマン社長は設備投資を拡充しすぎ、これが三十七年ごろからの弱電気不況に遇《あ》って致命傷となったものである。しかし、強気と虚栄の社長は、粉飾決算をつづけ、配当も当然三十七年ごろからゼロにすべきところを一割五分を強行し、去年になってやっと一割にしたのだった。

そういうことを管財人書記は淡々として文書で読みあげる。……

管財人書記の読みあげる迫力のない声を、聴衆は静かに聞いていた。その報告に過去三か月間の苦しい体験を思い出す者もいれば、報告中の数字を克明にノートする者もいた。報告には実に数字が多い。

ノートをとるもの以外は腕組みをして聞いている。眼を閉じている者もあれば、かっと眼を開いて管財人の顔を見ている者もある。正面の三人の裁判官は端然とすわって身じろぎもしない。

――イコマ電器の倒産は、経済界だけでなく、世間に大きな話題をまいた。派手な新聞広告で名前を売ってきただけに、突然の倒産は関係のない人間でも眼をみはった。折りから不景気の進行中である。

イコマ電器は資本金二十八億円、最盛期の売上げ高は半期二百五十億に達した。ところが去年の十月ごろからイコマ電器には金融不安説が流れた。そのため株価が急落した。会社側では、その直後、手形決済について主要銀行のS銀行を中心に取引銀行間で話合いをつけ、今後の金融についても十分協力が得られるとして不安説を全面的に否定した。

これでイコマ電器の翼下にある二百種以上の下請けが一度は安堵《あんど》したのだった。ところが、実は同会社の負債は、そのときすでに百八十億円に達し、主要銀行のS銀行だけでも六十億円余りの焦げつきがあった。また、二百以上の下請け中小企業に対する負債は約三十二億円である。下請業者の数が多いのは、家庭電器という製品の構造上、部品発注が多岐にわたっているからだった。

イコマ電器の倒産により下請業者の倒産が続出するとみて、この連鎖反応をくい止めるため、会社更生法適用が申請された。同時に、同会社の保全申立てがなされているが、これは同日中に許可されている。債権者が勝手に同社の財産、施設、製品を押えることのないようにしたのだ。

会社更生法適用の申立てが裁判所から許可されるまでには、むろん、債権者側による猛烈な攻撃が会社側になされた。その急先鋒《きゅうせんぽう》は下請業者だった。二百社以上といわれるこれらの下請業者は従業員三十人から百人くらいまでという中小企業で、なかには零細企業としかいえないようなものも含まれている。彼らはイコマ電器を頼りきっていたので、同社の倒産はその生命を絶たれるにひとしかった。

これら下請業者による債権者同盟がすぐに結成され、何度も会社側と団体交渉をおこなった。それは異常に殺気立った熱っぽい折衝であった。怒号と悪口雑言が、ひたすら平身低頭している生駒社長以下の役員に放たれた。彼らは悲憤の涙を流し、こぶしを振りあげて社長に迫った。当時、不測の事故を警戒するため、所轄署から警官が出て警戒に当たったくらいである。

だが、いまは、それらの人びとも諦《あきら》めたように、管財人側書記の数字ばかりの経過報告を静かに聞いていた。

管財人書記の経過報告が終わると、参集者のなかから忙《せわ》しげな咳払いが起こった。腕組みして眼をつむりながら聞いていた男も、メモをいちいちとっていた男も、これで序幕がすんだというように舞台正面の裁判長を見つめた。

書記の朗読の間、置物のように動かなかった眼鏡の裁判長が、おとなしいが威厳のある声を出した。

「ただ今の経過報告で集会人は大体わかったことと思います。イコマ電器からは会社更生法の適用申請がなされています。ついては、この集会は、イコマ電器に今後も営業をつづけさせるべきかどうかにつながる重大な会となります。これを考えて債権者のみなさんは慎重に発言して下さい」

これから債権者代表の意見発表になった。

イコマ電器に営業をつづけさせるかどうか、この点に関しては、参会者の意見は一致したようであった。それは、皮切りにマイクの前にすすんだ債権者の一人が、

「ここに参集している債権者は、いずれもイコマ電器の倒産に際して危機に陥っている

者ばかりであり、いわば運命共同体であります。われわれとしてはイコマ電器株式会社の再建をすすめて頂くよう希望します」

と述べた発言に代表された。これに対して異議を唱えたり、弥次《やじ》ったりする声は一つもなかった。

裁判長も三人の管財人もうなずいた。

「では、これから管財人に対する質問や希望があったら、述べてもらいます。発言はなるべく短く要領よくやって下さい。それからさきほど注意があったように、前役員その他への人身攻撃にわたらないように」

裁判長は言い終わると、また、もとの動かざる林の如き姿勢に戻った。

このとき、マイクの前にすすんだのは、茶色の洋服をきた、半分白くなった髪の男だった。マイクは舞台と向かい合っているので、参集者には彼の背中しかみえなかった。

彼は裁判長の許可を得て発言した。

「私は足立《あだち》区千住《せんじゅ》二ノ四八六、池田《いけだ》初平《はっぺい》と申す者で、池田電機製作所の代表でございます。私のところでは電気絶縁器具を製作し、主としてイコマ電器に五年前から納品してまいったものであります。私のほうのイコマ電器に対する債権は八千九百二十五万円余であります。私のところのような下請けの中小企業が管財人に望みたいところは……」

と、発言者は言った。

「債権弁済の優先とこれが平等な支払いであります。さきほど、債権者はみんな運命共同体というお話があったけれど、その内容は質的にいろいろだと存じます……。ひと口に債権者と申しましても、われわれ零細企業のものもあれば、かなりな資本で営業されている業者の方《かた》もございます。また、大資本を擁する融資銀行団も債権者のなかにはいっております。このように考えますと、零細資本で全面的にイコマ電器に依存して生きてきたわれわれ零細下請業者は、イコマ電器の債権の焦げつきは、生命を絶たれたと同じでございます。他社の受注を持っている大きな下請業者、あるいは、一社の倒産くらいではさほどの打撃をうけない銀行などよりも、打撃の度合いはくらべものにならぬほど大きいものでございます。えてして、このような債務弁済では大口のほうから優先的になされる傾向がございますが、それはどうかやめていただきたい。打撃の度合いが大きいわれわれの債権から優先的にお支払いを願いたいと思います。このことがすなわち債務弁済の平等ではないかと思います」

参会者のなかから拍手が起こった。

電気絶縁器具製造業者が一礼してそこを離れると、今度はジャンパーをきた中年男が替わってマイクの前に進んだ。うしろから見て背中の幅が広い男だった。

「わたしは下目黒《しもめぐろ》八の四六九浜島《はましま》電機工業の代表浜島敏治《としじ》でございます。わたしのほうでは小型モートルを製作しております。イコマ電器との取引きは過去八年間で、主として同社製品の電気洗濯機、冷蔵庫などにとりつけられる電動機を納入して参りました。同社に対する債権は九千五百万円ばかりでございます。わたしも池田さん同様債務弁済の優先を希望してやみません。わたしの社の場合は従業員五十人、ただひたすらにイコマ電器の発注を頼りに経営して参りましたが、ことに去年の末にはイコマ電器の強い要請により、無理をして設備の拡充をおこなったばかりです……わたしども下請会社の宿命として、親会社の要求には無理してでも従わなければならない。やむを得ず銀行や親類知人に頼みこみ資金をつくって工場をひろげ、機械と人をふやしました。それが、この倒産になるたった半年前です。そのため、わたしは莫大《ばくだい》な借金を負っています。拡張した工場はそのまま倉庫同然になっている。ふやした機械は全部遊んでいる。借りた金の金利負担だけでもたいへんだ。それを思うと、わたしは夜なんか気が狂いそうです」

聴衆席に同感の溜息《ためいき》が聞こえた。七十歳の管財人は上から発言者に顔をむけて、同情したようにうなずいていた。三人の裁判官の顔つきは、こそとも動かぬ。

「そういうわたしどもの債権と、余裕のある大手商社の債権とは、同質ではありません。金額の高で優先的に支払いが決められるのは不合理なのです。内容的な比重から決めていただきたいのです。われわれこそ優先的に支払っていただきたい。これこそ真の支払いの公平だと思います。なお……」

彼は次第に自分の言葉に激してきた。

「こういうことになったのも、前社長生駒伝治さん以下の役員が破廉恥な粉飾決算を重ねただけでなく、会社の資産を横領した背任行為にある。これはもう新聞にいろいろ出ているのではっきりしています。われわれ零細企業を泣かせておいて私腹をふとらすとは断じて許せません。生駒さんは、まるで詐欺漢か窃盗犯人じゃありませんか。いや強盗だ……」

はじめて裁判長の顔がちょっと動いた。それを察したように廷吏が、

「発言者は個人攻撃にわたらないようにして下さい」

と制止した。

発言者は次々と変わったが、論旨の中心はイコマ電器の社長生駒伝治の隠し資金に集中された。

これまで明らかにされたところによると、同社の業績が下降しはじめた三十七年ごろから粉飾決算が行なわれてきた。だが、この段階での社長の意図は、やがて業界は好況を迎えるだろう、それまでのツナギとして「お化粧」(粉飾決算のこと)をつづけるというにあったらしい。つまり、外部に対して弱味を見せないため、配当も一割五分維持という粉飾をしてきたのだが、業界の奇跡は起こらなかった。

強気の生駒社長が、これはいけないと気づいたのが三十八年の下期あたりだろう。ワンマン社長の通弊として、他の忠告にいっさい耳をかさなかっただけに、そのときはすでに泥沼にはいりこんでいた。

思うに、三十九年度の半ばから、生駒社長は倒産必至を覚悟したに違いない。それでも「お化粧」はつづけられた。今度は会社よりも、自分の個人的利益のためだった。社長退陣後の自己保全のゆえであった。

社長のその心理には、イコマ電器は自分が創業した自分の会社という個人占有感があった。社の財産に対する私物視である。

会社更生法適用申請前の臨時債権整理委員会が調査した中間報告によると、同社の損失勘定のなかに使途不明の約三億二千万円の支出があるという。この大半が生駒社長の使込みであろうという。

債権者側は、この使込みは生駒社長が「横領したのだ」といきり立った。つまり、会社倒産を見こして火事泥的に横領したのだという。だからその金をどこかに隠匿しているに違いない。それを吐き出させろ、と迫った。この金のなかには、倒産半年前に、生駒社長が自社手持株の半分を安く叩《たた》き売った一億円分もふくまれていた。

業績が明らかに悪化したときからも、社長以下は不当な役員賞与を取得していた。もっともこれは擬装業績のためもあったが、この金だけは生駒社長は債権者委員会に返還した。ほかの役員では吐き出した者もいるし、そのままいまだに握りこんでいる者もある。

しかし、役員賞与のことは、この際、大きな問題ではない。なんといっても、生駒社長が「横領」したと思われる三億二千万円の所在である。債権者はその吐出しを強く要求したが、生駒伝治はそういう事実は絶対にないと否認していて、応じない。

この集会でも、同社の倒産によって転落した下請業者の発言はこの点に集中した。彼らは口々に悲痛な調子で真相追及を管財人に要求した。

老管財人は、

「その点は今後十分に調査して善処します」

と、重い口で、答えるだけである。

第五番目の発言者がマイクの前にすすんだとき、参会者の間にざわめきが起こった。

——

第五番目の発言者は、東京都北区赤羽《きたあかばね》の神岡《かみおか》紙器株式会社の代表者神岡幸平《こうへい》であった。髪の縮れた赭《あか》ら顔の四十男である。彼は、はじめから肩を怒らしてマイクの前に仁王立ちした。

参会者が、なぜ神岡幸平の姿をみて、静かなどよめきを起こしたかというと、イコマ電器が倒れたすぐあと、彼は生駒社長に社で面会を強要したが容《い》れられず、社長の自宅のまわりをうろうろしていたところを警官につかまったことがあったからだ。

そのとき、神岡幸平は凶器こそ持っていなかったが、社長に直接会って腕ずくでも隠匿資産を出させ、債権の一部でも返させるつもりだったと答えた。事情が事情だけに、警察でも脅迫罪に問わないで釈放したが、そういうことを、参会者の全員は知っていたのだった。

「わたしは会社更生法は世にも稀《まれ》な悪法だと思っている」

神岡幸平は両肩を張って、いきなり裁判長に向かった。

「それはわれわれ下請けの零細企業の犠牲において大会社を救済することである。債権の端数切捨て、大口棚上げによって会社はよみがえるかもしれない。しかし、全面的にイコマ電器に依存して操業をつづけてきたわれわれ下請業者はどうなるのですか。イコマの手形はわたしのほうの金庫のなかに束になっているが、これがみんな反古《ほご》になってしまったんです。……」

神岡幸平は声を絞った。

「わたしのところでは、イコマ電器の製品、電気洗濯機、冷蔵庫、テレビなどを入れる段ボール容器をつくっていました。きわめて安い納入値段だから、利益は、話にならないくらいうすい。会社側の強圧的な値下げ要求に、弱いわれわれは抗しきれないのです。いやなら取引きをやめるとおどかされるなら、泣くより仕方がないのです。イコマの営業政策によって、何度一方的にコスト・ダウンを押しつけられたかわからない。手形だって七か月、八か月先の日づけにする。その間、われわれ下請業者の血の出るような金グリの苦しさは地獄以上です。あげくのはてがこんな始末です。……わたしはもう一家心中の寸前に追いこまれている。今度、生駒社長を見たら叩き殺してやりたい！」

幸平の発言は、不穏当ではあったが、出席者一同の共感を呼んだ。裁判長も直接には注意しなかった。

次にマイクの前に歩いたのは四十一、二歳くらいの痩《や》せた男で、くたびれた背広をきていた。

「わたしは鈴木《すずき》製作所の鈴木寅次郎《とらじろう》であります。ウチではイコマ電器に金属部品を納入しておりました。今度のイコマの事件のため、わたしのほうも倒産しました。現在わたしは失業者であります」

彼は冒頭から言った。神岡幸平の絶叫を聞いたあとでは、彼の弱々しい声はむせび泣くように一同の耳にうけとられた。

「わたしは、イコマ電器、いや社長の生駒さんの悪辣《あくらつ》なやりかたに腸《はらわた》が煮えくりかえるような気持ちです。……さきほどの発言者もいわれたように、わたしのほうも数次にわたるイコマ電器の横暴な一方的な値段切下げに泣いてきました。ところが、イコマ電器では倒産の前日に約四百万円の手形をくれました。債権は五千万円ほどあるのですが、さんざん泣きついた結果、もらったのが四百万円の手形です。いいですか、それが倒産の一日前ですよ。……こんな悪辣なやりかたがあるでしょうか。七、八年も取引きした下請けに対して報いたのが、この詐欺行為です。いまではわたしの工場と敷地は全部銀行の担保にとられてしまっています。イコマ電器に何度交渉に行ってもとりあってくれない。そこで、やむなく六十人の従業員を解雇して解散したんですが、この従業員の解雇手当はおろか、三か月分の未払い給料すら払えないのです。着物や道具も全部売り払っている。家族四人を抱《かか》えて、わたしは完全に一家心中の線をさまよっている。……さきほど管財人の経過報告では更生会社の今後の操業や受注量などによる将来の見通しがありましたが、いまのわたしには、これらは全く縁のないものです。少しでもいい、生駒社長が隠匿した資金を吐き出してもらいたい。わたしは、ラチがあかねば、実力を行使してでも独力でも社長を追及したいのです」

同情の声が出席者のなかから低く起こった。事実、イコマの倒産によって崩壊した下請業者はすでに三十社以上にのぼっていた。

「会社更生法が悪法だというのは、もはや、今日では常識になっています」

と、最後の発言者が激しい口調でいった。箱のようにがっちりした体格で、もじゃもじゃとちぢれた髪の、赭ら顔の男だった。

「わたしは、北川《きたがわ》合成樹脂製作所の経営者北川良作《りょうさく》です」

と、はじめから興奮した調子で名乗ったあとである。三十七、八くらいの年齢だった。

「会社更生法は、いわば親を助けて子供を殺すようなものである。この親にはいくら借金があろうが法の保護によって払わなくともいい、立直りまで金利も払わなくともいい、それで商売がつづけられる結構な法律です。しかし、下請けの中小企業、零細企業にはそんな救いの手はない。弱体な貧乏企業は破産しろ、というわけで、われわれには冷酷無情な法であります……」

北川合成樹脂製作所は、家庭電器の部品であるプラスチックの成形品をつくるところで、業界では俗称カタ屋さんの名で呼ばれている。

北川良作の声が異様になった。

「倒産は社会的に影響があるという美名のもとに大企業は法で保護され、零細企業の倒産には法の保護がないとするならば……わたしはたとえ法に背《そむ》いても自衛手段に訴えたい。生駒社長の横領隠匿資金を暴力でもってでも奪いとりたい。いや、それだけでは腹いせができない。社長を絞め殺してやりたいのです。……わたしの妻は、工員の給料が払えないのを苦にして、今日の未明に自殺したのです」

北川良作が嗚咽《おえつ》のなかで言ったとき、参会者一同の間に衝動のざわめきが起こった。一同の視線は、北川良作の盛り上がった肩をもつ背中に集中した。この肩も、おそらくは北川自身が職工といっしょに労働しているせいであろう。零細な下請企業は、経営者も雇人も区別はない、一家ぐるみの稼働《かどう》である。

舞台上の三人の管財人はいっせいに北川を見つめた。老主任管財人は背中を屈《かが》め、顔に血を上らせて、眼をしょぼしょぼさせている。管財人は大口債権者団から依嘱されていた。

正面の、木彫のように動かない法服の裁判官たちも、さすがに身体を動揺させた。報道陣のなかから、あわただしく出てゆく者が見えたのは、早速、その自殺の現場にかけつけるためであろう。

「わたしは、社の資産を横領して、ぬくぬくと生活しながら後図《こうと》を考えているという生駒社長を、いま、絞め殺したい気持ちです。妻の仕返しをしたい。いや、妻を生かしてかえしてくれといいたい。……こうなれば、もう、社長をなんとかして、わたしが妻のあとを追って自殺したいくらいです」

男たちの間に低い怒号が起きた。この場には姿を見せない生駒前社長への憤りだった。

集会のあと

「更生会社イコマ電器関係人集会」は、妻に自殺された北川良作の悲壮な発言を最後にして閉じられた。

次回開廷は追って通告ということだが、いつになるかわからない。

一同は席からはなれて、ぞろぞろと出口に向かったが、表情はさまざまだった。憤っている顔もあれば、泣き出しそうな顔もある。これからの金策を考えているような深刻な顔、あきらめ切った静かな顔、自暴《やけ》半分にうすら笑いしている顔、さまざまだった。

公会堂の表に出ると、「運命共同体」の債権者たちも、ばらばらな群衆となって、通行人に分裂した。ある者は駐車場の自家用車に歩き、ある者はタクシーをとめ、別なものはバスを待ち、そうでない者は電車に乗るために、荻窪駅のほうにぞろぞろ歩いた。みんな風に吹かれて散ってゆくような侘《わび》しい姿であった。

その歩いている連中のなかで、

「おや、下村《しもむら》さん」

という男の声があがった。

着古した鼠《ねずみ》色のコートの女がふりかえった。三十二、三くらいの白粉気《おしろいけ》のない顔で、目立たない地味な容貌《ようぼう》だった。コートの下のスーツも野暮ったいに違いなかった。

声をかけたのは段ボール屋の神岡幸平だった。つまり神岡紙器の社長である。生駒社長を叩《たた》き殺してやりたいと、マイクでしゃべった男だ。

「あら」

と、女は彼をふりむいて、ほそい眼を少し見開いた。眼尻《めじり》の小皺《こじわ》は、白粉をつけてないので、そのまま目立った。

下村るり子《こ》は下村印刷所の経営者だった。神岡の扱っている段ボール紙器は、印刷に縁がある。それで、二人は商売を通じて顔見知りだった。

「神岡さんのお話、とても感動しましたわ」

下村印刷の女主人は、溜息《ためいき》まじりに言った。

「あんたのところは……」

と、神岡幸平は、荻窪の商店街を下村るり子とならんで歩きながらきいた。

「イコマ電器に、どれくらい債権があるんですか？」

「わたしのほうは少ないですわ。みなさんにくらべると」

印刷屋の女主人は、つつましそうに答えた。

「少ないといって、どれくらい？」

「そうですね、八十万円ちょっとです」

下村るり子は少しはずかしそうにいった。

神岡幸平は予想したより債権額が少ないので、少し当てが違った顔をしたが、すぐ言った。

「しかし、それでも立派な債権者だ」

「ええ。みなさんにくらべると、とても問題にもならない額ですけれど、ウチのような小さな印刷所だと、八十万円でもこたえるんです。それだけでも、紙屋の払いが滞ってしまうんですの」

「それはそうですとも……」

と、神岡幸平は、白粉気のない、したがってやつれた頰《ほお》の、魅力のない彼女の横顔を見た。

「いまどき、八十万円儲《もう》けるというのは大変だ。印刷屋さんは競争が激しくて、儲けのうすい商売だ」

「そうなんです。だから、少しでも売掛け金がとれればと思って今日の集会に出てみたんですけれど。でも、みなさんの発言を聞いているうちに、ほんとうにかなしくなりましたわ。奥さんが今朝《けさ》自殺なさったという北川さんのお話、泣いてしまいましたわ」

「あれには、おどろいたな。生駒社長はひどい奴《やつ》だ。人を殺しておいて、自分では三億円からの隠匿財産を握っているんだからね」

「その話、事実でしょうか？」

下村るり子は神岡幸平の顔をうかがった。

「本当ですよ。あいつ、ワンマン社長だったから、使途不明の三億二千万円は必ず、あいつが横領している。そいつを吐き出させないことには、ぼくは生駒をそのままにしておけない気持ちですよ。いや集会の席で、殺してやりたいくらいだといったのは、興奮のあまりの言い過ぎでしたがね……」

商店街の端にくると、荻窪駅前の広場が見えた。バスとタクシーとで混雑している。

「あんたのほうの印刷代金というのは、なんですか？」

と、神岡幸平は訊《き》いた。

下村るり子は、ちょっとはにかむような表情を見せた。

「実は、生駒社長の自伝なんですの」

「自伝？」

「はい。二年前に生駒さんが新工場完成記念のパーティを東京のTホテルでお開きになりました」

「ああ、そうそう。そういうことがありましたな」

神岡幸平は思い出したように言った。

「そのときに、社長の簡単な自伝の小冊子を参会者に急に配布することになって、わたしのほうが注文をいただいたんです。なんでも、大きい印刷所が手いっぱいなときで、間に合わないということだそうでした。それをご縁に、つづけて小さな注文をいただいてたんです。それが、手形、手形でもらっているうちに、こんなことになりました」

「ふうん」

神岡幸平がうなずいたとき、二人は駅の構内に足を入れていた。

「社長の自伝が縁で八十万円の損失とは災難でしたな……大体、生駒社長のような不徳漢が、偉そうに自伝を出すとは思い上がりもはなはだしいですよ」

下村るり子はうつむいた。いかにもそんな厚顔無恥な印刷物をひきうけたのを恥じているようにもみえた。内気な女だな、と神岡幸平は下村るり子にちらりと眼を流した。髪も、長いことパーマをかけてないようで、無造作にひきつめていた。

神岡幸平は、下村印刷所が牛込北町《うしごめきたまち》のほうにあって、職工は十五人ばかりの古い店であることを知っていた。そして、るり子は前の経営者の一人娘だが、五、六年前に一度養子をもらったが、死別になったまま、いま、独り身であることも知っていた。

父親が三年前に死んでからは、彼女が社長となっていた。

神岡幸平は下村るり子と改札口を通り、階段をのぼってホームに出た。

「まったくひどい話だ」

と、段ボール屋はもう一度生駒社長を罵《ののし》った。

「いま、奴はどうしているだろうな。のうのうと自分の家の奥にすわって、今日の集会の模様の報告を耳あかでも掻《か》きながら、部下から聞いているかもしれない。たくさんな下請けを死ぬような思いで泣かせておいて、自分は隠し金で今後のんびりと生活してゆくつもりだろう。ほんとに憎い奴だ」

「どうしても貸金は取れないものでしょうか？」

「会社更生法に持ちこまれたら、まず諦《あきら》めるよりほかないでしょうな。こうなったら、法律はどっちに味方しているかわからない。裏の取引きは大手どうしでやってるだろうし、弱い者はどこまでもいじめられるようにできてますよ」

電車がはいってきたので人ごみにおされた。段ボール屋と女の印刷屋とは、そこで離ればなれになった。

イコマ電器の前社長、生駒伝治は、神田駿河台《かんだするがだい》の駿峡荘《すんきようそう》ホテルの奥まった部屋に居た。この奥まった部屋というのは多少の注釈を要する。ホテルは高台に建てられているので、斜面に沿って建築が下降して伸びているのだ。そのため玄関のある表は二階建てだが、内部にはいると、各階が階段によって下にだんだんと降りている。ちょうど、渓谷の温泉地に建てられた旅館にみるような様式だった。

生駒伝治の居る奥まった部屋とは、その最下階にある。上の玄関からいうと下四階だった。その階は洋式の客室が十室ばかりあって、生駒は西側の四〇八号室に居た。

彼は室内の一間に居て、イコマ電器の秘書室長の柳田一郎《やなぎだいちろう》から、今日の杉並公会堂で開かれた更生会社イコマ電器関係人集会の様子を聞き取っていた。四時半ごろだった。

生駒は肥《ふと》った身体を、宿の厚地の着物に包み、あぐらをかいている。柳田は応接台を挟んだ真向かいにかしこまってすわり、メモをひろげて詳細な報告を述べていた。

この部屋は日本間だが、襖《ふすま》の次は洋間の寝室になっていて、バスもついている。南向きの窓には、神田から銀座《ぎんざ》一帯の景色が眼下に展開していた。

生駒伝治は、うすい髪をまんなかから分け、きれいに櫛目《くしめ》を入れている。ふくれた頰は血色がいいが、耳のあたりの髪は白かった。白髪は彼のこめかみの際まではい上がっている。煙草を吹かし、柳田の述べるところを眼を細めて聞いていた。

前社長だが、柳田の生駒に対する態度は社長時代と変わらない。三十六歳の柳田は面長な顔を伏せ、ときどき眼鏡をずり上げて話をしていた。

「そういうわけで、発言者は北川良作さんを最後にして、三時二十分に閉廷しました」

柳田は、一時間にわたるていねいな説明を閉じた。

「ご苦労だった」

生駒はうなずいて、灰皿に煙草を指先で軽く叩いた。

「さっき弁護士から電話があって、今日の集会の模様を報告がてら、明日《あす》の朝、ここにくるということだったよ」

「さようでございますか」

「ばかな奴らだ」

と、生駒は丈夫な歯を出して笑った。下請業者のことだとわかった。

「みんなわしを憎むあまり、斬《き》るとか、殺すとか言ったそうだな？」

「………」

柳田秘書は、さすがに発言者の激昂《げっこう》したその言葉は遠慮していっていなかったのである。それを社長が知っているのは、弁護士が電話で報告したついでにしゃべったものらしい。

柳田は眼を伏せていた。

「下請けには、儲けさせてやることもあるし、損をかけることもある。倒産したからといって、いちいち親会社の社長を斬るの殺すのと言ったんでは野蛮人と同じだ。だから、小さな下請業者は頭がちっとも進歩していないというんだよ。段ボール屋の神岡など、家のまわりをうろついて警察につかまったくらいだからな。そんな連中がいるのだから、わしもうかつには安心して家に居られないのだよ」

柳田秘書室長は、まだ、生駒前社長に北川良作の妻が自殺したことは話してなかった。

だが、柳田が話すまでもなく、生駒はそれを電話で顧問弁護士から聞いたらしく、

「なんだそうだな、北川という合成樹脂屋は、女房が自殺したとわめいたそうだな？」

と、向こうからその話題を持ち出した。

「はあ、なにかそんなことを言ってましたが」

柳田は微《かす》かにうなずいた。

「当人がそう言ったからには嘘ではないだろうがね……」

と、生駒は、それでもやはり気になるらしく、多少困惑した表情をみせた。

「それが本当なら気の弱い奥さんもいたものだな。いくら借金が多くても、掛取りは、まさか命まで取るとは言わないだろう……」

と、うっかり口に出したが、生駒は現に自身がその脅威状態におかれているのに気づいて、

「口ではいろいろ言う者がいるがね、そんなことなんか恐れては事業はやれない。なにしろ、仕事をするからには七転び八起きだ」

と、脇息《きょうそく》から肩を張るように身体を起こした。

廊下に足音がしたので生駒は聞き耳を立てた。

軽いノックが聞こえたので、柳田が起《た》ってドアを細めに開けた。

「夕刊がまいりましたので持ってあがりました」

若い女中が新聞をさし出した。柳田から新聞を受け取って、まず社会面を読みはじめていた生駒が、こわいような顔つきになった。

「ばかな」

と急に新聞を音を立てて脇に投げ出した。もし柳田がすわっていなかったら、彼はその新聞を揉《も》みくちゃにしかねない様子だった。

「出ているよ、君」

生駒は上体を反らして柳田に苦っぽく笑った。

「は？」

「これを読んでみてくれ」

柳田は生駒がほうり出した新聞を受け取った。指摘されるまでもなく、社会面のトッ

プに四段の見出しだった。

「イコマ電器倒産で、下請けの悲劇」

と、これは地紋白ヌキの囲いだった。

「経営主の妻が自殺　工賃支払いを苦にして」

と、その横に大きな活字が並んでいた。

写真が二枚はいっている。一つは自殺した北川良作の妻で、もう一つは仏壇の前に膝《ひざ》を揃えて悄然《しょうぜん》と語っている北川の姿だった。記事よりも先にそれに眼がゆく。

「十一日未明、東京都品川《しながわ》区五反田《ごたんだ》七丁目三二一の四、北川合成樹脂製作所社長北川良作さん（三七）は、寝床に妻八重《やえ》さん（三〇）の姿が見えないので不審に思い、家中をさがしたところ、事務所隣りの商品倉庫で服毒自殺しているのを発見、大崎《おおさき》署に届け出た。検視の結果、八重さんは十一日午前二時半ごろに死亡したものとみられている。

八重さんの遺書によると、同製作所は、この五、六年間、イコマ電器専属の下請業者として電気器具用合成樹脂を製作し、これを同社に納入していたが、イコマ電器の倒産によって金融のメドがつかなくなり、前途を悲観して自殺したものらしい。

同製作所は従業員三十人足らず、良作さんが外交や製造面を監督、経理は八重さんが担当していた。このため直接に金グリの苦しさが身にこたえ、ことにイコマ電器が倒産してからは従業員の給料を半月分しか支払えず、申しわけながった八重さんは、家財道具まで売り払ったが、それでも高利の借金があるために追いつかなかったという」

柳田は新聞記事の終わりまで読んだ。

その間に女中が二人分の食事を運んできた。柳田は新聞を隠すように応接台のかげに置いた。

生駒は盃《さかずき》を起こして女中の酌をうける。次に柳田も酒をついでもらった。二人でちょっと盃をあげたあと、

「用事があれば呼ぶから、おねえさんは料理だけ出しておくれ」

と、生駒が女中にいった。

ドアが閉まり、足音が消えるのを待って、

「気の弱いおかみさんが居ると、こっちまで迷惑する」

と生駒はいった。

「さぞかし、ここでまたわしに対する悪口が起こることだろうな。明日の新聞あたりは、まるでわしがこのおかみさんを殺したように書き立てるだろうよ」

「そんなことはございますまい」

と、柳田秘書室長は前社長を慰めるような調子になった。

「みんなわしを憎んでいる」と生駒は下にひろがっている街の灯を見やって言った。

「会社の倒産はウチだけではない。それを、どうしておれだけがこう憎まれなければならないのかね？」

秘書室長は黙っている。生駒は盃をとりあげた。

「思うに、これは同業者の反感がだいぶん手伝っている。なにしろ、ウチは途中から突然に出て伸びてきたからな、既存大手二社はひどい憎しみようだった。こっちから勝手に値下げなどして協定を蹴《け》ったりしたからな」

生駒は秘書室長を相手につづけた。

「あの二社は勝手なときに協定を持ちこんでくる。自分たちの都合の悪いときはこっちの言うことを全然とりあげない。ああいうのが大企業の横暴というのだ。だからわしは戦った。いまだにそのときの向こうの反感がつづいている。第一、こんなに早くいけなくなったのは、あの二社のものすごい妨害があったからだ。それは君も知っているだろう」

「はあ、ひどいもんでした」

と、秘書室長は同感した。

「だが、わしはまだ、このまま引っこんではいないよ」

彼は伸びをするように胸を張った。

「このままではわしは死んでも死にきれん。あの二社に対してもうひと泡ふかせないことには、わしの男がすたれる……な。そうなると、今度の倒産での犠牲騒ぎなど、もう問題ではなくなる。世間は忘れやすい。いつも勝つ者に拍手を送る。その過去が悲惨であればあるほど、その拍手の音は強いもんだよ」

生駒は酒がはいったか、少しずつ機嫌がよくなっていた。

食事が終わると、柳田秘書室長は時計を見た。

「いま何時だね？」

と、生駒伝治は柳田にきいている。

「八時半です」

「もう、そんなに？」

生駒が思いがけなさそうな顔をしたので、

「はあ。社長、今夜はどこかにお出かけですか？」

と、柳田は膝《ひざ》を直しながらたずねた。

「いや、どこにも出かける予定はない。……こうなると物騒だから、夜は警戒しないとね」

と、生駒は眼で笑った。

柳田は座蒲団《ざぶとん》をすべりながら、

「明日《あした》のご予定は？」

「明日か。明日は午前中に弁護士がくることになっている」

弁護士とは、前から会社の顧問弁護士をしている小林博一《こばやしひろいち》という人で、その訪問のことは生駒も先ほど言っていた。

「午後もいらっしゃいますでしょうか？」

柳田は電話をかける都合もあってそうきいたのだが、

「午後か……いや、午後も居るよ」

と、生駒は答えた。その言葉の調子では、午後なにか外出の用事があるのだが、まあ、それはやめてもいい、というようなニュアンスに柳田秘書室長には聞こえた。これは、あとになって捜査当局にも述べている。

柳田が書類鞄《かばん》を持ってたち上がると、いままで眼につかなかったが、生駒のうしろの棚の上に十冊ばかりの小冊子が載っていた。それは『イコマ電器株式会社社長生駒伝治の半生』と題したもので、二年前にイコマ電器の拡張工場が完成した記念パーティがTホテルであったとき、参会者に配ったものだった。その残部らしい。

そういうものをわざわざ十冊もここに置いているのは、だれにやるつもりなのか、柳田には理解できなかった。

ほとんど徒手空拳《としゅくうけん》で大きな事業を成し遂げた人間には、こうした自己顕示型が多い。生駒も企業は倒れたが、まだ全盛のときの虚栄が残っている。

「では、ここで失敬する」

と、生駒は柳田をドアのところまで見送りにたってきた。

「どうぞ、そのまま、そのまま」

「いや、ドアに鍵《かぎ》をかけるんだよ」

と、生駒は苦笑した。

憎まれている男

翌日、イコマ電器の顧問弁護士小林博一は、駿峡荘ホテルに生駒伝治を訪ねた。それが午前十時半だった。

小林弁護士は何回かこの隠れ家にきているので、ホテルでも電話で生駒に問い合わせただけですぐに通された。

小林弁護士は肥《ふと》った身体を何段も階段を下に降りて生駒の部屋にはいった。そのとき生駒伝治は置きゴタツに脚をつっこんで手枕していたが、弁護士の姿をみると、起きた。弁護士からみて生駒はなんだかねむたげであった。

小林は置きゴタツの真向かいにすわって、女中が茶を出すまで雑談した。

「だいぶんねむそうですな」

弁護士は生駒の様子をみて笑いながらたずねた。

「ここに籠《こも》っていると、やっぱり退屈でしてな。つい、寝転がっていると、うとうとするんですよ」

しかし、小林弁護士は、生駒の眼がなんだか睡眠不足のように少し赤くなっているのを見た。

「夜はねむれますか」

ときいたのは、そのためである。

「ええ、よくねむれます。こうなると、もう落ちついているよりほかに仕方がありませんからな」

茶がきた。

「ここはもう放っておいてくれ」

と、生駒は女中にいった。

「はい」

「あ、それから、昼になったらお客さんの分の食事も、いっしょにたのむよ」

「かしこまりました」

「いや、ぼくは十二時前になったら失礼しますから」

と弁護士は止めた。客がくる約束で十二時前には事務所に帰らなければならないというのだった。

「昨日の集会の模様は、大体電話でお伝えしましたね。そうそう、昨夜の夕刊にひきつづいて、今朝の朝刊にも、北川さんの奥さんの自殺が大きくとり上げられていましたな」

「ああ、昨日も秘書室長がきてくれてね。柳田君です。彼にも話したことだが、どうも気の弱い奥さんがいるので困ったものだと、笑ったことです」

生駒は覚悟がついたのか泰然としていた。今朝の朝刊には案の定、北川の妻の自殺が大企業と下請業者との不合理な関係としてとり上げられ、各方面の知名人の談話が載っていた。もちろん大企業への非難である。コラム欄もまた彼女に同情し、生駒のやりかたを批判していた。

「生駒さん、このまえ話したように、あなたに対する警察からの動きは、なんとか食い止めました。つまり、詐欺、横領、背任といった疑いで動きかけたのですが、どうやら、それもぼくの手で抑えることができましたよ」

顧問弁護士の小林は少々自慢そうにいった。

「本当ですか、先生？」

と、生駒はすわり直して、

「何も申しません。このとおりです」

と、彼にむかい、両手をついて頭を下げた。彼のうすくなった地頭が光線に光った。

「いやいや」

と、小林は鷹揚《おうよう》にいい、

「しかし、ぼくの苦労の甲斐《かい》がありましたよ。極力説得したのですが、刑事部長がぼくの後輩だったので、そのほうをだいぶん聞きました。それから、検察庁のほうにもあらかじめ手は打っておきました」

「警視庁のほうは助かっても、検察庁が動きませんかな？」

生駒は少し不安な顔になった。

「その心配もないではなかったんです。ご承知のように検察庁と警視庁とは必ずしも円滑ではありませんからな。警視庁が事件を投げたとみると、検察庁で動き出すことがよくある。そんなこともぼくは警戒して、いろいろとその方面に努力したんです」

小林弁護士は自分の功労を強調した。

「いや、よくわかりました。いまさらながら、あなたの手腕には敬服します。わたしは一生恩にきますよ」

生駒は実際ほっとしたように、顔色まで急によくなった。

「しかし、生駒さん、まだ警戒は必要ですよ」

弁護士は念を押した。

「そりゃ、もう……」

「生駒さん、これは前にわたしがしつこくきいて、あんたに否定されたことだが、情勢がこういうふうになると、もう一度きいておかねばならないことなんですがね。とにかく、弁護士には何もかもうち明けてもらわんと、こちらも防備がやりづらいもんでしてな」

「なんのことですか？」

「いや、あんたの財産ですよ」

「財産？」

生駒は弁護士の顔を静かに見返した。少しもたじろぎのない表情である。

「つまり、あんたはわたしが相当隠し金を持っていると思われるわけですな？」

「あたしが生駒さんにそれを聞いたところで、べつにどうするというわけではない。つまり、弁護士の職責上、真相は知っておかないと困るというんです。いいですか。ぼくは、あなたのほうの倒産で公認会計士会を脱退した杉山《すぎやま》君とはかなり立場が違いますからな。杉山君はあなたの社の粉飾決算を見すごしていた。イコマ電器が粉飾決算をしているということはわかっていたが、社長とのいままでの交誼《こうぎ》上やむを得ず黙認していた、と集会の席で告白した。たしか、それで会計士会から除名になりそうなので、自分から退会したはずですな……それとぼくの立場は違うんですよ」

小林は、顧問弁護士の立場上、ありのままを自分だけにはいってくれなければ困る、といった。これは婉曲《えんきょく》には、生駒社長が粉飾決算をしている間に横領した疑いの追及だった。使途不明の金がまだ三億二千万円残っている。この全額が生駒の横領分でないとしても、少なく見積もっても三分の一は彼が隠匿しているのではないか。弁護士は明らさまにはいわないが、生駒が逮捕され、法廷に立った場合、その弁護を引き受けることになりそうだが、そのためにも実体を承知しなければ弁護はできない、とにおわせるのだ。そのことも生駒伝治にはわかっている。

「使途不明の金が三億二千万円というが、そりゃ、先生、こんどの会社更生法が適用されたら徹底的に洗われるでしょうから、すぐに出てきますよ」

生駒は泰然としていた。

「では、そこで全部、その不明な金の行先がわかるというんですな？」

「ずいぶん手の混んだ粉飾決算をやりましたからな。わたし自身ですらこんがらがってよくわからないくらいです。債権者委員会の段階で調べたってたやすくわかるはずはありません。だが、こんどは会社更生法の適用で司法権も介入しているし、徹底的にやられるでしょう。わたしの潔白はそのときにわかりますよ」

「ほかの役員の方《かた》はどうです？　たとえば、前岡《まえおか》専務や経理担当の杉村《すぎむら》常務など、いわゆる役得をしていませんか？」

役得とは、つまり横領の意味だ。

「いや、ぼくは二人の潔白を信じているから、そんな事実はないと思いますがね」

生駒は彼らを信じているようにいった。

小林弁護士は話のつぎ穂を失って、煙草を吸いながら庭のほうを見た。そこには宿の庭下駄が出ている。その下駄の歯にかなり土がついていた。

小林弁護士が生駒伝治と駿河台の駿峡荘ホテルの一室で話し合っているころ、イコマ電器の本社には、下請業者の北川良作、神岡幸平、浜島敏治、池田初平、鈴木寅次郎たちが押しかけていた。彼ら五人は、昨日の杉並公会堂におけるイコマ電器関係人集会で代表意見を述べた者ばかりである。しかも、彼らはイコマ電器のやりかたを攻撃し、生駒社長を痛烈に罵《ののし》った組だ。

ふしぎなもので、債権者同士の間にも自然とグループが分かれる。それは業種別によることもあれば、債権高の程度によることもある。また相互の人間関係で派をつくることもある。北川良作以下の五人は、今度の集会で同じように生駒前社長に対して激烈な攻撃をしたということから互いに親しみが生まれ、誘い合って今日こうして本社を訪れたのである。

イコマ電器は、会社更生法が適用されてから、事業を継続している。工場も生産を再開し、事務所も営業を開始している。しかし、倒産時の役員は生駒社長以下総退陣し、残っているのは、技術関係の役員二名と、主要銀行から送りこまれた役員一名だけだった。

五人の下請業者は生駒前社長の所在を追及するため、前社長と社務の上でも私的な点でもまだ密接な連絡をもっている、秘書室長の柳田一郎に面会を求めたのだった。

柳田も断わりきれないで、五人を役員会議室に招じて会った。五人とも、みんな初めから殺気立った顔をしていた。

「とにかく、生駒前社長に会わないと気がすまないんです。生駒さんにしても、今度は、前の債権者会議のときのように黙ってお辞儀をしているだけではすまないでしょう。ただペコペコしていれば、そのうち債権者のほうで攻撃するのにくたびれてきて自然とおとなしくなるだろう、そんな心構えで、あれは何もいわずに頭ばかり下げていたんだ。それではわれわれは承服できない。ひと目だけでも生駒さんに会わしてほしい……柳田さん、あんたは秘書室長だ。現在も生駒さんと連絡をとっていると思う。さあ、どこに居るか教えなさい」

ならんだ五人の下請業者がしつこくたずねても、柳田秘書室長はただ、

「現在のところ、わたしのほうへも全然連絡がないのでして、決してみなさんに嘘を申しあげているわけではございません。どうか信じていただきとうございます」

と、頭を下げるばかりだった。

「ほんとにわからないのかね？」

と、絶縁器具屋の池田初平がきいた。

「はい」

「生駒さんの奥さんにきいても知らないということだが、家族の人にもわからないわけだね？」

「はい」

「いっしょに辞めた重役も知らないんだな？　たとえば、経理担当の杉村常務も、前岡専務も……」

「はい」

「それじゃ、全然行方不明だね？」

といったのは、いちばん口の回る段ボール屋の神岡幸平だった。

「はあ、そういうことになります」

「それで、あんたがたは生駒さんの身の上を全然心配しないのかね？」

「…………」

「たとえばさ、事業に失敗した社長が自殺することがよくあるだろう。生駒さんの場合、下請けに大きな迷惑をかけた自責の念から生きていられないという気持ちになって、それで行方を晦《くら》ましたとは思えんかね？」

「…………」

秘書室長は返事できなかった。

「ぼくは会社の顧問弁護士の小林さんに電話してみたんだが、小林さんもやっぱり生駒さんの居所を知らないということだった」

と、鈴木寅次郎が替わっていった。

「それもふしぎだな。小林さんは生駒さんの顧問弁護士というよりも相談役の一人だった。その人が知らないというのは、揃《そろ》いも揃って生駒さんの周囲は冷血な人ばかり集まったもんだな」

「いや、生駒さんが無情な人だから、自然と同類が集まるんだろう」

とは、池田初平だった。

このような嘲罵《ちょうば》をうけても動じなかった柳田が、つぎに神岡が突然提案した言葉にはぎょっとなった。

神岡は仲間を見まわして言った。

「こうしてみると、生駒さんは完全にみなの前から姿を消したことがわかったわけだ。

地上から一人の人間が消えたというのは、われわれの感情はともかくとして、人間の問題としてみて容易ならぬことだ。柳田さん、あんた、のんきな顔をしてるが、こりゃ大変だぜ。警視庁に生駒さんの捜索願でも出しているのかね？」

「いいえ、その点はまだ……」

「まだだって？　いったい、生駒さんが行方不明になってから何日になる？」

「…………」

「あんたの話だと、もう二週間ぐらいたつじゃないか。それでいて、なんの対策も講じてないのかね……呆《あき》れたものだな。では、あんたのほうで生駒さんの捜索願を出さなかったのなら、われわれが代わって警視庁にゆき、その手続きをしてあげようじゃないか」

「そりゃいい考えだ」

と、一番に賛成したのは痩《や》せぎすのモートル屋の浜島敏治だった。

「そいじゃ、われわれがこの会社に代わって生駒さんの捜索願を出そう。なに、警視庁が動いてくれたらすぐわかるよ。人命がどんなに大事か子供でもわかっている。北川さんなんか奥さんが亡くなっているので、自殺の悲惨さが身にしみている。なあ、北川さん、あんたも賛成するだろう？」

「もちろんですとも」

と北川がすぐにうなずいた。

——捜索願いを出すといわれてあわてた柳田は、五人がそろって社を出るのを見届けると自分の部屋にひき返した。彼は大急ぎでダイヤルを回した。もちろん、駿峡荘ホテルだった。

「柳田ですが、生駒さんをお願いします」

フロントでは、ちょっと待って下さい、といったが、

「生駒さんは、ただいま、お部屋におられません」

と、女中から聞いた返事を伝えた。

「え、居ない?」

「ええ、外出のようです」

失《しっ》踪《そう》

柳田秘書室長は電話で生駒伝治が駿峡荘ホテルに居ないと聞いて、すぐに車を駿河台に飛ばした。

柳田も連中が捜索願を出すと言ったのには参った。もし、本気にそんなものを出して警察でとり上げたら、生駒もいまのホテルを早急に引きあげなければならない。

柳田は駿峡荘に着くと、肥《ふと》ったおかみを帳場のすぐ横の応接室に呼んだ。

「生駒さんは何時ごろにここを出られたんですか?」

「そうですね、小林先生がお帰りになってから三十分くらいだったでしょうか。ですから午後一時ごろだったと思います」

「社長は、どこに行くといって出ましたか?」

「なんでも、お宅のほうに用事があるとかで、ちょっと帰ってくるとおっしゃいました。今夜は遅くなるということでした」

柳田は、ちょっと電話を貸して下さい、と帳場のほうに行って、等々力《とどろき》にある生駒の自宅にダイヤルを回した。

出てきたのは生駒の妻だった。

「いいえ、こちらには来ていません」

と、奥さんはそっけなく答えた。日ごろから生駒社長と妻とはしっくりいっていない。

「おかしいですね。社長はお宅に帰るといって、このホテルを午後一時ごろ出られたそうですが」

「家には電話もかけてこない人ですから、こちらでは何もわかりません」

奥さんは機嫌の悪い声で、

「主人のことは、柳田さん、あなたがいちばんよくご存じでしょう」

と、いい返してきた。

「どうも、それでは、よそかもわかりませんね。心当たりのところを捜してみます」

柳田は電話を切った。

柳田はしばらく電話のそばに残って、奥さんのことを浮かべていた。主人とは四つ違いだから五十六である。肥った人で、髪は多いが、半分は白髪になっている。五年前に生駒が女をつくったことがある。それがわかって奥さんは憤《おこ》り出し、夫婦は急に冷たくなった。

その生駒の女は熱海《あたみ》の芸者で、丸橋豊子《まるばしとよこ》といっていた。彼がひきとって一時は都内のアパートに住まわせたことがあるが、二年前に九段《くだん》に旅館を出させた。

しかし、そのころから生駒はこの女とは手を切っている。

柳田は、どうも気にかかるから、といって、女主人や女中といっしょに、いちばん下に降りて生駒の部屋の前に行った。おかみも相手が柳田秘書室長だから合鍵《あいかぎ》でドアをあけてくれた。

柳田がはいってみると、部屋は片づいているが、それはちょっと外出の際、簡単にそのへんを整頓《せいとん》したという様子にみえた。生駒のスーツケースも、大型トランクもそのままになって、ちゃんと鍵がかかっている。

机の引出しをあけてみたのは、何か書き遺《のこ》したものはないかと思ったのだが、それはなかった。柳田は念のために反古《ほご》カゴもあらためた。しかし、そこには煙草の空函《あきばこ》や、洟《はな》をふいた紙があるだけで、字を書き損じたものは残ってなかった。

念のために庭側のガラス戸も調べたが、もちろん、ちゃんと内側から鍵がかかっている。

「貴重品は？」

柳田はおかみにきいた。

「はい、お預かりしたままです」

柳田は、生駒がまとまった金は帳場の金庫に預け、あとは小遣程度のものしか財布に入れてないことを知っていた。それでも、財布の中には三、四万円くらいははいっているだろう。

「どうもありがとう。この様子だと、まもなく帰ってみえるでしょうな」

柳田はおかみと女中に不安を起こさせないようにし、自分自身も安心させた。

柳田はいくつもの階段をあがって再び上に出た。そこで思いついて、もう一度電話のところに行った。彼は手帳を出して、電話番号の控えを繰った。容易に捜せなかったが、やっと「楽天荘《らくてんそう》」という名前を見つけた。それが生駒の二年前に別れた女の経営する旅館の名だった。

柳田は受話器をとってダイヤルを回した。女中らしい声が受話器に出た。

「こちらはイコマの柳田というものです。奥さんに出てもらいたいんですが……そうです。イコマの柳田でわかります」
二、三分待たされて、中年の女の声が出た。
「あら、柳田さん、しばらくね。どうしたの？」

二年以上聞いてなかった声だった。

「ずいぶん長いことあなたの声を聞いてないわ」

丸橋豊子もなつかしそうにいった。まんざらお世辞だけではなさそうだった。

「はあ、ご無沙汰《ぶさた》してます」

柳田は、大柄の、眼尻《めじり》が少しつり上がった感じの女の顔を浮かべていた。生駒と完全に手が切れたのが本当だとすると、その後、彼女の新しい男はどんな人物だろうかと、それもいっしょに胸に浮かんだ。

「雨が降るかもわからないわ」

「え？」

「だって、思いがけない人から電話をもらうんですもの……アチラ、お元気？」

生駒のことだった。

「そのことなんですが」

柳田は耳に当てた受話器からくる彼女の声に神経を集め、真相を判断しようとした。

「そちらに社長が伺ってないでしょうか？」

女からはすぐに返事がなかった。だが、次に聞こえたのはけたたましい笑い声だった。

「あんた、何をとぼけてるの？」

「………」

「あの人とは、二年も前にすっかり別れてるでしょ。それはあんたも知ってるじゃないの？」

「はあ……」

「別れた人がどうしてわたしのところにくるの？」

「はあ」

「変なヤマをかけないで頂戴《ちょうだい》」

「いや、そんなつもりじゃないんですが、実は社長がどこかに行って居なくなったもので……」

「そんなこと知るもんですか。居なくなったらわたしのところにきてるなんて想像されるのは迷惑だわ」

「………」

「そりゃ新聞であんなことになったくらいは知ってるわよ。気の毒とも思ってるけれど、それに同情してわたしがまた何か言ったなんて思ってたら、大変な間違いよ。わたし、そんな女じゃないわ」

「すみません」

柳田秘書室長は丸橋豊子との電話を終わると、すぐに受話器をはずして小林顧問弁護士にかけた。

女中に替わった弁護士が電話口に出た。

「先生、柳田ですが、今日、駿峡荘ホテルで社長に会っていただいたそうですね？」

「ああ、会ったよ」

弁護士はすぐに答えた。

「ぼくはいまホテルにきてるんですが、社長はどこかに行って居ないんです。先生はご存じないでしょうか?」

「さあ、知らないね」

「そうですか。では、とにかく、これからそちらに伺います」

柳田はホテルの者に電話を聞かれてはまずいと思い、また詳しいことも聞かなければならないので弁護士宅にゆくことにした。さいわい弁護士は、いまなら時間の都合がいいという。

柳田は待たせてある自動車を麴町《こうじまち》のほうへ向かわせた。

英国大使館裏の坂道の途中に小林顧問弁護士の家はあった。このへんは閑静な通りで、わりあい高級住宅がならんでいる。

門をはいって玄関に立つと、女中は主人に言われているとみえて、彼をすぐ上にあげた。

柳田は壁一面を判例集で埋めている書棚の囲いの中に五、六分待つと、小林弁護士が、よう、といって現われた。

「生駒さんがホテルに居ないんだって?」

弁護士は明るい声で先にきいてきた。

「そうなんです。いま行ってみたのですが、午後一時ごろ、どこに行くともいわないで、夜には戻るといって出られたそうです」

「本人がちゃんとそういって出るからには間違いはないだろう。君はどうしてそんなことが気にかかるのかね。何かあったのかね？」

「はあ。実は今日、例の下請けの神岡はじめ五人が社にやってきまして……」

生駒社長の行方がわからないなら警視庁に捜索願を出すと連中が騒いだ顚末《てんまつ》を、柳田は話した。

「先方ではぼくらが社長を隠しているととって、そんないやがらせを言うのです。しかし、あの調子では本当に警視庁にそんな手続きをしかねません」

「なに、いくらじたばたしたって、あの連中では仕方がないさ。捜索願というのは家族から出すものでね、家族が承諾しない限り、自分たちが代行するといっても警視庁のほうでとりあげてくれない。ま、いやがらせ程度だよ」

「そういうものですかね」

と、柳田はちょっとほっとして、

「それにしても社長はどこに行ったんでしょう？　なんだか、この際のことでぼくも気になります。先生はその前に社長とあの部屋でお話しになったそうですが、社長の様子はどうでした？」

「ちっとも心配してないふうだったよ。悪くすると、あんたは背任罪と詐欺横領で、警視庁なり検察庁なりが動くかもしれないというと、大将、ちっともおどろかない。あんまりのんきなので、ぼくはそのときに、法廷であんたの弁護士になる場合のこともあるので、まだぼくに打ち明けない部分があったら、洗いざらい言ってくれと頼んだんだ。しかし、生駒さんは、自分はそんな会社の金を隠している事実はないと、相変わらず言い通すんだよ。そんなことで別れたが、そうだな……べつに午後から外出するとも生駒さんの口からは聞いてなかったよ」

そして、小林顧問弁護士は、のんびりした顔で、

「そんなに君が心配することはないだろう。本当に散歩なんだろう。ぼくが散歩というのは、そう推定する材料があるんだ」

とつけ加えた。

「え、材料？　材料って、なんですか」

柳田は訊《き》き返した。

「それはね、生駒さんの部屋の外に庭下駄が出ていたを見たが、あの下駄の歯がかなり土でよごれていた。あの庭を歩くくらいでは、そんなによごれるはずはない。だから、ときどきは息抜きに外出しているな、と思ったんだ」

小林弁護士に説明されて、柳田もそういえば自分もその下駄のよごれを見たような気がした。

「それで、ぼくは生駒さんに訊いてみたんだけど、ずっと部屋にひっこもっていて、ち

っとも外には出ないというから黙っていたよ。生駒さんはあまり言いたくなかったのだろう。もし、その外出をあの旅館でも知らなかったのなら、夜、生駒さんがこっそり出たんだね。庭側の雨戸を開けて鍵《かぎ》をかけないままに外から閉めて行けばいいし、彼の部屋は一番下になっているので、庭から簡単な垣根をくぐって斜面についた道を降りると、下の町に出られるよ」

「散歩なら、ちゃんと帳場に言って玄関から出られるといいでしょう？」

柳田は考えながら言った。

「それには二通り考えられるね」と小林は答えた。「一つは、旅館の構造からいえる。つまり、生駒さんのいるところは玄関から四階下だ。玄関に出るまで、いくつもの階段を上らなければならない。これは面倒臭いよ。ぼくだって、降りるのはいいが、上るのは面倒だよ」

「そうですね」

「だから、下の町に用があって行くとすれば、いまぼくが言った方法だと簡単だ。実際、下の町に行くのに、玄関まで上っては、遠回りにもなるからね。生駒さんは、つい、そういう横着をして下駄をはいて出て行っていたんだと思うよ」

といったが、小林弁護士は別な眼つきになった。

「それだと、しかし、ぼくが訊いたときに、生駒さんはどうしてそうと言わないのだろう。別にかくすことはないだろう。また、それだと宿の女中にも生駒さんは話しているはずだよ。実はこうして抜け出ているんだよと笑いながらね。……旅館の者がそれを知ってないとなると、別な想像になるね」

柳田秘書室長は途中で起《た》って駿峡荘に電話した。

出てきたおかみは、生駒はまだ帰ってなく、連絡もないといった。時計をみると、もう四時に近い。生駒が出て行ったのが一時ごろだとすると、三時間近く経っている。

ここで柳田は、生駒が自分の部屋から庭に出て外出していたかどうかを訊いた。

「そんなことはなかったと思いますが」

とおかみは答えた。

「しかし、夜なんかどうだったのでしょう。社長は食事をしたあと、いつも一歩も部屋から出なかったのですか？」

「部屋にずっとおられたようです。ときどき、昨夜のテレビは面白かったとかいってらっしゃいましたから。それに、ときにはお風呂《ふろ》のあと、アンマさんを呼んだりされていました」

「女中さんは食事のあとはほとんど部屋にはゆきませんでしたか？」

「とくにお呼びになるとき以外は参りません。食膳《しょくぜん》を引いたあとお床の用意をして、それで終わりです」

「変なことを訊くようですが、生駒さんの部屋の外に庭下駄がありますね？」

「ええ、ございます」

「あの下駄の歯が黒い土でよごれてるんですが、お宅の庭を歩けば、あんなふうになりますか？」

「いいえ、そういうことはないと思いますが。庭はそれほど広くはないし、芝生をいためないように石が敷いてありますから……おや、社長さんの下駄はそんなに土でよごれていましたかね？」

と、おかみも初めて気がついたようだった。

「またあとでそちらに伺うかもわかりませんが、それまで、その下駄は保存しておいて下さい」

柳田はいい、

「ぼくはいま小林先生のところに居るので、もし生駒さんから連絡があったら、その旨をこっちに電話して下さい」

と頼んだ。

柳田は小林の待っている部屋に戻った。

「社長はまだ戻ってないそうです。連絡もきていません。それから、おかみさんの話では、社長が庭から外に出たということはないといっています」

「そうだろうね。そうすると、生駒さんはこっそり夜、あの部屋から脱《ぬ》け出ていたのかもしれない。そうだとすると、これは単純な散歩ではないね」

「おかみの話だと、庭を歩くだけで下駄がそんなによごれるはずはないといっています」

「そうだろう。しかし、街に出てもほとんどが舗装で、下駄の歯にあんなに土がつくはずはない。そういう土のあるところを生駒さんは歩いていたということになるよ」

「そうですね。いまごろは都内はほとんど舗装されていますから……すると、生駒さんは宿の着物をきて、あんな庭下駄をはき、タクシーに乗ってどこか遠方まで行ったんでしょうか？」

「宿の着物とは限らないだろう。生駒さんだってあすこには自分の和服を持ちこんでいたはずだからね」

そういえば柳田も、生駒が着替えの着物をトランクから出して、部屋で着ていたことに思い当たった。

「とにかく、夜になって生駒さんがあまりひとに知られたくないところに出かけたことはたしかだね。どこだかわからないが」

と、弁護士はいった。下駄についた黒い土の汚れから柳田はなんとなく郊外を考えたが、弁護士はそれについて自分の推測は加えなかった。

ただ、弁護士は、生駒さんにはほかに女がいたのではないかと、当然の疑問を柳田にたずねた。

「さあ、それはよくわかりません」

柳田も前社長の私行はまだ弁護士に話せない。それに生駒は丸橋豊子と二年前に別れているので、はっきりしたことはいえなかった。

「なんだか君はそれを知っているような気がするがね」

と、小林はうすら笑いした。

「いいえ、知りませんよ。……先生、それよりも、社長が行ってるところは、もしかすると、前岡専務の家か杉村常務の家かもわかりませんね。さっきからそう考えているのですが、ぼくではちょっと、この前まで重役だった方に電話をかけにくいんです。先生から訊いていただけませんか？」

「まさかそんなことはすまいが、まあ、君がそういうならぼくが訊いてあげてもいい」

弁護士は起ち上がりながら、

「生駒さんに、この二人の役員と往来するのを止めてるのはぼくだがね。世間の眼がきびしいからね」

といい残して部屋を出ていった。

柳田は、その間に楽な姿勢になって煙草を吸った。やはり泛《うか》んでくるのは丸橋豊子である。生駒が夜間にこっそり外出したとすれば、やはり彼女のところではなかろうか。二年前に手が切れたといっても、どちらかでヨリを戻したともいえなくはない。いま生駒は遊んでいる身だ。やはり寂しいだろう。ことにひとりで宿屋住まいだから女のことを考えるのは無理もないと思った。生駒は六十だから、いまさら新しい女のできたとはちょっと考えられない。やはり前の女と元どおりになるのが自然だ。

これは、それとなく近いうちに丸橋豊子の経営する楽天荘に行って、その庭の土を検分してこようかと思った。

それにしても、今日は生駒社長もちゃんと洋服を着て駿峡荘の玄関から堂々と出ている。もっとも、昼間だから裏からゆくのは、目立つとも思えるが、予感として柳田には、生駒がなんだか当分は帰ってこないのではないかという気がした。

そこへ電話の終わった弁護士が戻ってきた。

小林弁護士は柳田の前に腰をおろして、

「君、やはり生駒さんは杉村さんとこにも前岡さんとこにも行ってないよ」

と、電話の結果を報告した。

「やっぱりそうですか」

柳田が煙草の吸殻を灰皿に揉《も》み消すと、弁護士はちょっと妙な表情をして、

「それだけではない。前岡さんも杉村さんも旅行に出かけている」

と付け加えた。

「二人ともですか？」

「そうなんだ。だから、電話へ出たのはどちらも奥さんだったが、生駒さんの外出といい、二人の前重役の留守といい、偶然かもしれないが、ちょっと奇妙な一致だね」

弁護士の複雑な表情は、生駒前社長も前岡前専務も杉村前常務もイコマの倒産前に社の金を相当握ったとみられていることに関連しているようだった。もっとも、ワンマン社長だった生駒のとった金のほうが二人の役員よりずっと多いに違いない。

柳田は一年前から、生駒社長と、経理担当の杉村と、業務担当の前岡とがしばしば密談していた場面をおぼえている。

「それで、前岡さんはどちらにお出かけだというんですか?」

柳田は弁護士の顔を見た。

「前岡さんは昨夜の列車で四国のほうにゆかれたそうだ。四国の高松《たかまつ》に友人がいるから、ひまな身になったので遊びにゆくといっていたそうだよ。それから、杉村さんは今朝郷里の奈良にゆくといって京都まで新幹線で出かけられたそうだ」

「いつごろお帰りになるんですか?」

「杉村さんは四、五日ぐらいかかるようだよ。郷里に行ったんだから、それくらいは居るだろう。それから、前岡さんもやはりそのくらいかかるんじゃないかな。行先が四国ではね」

「ああ、そうですか」

二人の前役員はどっちでもいいが、気にかかるのは生駒前社長だった。

まさか生駒までが二人の役員並みにぶらりとどこかに旅行したわけでもあるまい。いや、それはないはずだ。生駒はそんな支度では外出していない。スーツケース一つ持っていなかったのだ。貴重品も旅館の帳場に預けたままになっている。それに、彼は今夜は帰るといったではないか。

こうなると、柳田も、小林弁護士のところに居ても仕方がなかった。

「先生、それでは、これで失礼さしていただきます」

と、彼は起《た》ち上がった。

「そうかね。まあ、あんまり気にかけないほうがいいだろうね」

「はあ」

小林弁護士は玄関まで見送った。

柳田が靴をはいていると、奥から女中が走り出て、

「あの、柳田さんにお電話でございます」

と、急いで報《し》らせた。

「はあ、それはどうも」

柳田は、はきかけた靴を脱いだ。

柳田が廊下に戻って、はずされた受話器を耳に当てると、それは駿峡荘のおかみからだった。

「柳田さんですか。生駒社長さんはさっき一度お戻りになって、また出てゆかれました」

「なんですって?」

柳田がびっくりすると、おかみはつづけた。

「あなたから電話をもらってすぐです。ひょっこり生駒さんがタクシーで戻られたんです。そして忙しそうに、急にそこで親しい友だちに遇《あ》ったから、四、五日くらいいっしょに旅行すると申されるのです。そして急いでスーツケースに、ほんの下着程度のもの

や洗面具を入れて、帳場に預けたお金から十万円だけ出してくれとおっしゃって、それをお持ちになりました」

「それは何時ごろのことですか？」

「ですから、出かけられたのが三十分くらい前です。わたしが、柳田さんが心配して、いま小林先生のところに居るから、社長さんから連絡があれば電話してくれということでしたというと、社長さんはその必要はないとおっしゃるんです。柳田は心配性だからあんまりいわないほうがいい、四、五日うちには必ず戻ってくる、と言われましてね」

「旅行はどっちのほうに行くといってました？」

「東北のほうだといわれました。あのへんをぶらりと回ってくるとおっしゃるんです。それ以上詳しいことは伺う時間もないくらいでした」

とにかく、いまからそっちに行きますと、柳田は電話を切った。廊下の端に小林弁護士が立っていたのは、やはり柳田の話し声が聞こえて心配になったものらしい。

柳田がその場で小林に駿峡荘のおかみの話を伝えると、

「それじゃ、ぼくもいっしょにゆくよ」

と、弁護士もすぐに外出の支度をした。

車の中で弁護士は言った。

「奇妙なことだね。生駒さんが誰に遇って急に旅行する気になったんだろうな？」

「さあ、ぼくも見当がつきません。行先も、ただ、東北地方というんですがね」

「いま何時だ？」

「もう四時半です」

「おかみがこっちに電話した三十分前だとすると、生駒さんが二度目に宿を出たのは、大体、四時ごろだな。生駒さんは前にあの宿を午後一時に出ているから、その間、約三時間ばかり外出していた。そして何処かでその知った人間に遇ったというわけだ。彼はどこを歩いてそんな男に遇ったのかな？」

「……………」

「急にいっしょに旅行しようというくらいだから、親しい人間には違いない。それに、その話がまとまるには少なくとも一時間くらい相手と話し合わなければならない。そうなると、生駒さんがあの宿を出てその人物に遇うまでは二時間くらいかな」

弁護士は、その間の行動が問題だな、といいたげな顔をした。

駿峡荘の玄関に着くと、おかみがばたばたして飛び出し、柳田の顔を見るなり言った。

「生駒さんがいらっしゃる間にあなたに電話しようと思ったんですが、どうしても必要ないといわれるのでついあとになったんです」

とにかく生駒の部屋を調べてみようということになって、小林弁護士と柳田に、おかみもいっしょについてきて、いちばん下の生駒の部屋に合鍵《あいかぎ》ではいった。

部屋は以前の様子と変わらないが、なるほど、スーツケースが一つ無くなっている。それはありふれた茶色の中型のもので、生駒社長の持物としては新しいが粗末なほうだった。だが、備えつけの洋服ダンスの引出しをあけると、だいぶん急いだらしく、下着類をとり出したあとが乱雑になっていた。

柳田はすぐに庭のほうのせまいベランダに出て下をのぞいた。

「おい、おかみさん、庭下駄がないね？」

おかみは、そう言われて都合の悪い顔をし、

「すみません。つい、わたしが女中にいうのが遅れたもんですから」

と、頭を下げた。

「どうしたんです？」

柳田は思わず彼女の顔を見た。

「生駒さんがお戻りになったとき、いっしょに部屋についてきた女中に、下駄が汚れているから洗っといてくれとおっしゃったそうです。それで、女中はそのとおりに水で洗い、今それが裏口のほうに干してあります。わたしもその干した下駄を見て、おやと思ったんです」

柳田は庭をのぞきに来た小林弁護士と顔を見合わせた。柳田はがっかりしたが、小林も残念そうな顔をしている。庭下駄の土は、生駒が夜間にどこを歩いていたかを知る折角の手がかりだったのだ。

「君、生駒さんがそんなふうに旅行したとすれば、あるいは奥さんには報《し》らせているかもしれないよ」

弁護士が注意した。

「あ、そうですね」

柳田はその場で室内電話をとり、生駒の自宅に宿の交換台からつながせた。先方は取次ぎの女中に替わって、生駒の妻が出た。

「いいえ、わたしは何も聞いていませんよ」

と、奥さんは無愛想な調子で答えた。

「そうですか。社長は知った方とさっき東北の旅行に行かれたというんですが、奥さんは東北のほうに社長のお知合いがあるのをご存じじゃないでしょうか、そういう心当たりの方を……」

「いいえ、わたしは主人のつき合いの方を全部存じあげているわけではありませんからね。わたしの知らない人がいっぱいいるんじゃないですか。わたしよりも、柳田さん、それはあんたのほうがよく知ってるでしょう?」

奥さんは皮肉な調子で答えると、電話をさきに切った。

「どうも社長の奥さんは苦手ですな」

柳田は苦笑しながら、小林弁護士とすわりこんだ。

女中の持ってきたお茶を呑《の》みながら柳田はこれは早く丸橋豊子のところをのぞかねばならないと思った。女中が下駄の土を洗い落としたのがまた残念になってきた。

その行方

その翌《あく》る日になった。

柳田は、とにかく丸橋豊子が在宅しているかどうか電話をしてみることにした。昨日生駒の外出のときには彼女は電話口に出て話をしたが、あのあとから彼女も家を出かけて、生駒と落ち合ったとも考えられる。あるいは生駒の旅行先を追って女があとから行った場合も想像される。

柳田が九段の楽天荘に電話をすると、

「少々お待ち下さい。おかみさんはいま起きられたところです」

と、女中は丸橋豊子の在宅を教えて、柳田のいまの想像を崩した。

柳田は九段裏に車を乗り入れた。このへんは両側に待合がならんでいて狭い通りになっている。車はのろのろと進んだ。

柳田はまだ楽天荘を知らない。二年くらい前までは生駒社長の使いで丸橋豊子によく連絡にきたものだが、当時彼女は青山《あおやま》のアパートに居た。そのときから九段に旅館を建てる話を聞いたのだが、その旅館が新築される前後に生駒との手が切れた。いや、手が切れたと聞いている。もし、それが本当だったら、丸橋豊子は生駒からそれまで建築資金としていくらかもらった金に、手切金を加えて旅館を完成したものであろう。

楽天荘は近所で聞いてすぐにわかった。狭い路をもう一つ曲がったところに、その看板も眼についた。柳田は車を遠くで待つようにいい、楽天荘の前まで歩いた。

思ったより小さな旅館だが、新築らしく気の利いたものだった。小さな門構えで、塀の中に柳など植えている。

格子戸をあけると、女中の案内ですぐに二階に通された。二間《ふたま》の部屋だが、その奥の間はふだん客蒲団《ぶとん》をのべてあるのだろう。いまは自分がくるので片づけているのだと柳田は想像しながら、じろじろと部屋を見まわしていた。そうした客を泊めるにふさわしく、床も襖《ふすま》も飾りもなんだか寸づまりのようだった。ただ、新しいだけに気持ちのいい部屋には違いなかった。

女中が茶を汲《く》んでからしばらくすると、丸橋豊子が化粧したばかりの顔で現われた。着物も前より派手になっている。

「しばらくね、柳田さん」

と、豊子は一か月ぐらいしか遇《あ》わなかった人のように、挨拶《あいさつ》抜きで応接台の向こうにすわった。

「どうも思い出したようにやってきまして」

と、柳田は前社長につながる記憶から気持ちが脱《ぬ》けきれなかった。

「ほんとに、思い出したように電話をかけたりして、変な人ね」

豊子は女中の置いていった自分の茶碗《ちゃわん》を手にしながら、顔をやや斜めにし、眼を柳田の顔につけた。こういうながし眼が前からの彼女の表情の特徴で、それは少しも変わってない。

「大体、電話で聞いたんだけども、どうしたんですって？　はじめからすっかり聞きたいわ」

豊子は茶碗を下に置いた。

黒い大きな眼で、鼻はやや低いけれど、下唇が少し出たうけ口だった。全体がまる顔だが、顎《あご》のところで緊《し》まっている。

厚い化粧にかくれているが、前よりは眼尻《めじり》の小皺《こじわ》がふえたのは争われなかった。

柳田はいくらかなつかしい気持ちで、イコマ電器の倒産のこと、社長の退陣、そしていまは人目を避けて駿峡荘ホテルに静養していることなどを、ひと通り話した。

「そんなホテルに生駒さんがお忍びで居るとは知らなかったけれど、それ以外のことは新聞で大体読んだとおりだわね」と彼女は聞き終わって言った。

「生駒さんとはとっくに縁が切れてるわよ。電話でいったように、いくらなんでも、手の切れた女のところに、あの人がのこのことくるわけはないじゃないの」

と、丸橋豊子は柳田のきた目的に答えた。

「はあ、そうだとは思いましたが……」

柳田は体裁悪そうに笑った。

豊子は柳田の顔をみていたが、

「あんた、わたしのところにくるよりも、もっとほかを捜したらどう？」

と、微妙なことをいった。

「ほかってなんですか？」

「ほかの女性のことよ。あんた、秘書だから知ってるでしょ」

「いや、それがさっぱり心当たりがないんです。あれば、すぐにそっちを捜しますが」

「わりあいぼんやりしているのね、あんた」

「…………」

「わたしと別れた生駒さんが、ひとりも女がいないというはずはないじゃないの？」

「は……」

「あんた、ほんとに知らないの？」

「はあ。なにかそういう心当たりがありますか。あれば教えてくれませんか？」

「そりゃわたしだって、どこのなんという人か知らないわ。でも、たしかに一人はいると思うわ。現在もまだそれがつづいているかどうか知らないけれど。だって、あの人と別れたのも、そういう新しい女ができたのが原因になってるのよ」

柳田は豊子のことはわかっていたが、そのほかの女には気がつかなかった。もしあったとすれば、気がつかなかったというのが本当になる。

「わたしが想像するのに、その女はわたしよりもっと若い、バアのひとらしいわ」

豊子は唇のはしにうすい笑いをみせた。

「社長は、そんなことをあなたにほのめかしたんですか？」

「そうね。ほのめかしただけじゃないわ。いろんな証拠をみせつけられたの」

「証拠？」

「そうよ。変なことが多かったわ。わたしと遇うと約束しておきながら、急に用事ができたといってその晩をすっぽかしたり、遅くなってきてもすっかりくたびれていたり。……そして上着の肩のあたりに白粉《おしろい》がついたり、ひどいときはあの人の頸《くび》にキスマークが残っていたりしてたわ。そして腋《わき》の下のほうにも、赤黒いアザがついたりしてたの……」

柳田は眼を下に向けた。

「あんまり露骨なことをいうと悪いから、これくらいにするけれど、もっとひどい証拠も残っていたのよ。それに、香水が全然若い女のものだったわ」

「香水？」

「夜遅くわたしのところへきたとき、その匂いがちゃんとついてるの。それでずいぶん喧嘩《けんか》をしたわ。ところが、いろいろいいわけをいってたけれど、結局、わたしの想像が当たっていたと思うわ」

「それで、社長はとうとうそれを白状しませんでしたか？」

「そうね、最後に別れるとき、それらしいことをいったわ。これは、わたしの推測だけど、二十四、五くらいの女《ひと》じゃないかしら。今でもどこかのマンションに居るんじゃない？」

「さあ」

考えてみれば、柳田は退陣してからの生駒に前ほど仕事の密着はなかったし、その以前から生駒が秘書に隠していれば、その女のことはわからないわけだ。

「生駒さんはね……」

と、何を思ったか、豊子が含み笑いした。

「わたしのような、色の白い、ぽっちゃりした身体の女が好きなのよ。今度の女も、きっとそんな体つきのひとに違いないわ。あんたが知らなければ、専務の前岡さんや常務の杉村さんあたりは、その女を知ってるかもしれないわ。あの二人は生駒さんと同じ穴のムジナだから」

と、豊子は笑った。

「あんた、いっそ前岡さんや杉村さんとこに行って訊《き》いてみたらどう？　そのほうが手っ取り早くわかるわよ」

「はあ」

その前岡も杉村も旅行に出かけて居ない。訊くなら二人が帰ってからだが、それまでには生駒も東北の旅行からもちろん戻っているはずであった。

「じゃ、そういうことにします。どうもありがとう」

と、柳田は豊子に礼を述べて起《た》ち上がった。

豊子もつづいて膝《ひざ》を起こした。

「しかし、なかなかいい旅館ですね……この家に、庭がついていますか？」

「庭というほどはないけれど、裏口からはいったところに猫の額ぐらいな空地はあるわよ」

「ついでにその庭も拝見できませんかね？」

「まだすっかり体裁ができてないんだけど、見て頂戴《ちょうだい》」

豊子はそういって、彼を別な階段から案内して階下に降り、廊下を突き当たった裏側の部屋に行った。そこで障子を開いた。

庭は隣家の塀で仕切られた細長い十坪（三十三平方メートル）くらいの土地で、奥に竹をならべて植えて目かくし代わりにし、背の低い松や楓《かえで》が、石灯籠《いしどうろう》や庭石を配して体裁を整えている。柳田の眼はすぐ土の上に落ちた。

十坪ばかりの庭は半分まではできているが、半分は未完成のままになっている。柳田は、その土の色を見てはっとした。たしかに黒い。いまは天気がいいから乾いているが、これで雨の降ったあとだと軟土になるだろう。ちょうど生駒の庭下駄の歯についたような状態になるだろう。あの下駄の土を生駒のいいつけで女中が洗い落としたのは残念だと思った。

生駒は、その下駄の土を意識して女中に洗わせたのだろうか。もし、そうなら、生駒は夜の外出の証拠をわざと消させたことになる。

「この庭はどこからはいってくるんですか？」

「それはあっちの裏口のほうよ」

豊子は指さした。なるほど、そこは間が低い竹垣で隔てられ、枝折戸《しおりど》の一部が見えている。この土は外の通路までつづいているようだ。

「どうもお邪魔をしました」

と、柳田は豊子にお辞儀をして、車を待たしたところまで歩いた。

「どちらに参りますか？」

と、運転手が車のシートにすわった柳田に訊いた。

「麴町に行ってくれ」

柳田は、とりあえず、この偵察の結果を小林弁護士に報告しておきたかった。

翌《あく》る日、柳田が出社すると、すぐ交換台が生駒夫人から電話だと報《し》らせてきた。つながせると、生駒の奥さんは挨拶《あいさつ》抜きでいきなりいった。

「柳田さん、すぐにうちへ来てくれませんか」

奥さんの声は元来が男のようである。

「はあ。あの、何かあったんでしょうか？」

生駒からの連絡でもあったのかと、それが先に柳田の胸にきた。

「あんたに相談したいことがあるのよ。実は昨夜あんたの家にでも電話しようかと思ったけれど、それもなんだから今朝まで待っていたの。すぐにそこを出てくれますか?」

「はあ、そうします」

用件を訊いても奥さんは答えたくないようである。もっとも、電話で済むような用件でも、呼びつけないと気に入らないのかもしれない。社長夫人の意識は、いまも奥さんに変わってないようだった。

柳田は出社したばかりなので、三十分ほどで仕事の片をつけてすぐに車を出させた。等々力まで車の混雑で小一時間はかかった。

社長の家は三年前に新築したもので、敷地が一千坪(三千三百平方メートル)ほどある。もとは或《あ》る会社の社長のものだったが、生駒がそれを買い取って、前の家をこわし、自分の好みのものを新築した。この建坪がほぼ八十坪(二百六十四平方メートル)ばかりある。庭も全部やり変えてしまった。しかし、この家もいまは生駒が社の金を横領して建てたように問題にされている。

柳田は洋室の応接間でなく、十畳の座敷に通された。女中に訊くと、離れのほうから三味線の音が聞こえていた。

「いま、お師匠さんがお見えになっているんです」

と、いった。奥さんは四年くらい前から長唄《ながうた》を稽古《けいこ》している。柳田は、こんな際にのんきなものだと思った。

四十分くらい待たされて初めて三味線の音がやんだ。

ほどなく玄関に人を送る気配がしていたが、そのあと、奥さんのどっしりした足音が近づいてきた。

生駒社長の妻は富子《とみこ》という名だった。あまり愛嬌《あいきょう》のある名前ではない。柳田は奥さんの性格からもそう感じていた。

奥さんは肥《ふと》っていて、髪が縮れている。額が出て、鼻が少し不釣合いなくらいに大きい。

「柳田さん、昨夜、わたしのところに変な人が押しかけてきましたよ」

社長の奥さんは柳田の前にすわるかすわらないうちに太い声でいった。

「変な連中とは誰のことですか」

「なんだか知らないけれど、社の下請業者だといって見えましたよ」

柳田はすぐにあの五人を眼に浮かべた。警視庁に生駒社長の捜索願を出すといって騒いだ男たちだ。

「なんだか知らないけれど、ウチの人がどこに行ったかわからないから、警視庁に捜索願を出してくれというのよ」

連中、とうとう、この家まで押しかけてきたかと柳田は心で舌打ちした。

「五人できましたか?」

「いいえ、二人よ。名刺おいて行ったわ」

奥さんは二つ折りした一枚の紙を手に持ち、名刺を二枚見せた。一人は合成樹脂屋の北川良作で、一人は小型モートル屋の浜島敏治だった。

「この二人しかこなかったんですか？」

「なんだか知らないけれど、代表できたといってたわ。まだほかにも同類がいるの？」

「はあ。あと、三人ほど……」

「嫌ね。まるでゴロツキみたいだったわ。こんなものを置いて行ったわ」

奥さんは二つ折りの紙を柳田の前にひろげた。それは家出人捜索願と印刷された警視庁の用紙だった。

「この人たちがいうには、社長の行方がわからないから、自分たちで警視庁に捜索願を頼みに行ったところ、家族の届出でないと駄目だと断わられたので、ぜひ奥さんの署名と判を押してくれというの」

「連中のイヤがらせですよ。それで、奥さんはどうなさいました？」

「きまってるじゃないの。こんなもの、わたしの自発的意志がなくて書けますか。だから、そういって帰ってもらったわ」

「おとなしく帰りましたか？」

「なんだかぶうぶういってたわ。それに、ウチの人があのホテルから居なくなったといっても、大体、どんな目的で雲隠れしてるかわかってますよ。どうせどこかの女をつれて温泉にでも行ってるに違いないわ。警視庁にそんな捜索願を出して見つけられたりしたら、それこそいい恥さらしですからね」

「わたしの想像では、その女には主人から相当金が行っていると思うのよ。だから、いまごろは家でも建てて結構な暮らしをしていると思うの。柳田さん、あんた、知らない？」

「いや、いっこうに」

「その女だけじゃないと思うの。ほかにも二人くらいはいるでしょ？」

「さあ」

「わたしの考えでは、あとの一人はずっと若い女だと思うわ」

「………」

「五、六年もつづいてる女のほうは少し年増《としま》だと思うけれど、あとからできた女は二十二、三くらいじゃないかしら。むろん、バアかどこかにいる派手な人だと思うわ、あんな年をして、よくも自分の孫みたいな女の子を可愛がる気になれるものね」

「だが、奥さん、それは思いすごしじゃありませんか。それとも何かはっきりしたものがあるんですか？」

「思いすごしじゃないわよ。ちゃんとその証拠があるんだから」

「証拠？」

「主人の身のまわりのものに、つい、そうした若い女でなければ持たないような小さなものが紛れこんでるの。主人はあれでうっかりしてるほうだから、つい、忘れてポケッ

「………」

トなんかに入れたままになってるのね」

奥さんは丸橋豊子と全く同じことをいっている。両方でそう考えるなら、生駒には本当に若い女があって、その証拠を奥さんと丸橋豊子とに、うかうかと見られていたことになる。

柳田も、ようやくその若い女の存在を信じる気になった。

岡山県下の事故

中国地方では、岡山市から北に木のマタのように分かれてひろがっている二つの鉄路がある。

西の一つが倉敷《くらしき》、高梁《たかはし》、新見《にいみ》、神代《こうじろ》を経て鳥取県にはいり、米子《よなご》に出る。伯備《はくび》線である。

東側の一つは岡山から福渡《ふくわたり》、津山《つやま》を経て鳥取に向かう。岡山から津山までを津山線といい、津山から鳥取までを因美《いんび》線という。津山から伯備線の新見までは東西の横の線で結ばれているが、これを姫新《きしん》線といい、東の終点は姫路《ひめじ》までゆく。

以上の鉄道線路は、岡山、新見、津山の三点で逆三角形をなしている。この三角形の中は山岳地帯である。ほとんど産物がなく、高原地方は牧牛による酪農がみられる程度だ。その中を走っている旭川《あさひがわ》は、中国山脈の間から出て南に流れ、岡山の旧城の石垣を洗っている。以前は高田川《たかだがわ》といった。

いま、姫新線の沿線についてみよう。津山は、この小さな盆地の大きな都市だ。近くには児島高徳《こじまたかのり》の伝説で名の有る院《いん》ノ庄《しょう》がある。西にゆくと落合《おちあい》、勝山《かつやま》という町があって、ここも盆地となっている。落合、勝山は旭川の上流になる。

姫新線の北側、つまり、中国山脈の麓《ふもと》に近いところにはいくつかの温泉群がある。津山から行くのに奥津《おくつ》温泉があり、美作《みまさか》町には湯《ゆ》ノ郷《ごう》があり、また勝山からは木津《きつ》、湯原《ゆばら》という温泉がある。これを美作三温泉といっている。このうち奥津温泉は、近年かなり有名になっているが、湯原温泉は、山深いふところの中に抱かれたまま、全国的にはあまり知られていない。だが、関西の一部では有名だ。ここはサンショウ魚やカジカの棲《せい》息《そく》地でもある。

岡山から湯原温泉にバスでゆくには、国道五十三号線で福渡まで出て、そこから県道で美作落合に行く。福渡が西と東に分かれる分岐点で、ここが旭川の河畔にもなっている。津山線も福渡から旭川と離れ、山の中にはいってゆくのである。福渡から勝山までは県道のほか鉄道はない。この県道が十数キロ旭川の東側に沿っているのである。

いま、このへんの旭川はダムとなっている。細長い人造湖で、旭川ダムと名づけられている。南北の延長十八キロ。南は福渡の町からはじまっている。

岡山市から県道に沿って走る観光バスは、この人造湖を見物しながら落合、勝山を通って湯原温泉にゆく。旭川上流の湯原温泉にもダムの人造湖ができている。それを、もっと山のほうにゆけば高清水《たかしみず》高原があって、眺望雄大である。ここは伯耆《ほうき》の大山《だいせん》国立公園の背に接している。近年、その近くの人形峠《にんぎょう》ではウラン鉱脈が発見されて話題となったことがある。

こうして旭川ダムに沿った昼間の県道にはバス、乗用車、トラックなどが通っているが、夜になるとぱったりと車の交通量は減る。夜間には用事が少ないためでもあるが、湖に沿った県道が悪路で、沿道には人家が途切れ、また湖面と道路がすれすれなので危険だからである。ガードレールの設備もほとんど無い。

旭川人造湖に沿った部落はほんのわずかである。福渡の町から落合まで、十戸、二十戸といった集落が四、五か所くらいしかない。これが十数キロの間だから、無人の区域のほうが長い。行政区域は岡山県久米《くめ》郡旭《あさひ》町西佐波《にしさば》である。

――三月十三日の夜のことであった。

西佐波の湖畔の部落、土地の人は石戸《いしど》部落といっているが、そこにかたまった十二戸の一軒、高村粂次《たかむらくめじ》方では湖に水音を聞いた。

「うええ、あらァ何《な》ンじゃのう?」

粂次の女房は囲炉裡の傍で縫物の手をやめた。

水音は一回きりであとは無かった。

このへんは暗くなると死んだように静かになる。昼間は表の県道をバスや自動車が通るが、夜になると途絶える。それでも、ときどきはエンジンの音を聞かせて何台かは走る。

「おまえ、どう思うなら？」

条次は今朝の新聞から眼をあげて女房を見た。爪には畑の土が真黒に溜《たま》っていた。

「自動車が、また、水に落ったんと違うか、お父《と》つぁん。ほしたら、おおごとじゃが……」

「うむ、おれもそないに思うがのう……」

条次はうなずいた。

「行ってみんでもええか？」

と、女房はいった。

「そうよのう。もし、それがほんまなら放ってもおけんが」

条次はそういったまま、まだ尻《しり》も上げないでいる。

「自動車が落ったんなら、中に乗っとる人は助からんかもしれんなァ？」

女房はまだ気がかりだった。じっと耳を澄ませているのは、そのあとの騒ぎを聞こうとしているのである。だが、あたりはもとの静けさに戻って声一つ聞こえない。ときたま夜鴉《よがらす》が啼《な》く。

「自動車は落っても中の人は助かることが多いで、案じることもねえなあ」

と、条次はやはり出かけるのを渋っていた。

「せえでも、いまごろは水が冷たいで、落った人はどうしとる？」

と、女房はいった。実際、まだ奥の山には雪があった。

生田精《いくたせい》という古い人が福渡村に旅宿したときの漢詩がある。

「山村春ナオ浅シ。残雪梅枝ニアリ。寺近ク鐘声を伝ゥ。峰高ク吐月遅シ。渓声夢ヲ驚カス処。……」

詩の季節はいまより少し早かったようである。

湖に水音がして二十分は確実に経った。

突然、表の戸が叩《たた》かれた。夫婦は、どきりとして顔を見合わせた。

「もし、もし」

と、男の声が戸の音といっしょに呼んだ。

「済みません。ちょっと、ここを開けてくれませんか」

条次は怯《おび》えている女房の顔をちらりと見て、心張棒で押えている戸に向かって大きな声を出した。

「どなたですか？」

「はあ」

戸の音はやんだ。

「そこで、車が、湖の中に落ちたんです。運転を誤って……」

外の男の声は喘《あえ》いでいるように途切れ途切れだった。

「えっ」

条次は新聞を捨てた。女房もうしろから起《た》ち上がった。

条次が心張棒をはずして戸を開けると、暗いところに鳥打帽をかぶった男が立っていた。

「どうなさったんなら?」

条次は訊《き》いた。家の中の電灯の光が男の姿をうす明るく浮かした。色のついた眼鏡をかけ、痩《や》せぎすの中年の男で、革ジャンパーにコールテンのズボンをはいているので、運転手だとはすぐにわかった。そのズボンは泥水だらけだった。

「申しわけありません。その先、百メートルくらいの曲がり角で、車が水に落ちこんだのです」

彼はつづけて頭を下げ、どもりながらだが、口早に告げた。

「済みませんが、いっしょに車を水から道まで引っ張りあげて頂けませんか?」

「車を引っ張りあげるいうても、わしひとりでええかのう? 車には何人乗ってなさるなら?」

「お客さんがふたりです。その人も、幸い、落ちた車のなかから脱出しました」

「そうすと、ケガは無いなら?」

「はあ、無事です」

条次は急いで仕事着姿になり、長靴をはいた。ジャンパーの運転手は暗い表で待っていた。

「お父つぁん、ほかの衆を集めんさいよォ」

と女房はうしろから忠告した。亭主が人のためにひとりで労働することはないと思ったのである。

「いや、そんなに人手は要らないと思いますがね」

運転手は粂次を現場に連れて行きながら言った。車はまるごと湖中に転落したのではなく、道の端から土手に急傾斜でとまり、前部がわずかに水面に突っ込んでいる程度だと話した。

「はっとしてブレーキを踏んだのですが、遅かったのです。しかし、もう少しでズボズボと沈むところでしたよ」

運転手は懐中電灯で道を急ぎながら説明した。

粂次にはその話から、事故現場に大体心当たりがついた。そこは県道が湖面につき出たように急カーブしていて、これまでも何度か事故のあった個所だった。

彼の予想は違わなかった。そこまで行くと、暗い水面に向かい、黒い車が六十度くらい下向きになって道路から下の草の斜面にひっかかっていた。まさに県道が鋭角に曲がった突端であった。

水面は黒いが、対岸の遠いところにはダム設備の照明外灯が一つ、ぽつんとついている。それが湖面に唯一の光を落としていた。その対岸は夜空を高く区切って、さらに黒い山が魔物のようにそびえている。こちら側の背面も高い山である。

「こりゃ、危ないとこじゃったのゥ」

条次は立ち停まって思わずいった。

「よう、ここでとまったもんじゃ、もう少し先の水の中に突っ込んだら、おおごとができたろうに。このへんは、この湖のなかでも、深いところの一つになっとるのでのゥ」

「はあ……」

運転手は身震いしたようだった。

その声を聞きつけたのか、車の陰から二つの黒い人影があらわれた。

「お客さん」

と、運転手が呼びかけた。

「この方が手伝いに来て下さいましたよ」

「あ、そうですか」

条次がよく見ると、それはソフトをかぶった男だった。もう一人は、ネッカチーフで頭を包んだ女であった。――

客の男は、ソフトのひさしに手をかけて条次に挨拶《あいさつ》した。

「どうも夜分にご迷惑をかけます」

条次が見て、暗くてよくわからないが、その声といい、少し前こごみの背恰好《せいかっこう》といい、どうやら五十をすぎた人のように思えた。その傍に立っているネッカチーフの女も黙って頭を下げたが、これは若い。夜目ながらネッカチーフは派手な模様だったし、コートも赤い。包んだ顔が白くぼんやり浮いているだけで、年はよくわからないが、二十二、三くらいだろうか。

運転手が岡山から湯原温泉に乗せてゆく客だといったから、むろん、年配の男が若い女を連れて温泉に愉《たの》しみにゆく途中である。

条次は、車の様子を見に道から斜面を降りた。路肩と湖面とは五、六メートルくらいの較差《こうさ》がある。斜面は枯れた短い木や草で蔽《おお》われている。この斜面の傾斜は約六十度くらいで、したがって、車もその角度で傾き、前部は湖岸の水につかっていた。黒塗りの中型国産車だった。運転手は、懐中電灯を回して車の状態を条次に見せた。前のほうはバンパーの少し上までが水の中だった。

条次は、これはもうあと三人くらい呼ばないと道路の上には引っぱり上げられないと考えた。そのつもりで上の道にあがりかけて車の後部を見ると、それは白ナンバーになっていた。数字まで気をつけなかったが、今まで営業車だとばかり思っていたので、彼はちょっと意外だった。

道路では、ソフトの男が条次に近づいてきて、小さな声で話しかけた。

「どうも弱りました。これから駅までかなりあるでしょう？」

「福渡まで引き返されても四キロはありますからな」

「四キロもあっては、まさか夜道を歩くわけにもいかないですな」

男は若い女をふり返っていった。女は黙っていたが、困っている様子だった。

「それに、福渡に引き返されても、いまごろ汽車があるかどうかわかりませんでな。あれは津山までだから、湯原に行きなさるならそこからタクシーだが、遠回りですよ」

「ひどいことになった……岡山駅から普通のタクシーに乗ればよかったが、つい、白タクに勧められて乗ったのがいけませんでした」

男客は後悔したように呟《つぶや》いた。それで条次は初めて白ナンバーのわけがわかった。

夜の湖面から運転手があがってきた。

条次は自分の部落に引き返し、各戸を起こして三人の男を引っぱってきた。女房にいわれなくとも、ひとりでできる作業ではない。

この四人に、運転手とソフトの男客とがいっしょになって、六人でようやく車を道路に押し上げた。その間、四十分くらいかかった。ネッカチーフの女は暗いところに立って見ていた。

「どうも、どうも」

革ジャンパーの運転手は村の四人に頭を下げた。つづいて客も、

「みなさん、こんな夜中にご迷惑をかけました」

と、厚く礼を述べた。

「まあ、危ないところで止まってよかったですな」

と、村の四人は、この程度の事故で済んだことを祝福した。

「とっさにブレーキをかけたのがよかったです」

と、運転手は自分の処置を自慢するようにいった。

車が途中で止まったのは全く奇跡的であった。土手の途中にほんの少し出ている石が偶然に後輪のタイヤのすべり止めの役をしていた。

運転手は車に乗りこんで、何回も始動をかけていた。やがて幸いにも、エンジンは動き出した。

運転手は、そのまま運転台から降りて、

「おかげさまで走れそうです」

と、うれしそうに村の者に告げた。

「それはよかったな」

加勢人は、手伝いの甲斐《かい》があったというものである。男客は条次の傍にきて、その手に何枚か重ねて折った札《さつ》を握らせた。

「これは、ほんの気持ちです。どうぞ、みなさんでお茶でも飲んで下さい」

「いいえ、そんな……」

「まあ、そうおっしゃらずに」

馴《な》れた物腰で男はそれを条次に押しつけて、また頭を二、三度下げた。

「それじゃ、遠慮なしにもらっときましょうか」

掌《てのひら》の感覚で千円札が三枚くらいだった。

客の男女は、運転手が開いたドアから座席に乗った。村の者の位置から見て、二人とも横の姿である。それも男客が礼をいうためにこちらに顔を向けたのは、運転手がドアを閉ざし自動的にルームランプを消してからだった。

条次をはじめ三人は、静かな闇の湖畔の道に遠去かる赤い尾灯を見送った。

湯原温泉は旭川の上流に沿っていて、片側には旅館がほぼ十五、六軒ならんでいる。勝山の町から北に向かって十キロばかり山にはいったところだ。

旅館の山水荘《さんすいそう》では、夜十一時ごろ、表で車の止まる音を聞いた。女中が出ると、黒塗りの中型車から運転手が降りてきて、

「お客さん二人だが、いい部屋がありますか?」

と訊《き》いた。鳥打帽の下に太い黒ぶちの色眼鏡をかけた、革ジャンパーの運転手だった。

この季節だと旅館は閑散である。

「はい、ございます」

女中はすぐ答えて、暗い車の中をのぞいた。ソフトをかぶった男と、ネッカチーフの女とが座席にならんでいた。

運転手はドアをあけ、中の客に女中の返事を伝えた。客は男から先に降りてきた。

「遅く着いてすみませんな」

鼠色のソフトに、濃い灰色のオーバーをきた客は女中に愛想よくいった。かなりの年配である。

「いらっしゃいませ」

女中はお辞儀をした。

花模様のネッカチーフの女がつづいて降りた。真赤なコートだった。背はそれほど高くないが、真白い顔にサングラスをかけている。夜、大きな黒い眼鏡をかけるのは不自然のようだが、これも近ごろ旅行する若い女のアクセサリーになっている。

客は料金を払ったあと、運転手に、二、三低い話を交した。その内容はわからないが、運転手が二、三度つづけて軽く頭を下げたのは、運転の労をねぎらってチップでももらったらしい。

「では、どうぞ」

両手にスーツケースを持っていた女中が客二人を促して玄関の中に案内した。うしろでは車がエンジンの音を立てていた。

女中は、客を三階の表側の部屋に入れた。道路側のほうが川が見えて景色がいいのである。座敷には置きゴタツがあった。

「いらっしゃいませ。どうもお疲れさまでした」

と、女中は荷物を床の間の脇に置いたあと、下座にさがって手をついた。

「どうも」

ソフト帽をぬいだ男の顔は、最初に女中が感じたより老けている。まる顔だが、半白の髪を広い額の上にうすく撫《な》でつけていた。

「あの、恐れ入りますが、もう調理場のほうが終わりましたので、お食事のほうはお出しできませんけれど」

女中は眼を女客に移した。彼女はまだネッカチーフも赤いコートもとっていなかった。寒そうに座敷の真ん中に立っている。山の中なのでこの辺は冷える。

「いや、食事は結構です。遅く着いたのがいけなかったんだから。それに、六時ごろに岡山で済ませてきましたから」

「申しわけございません」

女中はいったん座敷を出て茶と菓子を持って戻った。二人の客は置きゴタツに差向かいではいっていた。

そのときは女もネッカチーフとコートとをとっていた。ふくれ上がったようなパーマの髪で、濃い化粧だった。黒い眼鏡をそのままつけているだけに口紅の強さが眼につく。スーツも臙脂《えんじ》に近い赤い地色に、カスリのような黒い模様がある。派手だった。頸《くび》には真珠の二連を巻きつけていた。

「あの、どうぞ、これにご記入願います」

女中は宿泊人名簿を男客の前にさし出した。

初老の男がポケットから万年筆を抜いて記入している間、女中は二人分の寝巻と丹前《たんぜん》とを乱れ籠《かご》に入れて別間から運んだ。このとき、客は書き終わったものをコタツの傍に置いていた。

「ありがとうございました」

女中がそれに眼を走らすと、「山田英吉《やまだえいきち》、五十六歳、横浜《よこはま》市中《なか》区住吉《すみよし》町五六一番地」とあり、女の名前はなく、単に「外一名」と書いてあった。

「東京のほうからいらしたんですか？」

と、女中は五十六にしては少し老けている男客の顔を見た。

「ええ。山陽《さんよう》地方に遊びにきたんですが、ここの温泉のことを聞いたので、急に思い立ってきたんですよ」

男客は茶をすすりながら如才なくいった。

「それは、まあ、よくこんな田舎に寄っていただいてありがとうございます」

女中は礼をいい、宿泊人名簿に、「三月十三日午後十一時到着」と書き入れた。客はそれをじっと見ていた。

「では、お風呂《ふろ》のほうへご案内しますから、お支度をどうぞ……」

こうして男女客は風呂にはいるため着替えをはじめた。

昨夜遅く着いた二人づれの係り女中はお政《まさ》さんといった。

昨夜の客の話では、今朝八時半に食事を出してくれということだった。

お政さんが朝の食事を運んだときにはもう客は湯から戻っていた。

「ここはいいですよ」

と、男客は女中に給仕のことをいった。

「さようでございますか」

お政さんはうなずいて、

「それでは、お願いします」

と、襖《ふすま》の向こうの女客に声をかけて、部屋を出て行った。

九時すぎ、山水荘の帳場では昨夜おそく桐の間にはいった客からの電話を聞いた。

帳場の男はそのあと、すぐにお政さんを呼んだ。

「桐の間のお客さんが勘定をしてくれというとりんさるが……」

「車は？」

「それもいうとりんさった。これから新見まで行くけえ、すぐ呼んでくれいうて」

「新見まで？　津山のほうじゃなかったかいの？」

お政さんは、ここまでくる客はたいてい津山方面の見物にまわるので、新見と聞いて、ちょっと意外に思った。すると、客は新見から汽車に乗って米子のほうに出るか、また岡山に帰るかするのだろう。

帳場は手早く請求書を書き、ソロバンをはじいて計算をした。

お政さんが請求書を持って部屋にゆくと、客はもう支度を終わっていた。

お政さんは客が財布から金を出している間、

「新見のほうだそうですが、松江《まつえ》のほうにでもおいでになるんですか？」

と、愛嬌《あいきょう》で女客にきいた。

女客は黙って朱《あか》い唇を微笑させ、返事は男にまかせた。

「そうです。米子から松江にまわって、出雲大社《いずもたいしゃ》に参詣《さんけい》したり、宍道湖《しんじ》を見たりしようと思いましてね。昨夜この人と相談して、そうきまったんですよ」

「それはいいコースでございます。松江の近くには玉造《たまつくり》温泉もあり、米子には皆生《かいけ》温泉もあって、どちらもきれいなホテルがございます」

お政さんは勘定といっしょにチップを二千円もらった。

車がきたので、お政さんは客の荷を両手に持って先に降りた。

玄関で靴をはくとき、お政さんは女の横顔をあらためて熟視したが、中高のきれいな輪郭である。ただ、今朝から感じたことだが、若いといっても二十六、七のように思えた。派手な化粧だし、身につけているものも華やかだから、ちょっと見ると二十四、五くらいに思われる。

土地のタクシーに乗った二人は、見送っているお政さんやほかの女中たちにあまり見向きもしないで走り去った。

二人を送って帰ったタクシーの運転手の話では、客は予定どおり新見の駅前で降りたということだった。

事情聴取

十六日の午後五時半ごろ、イコマ電器の社長秘書室で、柳田室長が帰るつもりでいると、前の電話が鳴った。

「柳田さんですか。わたしです」

その太い女の声で駿峡荘のおかみとすぐにわかった。

「実は、三十分前に社長さんが、わたしのほうにお帰りになりましたよ」

おかみは告げた。

「え、社長が戻った」

柳田は思わず問い返した。

「はい。ご無事に」

「社長は別に変わったところはありませんか？」

「いいえ、出てゆかれたときと同じですわ」

「では、これからすぐにそっちに行きますよ」

「でも、わたしから電話をしたといっては困りますよ」

「その点は大丈夫です。社の帰りにぶらりと立ち寄ったというふうにしますから」

柳田秘書室長は、すぐに車を出させて駿河台へ走った。

駿峡荘の玄関に着くと、柳田はすぐ階段を降りた。

いちばん下の、廊下のとっつき部屋をノックすると、なかから応《こた》えがあった。

生駒は宿の着物で枕の上に頭をつけている。女中がかけたのだろう、身体の上に蒲団《ふとん》が一枚だけ載っていた。まずはうたた寝という恰好《かっこう》だ。

「お帰んなさい」

柳田は膝《ひざ》を揃えて手をついた。

「やあ」

生駒は蒲団をはねのけて起き上がった。さすがに照れ臭そうに、もそもそとテーブルの前に這《は》い寄ってすわった。

「どうも留守中は心配をかけてすまなかったな。おかみから聞いたよ」

生駒は煙草をとり出し、卓《テーブル》の上に置かれたメロンやイチゴのくだものを柳田にすすめた。

「こういう折ですから、黙ってお出かけになられたので心配したんです。いったい、どこにいらしたんですか？」

柳田も怒るわけにはいかない。無事に相手が帰っているので、苦笑しながら訊《き》いた。

「ひょいと思いついてね、一大旅行をこころみたよ」

生駒は煙草の煙を大きく吐いた。眼を細めてニヤニヤしている。

「実は、あの晩に、汽車で浅虫《あさむし》に行き、花巻《はなまき》から飯坂《いいざか》をまわって遊んできたよ」

「え、そんなにお回りになったんですか？」

「実は、あの日外に出ていたら、旧《ふる》い友だちにばったり出遇《であ》ってね。吉田《よしだ》という男だ。君は知らないだろうが、本人とはときどき飯を食っている仲だ。その男が会社の今度のことを知っていて、ぼくに同情したんだ。それで気晴らしに東北のほうへいっしょに行かないかと誘うから、つい、その気になった。なにしろ、ぼくもここにカンヅメだから、気が滅《め》入《い》って仕方がなかった。人間は毎日同じ家の中に閉居していると、くだらんことばかり考えるもんだよ」

　柳田は、少々おかしいなと思った。ほんとうは生駒は女づれだったのではなかろうか。それがいえないので「旧い友人」を話に作ったのではないだろうか。柳田にはやはり丸橋豊子のいった、生駒の身辺にいるという若い女のことが頭から離れない。

「そうして、二人で今日の午後東京に戻って、吉田と駅で別れたんだが、いや、おかげで気分爽快《そうかい》になったよ。君には心配させて悪かったが、ま、ぼくの気持ちも察してくれ」

「はあ、それはよくわかります」

　と、柳田は一応いった。

　柳田はさっそく生駒に下請けの連中の動きを説明してから、

「社長。下請けの連中の動きよりももっと困るのは、警視庁のほうでだいぶん態度が硬化したという情報なんです。これは小林先生から聞いたんですが」

「小林君はそんなことをいっていたか。だが、ぼくがこっちに居る間は、なんとかそれは防げるような口ぶりだったが……」

「その後、情勢が変わったのかもしれません」

　生駒も少し心配になったとみえ、苦い顔をしていた。

「社長。いかがでしょうか、ここにすぐ小林先生にきていただいて、お話をお聞きになったら？　そして、今後の対策をお打合わせになったらいいと思いますが」

「そうだな」と、生駒は考えていたが、「じゃ、君、電話で小林君をここに呼んでくれるか」

　柳田はすぐ起《た》って卓上電話の傍に行った。弁護士宅にダイヤルをまわしている間に生駒は起ち上がり、隣りの襖をあけて出た。手洗に行ったらしい。

　小林の声が電話口に出た。

「先生。柳田です……実は、いま駿峡荘に居ますが、社長が戻って参りました」

「あ、そう。いつです？」

「今日の夕方なんです。こちらのおかみから電話をもらったので、ぼくも早速駆けつけたんですが……」

　柳田はそういいながら、ふと、電話機の横を見た。電話機は床の間の横の細長い袋戸棚の上に載っている。そのわきにマッチが一つ投げ出してあった。

　柳田は、そのマッチのラベルに「山水荘」とあるのが眼に止まった。多分、生駒が東北の温泉から持って帰ったものだろうと思い、何気なく手にとった。弁護士と話を交しながらである。「山水荘」の上に「美作三湯の一・湯原温泉」という文字がはいっている。

「社長はどういう様子だった?」

と、小林弁護士の声がレシーバーからつづく。

「とても元気です」

「やはり東北のほうへ行っていたのか?」

「はあ。旧い友だちと東北の温泉をまわってこられたそうです」

美作というと岡山県だなと柳田は思った。マッチは新しいから、生駒が旅行先から持ち帰ったものと思える。おかしいな。東北地方に行ったものが、どうして岡山県にある温泉のマッチを持って帰ったのだろうか——。

「それで、ぼくに用事というのはなんだね?」

「社長には……」と、柳田はやっと会話に意識が戻った。「先生のお話を伝えたんです。例の警視庁方面のことですが、それについて社長はよく話を伺いたいというんですが、すぐにこちらに来ていただけましょうか?」

「うむ、そうだね。いま夕飯を食っているから、これが済んだらすぐに行くよ」

「ご足労ですが、よろしくお願いします」

電話を切ると同時に、襖《ふすま》の向こうで手洗から戻ってくる生駒の足音がした。柳田は急いでそこをはなれた。というよりも、そのマッチの傍をはなれたのだった。

と、生駒はそのままもとの位置にすわった。

「どうだった？」

「はあ、小林先生は食事が済んでからすぐにみえるそうです」

「そうか……そうだ、君も夕食はまだだったな。いまとってあげるよ」

生駒は自分で電話機のほうに行った。そして柳田のために食事を一つ注文したが、戻ってきたとき、もう、あのマッチは柳田の眼には見えなくなっていた。

女中が食事を運んできた。生駒はもう済んだからといって、柳田の分だけをとってくれたのである。

柳田は食事をし、生駒と話を交しながらも、どうもさっきの美作にある湯原温泉というマッチが気にかかった。あれは生駒が持って帰ったとしか思えない。

もし、そうだとすれば、東北に行ったというのも嘘になるし、もちろん、相手は女づれであろう。

むろん、柳田の立場としては、そんなことを前社長にたしかめることはできない。向こうもマッチのことは気にしているのだ。

それで、生駒との会話は旅行にも会社のことにも関係のない雑談になっていた。

食事が終わったころ、小林弁護士が女中といっしょにはいってきた。

「やあ、お帰んなさい」

と、弁護士はすぐ生駒にいった。

「東北のほうにご旅行だったんですって？」

「ええ。あんたや柳田君に連絡すると悪止めされるから、つい、脱《ぬ》け出したんですよ。まあ、心配かけてすみませんでした」

女中が柳田の膳《ぜん》をひいて出た。

「まあ、ご無事でよかった。柳田君もずいぶん心配してましたよ。ぼくのとこに何度も来てね」

小林弁護士はあぐらをかきながらいった。

「いま、その話を聞いたところです。柳田君は、ちょっと神経過敏になったようですな」

「いや、それも社長のことを思うからですよ……東北の旅行はいかがでした？」

「いや、たいへん愉《たの》しかった。久しぶりに温泉で遊んで来たんですがね。浅虫、花巻、飯坂と歩いて来ました」

柳田はちらりと、そんなことを話す生駒の顔を見た。生駒の顔には、その愉しさがなんの翳《かげ》りも伴わずに出ていた。

小林弁護士は生駒の旅行話をひととおり聞いてから、

「さて」

といい出した。

「いや、生駒さん。困ったことになりそうです」

「ははあ、警察の動きですか？」と、生駒が早まわりしていった。

「いま、柳田君からちらりと聞いたんですがね」

「そうなんですよ」小林は眉間《みけん》に皺《しわ》をつくり、「できるだけ押えるつもりだったが、どうも刑事部長が強硬のようなんです。ぼくは二課長は知っているんだが、刑事部長がこの前に替わったばかりでね。新任となると、とかく張り切りがちだが、今度の刑事部長もご多分に洩《も》れず点数稼ぎを考えて、まずイコマ電器の倒産に眼をつけたらしい。二課長のいうことをどうしても聞かないというんです」

「そうすると、わたしを逮捕するというんですか？　背任罪とか詐欺横領とかいう疑いで？」

生駒はうすら笑いを浮かべて訊《き》いた。

「いきなり逮捕ということはあり得ないと思います。そこまではまだ向こうも自信がない。その前に、まず傍証を固めてゆくでしょう」

「傍証というと？」

「あなたを呼んで事情を聴くとか、あるいは、経理担当の杉村常務や、業務担当の前岡専務を呼ぶというようなことです。まあ、会社の帳簿の引揚げなどという処置はあとになると思います。そこまでゆくには相当自信を固めてだから……」

「ぼくはそのへんはよくわからないが、いまのお話だと前岡君や杉村君を先に呼ぶのが順序のようですな？」

「そうなんです」と、弁護士はうなずいた。

「それはぼくのほうに警視庁から照会がありましたよ」

「先生に？」

「二人とも旅行に出かけて居ないから、行先を知らないかというんです。あ、そうだ。偶然にも生駒さんが出発されたのと同じ日なんですよ」

「どこに行ったんだろう？」

生駒が首をかしげると、柳田が横からいった。

「そのことですが、前岡専務は四国の高松の知人のところに、杉村常務は郷里の奈良県に帰られたそうです。二人とも別々の出発ですが……」

「そんなわけで」と、弁護士がつづきを言った。

「警視庁では、専務も常務も居ないがどうしたのだと訊くんです。ぼくは前役員のことは知らないから、そんなことはわからないとつっぱねたんですがね。すると、生駒さんはどこに行っているというから、東北のほうに知人と旅行しているといっておきました。すると、その後もまた警視庁から問合わせがありましたよ。だから、まず生駒さんから事情を聴こうというのかもわかりませんね」

「ぼくは何を聴かれても、いっこうにやましいところはない」

と、生駒は片肘《かたひじ》を張った。

そのとき卓上の電話が鳴った。

柳田が卓上電話の受話器を取ると、小林先生のお宅からです、と帳場はいう。

柳田は弁護士に取り次いだ。

「どうも」

小林が受話器を受け取った。

「おれだが、なんだい？」

あとは家からかかっている電話を、ふん、ふん、と聞いている。こちらでは生駒と柳田とがなんとなく黙って茶を飲んでいた。

「わかった」

と、弁護士は聞き終わってから、

「では、あとでぼくが直接向こうに電話するからいいよ」

といって受話器を置いた。

小林は戻ってきて煙草に火をつけた。

「生駒さん。いま、わたしの留守に二課長から電話がかかったそうです」

「…………」

生駒が小林の顔を見た。

「どうもあんたから先に話を聞きたいらしい。二課長の電話は、あんたがいつ東京に帰るかということと、東京の居場所はどこかという問合わせだったらしいんです……もう、こうなったら、あっさり出て行ったほうがいいんじゃないですか。いつまでも隠れているような印象を与えると、かえって面倒なことになるかもわかりませんからね。しかし、ぼくがついているから、変なことはさせません」

「ぼくが警視庁に行くんですか？」

「いや、それはなんとかほかの方法で考えてもらいましょう。あんたが行くと、新聞記者の眼にでもふれたら騒がれそうですからね」

「………」

生駒の顔に初めて心配げな色が出た。

「生駒さん。思い切って警視庁の連中とお会いになったらどうですか？」

「そうだね」

生駒はふっと息を吐いたが、

「あんたがそうすすめるなら、そうしても構わないですよ」

と、決心をつけたようにいった。

「そうですか。じゃ、早速先方にそういいます」

「そんな場合、ぼくはどこに行ったらいいのかな？」

「そうですな。いまもいったとおり警視庁ではまずいから、人目のない所にするよう、ぼくから申し込んでみます。いわゆる都内某所というやつですよ」

その翌日午前十時に、小林弁護士が警視庁と連絡をつけ、生駒は都内某所で捜査二課から「事情聴取」を受けた。前夜の小林の話は間違いなかったわけだ。

都内某所は、生駒の場合、芝浦《しばうら》の東京水上署《すいじょうしょ》だった。ここだと新聞記者もあまりやってこない。水上署は、いわゆるサツまわりから敬遠されているので、二課では報道陣の盲点を衝《つ》いたわけだった。

逮捕状が出ての取調べではないから、小林弁護士も遠慮して、事情聴取の間は駿峡荘に待機していた。午後になって柳田がやってきた。

弁護士と秘書室長とは生駒の部屋で茶を飲みながら話し合った。

「先生。見通しはどんな具合ですかね？」

「わからんな」弁護士は首をかしげた。「しかし、すぐにどうということはしないだろう。いくら刑事部長が張り切ったところで、確実な証拠がつかめない限り、逮捕状は出せないからね」

「事情聴取の段階で社長がうかつなことをしゃべって、そこで尻尾《しっぽ》をつかまれるということはありませんか？」

「君は尻尾といったね。やはり生駒さんが相当社の金を個人的に流用していると思ってるかね？」

弁護士はいたずらっぽい眼をした。

「いいえ、そうは思いませんが」柳田は少しあわてて、「しかし、警察ではあれでしょう、ちょっとしたことを捉《とら》えて、それを口実にいろんな誘導尋問をこころみたりして、逮捕状を取る理由をつくるというじゃありませんか？」

「そういうこともあるがね。だが、この場合、なんといっても経理担当の杉村常務の居ないのが当局には痛いらしい。だから、今朝も早くから二課長が電話をかけてきて、いったいどこに行ったのかと訊くんだよ。こっちは何も知らないのにね。当局では、むろん、常務を別に調べて、生駒さんとの食違いを捉えようというわけだ」

「常務もそうですが、専務も居ませんからね」

「二人ともいっしょに消えたというのが、どうもおかしいと思ってるらしい」

「でも、行先はわかってるんですから……」

「いや、それがね、二課長の話では、専務と常務の家族から話を聞いて、旅行先の警察に連絡したんだそうだ。その返事では旅行先に行っていないというんだよ」

「え、いらっしゃらないんですか、二人とも？」

「そうらしい。まさか消えたわけでもあるまいが、あの二人も噂のように社の金を個人的に流用したというのが本当だとすると、行先をはっきりさせないのはまずいよ。脛《すね》に疵《きず》があるからと思われても仕方がないからね」

柳田は眼を逸《そ》らして考えた。二人の重役が居なくなった日と、生駒が東北旅行に出た日とが同じである。ふしぎなことだと思った。

「どうだ、柳田君。生駒さんが帰ってくるまで碁でも囲むか？」

碁石をならべて、ようやく勝負が見えかけたころに生駒が戻ってきた。柳田の眼から見て、それほど変わった様子でもなかった。

「やあ、お帰り」

弁護士は石を崩した。

「どうでした」

生駒が座蒲団《ざぶとん》の上に尻《しり》を据えると、それを囲むように弁護士と柳田とは両側に席を移した。

「いや、たいしたことはなかったですよ」

と、生駒はにこにこしていた。

「調べたのはやはり二課長ですか?」

弁護士が訊《き》く。

「いや、そんな上のほうの人じゃありません。係長でしたよ。向こうも雑談的に訊いてくれたんですが、なんだか今日は世間話に終わったような感じです」

生駒の話に小林弁護士は少し安心したようだった。

「それで、どういうことを聞かれたんですか?」

弁護士はたずねた。

「やはり倒産前の事情です。ぼくが経理をごまかして社の金を自分のものにしているのではないかという疑いでした。向こうは、世間でとかくの噂があるから一応参考的にきくんだが、と前置きしたが、ぼくが否定すると、それ以上はしつこくききませんでしたよ。とにかく、帳簿いっさいは管財人の手もとに出してあるので、それを見てもらえばわかるんですからね」

生駒は自信ありそうに答えた。

「それで、今日でもう打切りですか」

「いや、明日もまたこいというんですよ」と、生駒は初めて眉《まゆ》をかるくひそめた。「今日はなんだか雑談的で終わったから、もう一度お話をききたいと、ていねいに頼むから、断わることもできなくてね、承知して帰ったわけです」

「明日は何時からですか？」

「午前十時に来てくれといってました」

「その係りはなんという人ですか？」

「捜査二課の一係長で山浦《やまうら》という警部補でした。まだ若いが、しっかりしてたな。あれで三十四、五くらいかな。名刺をもらわなかったら、会社のサラリーマンとちっとも変わらない……」

「専務と常務とのことはききませんでしたか？」

「それはたずねた。だが、ぼくは全然連絡がないので知らないといいました。事実、そうですからね」

「先方は、両重役が居ないので弱ったというようなことをいってませんでしたか？」

「そうですな、いつ帰るのだろうかと、だいぶん気にしたが。……しかし、あの二人にきいても何も出やしませんよ。それに、帳簿は全部管財人団に出しているし、こちらとしてはもう資料はないのだから、いいようがありませんよ」

「なるほど」

小林弁護士は煙草を吹かしていた。その顔を生駒はちらりと見て、

「先生。あんたの判断はどうです、たいしたことはないでしょう?」

「そうですね、これはぼくの推測だが、やはり社長の話と、両重役、ことに経理担当の杉村さんとの話を照合してみたいのでしょうな。したがって、杉村さんが帰ってくるまで、本格的な事情聴取は始まらないんじゃないですか」

「いくら杉村君が帰ってもぼく以上の話も出ないし、無駄だと思うけれどな」

生駒は、そうつぶやいて庭のほうを見た。

「おや、雨が降ってきたね」

柳田が見ると、庭石の上にも、土の上にも雨滴が黒く落ちていた。

柳田は、ふと、この雨で丸橋豊子が経営する「楽天荘」の土が柔らかになる状態をなんとなく考えた。

若い女

翌日、柳田は杉村と前岡の家に電話をしたが、双方とも奥さんが電話口に出て、まだ帰っていないという返事だった。

柳田は、しばらく仕事をした。時計を見ると三時半なので、生駒の事情聴取がどんな結果なのか、これも気になる。そこで駿峡荘ホテルに行ってみることにした。

彼は会社から駿河台へ車を飛ばした。

その車が駿峡荘の玄関に着いたときだった。中から、それほど背の高くない洋装の若い女が出てくるのが眼に止まった。派手な色の服装で、近ごろ流行《はやり》のサングラスをかけている。女中が、その女を見送ったばかりのところだった。

柳田は降りて、何気なくその女のうしろ姿をちょっと見返った。

女中は意味ありげに微笑している。

「お客さんかね？」

と、いまの女のことをいった。

「はい。訪ねておみえになった方です」

「駿峡荘も連込みのアベックを入れるのかね？」

「あんまり人聞きの悪いことをいわないで下さい。いまの人は生駒社長を訪ねておみえになった方です」

「え、あの人が？」

柳田がもう一度ふり向くと、その女の姿は、すでに見えなかった。柳田の眼には、そのサングラスをかけたしゃれた姿が残っている。どうも普通の娘ではなく、バアの女といった感じだ。

柳田はたちまち、丸橋豊子や生駒夫人の話を思い出した。思い当たるというのはこのことである。

「いまの女性は、はじめて生駒さんを訪ねてきたのかね？」

と、柳田は女中にすぐに訊いた。

「いいえ、前に二度ほどお見えになったことがございます」

「二度？」柳田は玄関の中にはいるのも忘れて、

「それで、いつも生駒さんの部屋に通っているの？」

「はい。社長さんがあの方をお通しになっておられました」

してみると、かなり親密な仲でなければならない。

「彼女はどうして帰ったの？」

「だって、まだ社長さんがお戻りにならないものですから」

「そうか」柳田は考えていたが、「ね、君。あの女性は、君たちの眼からみて、どういう種類にみえるかね？」

「あら、種類だなんて……」

「いや、つまり、普通のお嬢さんか、それとも、バアとかキャバレーとか、そういったところで働いている女性か、という意味だよ」

「そうですね、やっぱり、そういった場所でお働きになってらっしゃる方でしょうね」

「君たちがそう思うなら、間違いはなかろう」

旅館の女中は人を見るのになれている。

「それで、生駒さんの部屋には、いつもどのくらい居て帰るのかね？」

「まあ、一時間か二時間くらい……」

女中は遠慮そうに答えた。

「それで、あの女性の名前を聞いたことがあるかね？」

「いいえ、いつもお名前をおっしゃいません。前もって生駒さんに電話をお入れになってから、お見えになりますので、そのままお部屋へお通ししておりますけど……」

「社長との様子はどうだ？　つまり、とても親しそうだったかね？」

「そうですね、かなりお親しいようでしたわ……でも、ああいうご商売の方だと、そういう気楽な話し方になるんじゃありませんか」

「それもそうだな」

「それに、ときどきその方から電話だけかかってくるときもございました」

「電話が？」

「ええ。わたくしの記憶では三度ばかり」

「すると、あの女は自分で来たのが二度で、電話が三度、こういうわけだな」

「そうなんです」

柳田は、生駒伝治が警察から帰ってくるまで、駿峡荘のあいた部屋で待った。彼は女中の持ってきた夕刊を拾い読みしながら、生駒を訪ねてきた派手な女性のことを考えていた。

もしかすると、この女の住まいは駿峡荘からそう遠くない所にあるのかもしれない。それがアパートか普通の家かはわからない。だが、その住まいに行くには黒い土を踏む所があるのではなかろうか。

柳田は、生駒のはく下駄についていた土を、はじめ九段の丸橋豊子の庭だけ考えていたが、あるいは、さっきの女の住まいにもそういう場所があるのかもしれない。

柳田がそんなことを考えていると、玄関に車が着いて生駒伝治が降りた。

女中が柳田を呼びにきた。柳田が上の廊下に出ると、生駒とばったり顔を合わした。

「お帰んなさい」

「やあ、ご苦労さん」

柳田は生駒の顔をちらりと見たが、昨日と同じ顔色だった。この調子なら今日の「事情聴取」もたいしたことはなかったな、と柳田は思った。

生駒はいちばん階下に降りて、ドアに自分で鍵《かぎ》をまわし、中にはいった。

生駒は柳田とむかい合って籐椅子《とういす》にかけたが、両手をひろげて、やれやれ、といったように伸びをした。

「君、警察のほうは今日で済んだよ」

「それはおめでとうございました」と、柳田は思わずほほえみ、軽く頭を下げた。

「では、もう呼ばれることはないんですか？」

「係長がね、大体わかったから、もう結構です、どうぞご自由に、といったよ」

「そうですか。よかったですね」

生駒が捜査二課の係長にどういうことを聴かれたのか、また、それにどう答えたのか知りたいところだったが、柳田としてはそんなことは質問できなかった。ただ想像で補うほかはない。

女中が茶を持ってきたが、

「あの社長さん」

と、眼顔《めがお》で襖《ふすま》のところに退《さが》って呼んだ。

「おう」

生駒は起《た》ってゆく。女中は彼の耳に何かささやいていたが、

「ああ、そうか」

と、生駒はいっただけで椅子にまた戻った。

柳田は、女中がさっき訪ねてきた派手な若い女のことを報《し》らせたのだな、と思った。

その生駒は全く素知らぬ顔で、

「君、晩飯はここで食ってゆかないか？」

と誘った。

「はあ、ありがとうございますが……まだ、これから帰って仕事がありますから、それではわたしはこれで」

と、柳田は起ち上がった。

「忙しいところをすまなかったな。もう、あのほうは安心だからね」

と、生駒はいつものように柳田を部屋の外まで見送った。

柳田は、たぶん自分と入れかわりに、あの若い女がやって来るのだろうと考えながら、駿峡荘の玄関を出た。

翌日の昼ごろ、柳田がそろそろ飯に行こうかと思っているとき、受付から電話がかかってきた。

「いま、神岡さん、北川さん、浜島さん、池田さん、鈴木さんの五人の方が、柳田さんにお目にかかりたいといって見えていますが、どうしましょうか？」

柳田は、悪いときにあの連中が来たと思った。しかも、今度もまた五人揃ってである。一応は断わろうかと思ったが、そうすると、またあとで難癖をつけられそうなので、とにかく応接間に通させることにした。

柳田は重い足を引きずるようにして応接間へ行った。そしてドアをあけたとたんに五人の眼がじろりと柳田の顔に集中した。

「いつもご苦労さまです」

と、柳田は初めから低姿勢に出た。彼はもそもそとすわったが、五人ともしばらくは黙っている。

「どうです、柳田さん、生駒さんの行方はわかりましたか？」

と、一番に口を切ったのはやはり神岡幸平だった。

「はあ、それがまだ……」

柳田が眼を伏せると、

「え、まだですって？　それで、あんたがたは、その行方を捜そうともしないんですか？」

神岡は皮肉な顔をしている。

「いいえ、八方手を尽くしているんですが……」

「生駒さんの奥さんもご存じないということですが、それでよく平気でいられたもんですね？」

「…………」

「とにかく、この前の集会があった日から、あんたがたは生駒さんがどこかに行ってわからないといっている。もう、そろそろ一週間になりますよ。一週間も、あんた、人がどこに行ったかわからないとなると、ただごとではないはずですがね」

「柳田さん」と、部品屋の鈴木寅次郎が口を尖《とが》らした。

「あんた、本当は知ってるんでしょう、生駒さんがいま居る所を？」

部品屋の鈴木寅次郎に詰め寄られた柳田は、

「いや、まったくわたくしは知りませんので」

と、ていねいに答えた。

「なに、知らない？」

鈴木寅次郎は初めから顔色を変えて、

「あんた、秘書室長でしょう。いかに前社長でも、生駒さんがどこに居るのかわからないはずはない。なぜ、そうわれわれに隠すんですか？」

と、荒々しい声をあげた。

しかし、柳田は何をいわれても返事ができない。いや、うっかり何かいおうものなら、その言葉尻《ことばじり》を捉《とら》えられてつるし上げられる。言質を与えてはならないのである。五人の下請業者は、いくらねばっても、柳田の口からは何も収穫が得られないので、

「いつも柳田さんだけを相手ではどうしようもないじゃないか」と、絶縁器具屋の池田初平がいい出した。

「柳田さん。吉村《よしむら》さんにちょっと挨拶《あいさつ》してもらおうじゃありませんか」

「はあ。しかし、吉村重役でもやはり生駒さんの行方はわかっておりません」

柳田はお辞儀をしていった。

「あんた、何をいうんだ」と、鈴木寅次郎が強い声でいった。「生駒さんの行方がわかるわからないの問題よりも、こうして苦しんでいるわれわれに吉村さんから一言挨拶してもらいたいんだ。いまのところ、この会社は吉村さんが社長業務を代行している。この責任者だ。責任者なら、当然、少しくらい顔を出して一言の挨拶があってもいいわ

けだよ」

「まったくだ」と、池田初平がそれに賛成した。「柳田さん、吉村さんを呼んでくれないか」

ほかの連中も口々に同じことをいった。

柳田は諦《あきら》めた。こうなると自分の言葉では制しきれない。とにかく吉村に出てもらえば、彼らも一度は気がすんで引きとるだろう。

柳田は、少々お待ち下さい、といって応接間を出た。首筋をハンカチで拭《ぬぐ》い、吉村重役の部屋に行った。

「そら、わてが出ないとあかんやろ」

技術畑の吉村重役は、むしろ下請業者に同情的だった。気軽にすぐ柳田といっしょに応接間に行った。

「吉村でございます。今回はなんともはや、みなさんにご迷惑をおかけしまして」

と、重役はテーブルに両手をかけて、額をその上につけるくらい頭を下げた。

吉村重役は、商売のほうはあまり知らない。だが、いかにも技術屋らしい彼の朴訥《ぼくとつ》な言葉は、それなりの説得力をもっていた。

「お腹立ちはまことにごもっともだす。なんとかみなさんのご迷惑を少しでも少なくするよう努力するつもりですさかい、どうか、この吉村を信じてご辛抱を願います」

社長と同じ人がみずから出てきたので、神岡や鈴木などは柳田に向かうほどには激しくなかった。それに、吉村の人柄も彼らに好感をもたせた。五人の下請業者は、かわるがわる吉村に窮状を訴え、生駒の居場所を教えてくれと頼んだ。横で見ていた柳田は、吉村が生駒の居場所をしゃべらねばよいがと心配になった。生駒のことは逐一、吉村に報告されていたのだ。しかし、吉村は最後まで口を割らなかった。

五人の下請業者は、吉村重役との話合いを終わると、応接間からぞろぞろと廊下に出た。そこまでは吉村重役も柳田秘書室長も鄭重《ていちょう》に見送った。

「いくらあの二人がペコペコ頭を下げてくれても、こっちは一文のトクにもならん」

と、神岡幸平が廊下を歩きながらぶつぶついった。

五人がイコマの本社の玄関まで出ると、向こうから鞄《かばん》を抱えてくる女に出遇《であ》った。引詰髪の、黒っぽいくたびれたスーツを着た女だった。まるで田舎の小学校の先生のような恰好《かっこう》だ。印刷屋の下村るり子だった。

最初に声をかけたのはやはり神岡幸平で、

「やあ、下村さん。ご精が出ますな」

といった。

下村るり子は五人の顔をみて脚を止めたが、ちょっと間の悪そうな表情をした。

「あんた、まだ、ここと商売をしているのかね？」

と神岡は、その白粉気《おしろいけ》のない三十女の魅力のない顔にいった。

「ええ。どうしても仕事をしてくれと資材部のほうでいわれるので、断わることもできないんです」

彼女は笑いにまぎらわすようにいった。

「だがね、下村さん。どれだけ仕事がもらえるのかしれないが、いままでの売掛金がパアになってるんだから、ちょっとやそっとのことでは追っつかないね」

「それはわかっていますわ。でも、いつかは、あの金もいくらかは返してくれるんじゃないでしょうか？」

「いや、あんたの気持ちはよくわかるがね」

と、小型モートル製造業の浜島が同情するようにいった。

「それでは、これで」

と、印刷屋の下村るり子は五人にお辞儀をして、奥のほうに歩き去った。

「ああいう手合いは仕方がないな」と、池田初平がその後ろ姿を見送っていった。「結局、ああしてあとの仕事をもらっているから、自然と会社側の一方的なやり方をのむかたちになる。だから、会社はなおもわれわれに横暴に出られるのだ」

「そうだな」と、部品屋の鈴木寅次郎がいった。「あれは女だから仕方がない。それに仕事も小さいしな。だが、せめてわれわれだけでも団結して共同で当たろう。なんとしてでも生駒から私財を出させねばならん」

部品屋の鈴木寅次郎は、この五人が団結して、あくまでも生駒前社長の私財を吐き出させようと力説する。

ほかの四人も、まったくそのとおりだ、とうなずく。

五人はそこで別れた。

生駒転々

柳田は会社の秘書室にいた。午前十一時ごろだったが、前岡前専務の家から電話がかかってきた。

「柳田さんですか？」

と、奥さんの明るい声だった。

「ご心配かけましたけれど、主人が昨夜遅く帰ってきましたから、どうかご安心下さい」

柳田は、それが三月二十三日だったことを知っている。卓上カレンダーの日付を見て印をつけたからだ。そうすると、前専務が帰宅したのは二十二日の夜であった。

「それは何よりです」

柳田はほっとして言った。前岡専務と杉村常務とが戻らないのをいやな予感で心配していたときだった。

「もしもし。少々お待ち下さい」

と、奥さんの声はひっこみ、今度は前岡が当人自身の声を聞かせた。

「柳田君か。留守中、なにかと心配してくれたそうで、ありがとう」

前岡の声は落ちついていた。

「いいえ。四国にいらしてから、あまりお帰りが遅いと聞きましたので、つい、案じておりました。こういう際ですから、よけいな心配をして申しわけありません」

「たびたび電話をもらったと家内から聞きました。どうもありがとう」

「予定よりずいぶん延びたようでございますね」

「ああ。久しぶりに高松へ行った、ついでに四国をまわり、九州まで足を伸ばしてきたよ。まあ、そのうち暇があったら遊びにきてくれたまえ。旅の話でもするよ」

「はあ、ありがとうございます。わざわざどうも」

と、柳田は電話を切った。

いい気なものだと思った。こっちが心配していたときに、前岡は遊びまわっていたのだ。柳田は、少しいまいましくなって煙草をとったが、杉村常務のほうはどうなったのだろうかと思った。

偶然に同じころに旅立った生駒や前岡は帰ったが、杉村のほうはまだ帰京したという報告がない。杉村もまた奈良に行ったついでにひとりでのんびりと遊びまわっているのだろうか。

柳田は少し気になったので、交換台に杉村の家を呼ばせた。

出てきたのは奥さんだった。

「いいえ、まだ、主人はあれきり帰ってきません」

と、こっちの奥さんは少し心配そうな声でいった。

「それにしても、ご主人から何か連絡でもありましたか？」

「それが何もございませんのよ。会社のほうに何かございまして？」

と、奥さんは逆に訊《き》いた。

「いいえ、こちらには……もっとも、いまはさして重要な用事もないからご連絡をいただかないのかもしれませんが……」

柳田は奥さんに心配させないようにいったつもりだが、とりようによっては退職役員には冷たいようにも聞こえる。

「奥さん、ご主人は奈良に行かれたはずですが、そこからの便りもないのですか？」

「はい、主人からはありません。けれども、向こうに着いた日に主人と遇《あ》った人はあるらしいんです。その人は主人がこちらに帰っているものと思い、葉書を下さいましたから」

「ほう。その葉書にはどんなふうに書いてあるんです？」

「あのときは久しぶりに遇って愉快だった。近いうちに東京に出るから、また話したい、というような意味でした。ですから、その方に主人がお遇いしてることは間違いありません」

「その人はご主人と前からのお知合ですか?」

「はい、おさな友だちでございます」

そうすると、杉村はたしかに奈良には一応寄っている。だが、それは到着した日のことらしく、その後も奈良にいたのか、あるいは、それからすぐによそにまわったのかははっきりしない。

「奈良は、ご主人のご郷里でしたね?」

「はい、そうでございます」

「そこには、現在、ご実家だとか、ご親戚《しんせき》はございますか」

「家はもう無くなっております。ただ遠い親戚が二軒ほどあるだけですが、主人はそこに寄った形跡はございません。それはこちらから問い合わせてわかったことでございます」

そうすると、杉村は奈良に帰るといってもそこには実家も無い。遠い親戚にも寄ってないのだから、帰郷という意味はあまりなさそうだった。

「奈良にお帰りになった目的はなんでしょうか?」

柳田もつい訊いた。

「はあ。ただ、久しぶりに郷里の様子をみたい、なつかしいお寺まわりもしたい、といっておりました。べつに親戚に遇うのが目的ではなかったようです」

郷里に実家が無くても、永年《ながねん》そだった土地をなつかしんで見に行くのは考えられないことではない。土地が奈良だけに、それは十分に考えられる。

しかし、そうは思うものの、一方では、どうも変だという気はやはり残っていた。

こまめな柳田秘書室長は、杉村の奥さんとの電話がすむと、すぐに駿峡荘にかけた。

生駒の声はすぐに出た。

「社長、前岡さんは昨夜帰宅されたそうですが、ご存じですか？」

「そうだってね。ぼくも今朝、それを前岡君から電話で報《し》らされたよ」

生駒が駿峡荘に居ることは、前岡専務と杉村常務だけは知っている。

「ところで、杉村さんのほうはどうかと思って、お宅に電話をしてみたのですが、杉村さんはまだお帰りになってないそうです」

「そうか。杉村君は相当にのんびりとかまえているんだね」

「なんでも、奈良に帰られたそうですが、杉村さんが遇《あ》われたのはおさな友だちの人くらいらしいんです」

「そうか」

生駒は聞いてもそう関心はないようだった。

「杉村さんの奥さんもだいぶん心配されているようですから、ぼく、ちょっと、これからお宅に伺ってみようと思うんです」

「まあ、君もいろいろと気苦労だね。では、せっかくだから奥さんに会ってみるがよかろう」

生駒も笑いながら柳田の考えに賛成した。

柳田は、その電話が終わると、一時間ばかり仕事をしてから、杉村の家へ出かけた。

杉村常務の家は目黒の祐天寺《ゆうてんじ》の近くにある。きれいな家であった。このへんはかなり高級な住宅地で、前は広い道路になっている。

柳田が行くことを電話で知らせておいたので、杉村常務の奥さんは車の音を聞いて、もう玄関に出ていた。

「ご無沙汰《ぶさた》してます」

「いいえ、こちらこそ」

玄関先の挨拶《あいさつ》がすむと、柳田は五坪（十六・五平方メートル）ばかりの応接間に通された。近ごろの新しい様式で、南と東側の二面が広いガラス窓になって、そこから庭が眺められるようになっている。新緑の葉が窓近くに迫って、都心からきた者には眼を洗われるようである。

この家もそれほど広くはないが、三年前に建てて、かなり凝ったものだった。

柳田は杉村の奥さんと三十分ばかり、その立派な応接間で話をした。

奥さんはかなり心配していた。

「いままで主人は四、五日くらいの旅行だと、旅先からはもちろん葉書をくれたこともありません。でも、電話は、会社に現役で勤めていましたし、そういう連絡もかねてかけてくれたものです。けれども、今度はさっき申しあげたように、奈良で主人の旧《ふる》い友だちにお遇《あ》いしたということを、その人の葉書から知っただけでございます」

柳田はきいた。

「ご主人は奈良からまたどこかにいらっしゃるようなお話はなかったんですね？」

「はい、それはございませんでした。ただ、三、四日ばかり奈良を遊んでくるといって出かけただけでございます」

「けれど、気が変わって別なところに行かれたということも考えられます。ご主人がよく好んでおいでになったような土地がございますか？」

「いいえ、とくに好んで行ったような土地はございません」

柳田は困ったと思ったが、ここでいっしょに奥さんと心配していても仕方がなかった。

「前岡さんだって十日ばかり遊んで昨夜ご帰宅になったのですから、ご主人もあと二、三日で元気なお顔でお戻りになると思います。まあ、そうお案じになることもないでしょう」

奥さんはうなずくともなくうなだれた。

「わたしのほうからもできるだけ心当たりのところに照会してみることにします」

柳田はそういったが、もちろん、そんな先はなかった。

「よろしくお願いします」

と、奥さんはアテもない柳田のいい方に礼をいった。

柳田は奥さんに玄関まで送られて、待たせてある車に乗った。

杉村前常務の家を出た柳田は、それから真直ぐに駿峡荘へ向かうつもりだったが、途中で気が変わった。その前にちょっと前岡前専務の家も訪問して旅行の話を聞き、両方の話題を持って、生駒前社長のところへ行くほうがよいと思った。

前岡前専務の家は関口台町《せきぐちだいまち》の坂の途中にある。杉村の家よりはやや狭いが、それでもかなり金をかけた近ごろの建築意匠をとり入れた洋式だった。

前岡の奥さんが玄関に出た。主人が帰ったせいか、ご機嫌の顔である。すぐに応接間に彼は通された。

この応接間もやはり、庭を広い空間で窓にとり入れた近代的な設計だ。前岡専務も杉村常務も揃いも揃って二、三年前にこういう家を建てていることから、いま改めて粉飾決算によるイコマの倒産に結びつけて考えないわけにはいかなかった。

その前岡は、短く刈った半白の頭に、まるい赭《あか》ら顔をにこにこさせながら鉄銹《てつさび》色の着物姿で現われた。

「やあ」

と、前岡は柳田に革張りのクッションをすすめた。

「留守中、心配してもらったそうだね」

と、前岡は接待煙草を卓《テーブル》の上から一本つまんだ。

「いいえ、ただ電話でご様子を奥さまに伺っただけです……予定よりお帰りが遅かったんでございますね」

「ああ。久しぶりにのんびりとなったためか、つい、遊びすぎてね。……どう、その後会社のほうは？」

「いまは管財人の手もとで、いっさいの整理事務が進んでいますので、それを待っているだけです」

と、柳田はいった。気の乗らない返事である。すでに現役を去っている専務だから、こちらも答えに張合いがなかった。

「生駒さんは、いつまで例の場所に居るんだね？」

と、前岡は駿峡荘のことを訊《き》いた。この前岡と杉村の二人だけは生駒の所在が内密にわかっている。

「さあ、わかりません」

実際、それは柳田にもわからない。ホトボリがさめるまでだが、それがいつのことか。

「前岡さん、九州のほうはいかがでした？」

柳田は彼の旅行談を訊いた。

「いや、面白かった。高松に人を訪ねてね、そいつの家で一泊したが、それから急に思い立って松山《まつやま》に行き、道後《どうご》に泊まったよ。すっかりのんびりした気持ちになって、今治《いまばり》から別府《べっぷ》行の船に乗ってね、宇和島《うわじま》経由で九州に渡ったよ。いま、別府から阿蘇《あそ》まで九重《じゅう》高原を抜ける立派なハイウェーができている。阿蘇から今度は宮崎へ出て九州をぐるりとまわった……」

「それはいい静養ができましたね。実は杉村さんもやはり十日前に奈良に行かれたのですが、まだ帰ってこられません。奥さんは連絡がないといってだいぶん心配されていますが……」

「おそらく、杉村君もぼくと同じ気持ちで遊びまわっているんだろう。あの人は割合とのんきだから、葉書も出さないんじゃないかな」

「ぼくもそう思います」

そんなことを話しているうちに三十分くらいはたちまち経った。

柳田は、駿峡荘の生駒に話そうと思い、電話を借りに起《た》った。

彼は廊下にある電話のところにきて駿峡荘のダイヤルをまわした。

「あら」と、電話に出たおかみが意外そうにいった。「社長さんは、さきほど、このホテルをお引き揚げになりましたよ。柳田さんはご存じなかったのですか？」

おどろいたのは柳田のほうだった。

今朝、生駒と電話で話したときは、彼はそんなことは少しも洩《も》らさなかった。

「いいえ、全然聞いてませんよ」

「おかしいわね。社長は柳田には言ってあるよといってましたわ。午前十一時ごろに身のまわりの荷物を持って、お金もちゃんとお払いになってから出かけられましたよ」

「で、社長はどこへ行くといってましたか？」

「一応、ご自宅にお帰りになるといってらっしゃいました。わたしはまた柳田さんがすっかりご存じとばかり思ってましたからね」

「いや、うすうすはそういう話もあったけれど」

と、柳田は曖昧《あいまい》につじつまを合わせた。しかし、足もとから鳥が立つような出発は、生駒に何を思い立たせたのだろうか。

「でも、まだ荷物が少し残っているのでお返ししなければならないんですけど、わたしのほうからお宅にそうむやみとお電話もできませんしね」

と、おかみはやはり生駒夫人の手前を考えている。

「どうもありがとう」

柳田はいったん受話器を切った。その話の様子で前岡が彼のほうに寄ってきて、

「なんだ、生駒さんは家に帰ったのか？」

と、拍子抜けした顔だった。

「とにかく、これから社長の自宅に電話してみます」

柳田はもう一度ダイヤルを回した。

柳田は、生駒夫人が電話口に出るのを待って言った。

「社長が駿峡荘を引き揚げてお帰りになったそうですが、ちょっと呼んでいただけませんか」

「主人がこっちに戻ったんですか？」

と、奥さんはきょとんとした声だった。

柳田は、しまったと思った。やはり生駒は家に戻っていない。すると、これはうかつにあわてて訊《き》くべきではなかったのである。

「いいえ、その……」

と、柳田はあとの言葉に苦しんで、

「なんですか、ちょっと物をとりにご帰宅になったと聞いたものですから……」

といい直した。

「ああ、そう……ウチには戻りませんよ」

柳田は思わず受話器にお辞儀をして、

「どうも失礼いたしました」

と詫《わ》びた。

柳田は首筋をハンカチでふいて受話器をおいた。思わず溜息《ためいき》をついていると、横で待っていた前岡が、

「なんだ、生駒さんは自宅にも戻ってないのかね？　それにしても生駒さんはどこに行ったんだろうな？」

と、前岡はふしぎがった。といって、べつに心配した顔ではない。

柳田は、このまま前岡のところにいても仕方がないと思ったので、

「とにかく、どんな状態か、これから駿峡荘に行ってきます」

と、起《た》ち上がった。

駿峡荘にゆくと、おかみがすぐ出てきた。

「わたしたちもおどろきましたよ」と、おかみは柳田に眼をまるくして話しかけた。

「社長さんが急にこれから引き揚げるといい出されたのですからね、あわてましたよ。はじめは、何かお気に召さないことでもあったのかと思ったくらいです」

「何か考えがあってのことだろうけれど、その前によそから訪問者があったとか、電話がかかってきたとかいうことはなかったかね？」

柳田は漠然と若い女のことを考えている。

「いいえ、どなたもいらっしゃらないし、電話はよくわかりませんが多分かかってこなかったと思います」

「ふしぎだな」

「それで、お邸《やしき》のほうには訊いてみましたか？」

おかみはきいた。

「うむ、そのあとすぐ電話でたずねた。が、生駒さんは自宅にも帰っていないのだよ。奥さんがそういった」

「まあ。変ね」

おかみは柳田の顔を複雑な眼で見た。

柳田は駿峡荘のおかみに、残っている生駒の荷物を見せてくれといった。その荷物はすでに彼が居た部屋から引き揚げて、帳場で預かっていた。

大型のトランクが一個と、彼が退屈紛れに読んだらしい雑誌が四、五冊だった。

「この荷物はあとで取りにくるといっていたのかね?」

柳田がきくと、

「いいえ、お宅に届けてくれとおっしゃいました」と、おかみは答えて、「ほんとにそうしてもいいんでしょうね?」と、彼に念を押した。

おかみは生駒の家庭が面白くないのを知っている。それで、この荷物を自宅に届けてくれという生駒の言葉をそのまま守って正直に自宅に送ったものか、それとも、もう少し宿で預かったほうがいいのか、そのへんの処置を柳田にそれとなくきいたのである。

「生駒さんがそう言ったのなら、自宅に届けたほうがいいだろう。ぼくが行くといいんだけど、いまちょっと奥さんに会うのはなんだから、こちらの運転手に届けさしてくれませんか」

「わかりました」

おかみは早速女中にそのことを伝えている。

柳田は茶を飲みながら考えた。生駒は自宅に帰らないでどこに行ったのだろうか。思い当たる先は二つある。一つは、この前見た若い女の居る所だ。もう一つは、九段で楽天荘を経営している丸橋豊子の所だ。可能性としては前者だが、これはその居所を突き止めようがない。

柳田は丸橋豊子にも一応当たったほうがいいと思った。

といって、電話できいても丸橋豊子がいうはずがないので、このまま会社へ帰る途中で丸橋豊子に会ってみようと思った。当人に会えば、いくら嘘をいっても、その顔色や態度で見当がつく。

柳田はおかみに礼をいい、玄関に出た。

捜査の発動

二日後の夕方であった。柳田が帰り支度のつもりで、ぼつぼつ机の上を片づけていたから、それは五時少し前だった。

下の受付から面会だといって、柳田のところに女子事務員が名刺を運んできた。彼が眼を落とすと、「警視庁捜査一課刑事巡査部長　神野滋《じんのしげる》」という活字である。

柳田は胸を衝《つ》かれた。いまごろ警視庁からくるというのはロクなことではない。この前、旅行から帰った生駒前社長が、イコマの倒産事情について事情を聴取されたから、また、そのことかと思った。

しかし、この名刺の主の肩書は、捜査一課となっている。二課なら知能犯や会社関係だが、一課なら殺人強盗関係の担当である。柳田もそれくらいの区別は知っていた。

「お二人づれですが」

と、受付の女の子は柳田の顔を見あげた。

事な取引先を通していた。

「とにかく、三階の応接室に通しておいてくれ」

三階の応接室は、一階のそれよりも特殊な客を入れることになっている。ふだんは大事な取引先を通していた。

応接室のドアを開けると、紅茶をのんでいた四十くらいのずんぐりした男が、茶碗《ちゃわん》を急いで置いて起《た》ち上がった。その横には、十七、八くらいの、色の白いスマートな男が腰かけている。その男もいっしょに椅子を起った。

「お待たせしました。わたしが柳田です」

名刺を出しながら先方の顔を見ると、髪の毛のうすい、まるい顔の、眼の細い男であった。あまり敏捷《びんしょう》な刑事ではなさそうだった。

「お忙しいところをお邪魔します」

と、神野という年配の刑事はていねいに挨拶《あいさつ》して、

「これは、いっしょに仕事をしている塚田《つかだ》という同僚です」

と、彼はその若い刑事を紹介した。塚田というほうはちょっと頭を下げただけだったが、きちんとした服装は、会社員のような感じだった。年配の刑事のほうは、うす汚れたネクタイも緩み、ズボンも折り目がとれてだぶだぶしている。そういえば、靴のカカトもかなり擦りへっていた。赭《あか》ら顔のところは、すし屋のおやじのような印象だった。

「なかなかきれいな建物ですね」

と、神野刑事は応接室を見まわし、お世辞をいったのち、

「早速ですが」

と、用件にとりかかった。

「実は杉村さんのことですが、この十二日に旅行に出られたまま、まだ東京に帰られてないそうですね。あなたは、そのことをご存じですね」

「昨日も杉村さんの奥さんと電話で話したことですが、わたしとしてもちょっと心配になっているんです。出かけられてからもう十四、五日経っていて、その間に一度も連絡がないということですからね。もちろん、わたしのほうにも連絡はありません。警視庁のほうで何か、それでお心当たりでもあるんですか？」

と、きいた。杉村が何処かで不慮の事故に遇《あ》い、それが警視庁に連絡されて、刑事二人がここに知らせにきたのかと思ったのだった。

だが、ちょっとした事故だったら、電話連絡で済むはずだ、捜査一課の刑事二人がわざわざ足を運んでくるくらいだから、杉村前常務の身の上にはもっと重大なことが起こったのかもしれない。柳田の心臓は高鳴りした。

「いや、あなたが杉村さんのことについていろいろご心配になってることは、杉村さんの奥さんからも伺いました」

神野巡査部長は、細い鈍い眼を柳田に向けながらいった。

「いいえ、たいしたお役には立っていませんが」

「実は、昨日の午後、杉村さんの奥さんがみえて、ご主人の行方を捜してほしいと捜索願を出されたのです」

柳田は意外だった。昨日、杉村夫人と電話で話したときは、そんなことは一言も出なかった。察するところ、あれから夫人が心配になって、警視庁にそんな手続きをしに出向いたのかもしれない。そういえば、夫人の電話の声もかなりおろおろしていた。

「そうすると、奥さんはあなたのほうにご主人の行方を捜索してくれとおっしゃったんですか？」

刑事たちの名刺には「捜査一課」とあるから、夫人は主人の行方不明に犯罪でも絡んでいるように感じたのかと思った。

「いや、普通の家出人の捜索願は防犯部の少年一課で扱っています。ですから、奥さんが出されたのも少年一課の家出人捜索願の係りが受け付けました」

「ははあ」

「いや、実は柳田さん……」

と、神野刑事は尻《しり》をちょっと持ちあげて椅子を深く引いた。

「杉村さんのことは、実はわれわれも関心を持っているのです。その少年一課のほうでは、奥さんからそうした捜索願が出されたので、一応、わたしのほうに連絡してきました」

「ほう。そうすると、少年一課のほうでも杉村さんの消息不明を普通でないと考えられたのですか？」

「なにしろ、杉村さんが家を出られたのが三月十二日で、すでにもう二週間になるんですがね、たったひとりで出かけられて音も沙汰《さた》もないというのは、ある異変を想像させます」

刑事は杉村が殺されたのではないかといいたそうだが、それを回りくどい表現にした。

「柳田さん、年配の人で、しかも、金を持っている人が二週間も居所を家に連絡しないというのは、大体、あまり楽観できない状況なんですよ。これまでの例からみてもね」

「ふむ……」

専門家が言うのだから、柳田もすぐには言い返しようもなかったが、

「杉村さんが金を持って出たというのは初耳ですね。いったい、どのくらい持っておられたんですか？」

それは杉村夫人からは聞いていなかった。

「現金で約三十万円くらいだそうです」

刑事は答えた。三十万円程度だとたいしたことはない。杉村が旅行に出るなら、そのくらいは当然だろうと思った。もっとも、刑事としては、多いように考えられるのかもしれない。

「金額はたいしたことはありませんがね」

と、神野刑事は柳田の腹の中を読んだように言った。

「……しかし、一般にとっては大きいですからね。なにしろ、強盗となると、一万円く

らいでも人を殺しかねませんからな」

「え、じゃ、杉村さんはそういう可能性が考えられるんですか？」

赭《あか》ら顔の刑事はあわてて手を振った。

「そうじゃないけれど、現金三十万円というのは決して少ないとはいえないといいたいのですよ」

柳田は、この刑事が、さっきから、現金という言葉をよく使うのに気がついた。

「刑事さん、杉村さんは、その三十万円のほかに、何か貴重品を持って出てるんですか？」

「大型のスーツケースの中に、赤革の小さな鞄《かばん》を入れておられたそうですが、それは日頃から貴重品を運ぶときに使われていたそうです。その鞄の中に何がはいっていたか奥さんは詳しくご存じないのですが、銀行の小切手帳と実印がはいっていたことはたしかだそうです……」

「小切手帳と実印とが」

柳田は、刑事のまるい顔を見つめた。杉村の奥さんからは聞いていないことである。

「杉村さんの奥さんは、そう話されました。現金三十万円のうえに、銀行小切手帳と実印とを持って出かけられたとなると、なんだか、単純な旅行ではないような気がしますね」

神野刑事はいった。横にすわっている若い刑事は、まるでそこに存在しないみたいに黙って聞いているだけだった。

杉村の奥さんは、なぜ、自分にそのことをいわなかったんだろうか、と柳田は思った。

「杉村さんが小切手帳と実印とを持って出られたとなると、その旅行には何か取引き上の用件でもあったように思われるのですが、柳田さんは、そのことで心当たりはありませんか？」

刑事は訊《き》いた。

「いいえ、ぼくは全然知らないんです。いま、その話を初めて伺ったくらいですからね」

「なるほど。では、もし、杉村さんにそういう用事があっても、それは個人的なことで、こちらの会社とは全然関係がないわけですな？」

「そうです。杉村さんはもうすでにお辞めになった方ですから」

「杉村さんは経理担当の重役さんでしたね？」

「そうなんです。常務になられる前は経理部長をずっとおやりになっていて、役員になられてからもそのほうの仕事でした」

「お辞めになったのは、生駒社長や前岡専務といっしょのようでしたな？」

「はあ。それは、ご承知のような当会社の状態に至ったので、責任をとられてごいっしょに退社なさったのです」

「なるほど」

イコマの倒産の責任をとって辞めたことについては、神野刑事もそれ以上には訊かなかった。

「杉村さんが出かけられるときは生駒社長もご存じなかったのですか?」

「それはご存じありません。そういうことは生駒社長からは聞いていませんから」

「あなたは生駒さんとはずっと連絡をとっておられるんですか?」

神野がそう訊いたので柳田ははっとした。うっかり口をすべらしたのだ。

「ずっというわけではありませんが、やはり前の社長ですから、いままでの関係でときどき電話で連絡をすることもあります」

柳田は用心深くなった。

「電話だけですか? ご本人に直接お会いになることはないんですか?」

神野刑事はなんでもないような口ぶりだった。柳田はちょっと迷ったが、

「たまにお会いすることはあります。やはり現在の事務上のことでお話を聞かなければならないこともありますから……」

柳田は、生駒と会っていたことを本当は刑事たちに言いたくなかったのだが、あとでそれが警視庁にわかった場合に困るので、控え目に口にしたのだった。

「ははあ、それでは、あなたは生駒さんとはどこでお遇いになってらっしゃいましたか?」

神野刑事は、にこにこして訊いた。

柳田は当惑した。駿峡荘で会っていたことは秘密にしたかった。それで、

「それはなるべく口外したくないのですが、言わなければなりませんかね？」

ときいた。

「いや、ぜひ伺いたいものですね」

神野刑事の顔も言葉もおだやかだが、口調はやはり押しつけがましい——それが警察の権力というものであろう、そういう圧迫感を柳田は自然と受けた。それに、隠しても隠しおおせることではなし、だいいち、生駒はすでに駿峡荘には居ない。

「はあ、実はそれは駿河台のこういうホテルです」

と柳田は打ちあけた。ああいう事件のあとなので、生駒社長も静養かたがた、いっさいの面倒を避けて、そこに落ちついていたのだといった。

「なるほど」

刑事はうなずいて、

「で、生駒さんがその駿峡荘におられたのを知ってらっしゃるのは、あなたのほかに、どなたでしょう？」

と、きく。その顔つきを見ると、もう自分のほうでは調べてわかっていることだがね、というようにも思えた。

「専務の前岡さんと、常務の杉村さん。このお二人は前役員ですが、そのほかに現役員として居残っておられる吉村さんもご存じです。ただし、この人たちは知っておられるというだけで、直接に駿峡荘に出かけて生駒さんに会われるということはなかったのです。全部、ぼくが連絡係としてお伺いしていましたから」

「それもご存じありません、目下のところ、生駒さんと直接に話し合う用事もないようですから。……あ、それから言い落としましたが、弁護士の小林先生がときどき駿峡荘にこられて社長と会談しておられました。小林先生は前からイコマの顧問弁護士をお願いしていましたから、その関係です」

神野刑事の横にいる若い刑事は、相変わらず黙っていたが、彼は手帳を膝《ひざ》の上にひろげ、柳田の言う要点をこっそりメモしていた。

「そうすると、あなたのほかに、前岡さん、杉村さん、吉村さん、小林弁護士さん、この四人が駿峡荘に生駒さんが居られるのを知ってらしたわけですな」

「そうです。……あ、そのほかに社長の奥さんが居られます」

「ははあ、そりゃ、当然ですな」

神野刑事はおだやかに破顔した。

柳田は、正体不明の例の若い女のことが浮かんだが、これは軽率には言い出せなかった。だが、あるいはこの刑事たちが駿峡荘を調べているなら、それはすでにわかっていることかもしれないと思った。

神野刑事と柳田との間にちょっと問答が切れた。が、頭のうすい、赭《あか》ら顔の刑事は長く黙ってはいなかった。彼はちょっと顔をつき出して、

「杉村さんの家出人捜索願のことから、そのほうの係りの者が思い出して、わたしに言ってきたことなんですがね……生駒社長の行方がわからないといって、神岡という人が四、五人で捜索願を出したいと言ってきたそうですよ」

といった。柳田はどきりとした。

「柳田さん、あなたはそれをご存じですか？」

「神岡というのはわが社の前の下請業者なんですがね。ほかの四、五人もおそらく同じ仲間だと思いますが、それがぼくのところに押しかけてきて、生駒社長の行方を教えろと、ずいぶん迫ったんです。ぼくは彼らが興奮しているので社長には会わせたくなかったから、社長は旅行中でどこに行ったかわからないといってやったんです。そうすると、神岡さんは、そんならわれわれで警視庁に家出人捜索願を出すと、捨てゼリフを残して引き揚げたから、あるいは、そういう手続きをしようとしたかもわかりませんね」

「なるほど。そういういきさつがあったんですか」

と、神野刑事はうなずいた。

「それで、刑事さん、捜索願のほうはもちろん駄目になったでしょうな？」

柳田は生駒の妻から、神岡などが家出人捜索願には肉親の届けが必要だといって頼みにきたことを聞かされている。だから、彼らの捜索願は成功しなかったこともわかっている。だが、柳田はとぼけてそう訊いてみた。

「係りの者が、他人だけで届出をしても駄目だから家族の人の届出が必要だと言うと、それきり引き揚げて行って、そのままになってるそうです」

神野刑事の答えは思ったとおりだった。

「ところで、柳田さん。その生駒さんは現在何処《どこ》に居られるんですかね？」

まるい、赭ら顔の刑事は、別な眼つきになった。

「一昨日までは駿峡荘でしたがね。急にそこを引き揚げられてからは、実は、ぼくもよく知らないんですよ」

これは実際だから、柳田も素直に答えられた。しかし、この質問がいちばん困る。杉村の行方を捜しにきた刑事は、だんだんにこっちのほうに線を伸ばしてきた。

「あなたがご存じないとすると、生駒さんは連絡もなしに駿峡荘を発《た》たれたわけですな？」

「そうです」

「それじゃ、あなたが今後生駒さんと連絡なさるのにお困りでしょう？」

刑事は柳田が嘘をついていると思ったか、そんな訊き方をした。

「困りますが、いまは生駒さんも直接には当社に関係がないので、そう急に連絡をしなければならないということもないんです。そのうち社長から現在の居場所を教えてくるでしょう」

「生駒さんの奥さんのほうはどうなんです？」

「さあ。生駒さんが駿峡荘を発たれた直後に奥さんに電話をしたんですが、そのときはまだ自宅には戻っておられなかったようです。いまはどうですかね。あれから、こちらからも電話をしないし、向こうからもかかってきませんから」

柳田はそう答えながら、もちろん、この刑事は生駒の自宅も問い合わせたあげくだろうと思った。知っていて、わざと知らぬ顔でいろいろ訊《き》くのが彼らの常套《じょうとう》なのだろう。

「そうですか。小林弁護士さんはどうなんです？　弁護士さんだから、小林さんのほうは生駒さんと連絡があるでしょうね？」

「少なくとも生駒さんが駿峡荘を発たれた直後には、小林先生もご存じなかったようです。だが、その後はぼくも何も聞いていませんからわかりません」

そういうことは生駒の奥さんなり小林弁護士なりに直接訊いたほうが早わかりするだろうというように、柳田の返答は多少突っぱなしたものになった。

しかし、刑事は少しも表情を変えないで、かえって親しそうな微笑をたたえていった。

「いや、実はね、生駒さんの自宅にお電話したところ、奥さんが出られて、ご主人はまだ帰っていないということでしたよ」

刑事は、やはり自宅のほうにも先にたしかめているのだ。

「それはいつのことですか？」

「今朝です」

今朝だとすると、生駒が駿峡荘を引きあげたのが一昨日だから、もう二日間も雲隠れをしている。柳田の頭には再び九段の旅館と、駿峡荘の前でちらりとみた若い女とが浮かんだ。

「しかし、あなたは生駒さんの秘書だったし、現在でもご連絡があるようですから、およそどこに行かれたか、見当がつきませんか？」

「いいえ、今度ばかりは知りません。なにしろ、駿峡荘を引き揚げられたときもぼくには無断でしたからね」

「そうですか」

神野刑事はうすい頭を片手で撫《な》でて訊いた。

「生駒さんは、どういうわけで駿峡荘を引き揚げられたのでしょうな？」

柳田は、生駒が例の下請け五人組に居所を感づかれそうになったので、あの旅館から消えたようにも考えている。しかし、これは推定だ。だいいち、生駒は下請けたちの追及がそこまで及んでいるとは知っていないはずだった。

ここで柳田はあることを思いついて変な気がした。

――もし、生駒がその心配で居所を他へ移したなら、よほど警戒心旺盛《おうせい》といわなければならない。だが、それは生駒の警戒心だけだろうか。つまり、生駒は下請業者たちの動きをだれかに聞いたから宿を去ったのではなかろうか。

「生駒さんは杉村さんの旅行を知っておられたでしょうな？」

「はあ、もちろん、それは生駒さんが東北の旅行から帰られてわたしが言いましたので、ご存じのはずです」

柳田は夢からさめたようにいった。

「そして、杉村さんはまだ帰ってないのですが、それについて生駒さんはあなたに何か感想をいわれましたか？」

「感想といって別に……ただ、杉村君はずいぶん呑気《のんき》だな、というくらいのことは生駒さんもいっておられました」

「なるほど。で、とくに杉村さんの行方不明について生駒さんが心配されてるような様子はなかったですか？」

「行方不明かどうか、まだわかりませんからね。生駒さんは杉村さんの旅行は、休養だと思っておられたようです。それに、杉村さんは元来がのんびり型で、ふだんの旅行でもあんまり家にも連絡なさらない方ですから、そのことも生駒さんは知っていました」

柳田は、この刑事が杉村の行方不明と生駒との関連を嗅《か》ごうとしているのに気がついた。いきおい彼の答弁は用心深くなった。

「そうですか。しかし、杉村さんの奥さんは、こんど家出人捜索願を出されたのでもわかるとおり、ご主人の行方不明をずいぶん心配しておられます。あなたもそれを知ってたんでしょう？」

「ええ、多少はね……」

柳田は、全然知らないとはいえなかった。この刑事が杉村の妻から事情を聴いてここに来ていることははっきりしている。

「それで、あなたは生駒さんに、そのことを伝えなかったんですか？」

「いいえ、別にいいませんでした」

「ほう。それはまたどういうことで？」

「いまいったように、杉村さんはのんきな方ですから、一か月や二か月ぐらい連絡なしの旅行があっても、別にそれが重大な事故を意味するとは思っていませんでしたから」

「一か月や二か月の旅行でね。なるほど」

刑事はうなずき、

「家族の心配と、あなたがたの客観的な判断とは、そこで少し食い違うんですな」

と、ひとりごとのように呟《つぶや》いた。

「あなたはたびたび前岡さんに会われたそうですが、杉村さんの行方不明について、前岡さんはどんな感想を持っていましたか？」

神野刑事は再び顔をあげて柳田をみて訊いた。このころになると柳田も、この人のよさそうな中年の刑事の眼が次第に不気味になってきた。

「別にどうといって意見はいっておられませんでしたが……やはり杉村さんはのんきなほうだから、のんびりと旅をしているだけだろうといっておられました」

「それはいつのことですか？」

「そうですね、一昨日ぼくが前岡さんのところに伺ったのですが、そのときはそんな意見でした」

「ははあ。そうすると、みなさんは、杉村さんが一か月や二か月連絡なしに旅行されても心配はないと考えられたわけですな？」

神岡刑事は、柳田がつい口をすべらした一か月や二か月という言葉にひっかかっていた。

「一か月や二か月というのは、ぼくがかりにそう表現したことで、必ずしもみなさんがそう考えられていたわけではありません」

柳田は少しこわくなって釈明した。

「で、弁護士の小林先生はどういう感じですか？」

刑事は質問をそこに変えた。だが、柳田はだんだんにこの刑事の考えていることがわかってくるような気がした。つまり杉村の行方不明に、生駒、前岡、小林、それに自分と四人がなんらかの関連をもっていると考えているようである。もっと深くとれば、杉村の失踪《しっそう》に、この四人のだれか、あるいは、その全部かが有機的につながっているという先入観念を抱いているようでもある。

「小林先生は、あんまり杉村さんのことには関心がないようですな」

柳田には、この外光のあふれた応接間が、まるで警察の暗い尋問室に変わったように感じられた。

「関心がないとおっしゃると、どういう意味ですか？」

「あまり問題にされていなかったという意味です。ひとつは、すでに杉村さんは会社とは無関係になっているので、弁護士さんとは仕事の上でも用事が無いからでしょうな」

「しかし、杉村さんは経理担当の役員だったのでしょう。そうなると、こんどは破産後のイコマが会社更生法の適用で新会社になる、だからまだ残務整理というか、そういった連絡は必要じゃないんですか?」

「いいえ、その点はもうすっかり管財人にいっさい仕事が移っていますから、その必要はないのです」

「だが、わたしたちの考えとしては、経理担当だった杉村さんは現在でも最も重要な人だと思いますがね。これは管財人のほうでも杉村さんにいろいろ聞くことがあるんじゃないですか。その点、生駒さんも前岡さんも、小林さんも同様だと思うんですがね」

「しかし、ぼくには、そのへんのことまでは深くわかりません」

柳田も臆病《おくびょう》になった。

捜査の進行

捜査一課がなぜ杉村前常務の行方不明に神経を尖《とが》らしているのか。

それは捜査二課からの連絡にも関連している。すなわち、捜査二課では山浦一係長が生駒を呼んでイコマ電器の倒産事情を聴いている。これはイコマの倒産には、その直前まで不当な粉飾決算が行なわれていたという容疑からだ。粉飾決算によって経営者が作為的に会社及び株主に多大の損害をかけ、しかも、倒産前に会社の金を着服したとなると、商法四八九条違反ならびに同四八六条により特別背任罪が成立する。

そして捜査二課では生駒前社長の背任横領を衝《つ》こうと考えて、前に生駒から事情聴取を行なったが、これにはまた経理担当役員の杉村常務からの供述が必要である。生駒の返事は肝心なところにくるとのらりくらりとしていたのだ。捜査二課では、これにいささか業を煮やしている。

そこで杉村常務を呼び、その供述と生駒の供述との食違いを発見して、そこを楔《くさび》とし、捜査摘発の端緒にしたかったのである。

ところが肝心の経理の鍵《かぎ》を握っている杉村常務の行方不明が起こり、家族から家出人捜索願が出された。捜査二課が一課に協力を求めたのは、そうしたいきさつがあったからである。

イコマ電器の秘書室長柳田一郎との面会を終わった神野と塚田の両刑事は、本庁に帰ると、捜査一課の二係長河合《かわい》警部補に柳田一郎との面会の顚末《てんまつ》を報告した。

「イコマからの帰りに駿峡荘ホテルに寄って、そこのおかみと会い、話を聞きましたが、柳田のいうとおりでした。生駒さんは、一昨日の午後、急に引き揚げたそうです。行先のことは何もいわないので、おかみのほうにもわかってないそうです。生駒さんが引き揚げるとき、このことは柳田も知ってる、とおかみにいったそうですが、それも柳田のいうことと符合します。ただ、柳田のほうは、そんな連絡を生駒さんからうけていない、といっていますが」

河合二係長は鉛筆の尻《しり》で紙を軽く叩《たた》いて聞いていた。

「柳田のいうとおりかもしれないな。それで、生駒さんは駿峡荘の出入りのハイヤーを呼ばないでタクシーで出発したというんだね？」

「そうなんです。ですから、ほんの身の周りの品だけを詰めたトランクを持って、あとはまだ駿峡荘に預けてあるそうです。これは駿峡荘から生駒さんの自宅へとどけることになっていますが」

「それでは、生駒さんがわざとハイヤーに乗らないで、自分の行先がわからないようにタクシーを使ったといえるね？」

「そうなんです。旅館のほうでハイヤーを呼びましょうかといったところ、本人はそれを断わっています」

「生駒さんが自宅に居ないことはたしかだね？」

「私は自宅に行って奥さんと会い、たしかめたのですが、その返事は、自分には心当たりがないといってました。どうも、それは本当のようでした」

「どういうのだろう。生駒さんは宿を変えたのだから、当然家のほうにも連絡するはずだがね？」

「奥さんの口吻《くちぶり》からすると、どうも、あの夫婦は仲がうまくいっていないようですな。思うに、生駒さんが前から女関係を起こして、それ以来、奥さんのほうが主人を信用しなくなり、つっぱなしているという状態に見えました。もっとも、奥さんは相手の女のことを知っているかどうかわかりませんでしたが」

「柳田秘書室長は、その点、どういっていた？」

「はっきりはいいませんが、こちらの想像どおりの意味をいってました」

「生駒さんにも隠れた女がいて、それが現在もつづいているとするなら、生駒さんはその女のもとにひそんでいるんじゃないかな。そのほうがだれにも知られないで安全だからね」

「そのことはぼくも柳田に訊《き》いたんですが、自分は知らないといってました。シラを切ってるのかもわかりませんが……」

「生駒さんは何を恐れてそんなに逃げ隠れしてるのかな？　捜査二課の一係長の話では、この前彼を事情聴取で呼んだときは、少しも動揺がなかったといっていたが……」

ここで神野刑事は、柳田から聞いた神岡幸平以下五人の下請業者の行動を話した。あるいは、そんな面倒を避けてどこかに隠れているのではないか、そうした柳田の推定を刑事はとりついだ。

「そのために柳田さんも、その下請け五人にいじめられてだいぶん困っている様子でした」

「その気持ちはわからなくはないね。世間で噂してるように、生駒前社長が社の金をくすねていたとなると、せっぱ詰まっている下請業者は、その金を吐き出せといいたくなるだろう」

河合係長は下請業者に同情していた。

「わたしもそう思います。だが、柳田さんの口ぶりでは、連中が生駒さんの行方追及があまりしつこいので腹に据えかねているようなふうでした」

「生駒さんの居所がわかれば、彼らはそこに押しかけて膝詰《ひざづめ》談判したかったわけだね？」

「そうらしいです」

「君、その人たちは暴力行為でも起こしそうなふうに柳田はいっていたかね？」

「言葉でははっきりといいませんが、そんな感じはあるような口ぶりでした」

「まさか、その連中が生駒さんを駿峡荘から誘拐したというわけではないだろうな？」

「そんなことはないと思いますが」

と、神野刑事はうすい頭をかしげた。しかし、そうだ、その線も一応はさぐってみる必要があるなと、彼は係長にいわれてから気がついた。

「だが、目下の問題の杉村常務の行方不明には、その下請業者は関係がない」

係長は、やはり鉛筆の頭を机にこつこつと叩いていった。

「そうです。関係ないはずです」

と、神野刑事も同じことをいった。

「ところで、杉村氏が自分の意志で家出をしたとなると、その原因だが、現在まで調べたところでは……」

と、河合係長はほかの刑事に調査させたらしい結果をいった。

「杉村氏の家庭は円満だ。奥さんとの間には一男二女がいるが、子供は長男がまだ高校だ。したがって、まだまだ家庭の責任から解放されたわけではない。財産は推定二千万円くらいはある。これは土地や家を含めてだ。それから、特殊な女関係はない。そっちのほうは清潔だったようだ。酒は少し呑《の》むが、そのために乱れるということはない。友人関係も円満だ。要するに、標準型の善良な紳士ということになる……」

係長は、今度は鉛筆を動かし、

「杉村氏には約一千万円の生命保険がかかっている。これも普通だ」

といって、一千万円という数字を紙の上に悪戯《いたずら》のように書いた。

杉村常務の身辺には、彼自身が自発的に家出する理由が、現在のところ見当たらないようである。

「杉村氏は三月十二日の朝九時東京駅発の新幹線で京都に向かっている。この列車は正午すこし前に京都駅に着くから、杉村さんが奈良に直行したとすれば、そこから近鉄に乗りかえて奈良に行くか、京都駅前からタクシーで行くか、どちらかだろう。いずれにしても、杉村さんは午後二時には奈良で友人の土埼《つちさき》という人に遇《あ》ってるから、新幹線で京都に着いても、あまり京都では遊ばず、奈良に直行したことは時間的な経過でもわかるね」

係長は、そこのところをメモを見ながらいった。

「これは杉村氏が土埼さんを訪ねて行ったのではなく、奈良駅前で歩いている杉村氏と土埼さんが偶然出遇って話を交したのだ」

「すると、杉村氏は奈良駅に降りてもタクシーには乗らないで歩いて行ったんですね」

「そういうことだ。杉村さんは奈良の生まれだが、すでに実家は無く、親戚《しんせき》が二、三軒あるだけだ」

「そのときの杉村さんの様子はどうだったんですか?」

「土埼さんの話では、別に変わったところはなく、顔色もよかったそうだ。こんど会社があああうふうになったので、やっと長い間の地獄から解放されたと、さわやかな口ぶりだったそうだ。杉村さんもイコマの倒産まではずいぶん苦労しただろうからね」

「杉村さんは、その親戚を訪ねているんですか?」

神野刑事は、杉村の奥さんがそういう事実の無かったことをいっているので、係長にたしかめた。

「いや、親戚の家へは行っていない」

「すると、土埼という旧《ふる》い友だちに遇ったというだけで、杉村さんの足跡は奈良から消えているんですか?」

「いや、もう一つある」

「ほう」

「駅前から真直ぐ東大寺《とうだいじ》に向かう道路の右側に奈良博物館がある。その横が公園になっているが、このへんを飛火野《とぶひの》というんだ」

神野刑事も淡い記憶があった。たしかに、そのへんは青草の萌《も》えている広場で、鹿が遊び、観光客がぶらぶらしている所だ。

「その飛火野に明日香亭《あすかてい》という料理屋がある。杉村氏はそこに寄って遅い昼飯を食べているんだ」

「それが杉村氏ということは、確認できているんですか？」

「明日香亭のおかみは杉村氏と幼なじみだ」

「なるほど」

「昼食の時間は約一時間。杉村氏は、その旧知のおかみさんと話しながら飯を食った。奈良に帰ってくるのも二年ぶりだといっていたそうだが、そのときもひどく元気だったという。いや、むしろ、何かこう、うれしいことのあるような様子だったそうだ。これは、その明日香亭のおかみさんの観察だがね」

「そのとき、杉村さんは奈良のどこに泊まったのでしょうか？」

神野刑事は訊いた。

「それがどうもはっきりしない。奈良警察の協力を得て奈良市内の旅館を調べてもらったのだが、いまのところ、杉村氏が宿泊したという形跡はない」河合係長は答えた。

「もちろん、親戚の家にも泊まっていない。ただ、隣接の府県、つまり、京都府、大阪府、和歌山県、三重県といったところはまだ手が届いていないが、久しぶりに奈良を訪れたという杉村氏が一晩も奈良市内に泊まっていないというのはちょっと妙だね」

「そうすると、奈良県内の各都市はもう調べが済んでいるんですか？」

「それもまだ十分とはいえない。だが、県内にはたとえば、郡山《こおりやま》市をはじめ、小さな市はいくつもあるが、これは同じ理由で、奈良をはなれてそんな所に泊まるわけはなさそうだからね」

「しかし、久しぶりに奈良に帰った人が親戚にも電話一本しないというのも変ですね」

「たしかに変だ」

「そのくせ昼飯は昔なじみの料理屋さんで食べている。普通だと、そこに親戚の者を呼んだりするはずだが、杉村さんはそれをしていない。杉村さんと親戚の人とは、そんなに仲が悪いということも奥さんからは聞いていないんですが」

「たしかに仲は悪くはない。だから、親戚のほうも杉村氏が十二日に奈良にきていたということをあとで知って残念がっているくらいだ」

要するに、杉村が奈良に行ったのは口実で、実際はほかに目的があったのではないか、というのが河合と神野の意見の一致だった。ただ、これが杉村自身の自発的な意志なのか、それとも外部からの誘いなのか、そのへんのところはわからない。はっきりしているのは、杉村が旅行前にそのことを妻には全くうち明けていないことだ。

「杉村氏が失踪《しっそう》することによって、もし利益を受ける者がいるとしたら、それはいったいだれだろうな？」

河合係長が洩《も》らした。なんでもない口ぶりのようだが、顔色は真剣だった。

そうだ、犯罪は加害者と被害者とで成立する。被害者が損害を受けることでだれが利益を受けるかである。これは犯罪捜査の通則だ。利益を得る者を捜せである。

「捜査二課のほうでは、杉村氏が居ないので生駒前社長の徹底的な取調べができないといって困っている」

係長は同じような調子でいった。

「すると、杉村さんの失踪は生駒さんには有利なわけですね」

神野刑事が、杉村の失踪は生駒にとって有利になるといったが、河合係長は、それには明確な返事を与えなかった。軽々しい返事を避けたものとみえる。

「二課のほうではどう考えているかわからないが」

と、河合係長は眼をそらした。だが、それは神野の言ったことを肯定した表情だった。たしかに生駒社長の不正を立証しようとすれば、経理担当役員の杉村の供述が必要となる。生駒がいくら社金の横領を考えても、経理担当重役の協力がなければ不可能だからだ。この点、杉村は生駒と共犯という立場にもなりうる。

「ところで、君、生駒氏の東北旅行だがね」

河合係長はまた新しい話になった。

「この前、捜査二課では生駒さんにきてもらって東北旅行でのコースを聞いたんだそうだ。それを教えてもらったので、こっちでは関係各地に問い合わせていたところ、今朝その回答がきた。それによると、生駒氏の足どりは全然つかめない」

「えっ、なんですって？」

　神野刑事はびっくりした。

「そうなんだ。どうもはじめから変だとは思ったよ。なにしろ、捜査二課に述べた生駒氏の話では、十二日に東京を発《た》って浅虫、花巻、飯坂の各温泉だが、どこの旅館に泊まったのか、生駒氏は、その旅館の名をおぼえていないというんだ」

「…………」

「どうも年をとって記憶が悪くなった、もともと旅館の名前などはあまり意識してはいられないから忘れてしまった、というんだがね。二課からそう聞いたので、ウチでは仕方がないから、浅虫、花巻、飯坂の各温泉の旅館をかたっぱしから当たってもらったわけだが、回答によると、生駒氏のいう日に氏らしい客は宿泊していないというんだよ」

「しかし、旅館の名前を三軒ともおぼえてないというのはおかしいですね」

「そうだろう。二課でもその点を突っこんだのだが、生駒氏は事実はそうだと言い張ったそうだ。それから、氏がいうとおりに、その乗った列車だの、駅からのハイヤーだのを調べてもらったが、これも手がかりがない……まるで生駒氏は幽霊みたいに東北温泉旅行をして帰ったわけだ」

「…………」

　神野刑事はしばらく言葉が出なかったが、

「係長、それじゃ、生駒氏の東北旅行というのは本人の申立てだけじゃありませんか。それを立証するものは何も無いんですね？」

「ところが、君」

と、係長ははじめてくすぐったそうな微笑を洩らした。

「やはり生駒さんから事情聴取をした二課の話だけどね。宿屋の名前を忘れたことで不思議に思い、その点を突っこんでみたそうだ。すると、生駒さんは頭を掻《か》いて、あまりそこんとこは追及しないでくれといったそうだ」

神野刑事は、生駒が頭を掻いたということで、その旅行には生駒が女といっしょだったのではないかと想像した。

「つまり生駒氏は奥さんでない女と旅行していたわけだね。だから、その点は大目に見てほしい、といったそうだ」

河合係長はそう言ったあとで笑って、

「まあ、社長族にはよくあることで、それも普通だろうな」

「しかし、そのために旅館名を忘れたというのは少し解せませんね」

「その女づれのためかどうか、それはわからない」

「その女性はなんという名かわかっているんですか？」

「それも捜査二課では訊《き》いたそうだ。ところが、生駒氏は黙秘権を使った」

「黙秘権？」

「というのは大げさだが、あまりその相手の女性のことをあかしたくないというんだ」

「そりゃ、そうですが、しかし……」

神野は、そう聞いても腹に納得できないものがある。

「どうも奇妙ですな」

と神野刑事は腕を組んだ。

「係長、その女のことなら、生駒さんがずっと泊まっていた駿峡荘に訊いてみたらわかるかもしれませんね。そんな仲だったら旅館にもきたかもしれないし、始終電話の連絡もあったでしょうから」

「君、ぜひそれを調べてくれ」

河合係長の眼がちょっと光った。

「それからもう一つ、おかしなことがある」

と、河合係長は指を自分の手でつかんでポキポキと鳴らした。

「生駒さんは、十二日の午後に旅館を出て、その晩上野《うえの》から青森行きの東北本線に乗ったという。また、杉村さんは同じ十二日の午前九時の新幹線で京都に行き、そこから近鉄で奈良に行っている。また、業務担当重役の前岡さんは十一日の二十二時の列車で岡山に向かったが、これは宇高《うこう》連絡船で十二日の午後高松に着くはずだ。……どうだね、こう三人とも十一日の夜から十二日の午後にかけて東京を揃って留守にしてるとは……」

「その点はわたしも十分に考えの中に入れています」

神野刑事はうなずいた。

「そうだろう。ところで、大体同じころ東京を出て行った三人のうち杉村さんだけが戻ってこない。もっとも、三人は出発もばらばらだし、方向も違っているらしいがね」

「そうですな」

神野は係長が何をいおうとしているのかわかった。

「いっぺん前岡さんに会って話を聞いてみますかね？」

「うむ、聞いたほうがいいだろう。イコマの擬装倒産という点では前岡さんは最も関係がうすい。彼は業務のほうだから直接には経理にタッチしない。むろん、間接的なことをいえば関係はあるが……」

「そうですね。捜査二課のほうではまだ前岡さんには当たってなかったんですか？」

「参考的には電話で聞いたかもしれないがね、直接に当たっていないことはたしかだ」

「では、すぐに前岡さんに会ってみます」

「うむ。それから、さっき君がいった、生駒さんの温泉旅行に同伴した女のことだな。これを駿峡荘に当たってみる」

「むろん、それもやってみましょう」

「ご苦労だな。……しかし、前岡氏に話をきくときは、あんまり刺激させないようにしてくれよ」

「はあ」

神野刑事にはその意味がわかっている。前岡に、杉村の失踪について警察の疑いがかかっていると誤解させないことであった。

神野刑事は、その晩、若い塚田刑事をつれて駿峡荘ホテルに行った。

彼はおかみに、まず、生駒が東北方面の旅に急に出るといい出したときの事情をたずねた。おかみの話によると、それは急なことで、外出していた生駒が戻ってくるなり支度をし、途中で出遇《であ》った友だちと東北をまわってくると宿を出たという。その友だちがだれなのか、生駒はいわなかった。

次には、生駒が宿に帰ってきた状態である。このときはかなり彼も疲れていた。

「妙なことを訊きますが、生駒さんは東北のみやげを何か持ち帰っていましたか?」

「さあ、よくわかりませんが」

「いや、わたしがいう意味は、おかみさんや女中さんにそのみやげをくれなかったかということですよ」

「いいえ、一つももらいませんよ」

これも人情からして少し変だと思った。駿峡荘には生駒も長い間泊まっているから、向こうのみやげの一つ二つくらいは持って帰ってもいいはずだ。

「生駒さんは、女中さんのサービスなどにはあんまり気のつかない人でしたかね?」

「いいえ、それはよく気がつくほうでした。係りの女中は、余分な心づけを何度かもらっていました」

それくらいに気がつく男なら、どんな安ものでも東北のみやげは買ってこなければなるまい。

「ところで、生駒さんがここに滞在中、訪問客はあまり無かったということでしたね？」

「はい」

「わたしが聞いた限りでは、弁護士の小林さんと、秘書室長の柳田さんと、この二人くらいの程度でしたが、そのほかには？」

「そのほかの方はいらっしゃいません」

「いや、わたしがいうのは、そうした事務上の人だけでなく、たとえば、女客もはいるんですよ」

女客のことではおかみも前に柳田から同じ質問を受けている。そこで彼女は、その女が二十二か三くらいで、派手な恰好《かっこう》をしていること、その身なりからバアの女らしいこと、名前は言わなかったこと、電話もときどきかかっていたが自分の名はいわず、生駒社長さんにつないでもらえばわかるといっていたこと、さらに、その女がこのホテルにくると一時間くらい生駒の部屋で二人きりで話していたことなどを語った。

神野刑事と若い塚田刑事の眼が光った。

「それは生駒さんの恋人かね？」

「まあ、そうだろうと思います」

「夜、その女が訪ねてくることはなかったかね？」

「夜は一度もありませんでした。昼間だけです」

「その女が昼間だけ訪ねてくるのは、夜だと店の勤めがあるためかな？」

「そんなことはないでしょ。こようと思えばお店も休むでしょうし、帰りにだってこっちに寄れますわ」

「しかし、まさか、ここに泊めるわけにもゆくまい」

このときおかみが微妙な表情をした。それは話していいかどうかためらうときの顔つきだった。神野刑事はそれを見逃がさなかった。

「生駒さんが夜ホテルを脱《ぬ》け出して、その女のひとのところに出かけていたようなことはなかったかね？」

刑事から問われておかみは初めて、ときどき生駒が裏口から夜脱け出していたらしいことを話した。柳田からきいたのだが、生駒は表の玄関からは出ずに、自分の部屋から庭下駄をつっかけて裏口からこっそり外出していたらしいと打ち明けた。

「庭下駄だって？」神野刑事はとがめた。「それならかなり近い所だね？」

「そうかもしれません」

おかみは下駄の歯についていた泥のことまではいわなかった。そこまでいえば、あまりに生駒を追い込むことになるからだ。

「外泊はなかったのかね？」

「外泊はありません。必ず帰っておみえになりました」

「外出はどのくらいの時間？」

「そうですね、わたしどもに気がつかれないように生駒さんは出て行かれましたから、よくはわかりませんが、やはり二時間か三時間くらいのものじゃないでしょうか」

「二、三時間ね。そうか。その女のひとの家が近いとなると、時間もそう不足ではないな」

と、神野刑事はひとり合点した。

神野刑事は本庁に帰ると、駿峡荘での聞込みをすべて係長に報告した。

そして駿峡荘から回った前専務前岡正造《しょうぞう》の話も報告したが、前岡は杉村の旅行には全然関係がなく、杉村が奈良方面に旅行に行ったということも、四国・九州旅行から帰って初めて知ったということであった。なお、彼は、その四国・九州旅行の日程、宿泊地および旅館名を詳細にメモし、それを神野刑事に提示した。

また前岡は、生駒が東北旅行に出かけたことも、杉村の場合と同様、帰京して柳田から聞かされたことであり、これもまったく関知しないということであった。

聞込み

旭川ダムの道路で、勝山行のバスが前夜来の雨でゆるんだ路肩のために危うく湖中に転落しそうになった。

岡山県久米郡福渡町から三キロばかり北に向かった個所だった。

午後一時ごろの出来事で、部落の者が総出で転倒した車体の窓から乗客を救出した。幸い、運転手が急ブレーキをかけたのと、道路から湖面までは少しゆるやかな斜面があったので、バスは水の中に突っこまなくとも済んだ。乗客にも重傷者はなく、いちばんひどいので全治三、四日程度の負傷だった。それも三、四人で、あとはほとんど無事である。

この騒ぎに所轄の加美《かみ》署から署員が駆けつけて、乗客の救出や、運転手や車掌からの事情聴取や、現場検証などを行なった。

「まあ、このくらいの程度で済んでよかった」と、交通課の署員も手伝いの村人と話し合った。ただ無傷の運転手と車掌だけは蒼《あお》い顔をしてしょげていた。

「このへんは、よう車の事故があるでのう」

と村人も草の上にすわってひと作業済んだあとの一服をつけていた。

「そういやあ、三週間くらい前に石戸部落のところで、乗用車が危なく水の中に突っこむところだったそうじゃ。なんでも、先月の十三日の晩だそうじゃが、粂次さんが部落の者を集めて助けに行ったそうじゃ。どうも、この湖は道とスレスレじゃけん車には危険じゃのう」

森山《もりやま》巡査もその雑談の中にはいっていたが、

「そんな事故があったんかのう。署には届けが出とらんが」

と口をはさんだ。べつに職務的な関心からではなく、いわば雑談の程度である。

「届けはせんじゃったかもしれんのう。なんでも、岡山あたりからきたハイヤーいうことで、夜中ではあるし、お客さんにも怪我はなかったというから、そのまま湯原温泉に行ってしもうたんじゃろうなあ」

村の一人が前からその話を聞いていたとみえ、巡査にいった。

「そうか。湯原に行ったハイヤーか」

「大阪あたりから来た人らしいけんど、若いきれいな女子《おなご》をつれて湯原に行くとこじゃったそうですよ。せっかくの愉《たの》しみの途中、ちょっとした災難ですの。もし、あのままずぶずぶと湖の中に突っこんでいたら、いまごろは車もろとも抱合い心中になっとりましょうのう」

みなは笑った。

「女のほうは美人じゃったかの？」

「条次さんの話じゃけんど、なんでも、派手な恰好をした、とてつもない別嬪《べっぴん》じゃったということです」

「男のほうは？」

「男はもういいかげんな年で、六十に近いような人だったそうじゃが、まあ、阪神《はんしん》あたりの社長が女秘書をつれて湯原にお忍びということじゃったでしょうのう」

ただ、それだけの話であった。職務熱心な森山巡査は、あまり話に深入りせず、村人の輪からはなれ、白墨と巻尺を握って他の同僚といっしょに事故現場の検証作業に戻った。

森山巡査は、現場検証を終わると、加美署に引きあげた。もう夕方で、そろそろ退勤する署員も見うけられた。

森山巡査がほかの同僚といっしょに交通課長に報告したあと、ぶらりと捜査課にいる知合いの伊東《いとう》刑事のところに寄った。伊東刑事も机の上を片づけているところだった。

「バスがひっくり返ったそうだな」

と伊東刑事は森山巡査に話しかけた。

「ああ。さいわいたいした事故でなくてよかった」

森山巡査はあいた椅子にすわった。

「そりゃご苦労さん。あすこは危ないから、早いとこ全部にガードレールをつけないといけんな」

旭川ダム沿いはガードレールのある所はごく一部である。それすら車がぶっつかってひしゃげた所がある。

「なにしろ、県の予算はないし、国の補助もなかなかもらえんし、大けな事故でも起こって、ぎょうさん人死にでも出んと早急な実現は望めんじゃろうな」

多数の死傷者を出さないと安全なガードレールもつけられないのがいまの日本の政治である、と巡査は言いたそうであった。

「この前も岡山あたりからきたらしいハイヤーが、もう少し先の石戸部落で危なく湖の中に突っこむところじゃったそうな。署に報告が来てないけんわからなんだがな。なんでも、温泉行きの社長然とした初老の紳士と、若い女子《おなご》とが乗っていたそうじゃが……」

何気ない森山巡査の言葉だった。しかし、その話を聞きとがめたのが伊東刑事である。

「ちょっと待ってくれ」

と、机の引出しから何やら書類をとり出して、森山巡査には見えないように中をのぞいていた。

「それはいつごろ起こったんなら？」

「三月十三日の晩といっとったがのう」

「三月十三日？」

伊東刑事が何を思ったか、急にその話に熱心になった。

「男はいくつぐらいといったかな？」

「ようわからんが、なんでも、石戸部落の粂次やほかの者が、そのハイヤーを引きあげるのに手伝ったらしいの。粂次の話のまた聞きだが、男は六十近い年じゃったそうな」

「ふうむ」

と、伊東刑事は開いた書類に眼を据えつけていたが、

「その女子というのはなんぼぐらいなら？」

「これもよくわからんが、ひどく派手な恰好《かっこう》をした、若い秘書みたいじゃったというと

ったがな。その紳士とは親子ぐらいに年が違っとったんじゃろうな」

「その事故は三月十三日の晩に間違いないな？」

「わしが聞いたのはそういうことじゃったが……何かあったんなら？」

「うむ、ちょっと気がかりなことがある……で、そのハイヤーの車両番号は？」

「そんなことはわからん。こっちにも届出がないからな」

森山巡査は、伊東刑事が何か手配書らしいものを隠して訊《き》くので少々不満をおぼえ、ぶっきらぼうに答えた。

伊東刑事は、交通係の森山巡査の話を聞くと、その足で次にきたバスに乗り、石戸部落に向かった。途中、森山巡査が検証したバスの転倒場所を通ったが、バスはもう姿がなかった。

高村粂次の家は、バス停のすぐ近くであった。刑事は灯のついた表口からのぞいた。

「今晩は」

奥から粂次の女房が立って来たが、伊東刑事の顔を見ると、おや、というような眼をした。このへんの者はたいていこの刑事の顔を知っていた。

「おいでなさい」

「粂次さんはいるかね？」

伊東刑事はにこにこしてきいた。

「はあ、ウチのひとなら、いま裏で足を洗っていますよ。まあ、あがりんさい」

伊東刑事が座敷に上がれというのを断わって上がりかまちに腰をおろすと、座蒲団《ざぶとん》をすすめ、番茶を汲《く》んできた。

「なあ、おかみさん、いまから三週間くらい前じゃが、このへんに岡山のあたりからきたハイヤーが、おおかた湖の中に突っこみそうになったそうじゃのう？」

刑事は茶をすすりながら、粂次の女房に世間話のようにいった。

「まこと、そういうことがありましたのう。夜中じゃったけど、水音がしましてな。それで、ウチとこがすぐ見に行きましたよ」

「そりゃ何時ごろじゃったな？」

「はあ、まあ、九時半ごろじゃったと思いますよの」

「なかのお客さんは怪我はなかったかな？」

「帰ってきてからウチのひとの話では、お客さんも、運転手さんも、怪我がないというとりました」

「それで、粂次さんが現場に行ったのは、その水音を聞いてからかな？」

「いいえ、その運転手さんがウチの戸を叩《たた》いてのう。水音を聞いてしばらくしてからじゃったけど、車が道路端からすべり落ちたので、上げるのを手伝ってくれといいよりました」

「その運転手は、どんなふうな男でしたな？」

「はあ、このごろはやりの、色眼鏡をかけておりましたけん、ようわかりませんでした。

それでも、年恰好ちゅうたら、三十以上の男のように思います」

そんな話をしているときに、条次がたくし上げたズボンをおろしながらはいってきた。

「今晩は」

と彼は刑事に挨拶《あいさつ》した。

「やあ、お邪魔しとります」

刑事は微笑しながら、すわる条次を見ていた。

伊東刑事は、前にすわった条次から十三日の晩に起こったハイヤーの事故をきいたが、それは彼の妻のいったことと大体同じだった。ただ、そのハイヤーに乗っていた乗客のことは条次自身でなければわからない。

それについて条次は伊東刑事にこういった。

「その人は五十五、六か六十くらいの人で、夜だし、それに、ソフトをかぶっていたから顔はようわからんやったけんどな、なかなか人品のある、社長然とした人でしたのう。運転手が落ちた車を道に引きあげてくれちゅうたんで、わしらは手伝いに行ったが、そのときもその人はていねいにわしらに礼を述べてのう、これはほんの気持ちだが酒でも買ってくれいうて、無理に金を押しつけましたよ。わしは要らんいうて断わりましたけどの」

条次はその金のことが警察にひっかかるのを怖れているように、いいわけをした。

「そりゃ、当たり前じゃ。そんなもんはもろうておいたほうがええ」

と、伊東刑事は条次の話しやすいように相槌《あいづち》を打った。

「その紳士は、どうだね？　背が高いとか、肥《ふと》っていたとか、そういうことはどうじゃったな？」

「そうじゃの、あんまり高《たこ》うはなかった。それに、少し肥えとりましたのう」

条次は眼を宙に向けて、記憶からその人物の像を正確にさぐり出すようにいった。

「なに、肥えとったか？　よく考えてみい。痩《や》せて、背が高うなかったかのう？」

伊東刑事がそう訊き直したのは、彼のもとに来ている東京警視庁からの手配書によっているからだった。手配書には、失踪《しっそう》している人物の特徴として背が高く痩せていると書いてある。失踪した人間は、殺された疑いもあるとのことだった。

「いいや、どうもそんな気はせんのう。わしの眼にはそう映った。けど、伊東さん、わしだけの考えでは間違っとるかもしれませんけに、いっしょにその車を引っぱりあげた部落の者にも聞いてみんさるがええのう」

と、彼は、その場で手伝人の名前をあげた。

「うむ。そりゃ、まあ、あとで聞いてもええ……そいで、やっぱり顔はわからんかの？」

「現場はいちばん暗いとこじゃけえ、ようわからん。だいいち、男は帽子をかぶっていましたけえのう」

「口髭《くちひげ》はあったか、なかったかの？」

「口髭はなかったように思うけどのう。眼鏡はかけていたけどな」

「なに、眼鏡をかけていた？」

手配書には、失踪人は眼鏡を使用してないと書いてある。

「ほいで、つれの女のほうはどうかいな？」

「これは、えろうハイカラな女子でな、頭にやっぱりネッカチーフをかぶっとったが、黒眼鏡をかけ、真赤なコートを着て派手な恰好《かっこう》じゃった。顔は、まあ、暗《くろ》うて、ようわからんじゃったけど、その恰好や、真白に化粧していた具合からみると、二十三、四ぐらいじゃったかの。これから湯原温泉に行くいうとったから、おおかた、その紳士の愛人というんじゃろうな」

「そうか。そいで、条次さん、その紳士はあんたらに名前はいわなんだかの？」

「いや、名前は聞いとらん」

「杉村とか、そういう名前を言わなかったかのう？」

「いんや」

と条次は首を振った。

「そうか。そいで、湯原温泉はどこの旅館に泊まるというとったかな？」

「旅館の名前も聞いとらん。ただ、向こうにもっと早《はよ》う着かないけんのに、こんな事故で遅うなったとはいうとったが」

「その運転手は、どねえな人相じゃったな？」

「これも鳥打帽を目深にかぶって色眼鏡をかけ、革ジャンパーを着て、頸《くび》には襟巻をしとったけん、やっぱりはっきりわかりません。けど、ハイヤーの運転手にしてはちょっと服装がヤクザみたいやと思いました」

「ハイヤーの運転手はたいてい守衛みたいな帽子をかぶって制服を着とるけどのう」

「途中で気がついたんじゃけど、その車は白ナンバーじゃった。運転手が制服を着とらんわけがそれで呑《の》みこめたよ」

「そうか。白ナンバーで客を温泉に送るいうと、そいつはおおかたヤミタクじゃろうな」

「その車は紳士の自家用車とは思えんじゃったからの。だいいち、プレートが姫路でした。番号はおぼえとらんけど」

「姫路か……番号は思い出せんかな？」

「うむ。それがろくに見なかったよのう。とにかく車を早う道路端に上げにゃいけんと思うて、そればかりに気をとられていましたけのう」

　刑事は少しがっかりした。

「ところで、その男についていた女じゃけど、顔はようわからんにしても、背の高さとか、痩せとるとか肥えとるとか、それぐらいはおぼえとるじゃろう？」

「あんたにそういわれると、よう思い出さん。背が高いようでもあった。肥えとったか痩せとったかも、いまになってはようおぼえておりません。けど、まあ、中肉中背というところじゃろうな。特別に背が高かったり痩せとったら、なんぼかは記憶にあるはずじゃけにの」

伊東刑事は条次の話を聞いて、ハイヤーの事故のとき手伝った部落の者三人を呼んでもらった。

その三人の言うことも条次の述べたこととあまり違わなかった。刑事はとくに、中に乗っていた男客の顔をたずねたのだが、やはり、おぼえてないという。ソフトをかぶり、眼鏡をかけていたというだけで、顔の特徴がわからなかったのだ。それに、なんといっても暗闇だったのである。

そのほか、同伴の女も、運転手のことも、その服装だけしか覚えていない。

伊東刑事は、とにかく現場まで案内してもらった。暗くなってはいるが、一応たしかめてみたかったのだ。

しかし、これは伊東刑事の目的からいって、たいした意味はなかった。いわばここに来たついでだった。

伊東刑事は三人に案内されて事故現場に来た。

「このへんだったですよ」

と、条次が懐中電灯を地面に照らしながら伊東をふり返った。

「ここのところへ、ハイヤーが頭をこげなふうに突っこんでのう」

と、彼は手で車の落ちていた状態を説明した。当時手伝っていたあとの三人も、そのとおりだといった。現場は道路がかなり急カーブに湖面に突き出したところで、そういう事故があっても不思議ではない。

伊東刑事は道の上から斜面の草を下りたが、懐中電灯で照らしても、道路面にはその痕跡《こんせき》がなかった。しかし、斜面の枯草にははっきりと痕跡が残っている。そこだけはかなり広い範囲で草が踏みにじられたようになっていた。

対岸の外灯がぽつんと一つ水の上に映っているだけで、空も湖面も山も真暗だった。伊東刑事は、なんとなく寒さを覚え、身ぶるいした。

翌日、伊東刑事は湯原温泉まで出かけた。ダムは、落合に着くまで、まるで大きな川のように湯原温泉に着くまでは長かった。もともと旭川をせき止めたのだし、狭隘《きょうあい》な山峡は南北に細長い。

刑事がポケットの中に入れているのは、東京の警視庁から来た家出人捜索手配書である。当人はイコマ電器株式会社前常務杉村治雄《はるお》という五十六歳の男だ。三月十二日の朝東京を発《た》って奈良に行ったが、それ以後消息を絶っている。

これだけなら普通の家出人捜索だが、警視庁捜査一課では、その失踪に殺人の疑いがあると書いている。もし、該当の人物について聞きこみがあったら連絡してほしいという依頼だった。

手配書には、本人の人相、特徴、家を出たときの服装、所持品などが詳しく出ているが、残念なことに、その車の人物については、その点、粂次や、そのほかの村の者は何もおぼえていない。

手配書には「無帽、眼鏡はかけない」とある。しかし、車に乗っていた男は女づれだったから、その条件を入れると、粂次たちが見た男のソフト帽、眼鏡はそれほど不合理ではない。それは、お忍びの軽い変装ではないか。

伊東刑事は、長い時間かかってやっと湯原温泉に着いた。旭川もここはずっと川幅がせばまっている。旅館は、その川に沿って細長い町をつくっていた。

「今日は」

と、伊東刑事は、このへんの旅館の組合長をしている寿永閣《じゅえいかく》にはいった。旧《ふる》い旅館である。

寿永閣では老主人が出て伊東刑事の頼みを聞き、すぐに組合員の各旅館に電話をかけてくれた。

「そりゃやっぱり山水荘らしい」

と、ボスの老主人は古い玄関に立っている伊東刑事にいった。

「山水荘には、十三日の晩おそく、たしかにそういう白ナンバーの車で一組はいったそうじゃ。やっぱり、あすこはこのへんでいちばん新しゅうてきれいな旅館じゃけんのう」

と、彼はいくらか嫉《ねた》んだような口調でいった。

「どうもありがとう」

伊東刑事は出た。山水荘は歩いて五分もかからない。

彼が行くと、寿永閣の連絡でもうわかっていたらしく、出てきたおかみに刑事はすぐ上にあげられた。

「お邪魔します」

昼間の温泉旅館はがらんとしている。あいている客室に通され、茶が出たあと、刑事は質問にはいった。

「そうよのう、ウチに着かれたのが夜の十一時ごろで、もう戸を閉めようとしたときでした。ちょうど三階の桐の間があいていたけに、そこに通したんじゃけど」

おかみは答えた。

「それじゃ、べつに予約はしてなかったんじゃな？」

「そんなものは受けとりませなんだ」

「係りの女中はだれでしたな？」

「お政です。ここに呼んでみましょうかのう？」

「お願いします。あ、それから、その二人は宿泊人名簿を書いとりましたろのう。それもいっしょに持って来てつかあさい」

伊東刑事は起《た》ってゆくおかみに頼んだ。

まもなく、おかみはお政といっしょに宿泊人名簿を持ってきた。刑事が見ると、それは万年筆でこう書いてある。

「横浜市中区住吉町五六一番地　山田英吉　五十六歳」

かなり達筆だった。

「これは本人が書いたんじゃろなァ？」

刑事は筆跡を見ながらいった。

「そら、そうですよ。ウチでは女中に代筆させませんけに……」

「それはようわかっとるが、念のためにきいたんじゃ。なあ、おかみさん、これはちょっと借りてゆきますよ。署で写真に撮ったら、あとで郵便で返しますけえの」

伊東刑事は、次に、前にすわっているまる顔の女中に眼を細めた。

「あんたがお政さんか？」

「ええ、そうです」

お政は緊張した顔でうなずいた。

「おかみさんからもう聞いたろうけど、先月の十三日の晩に三階の桐の間にはいったお客さんのことを、わしに詳しく話してくれんかのう」

伊東刑事は湯原温泉から加美署に戻った。

彼は山水荘で聞いた話をひととおり整理してみた。東京の警視庁からきた手配書にある失踪《しっそう》人の特徴とはだいぶん開きがある。人相の点、体格の点、服装の点、ソフトや眼鏡をかけていた点、ことごとく違っている。合っているのは、宿帳に山田英吉と記入した男が東京弁であること、年齢が五十六歳であること、旅館には三月十三日の夜に投宿していること、服装が立派で、相当金を持っていた様子だったことなどが挙げられる。

伊東刑事は、どうも気にかかってならない。そこで彼は、この二人が乗っていた乗用車が姫路の車体番号だったことを思い出し、一応、警察電話で姫路署に照会してみた。

「番号はわかりませんが、たしかに姫路の車で、中型黒塗りのS社製品らしいんですがね。たぶん、ヤミタクと思われますが、十三日の夜湯原温泉に行ったヤミタクはないか、調べてくれませんか」

警察にはヤミタクの常習者がたいていわかっている。また、その常習者に聞けば横の連絡があるから、該当車は大体わかるはずだった。

姫路署からは、翌朝伊東刑事が署に出勤してから、すぐに警察電話で回答してきた。

「三月十三日夜、姫路から湯原温泉に行ったヤミタクの該当車はありません。また、ヤミタクの連中にきいても、みんな知らないといっています。ただ、まったく同じ型の同じ色の車で、十三日の午前九時から十時の間に盗難に遭ったものがあります。姫路市××町の道端に駐車していたものだが、持主は市内××町の会社役員斎藤庄作《さいとうしょうさく》所有ので、当人からは被害届が出されています。車体番号は姫路五―か―五九六一です。まだ盗難車の発見はできませんが、あるいはご照会の車がそうではないかと思われます。もし、その車が湯原温泉まで行っているなら、その付近か、あるいは鳥取県かで発見される可能性もあるので、これからその方面への手配をします」

伊東刑事は、これを聞いておどろいた。

電話を切ったあとでも彼は、いま姫路署が教えてくれた盗難車は、おそらく湯原温泉に一組の男女を送った車だろうと直感した。

そういえば、石戸部落の高村粂次や付近の者が言っていたが、運転手は鳥打帽に黒眼鏡をかけ、革ジャンパーを着て、コール天ズボンをはき、そして襟には茶色のマフラーを顎《あご》まで埋めていた。これも車の窃盗犯人なら人相をわざとわからなくしているようにも思われる。考えただけでも、そのいでたちはいかにも車泥棒をしそうに想像された。

伊東刑事は、この結果を一応自分の署の捜査課長に報告している。そして湯原温泉の山水荘で借りてきた宿泊人名簿の筆跡をすぐに、鑑識にまわして撮影してもらうよう頼んだ。


神野刑事は、捜査一課長に呼ばれた。部屋に行ってみると、二係長もすでに来ていて、課長と打合わせをしたあとらしかった。

「君、耳よりな報告が岡山県下から来ているよ」

課長は神野を前の椅子にすわらせて言った。机の上には、警察の用紙に書かれたその報告書らしいものが載っていた。

「岡山県から？　なんですか？」

「イコマ電器の杉村氏の失踪で、手配書を回したのだが、その回答さ。まあ、読んでみてくれないか」

神野が手にとると、岡山県加美署からのもので、報告書は要約すると、次のようになっている。

三月十三日夜十一時ごろ、岡山県真庭《まにわ》郡湯原温泉の山水荘に宿泊した男女客があり、男客のほうがあるいはご照会の杉村治雄ではないかとも思料されるので、とりあえず報告するが、

①本人の書いた宿帳には、横浜市中区住吉町五六一番地、山田英吉、五十六歳とある。この筆跡は写真に撮って貼付《てんぷ》してある。

②山水荘の主人や、女中、番頭の話によれば、右の者はまる顔で体軀《たいく》はずんぐりとしている。ソフト帽をかぶっていた。洋服は黒のチェック地、コートは濃いグレーに細かい赤のチェック、鞄《かばん》は黒の革スーツケース、言葉は東京弁。身長一メートル六〇くらい。

③同伴の女性は宿帳に記名してない。年齢は二十五、六歳だが、一見二十三、四歳に見える。厚化粧の女で一見バアの女風。服装は洋装で、真赤なコートにサングラス。スーツは臙脂《えんじ》に近い赤。丸顔、中肉。一メートル五〇くらい。

④両人の間柄は親密で、女性は右の山田英吉と名乗る男の愛人と思われる。

⑤同人たちが女中に語った話によれば、姫路から岡山を通って湯原温泉に着き、翌日は新見に出て、伯備線で米子に向かう予定だといった。事実、十四日には、この二人を土地の運転手が新見駅までタクシーで送っている。

⑥本職がこの両名に注目したのは、岡山から湯原温泉に向かう途中の旭川ダムで、十三日夜、両名の乗っていた車が運転を誤り、道路から湖岸に落ちたのを付近の住民が

助けたことを聞きこんだためである。手配書による杉村治雄は十二日に奈良より行方がわからなくなっているので、十三日夜という時間を重視した。

⑦手配書による杉村氏の人相と服装の特徴は、右の山田英吉と自称する男のそれとは著しく相違するが、次の点がとくに本職の注意を喚起した。

⑧両人が乗ってきた姫路の車両番号（番号は不明）のついた乗用車はヤミタクと思われたので、姫路市内について調査すると、ヤミタク乗用車にはほとんど該当車がないことが姫路署よりの回答でわかった。しかしながら、姫路署によれば、黒塗り中型S社製六三年型一台が十三日午前九時から十時の間に市内で盗難に遭っている事実が判明したことである。

神野刑事は加美署から送ってきた報告書を見て、思わず顔色を変え、眼をあげると、河合二係長の奇妙な視線と出遇《であ》った。この報告書はとんでもない人間を描写している。係長の眼もただならぬ表情になっていたのだ。

「係長、これじゃ全く……杉村さんではなくて生駒さんじゃありませんか？」

神野刑事は叫ぶようにいった。

「君もそう思うか？」

河合二係長は課長と顔を見合わせてニヤニヤしたが、それは、かえって緊張のあまりだった。

「全くぼくもそう思った。人相も服装も生駒伝治氏そのままだ。それに、女づれということもね」

「おどろきました。生駒の東北旅行はどうも臭いと思っていた。これならピタリです」

神野刑事は興奮していった。事実、これで生駒の旅行に関する限りは彼の疑問が氷解したのである。

「君が東北みやげを買ってこない生駒氏のことを不思議だといっていたはずだよ」

係長はいった。

「しかし……」神野は、この報告にある最後の項に眼をさらした。

「乗っていた車が盗難車に似ているというのはどうしたわけでしょう？」

「それだ。いま課長さんとも話していたんだが、もし、加美署の報告にある人物が生駒氏で、乗っていた車が盗難車だったとすると、どうも変なめぐり合わせだな」

神野も考えた。そして、係長のいう変なめぐり合わせという意味もわかった。

生駒氏はヤミタクを利用したのだが、たまたま、その運転手は盗んだ車に乗っていたのではなかろうか。生駒氏はそれとは知らないで、その男にすすめられるままに盗難車に乗り、湯原温泉に到着したのではあるまいか。どうも、そんな解釈しかできない。

「ともかく、ここに、生駒氏が宿帳に書いた筆跡を親切にも写真に撮ってくれている」

と、二係長はいった。「君は生駒氏の筆跡を知ってるかね？」

「いや、まだ、それは知っていませんが、それは調べるとすぐわかります」

「十中八九まで生駒氏に間違いないと思う。だが、念のため、この写真と生駒さんの筆跡とを照合してくれないか」

「わかりました。自宅に行けばわけはないと思いますが、それでは刺激を与えることになるので、駿峡荘に行ってみましょう。あすこなら長期に滞在しているので、もちろん、宿泊人名簿も書いております」

「しかし、杉村さんの手配から妙なことになったな」

課長が初めて口を開いた。

「そうですね。こんなところで生駒さんのないしょの旅行が暴露しようとは思いませんでした」

係長が言った。

生駒の答弁

神野刑事と塚田刑事とはイコマの本社に柳田秘書室長を訪ねて行った。四月初めの陽気のいい日である。

柳田は刑事たちの待っている応接間にすぐにはいってきた。

「いらっしゃい」

しばらく世間話をしたが、その間にも柳田は刑事たちの来訪の目的をさぐろうとしているようだった。

「柳田さん、実はあることが起こりましてね、至急に生駒さんにお会いしたいんですが、お目にかかれませんかな？」

神野はいった。

柳田は、それを聞くと、何かどきりとしたような表情で、

「何かあったんですか？」

と、刑事の顔をのぞくようにした。

「いや、たいしたことじゃありませんよ。実は生駒さんにぜひお聞きしなければならない事情が起こりましてね。それでお会いしたいんですよ」

「さあ」

柳田は視線をはずして、なんとなく髪を搔《か》くようなしぐさをしたが、その困ったような顔を見ると、これは生駒の所在を知っているな、と神野は思った。この前訪ねたときは、本当に知らない様子だったが、いまは違う。あのときから一週間ばかり経っているが、その間に柳田は生駒の居場所を知ったのだろう。

「どういうことかしりませんが、ぼくがそのお話をうけたまわるわけにはいきませんか？」

柳田は、そんなことをいった。

「いや、これぱかりは直接にご本人におたずねしたいんですよ」神野は笑いながら訊《き》いた。

「あなたは、生駒さんがどこにおられるか、もうわかってるんじゃないですか？」

「そうですな。ちょっと、ぼくらにもよくつかみにくいんですが……」

柳田は迷っているようだ。正直にいったものかどうか。なるべくはいいたくないが、用件次第ではいわなければならなくなる。そのために断定的な答えができない。そういう曖昧《あいまい》な口ぶりだった。

柳田は、刑事たちが帰ったあと、すぐに前岡正造に電話をした。

「どういう事故があったんだろう？」

前岡は柳田の話を聞くとその電話でき返した。

「何があったのか刑事は説明しないんですが、とにかく、生駒さんにぜひそのことで会わせろといってきかないんです」

柳田は答えた。

「なんだろうな？」

と、前岡の声も不審がっている。

「君、それは生駒さんに関係した犯罪的な事件というのかね？」

柳田のほうでは、前岡が犯罪的といったのでびっくりした。柳田自身はそこまでは思っていなかったからだ。

「いや、そんなことはいいませんが……何か、そういう事故でしょうか？」

「さあ。警察が訪ねてくるから、つい、ぼくもそんなふうに気を回したんだがね。それでなかったら幸いだけれど……」

と、前岡は自分の思い過ごしを訂正するようにいった。

柳田もつい釣りこまれて、

「そういえば、神野という刑事は、生駒さんの書かれた書類で不必要なものがあれば一枚もらえないかというんです。ぼくは、それくらいならたいしたことはないだろうと思って、すぐに廃棄処分にしていい古い書類を渡しましたがね。あれ、どういう意味でしょうか？」

「そんなことといったのか？」

前岡はちょっと言葉を途切らして、

「むろん、それは生駒さんの筆跡を見るためだろうな」

といった。

「筆跡？　なんのためにですか？」

「そりゃ、ぼくにはわからない」

「しかし、生駒さんの筆跡をほしがるというのは、前岡さんのいわれたとおり、何か犯罪的な事故に関係してるんでしょうか？」

「どうだろうな。ぼくにはよく判断はできないが」

と、前岡は急に慎重になったが、彼は柳田が考えている以上に、その意味を深刻にとっているふうだった。

「前岡さん、やっぱり生駒さんに警察の前に出てもらったほうがいいでしょうね？」

柳田のほうから言った。

神野刑事が本庁に帰っていると、柳田からの電話を交換台がつないできた。たった今、彼とは遇《あ》ってきたばかりなのである。あれ、と思った。

「さっきは、どうも失礼しました」

と、柳田の声は一時間前とは打って変わって明快であった。

「いや、こちらこそ」

「あの……生駒さんのことですが」

「はあ」

「実は、本人に連絡がとれました」

「…………」

「あなたがお帰りになってから、たまたま生駒さんのほうから電話がかかってきたんです。それで、幸いにあなたの見えたことをお伝えできたんです」

嘘だ、神野は思った。柳田が生駒の居場所を知っているくらいは、あのときに察していたが、この電話だと、どうやらこっちが帰った直後に、彼が生駒に連絡をとったらしいのである。

「それは、ありがたかったですな。で、生駒さんは、いま、どこにいらっしゃるんですか？」

「それが、その、まだぼくにもわからないんですよ。いつも、生駒さんのほうから一方的に電話がくるだけでして……」

柳田はまだ体裁をとりつくろっていた。

「一方通行というわけですな」

神野は皮肉にいった。

「……それで、生駒さんにお話ししたら、どういうことかわからないが、とにかく、どこかでお目にかかろうということでした」

「それは結構ですね。願ってもないことです。どこで、お会いできますか？」

「生駒さんの希望では、Mホテルのロビーではどうでしょうか、ということですが」

「Mホテル？」

「いけませんか？」

「いや、結構ですが……」

Mホテルは赤坂《あかさか》にある一流ホテルだが、生駒はそこに移っているのだろうか。

「ホテルのフロントにたずねるといいんですか？」

「いや。ロビーだそうです。入口をはいるとすぐにロビーですが、そこでお待ちしているそうです」

「わかりました」

「あと三十分したら、生駒さんから電話がかかってくることになっています。あなたが承知なさったことを伝えますから」

柳田はそういって電話を切った。

柳田のやつ、小細工をすると思ったが、柳田というよりも、それは生駒がそういいつけているのであろう、生駒はいつまで居場所をかくしおおせるつもりだろうか、と神野は思った。

神野刑事は柳田からの電話を河合二係長のもとに報告に行った。

「余計な手間をとらせます」

と、神野は苦笑した。

「向こうにもいろいろと都合があることだろう。ご苦労だが、まあ、行ってくれ」

係長はそういって、机の引出しから封筒をとり出した。

「岡山県警から報告が来てるんだがね。ほら、姫路の盗難車の件さ」

「あ、あれ」

係長はなかの紙を取り出してひろげた。

「兵庫県警に手配を依頼した姫路五—か—五九六一の中型車は、目下のところ、県下のどこからも発見できないというんだ」

河合はそういって、タイプにされた回答文を神野に見せた。日付は一昨日になっている。そうすると、湯原温泉に乗りつけたその車は三月十三日だから、あれから二十日以上経っている。

二十日以上も経って、いまだに該当の車両番号をつけた車が見当たらないというのは県外にでも出たのだろうか。営業車ではないから、その点、かなり自由な行動ができる。

「しかし、それにしても県外に出れば、姫路の車ですからわりあい人目につくと思いますがね」

と、神野は意見をいった。

「そうだな。でも、ひとつ、中国管区警察局と近畿《きんき》管区警察局とに頼んでみようかな」

係長はいった。それぞれの管区警察局は中国地方、近畿地方の各県警察を掌握している。警視庁からいちいち各県に依頼するよりも、管区から通牒《つうちょう》してもらったほうがまとまりが早い。

「そうですね。盗難車を捜す意味もありますが、なんだか、その車を発見できたら、意外な事実がわかるような気がします」

意外な事実というのは、この場合、神野の頭に明確な判断ができていったのではなかった。杉村の失踪《しっそう》と、生駒伝治の乗った、盗難にかかったヤミタクとは全然無関係である。しかし、なお、それでも、ある予感めいたものが、つい、神野の口からそういう言葉で出たのだった。

「では、そういうことにする……で、生駒さんはMホテルのロビーで会うというんだが、彼はそのホテルに泊まっているのかね?」

「柳田さんの話では、よくわからないというんですがね。知っていて隠しているようですが、なに、これは生駒さんに会えばすぐわかることです」

それから三十分後に、神野刑事は、やはり若い塚田をつれてMホテルに向かった。Mホテルのロビーは広く、奥のほうは電灯がついている。それぞれのクッションには男女の客が物静かにすわっていた。

神野が生駒の姿を求めてきょろきょろしていると、奥の柱の横から中腰になって手で招いている者がいた。生駒だった。

神野と塚田が近づくと、生駒は奥のほうに向かって椅子にかけていた。つまり、玄関からはいってくる人びとには背中を向けた恰好《かっこう》で、そこいらを歩いている人にも顔を見られない位置になっている。

「わざわざこういう所にお呼びして恐縮です」

生駒伝治は元気そうな声でいった。しかし、この前からみると、少し面《おも》やつれがしていた。

「いいえ、どういたしまして、わざわざ連絡をいただいてありがとうございました」

と、神野はにこにこしながら頭を下げた。

「何かわたしにおたずねがあるそうですが……ま、どうぞ、ここにおかけ下さい」

と、生駒は自分の横のクッションを二人にすすめた。

神野は生駒のわきにすわったが、どういうふうに話を切り出したものかと、もう一度考えた。もちろん、生駒は何かの事件の被疑者でもなければ重要参考人でもない。質問はどこまでもおだやかに相手の協力を求める態度でなされなければならない。それに、この質問には生駒の個人的な事情、いうところのプライバシーが絡まっている。あまり露骨なことも訊《き》けないのであった。

どうしてそんなことを訊くのかと生駒に反問されたら、神野も理由に苦しむ。個人の行動は自由で、犯罪事件に関係がない限り、生駒が東北に行こうが中国地方に行こうが、だれを同伴していようと、すべて彼の勝手である。

神野はなるべく生駒を怒らせないようにたずねなければならなかった。

「生駒さん、どうもこういうことをおたずねして恐縮なんですが、この前あなたが東北地方にご旅行に出られたことで、少しおたずねしてもよろしいでしょうか？」

「どうぞ……しかし、何か、そのわたしの旅行でご不審がありますかな？」

と、生駒は悠々と神野刑事を見返した。

その落ちついた顔を見ると、神野のほうがとんでもない間違いをしているのではないかという気持ちになった。それほど生駒の表情にはいささかの動揺も見られないのである。

「いや、たいへんぶしつけな質問になるかもわかりませんが、もし、間違っていたら、悪しからずご勘弁願います」

神野は頭を下げた。

「どうぞ。どういうことかよくわかりませんが、遠慮なくおっしゃって下さい」

生駒は微笑を見せて促した。

そこで、神野は質問の糸口を考えてきた通りにいった。

「実は、唐突ですが、奇妙なことが岡山県下のほうで起こりまして……」

神野は、岡山県下と言ってからそれとなく生駒の顔を見たが、やはり表情の動きはなかった。神野もいささか勝手が違った恰好で、

「その事件というのは、なに、とるにも足らないことなんですが、姫路市内に住んでいるある人の自家用車が三月十三日の朝盗難にかかりまして、それ以来その車の所在が知れなくなっているのです。警視庁のほうにもその手配書が回って来ているのですが……」

と、神野は、そこだけは作り話をした。

「………」

生駒は黙然と聞いている。その盗難車と自分とはどんな関係があるのかと、不思議がっているようにもみえた。

「ところが、その盗難車なんですが、それが盗まれた同じ十三日の晩に湯原温泉……これは岡山県真庭郡といいまして、中国山脈に近い北部にある温泉ですが、その旅館に盗難車らしい車が一組の男女を乗せて到着したことがわかったのです……」

そこまで神野刑事が話したとき、生駒の顔にはじめて或《あ》る変化があらわれた。

彼は顔をちょっと振ると仰向《あおむ》きになり、うしろ頭をクッションの背にのせた。疲れたときにする恰好だが、しかし、その顔にはなにかおかしそうな笑いが出ていた。

神野はそれを見て、その車の客が生駒に間違いなしという確信を持った。生駒のその表情にはすでに観念が見える。だがそれは意外に明るい表情で、いうなれば、いたずらを発見されたときのような照れ臭さと似ていた。

こうなると神野も話がしやすくなった。

岡山県警からの手配は、旅館その他で調べたこととして、男客はこういう服装だった、同伴の女はこういう名前になっている、宿帳にはこういう名前になっている、同伴の女はこういう特徴があった。

それだからといって、その客が車の窃盗犯人と同類とは思えない、むしろ、盗難の車は犯人が岡山でヤミタクを装ってその客を乗せたという疑いが強い、だから、客への嫌疑はかかっていない、しかし犯人を捜査するうえにぜひその客の証言が必要である。――

そのように神野は順を追って生駒に話した。

生駒は、それを聞きながら、やはりうしろ頭を椅子の背にもたせたまま仰向きに微笑していた。が、話が終わると、急にその顔を起こし、

「いや、神野さん」

と、いままで耐《こら》えてきたおかしさをいっぺんに出したように破顔した。

「もうわかりましたよ、あなたがぼくのところにこられた理由がね」

口調も急にくだけたものになった。

神野の横にすわっている若い塚田刑事だけはにこりともしないで、開いた手帳と鉛筆を構えていた。

「どうも悪いことはできんもんですな……」

生駒はつづけて笑い声を立てた。

「そうです。それはぼくに違いありません。しかし、ぼくが乗ったあの車が盗難車とはおどろきましたな」

と、これはほんとにびっくりしているようだった。

「やはりご存じなくてお乗りになってたので？」

「そうなんです。いや、まさかこんなことになろうとは思わなかったので、宿の者をはじめ、柳田君や小林弁護士には、つい、東北に行ったように言っておいたんですがね。どうも、あなたにも嘘をついてすみませんでした。これには、ちょっと個人的な事情がありましてね。……しかし、神野さん、よくその車の客がぼくだということがわかりましたな？」

生駒はこれ以上とぼけても仕方がないと観念したものの、今度はどうしてそれが露顕したかを逆に聞きたがった。

「それはですな、生駒さん……実は、岡山であなたを見たという人がありましたのでね」

これは神野の嘘である。こうでもいわなければ、警視庁が生駒をあまりに追いすぎているような印象を与える――。

生駒は、今度は実際にびっくりした眼になって、神野の顔を見つめた。それには困惑とも疑惑ともつかない、とまどいの色が出ていた。

「神野さん、それはほんとうですか？」

その瞬間の顔があまりに真剣だったので、神野も、女連れの旅を知人に見られたとなると、生駒でもやはり気になるのだな、とちょっとおかしくなった。

「はあ、そういう報告がはいっています」

と、神野も行きがかり上、そう答えた。

「ほう、そりゃ、ちっとも気がつかなかった。いったい、ぼくを岡山で見たというのは誰ですか？」

と、生駒はまだ気にしていた。

「いや、誰といって、名前をいうわけにはいきませんが……」

もとよりつくりごとだから、神野にいえるはずはなかった。だが、それだけではさすがに気持ちが悪く、

「だけど、生駒さんくらいの地位におられたら、あなたがご存じなくても、先方のほうであなたの顔を知ってる人はありますからね。まあ、そういう一人だと思って下さい。そうご心配になる相手ではありませんよ」

と、神野は慰めるようにいった。

「そうですか……」

生駒もやっと安心したように、

「いや、まったく、どこで誰に見られるかわからないもんですね」

と、小さな溜息《ためいき》をついた。

「まあ、そんなわけで、その盗難車に乗って湯原温泉に行ったのがあなたということがわかってきたわけです」

「いや、もう、あなたがわたしに会いにこられて、その話を出されたときから、こりゃもういかん、みんなわかってしまったな、と観念しましたよ。どうも隠しごとはできないものですね。たまたま乗った車が運悪く盗難車とはね」

「その事情をお話し下さるとありがたいんですが……」

「なに、ぼくも、あの駿峡荘に長い間閉じこもったかたちで気持ちが鬱積《うっせき》していましたからね。で、思い立ったのがあの気散じの旅で、それもひとりで行ってもつまらないから、知合いの或る女……どうも、あなたの前でお恥ずかしい限りですが、まあ、その親しい女を誘って出かけたわけです。そうですな、はじめは湯原温泉に行くという予定はなかった。ただ漫然と中国地方を遊んでこようという考えでしたがね。それで、十二日の夜、ぼくと彼女とは東京駅から鹿児島行の列車に乗ったのです。なにしろ急に思い立ったもんですから寝台もとれず、指定席さえとれないので、結局、一等の自由席となりました。これがまたずいぶん混みましてね、とうとう名古屋《なごや》まで椅子にかけることができない始末です。もう、クタクタになって、翌朝早く岡山に着きましたよ。そして駅前の旅館にひと休みしました。なんという旅館だったか、名前も気をつけて見なかったくらいくたびれていました」

「で、その旅館の座敷に通って横になられたんですか?」

神野刑事は途中で口を挿《はさ》んだ。

「いや、ちょっとの間ですから、わざわざ部屋をとるのも無駄ですからね。旅館の下が大食堂になっていましたから、そこで軽いものを食べ、椅子の上にすわって疲れを休めた程度です。相手の女……これはぼくよりずっと若くて、そうですな、彼女がたしか二十三ですから、ぼくとはもう四十近くも違いますから元気なものです。無駄だから部屋をとらなくてもいいといったのは彼女ですよ。そうなると、ぼくも若い女の前では年寄り臭く見られたくありませんから、無理して、いっしょに腰掛けで休んだだけです。……どうも、こんな話をして面映《おもは》ゆいんですが」

「いや、お羨《うらや》ましいですよ。ぼくらはしたくても、そんな余裕はありませんからね」

神野は相槌《あいづち》を打った。ここで女の名前を訊《き》きたいところだが、それはせっかくの話の腰を折ることになるし、あとでもできると思った。横の塚田刑事は無表情に手帳にメモをつけている。

「湯原温泉がいいと聞いたのは、その食堂にいた人の話ですがね。とにかく、その晩は湯原温泉泊まりということにして、その日一日じゅう岡山を見物しました。駅前のタクシーを雇って、後楽園《こうらくえん》やお城見物にすごしました。それから、なんという場所ですか、とにかく海岸の見える山にドライブし、展望台に立って海や島を見たりしました。それも見飽きて、今度は下津井《しもつい》まで行きました。そんなことをして岡山に戻ったんですが、そのタクシーを乗り捨てて、夕食はまたその駅前食堂で軽くとりました。……それからいよいよ車で湯原温泉に行こうと考えて表に出たところ、すっと眼の前に白ナンバーの車が停まりましてね、中から黒眼鏡をかけた運転手が、安く行くが乗ってくれないかと誘うんです。見ただけでヤミタクとわかったから、はじめは断わるつもりだったところ、彼女のほうが勝手にその運転手と交渉しましてね、結局、湯原温泉に普通のタクシーの半額で行くということになりました。ぼくも仕方がないから、とうとう、女のすすめるままにその車に乗ったわけです」

生駒伝治は、新しい煙草に火をつけた。

「いまから考えると、その運転手は少し妙なところがありましたよ。それほど光線が強くない早春なのに濃いサングラスをかけて、ハンチングを目深にかぶったりしましてね。それに、ひどく無口で、よけいなことはしゃべりませんでした。そうですな、体格はがっちりしたほうで、年齢は、あれで三十二、三くらいでしょうか。ときどきしゃべる言葉は関東弁でしたよ。が、あなたの前だが、ぼくも運転手なんかと話すより伴《つれ》の女と話したほうが愉《たの》しいので、その男が黙っていてくれたほうがありがたかったです。そいつが車の窃盗犯人だとすれば、もう少しいろいろ訊いてみるのでしたがね。

そうそう、岡山を出たのが七時すぎでしたが、なんでも道を北へ北へととったように思います。そのへんの地理にはかなり馴《な》れていたようですよ。途中で道が二つに岐《わか》れ、左のほうにはいると、ずっと川沿いになります。いや、はじめは川かと思っていたが、訊いてみると、旭川ダムというんですな。とにかく、ほとんど人家も灯も無い道で、それに、ダムの水面が道と平行して真黒くすぐ窓の横に見えるんです。もし、運転を誤ったらそのままダムの中にどんぶりです。この道がまた舗装してないうえに、ジグザグですから、よけいに、はらはらさせられました。

で、ぼくは運転手に、スピードを出すな、というように気をつけてくれ、と何度もいったのですが、運転手は、わかっていますよ、というようにただうなずくだけでした。ところが、ぼくの予感というのか、その心配が当たりましてね、道が急カーブになったところで、あっという間に車が傾いたんです。車がガクンと揺れて、したたか前につんのめったときは、もう、駄目だと思いましたな。

ところが、運よく、車は道の斜面で傾いたまま停まりましてね。運転手がとっさにブレーキをかけたのですが、やはりスピードを出していなかったのがよかったのでしょうな。いや、まったく、あのときは命拾いをしましたよ。

運転手はすぐに近くの部落に人を集めに行きましてね。すぐに四、五人くらい集まってくれましたよ。そして、みんなで土手に落ちた車を道まで押し上げてくれたものです。……そんなわけで、湯原温泉の山水荘に着いたのがもう十一時近くでしたな」

生駒のいうことはいちいち事実と合っていると、神野は話を聞きながら考えていた。

生駒伝治の話は、最後に湯原温泉の山水荘に着いてからのいきさつに移った。

しかし、盗難車とは、山水荘で別れたので、それからあとはごく簡単にしか話さなかった。

彼によれば、自分は女づれだったので、つい、本名を書くのが気おくれして宿帳に偽名を書いた。「山田英吉」である。

その翌朝、つれの女性と相談して出雲の大社に行くことにした。タクシーを呼び、新見という駅まで行った。新見から米子までは約二時間半ばかりである。米子からはまたタクシーに乗りかえて、まず松江市に行った。そこで一時間ばかり市内見物をし、ふたたびタクシーで出雲大社に向かった。出雲大社に詣《まい》り、その晩は玉造温泉に泊まった。すなわち、これが十四日の晩である。

「玉造温泉はなんという旅館でしたか？　いや、これは参考のためにですがね」

神野が質問をはさむと、

「玉翠荘《ぎょくすいそう》というんです。大きな旅館でしたよ」

と、生駒は即座に答えた。

翌十五日には汽車で鳥取市に向かった。鳥取市内を一巡し、有名な砂丘など見物したうえ、三朝《みささ》温泉に行った。宿は渓流のそばで白兎館《はくとかん》といった。

翌十六日には、再び米子に戻った。市内で午後二時発の東京行全日空《ぜんにっくう》機の座席券を予約したうえ、車で大山に登った。この日は快晴で、頂上には雲が無かった。快適なドライブウェーを走って中腹の大山寺で昼食、寺を拝観。一時半ごろ米子空港に着き、定時に出る東京行の旅客機に乗った。四時には羽田《はねだ》空港に着いた。

羽田で同伴の女性と別れ、ひとりでタクシーで駿峡荘に戻った。五時ごろだった。

「たいへん愉しい旅だったが、そんな事情で山陰《さんいん》に行ったとは人にはいえなかったもんですからね、東北旅行で押し通しましたよ」

と、生駒は笑った。

「よくわかりました。どうもぶしつけなことをおたずねして申しわけありません」

「いやいや、どういたしまして」

「ところで、生駒さん、ぶしつけついでの質問ですが、あなたがおつれになった、その女性のことですが、いかがなものでしょう、その方の住所とお名前とを伺うわけにはいきませんか？」

「いや、神野さん、それは勘弁して下さい。まあ、あんまり年寄りに恥を掻《か》かせないで下さいよ」

と、生駒は手を顔の前に出して、プライバシーにわたる刑事の質問を防いだ。

生駒の述べたことは理路整然としている。それは岡山県下の警察署から報告してきた内容と一致していることで、合理的という意味でもある。

しかし、なんといっても、神野刑事には生駒と前岡とが、杉村常務とほとんど同日に東京を出発したことがやはり気にかかる。生駒と前岡は、それは偶然だというが、その偶然が気持ちにひっかかるのである。

しかし、刑事には、現在それを追及する理由も手段もなかった。なぜなら、杉村は依然として「失踪《しっそう》」であって、それには殺人の疑いが積極的には見られないからである。よし、それが「行方不明」であろうと、それは自発的に家出したのかもしれないし、あるいは何処かに逗留《とうりゅう》して連絡を忘れているのかもしれないからである。

杉村の行方不明に不吉な事故は予想できても、まだそれを暗示する証明は何も出ていない。世間に往々にしてあるような「死体なき殺人事件」の捜査ではないのである。そこに刑事の側にも迫力に欠けるものがあった。

ただ一つ——神野が最後になって思いついたことだが、この生駒は急に駿峡荘からひきあげている。それがひどく唐突であった。

「生駒さんは、いま、このホテルにいらっしゃるんですか?」

神野は、そろそろ腰をあげるふうをしていった。

「ええ。駿峡荘からこっちに移ったんですよ」

生駒は笑っていった。「あすこも、少々、飽いてきましたからね」

「しかし、急にあすこをひきあげられたようですが、何か待遇の点でもお気に入らないことがあったのですか?」

「いや、そんなことはありません。ただ、あんまり長くいたので、気分を変えたくなっただけです。それで急に思い立ったんですよ。それだけです。ほかに理由はありませんよ」

新しい疑惑

生駒との話を終わった刑事二人は、いったんMホテルを出た。賑《にぎ》やかな電車通りに沿って虎《とら》の門《もん》のほうへ歩いた。

交差点に来て赤信号になったので、二人は立ち停まった。すると、神野は何を思い出したか、

「君、ちょっと待ってくれ」

「なんです？」

「いや、すぐ済む。このへんでぶらぶらしていてくれ」

というと、もとのほうへ急いで引き返した。塚田が見ると、神野は大股《おおまた》でMホテルのほうへ歩いている。ちょうど忘れものを取りに帰るような恰好《かっこう》だった。

塚田がそのへんにたたずみ、煙草を吸いながら五、六分ぐらい待つと、神野が再び人ごみの中から現われてきた。

「待たせたね」

「いいえ。それより、どうしたんです？」

歩き出してから、塚田が訊《き》いた。

「いま、思い出してからホテルのフロントに聞きに行ったんだ。生駒さんがいつごろか

らあのホテルにはいったか、それを正確に知りたくてね」

「生駒さんは、駿峡荘を引きあげてすぐにMホテルにはいったんじゃないんですか？」

「あの男の話を聞いて、すっかりそう思いこんだんだが、ちょっと念を入れてみた。違ってたよ」

「えっ、違うんですか？」

「フロントに聞くと、Mホテルにはいったのは三日前だというんだ」

「三日前……そうすると、生駒さんが駿峡荘を引きあげたのが三月二十三日ですから、三日前が四月一日、その間、一週間というものは別な所に居たわけですね」

「まあ、そういうわけだ」

「どうして、そんな嘘をついたのでしょう？」

若い塚田刑事は少し気色ばんでいた。

「さあ、それもやっぱり例の事情が絡んでいるのかもしれない」

「女のことですか？」

「たぶんね」

「しかし、それだけではないかもわかりませんよ。もっと別な事情があったとも考えられませんか？」

「まあまあ、いまはそこまで追及することもあるまい。ただ、生駒氏がそんな見えすいた嘘をいったということだけをおぼえておけばいい。とにかく、一応本庁に戻ろう」

と、神野は虎の門の交差点から左に曲がった。

二人は本庁に戻りかけたが、そこで神野は気が変わったように、ふと立ち停まった。

「いまから駿峡荘へ行ってみよう」

塚田はうなずいた。駿峡荘へ行こうという神野の気持ちは、いまMホテルでたしかめた生駒のホテル入りに関係がある。二人は、そこでバスをつかまえた。

駿峡荘の前に出ると、折よくおかみが玄関の前のほうを見まわっていた。向こうでもこちら二人を認めて、

「いらっしゃい」

と、愛想よくお辞儀をした。

「おかみさん、また生駒さんのことで来たんだがね」

と、神野は、この前と同じ玄関脇の応接室に通されると、おかみに話しかけた。

「生駒さんのいまの居場所がやっとわかったよ」

「へえ。どこにいらっしゃるんですか？」

おかみの表情では本当にそれを知らないようだった。

「Mホテルさ。赤坂の」

「へえ。そんなら、ちゃんと生駒さんもそういって下さればいいのに。ウチをお出になるときは、どこに行くかわからないようなことをおっしゃってたけれど」

おかみも同業のホテルにすぐ移ったと思ったか、あまりいい顔をしなかった。

「ところがね、ここから真直ぐにMホテルに行ったんじゃないらしい。Mホテルにはいったのが三日前からだ。その間、生駒さんはどこかに居たことになるんだがね」

「あら、そうですか」

おかみの眼は、ちょっと好奇心に光った。

「まあ、生駒さんがどこに行こうと、こっちにはあんまり関係がないから、本人には聞きもしなかったがね。ただ、ここを引きあげたのがひどく急だったという話だったね？」

「そうなんです。まるで足もとから鳥が立つようなわけでしたわ」

「それで思い出してまた話を聞きに来たんだけど、どうだろう、生駒さんが急に引きあげるという前に、何かそれらしい兆候はなかったかね？」

「いいえ、全然心当たりがないんですの。急に都合があって出るからとおっしゃったので、こちらでびっくりしましたわ。それに、柳田さんもそれをご存じなかったようでしたわ」

「あれほど連絡を密にしている柳田君にも知らせないで引きあげたというのは、何か変わったことがあったんだな。どうかね、こちらの邪推かもしれないが、生駒さんが引きあげる前にだれかが訪ねてくるとか、よそから電話がかかって来たとか、そんなことはなかったかね？」

「訪ねてみえた方はありませんけれど、電話のことはわたしではちょっとわかりかねます。なんでしたら、交換台に訊《き》いてみましょうか？」

「ああ、そうしてもらうとありがたい」

おかみは、すぐに二十二、三くらいのセーターをきた女をつれて刑事たちの前に戻った。

「ウチの交換台ですが」

と彼女は交換手を紹介した。

「ちょうど、生駒さんが引きあげるあの日のことは、まだよくおぼえているそうですから、じかに訊いて下さい」

交換台の女は、ちょっと会釈して、おかみとならんで腰をおろした。

「二十三日の午前十一時ごろだったと思いますが、外線から女性の声で生駒さんの部屋にといってこられたので、わたくしは一応、どちらさまですか、と訊いたんです。その方は、藤井《ふじい》という者です、そうおっしゃって下されば生駒さんにわかります、ということでした」

「ちょっと待って下さい」と、刑事はさえぎった。「それは、いつも生駒さんのところにかかって来ていたという女性の声とは違うんですか？」

「はい。その方とは違います。だいいち、その方でしたら、お名前はおっしゃいませんし、いつもつないでくれたらわかるとおっしゃってました」

「声は全く別人なんですね？」

「そうなんです。いつもの声のほうはずっと若いのですが、その藤井さんとおっしゃる方は、それよりやや年上のように思われました。そのときがはじめてだったんです」

「なるほど。で、すぐにあなたは生駒さんに取り次いだわけですね？」

「はい。そう申しあげると、藤井という名前には心当たりがないようなふうでしたが、ご婦人の方だと申しあげると、とにかくつないでくれ、とおっしゃいました」

「で、あなたは、その話の内容を聞きましたか？」

「いいえ。お客さまのお話はいっさい盗聴しないことにしていますので」

駿峡荘の交換手はしつけのいいところをみせた。しかし、いまの場合、その行儀のよさが刑事たちには残念で、その話の内容をちょっとでも聴いていてくれたら、あるいは生駒があわてて宿を引き払った理由がつかめたかもわからない。

「その話はどのくらいで済みましたか？」

「そう長くはございませんでした。時間にしたら二分くらいだったように思います」

「二分間ね」

神野は、二分間の会話の長さを考えた。二分間といえばかなりな内容が話せるように思われる。

「その電話が切れるまで、あなたはその話を少しも聞いてなかったですか？」

「ねえ、宮原《みやはら》さん」と、おかみが交換手にいった。「刑事さんにはその電話のことが大事らしいから、遠慮なく耳にはいったところだけでもお話しなさいよ」

こうなると、おかみも従業員のマナーを誇ってもいられないようだった。

「そうですね……」宮原という交換手はもじもじしていたが、少し間が悪そうに、「その電話の切れ目のところだけ少し耳にはいったんです。というのは、電話の調子をみるためにときどき通話中を調べることがありますから」

「なるほど。それはよくわかります。で、そのときの話は？」

「生駒さんの声で、そうか、どうもありがとう、じゃ、早速よそに移るとするよ……そういう声が耳にはいって、すぐ電話は切れました」

神野と塚田は駿峡荘を出たが、神野には、いま聞いたばかりの駿峡荘の交換手のいった言葉が心に強く灼《や》きついていた。

生駒が急に駿峡荘を引き払う直前にかかってきた電話は、女の声で「藤井」という姓をいった。もっとも、これは偽名らしい。

そして、その電話が切れる直前、宮原交換手の聞いた生駒の言葉は、

（そうか、どうもありがとう、じゃ、早速よそに移るとするよ）

というのだった。

右の生駒の言葉は、明らかに女から何事かを知らされて、そのため、生駒がよそに移ったと思われる。足もとから鳥が立つような移転も女の急報に原因したことになる。

いったい、その女は何を生駒に告げて駿峡荘を引きあげさせたのだろうか。

興味があるのは、交換手の耳には、それがいつも電話をかけてきている例の若い女とは違っていたという証言だ。すると、生駒は、いままで彼がつき合っていたと思われる

若い女のほかに、もう一人「三十すぎの女」がいたことになる。もっとも、その女と生駒との間にどの程度の交際があったのかはわからない。

ただ、その電話通告の内容が失踪《しっそう》した杉村に関係があるかどうかが問題だが、いまのところ、三月十二日に前岡を含めて三人がほとんど前後して東京を出発したという以外、杉村の行方不明には生駒の影は射していない。だが、もし、この問題の電話がいくらかでも杉村に関連していることだとすれば、ここに一つの捜索突破口ができるかもしれない。——神野は少し心をときめかした。

二人は一応、本庁に帰りながら話し合った。

「われわれは生駒さんの行動をあんまり追いすぎるようだが、どうも杉村常務の消息が知れない以上、やはり杉村氏と同じ日に東京を発《た》った生駒さんのことを洗ってみたいね」

「そうです。その意味ではもう一人いますよ」

「前岡さんだろう。彼もたしかにその一人だが、前岡氏は生駒さんと違って、四国、九州旅行以外にはいつでもちゃんと自宅にいたからな。生駒さんの場合は家庭の事情もあるらしいが、とにかく居所を転々として不明朗だ。やはり生駒さんから手をつけるのが順序だろうな。それに、生駒さんを狙っている変わった下請業者のことも、なんだか杉村さんの失踪と関連がありそうな気がするよ。はっきり説明はできないがね」

刑事の歴訪

神野刑事の歴訪がはじまった。相手はイコマのもと下請業者の五人組で、まず、連中の音頭をとっていると見られている神岡紙器の経営者神岡幸平からはじまった。

神岡紙器は、イコマの製品の電気器具を収める段ボールを納入していた。工場は赤羽のほうにある。二棟《むね》の工場、一棟の倉庫、そして小さな建物の事務所、典型的な中小企業の機構である。

神岡幸平は、神野と塚田を事務所の奥の二坪（六・六平方メートル）ばかりの「社長室」に通した。警視庁の刑事が来たというので神岡幸平は緊張していた。

「実は、生駒さんのことでお伺いに来たんですが」

神野刑事は、セーターの上に上着を着ている神岡幸平を見ながら言った。

「生駒さんは実に怪《け》しからん人です。あれは明らかに計画倒産ですよ。自分は会社の金をしこたまふところにねじこんで、わざと会社を潰《つぶ》してしまったんです。そのため迷惑をうけたのはわれわれですからね。北川良作という合成樹脂屋の奥さんなどは、従業員の給料が払えず、それを苦にして服毒自殺しました。また部品屋の鈴木君はとうとう倒産です。わたしのところだって、いつ倒産するかわかりませんからね。イコマから受けた傷は大きいです。ほかに、モートル屋の浜島君、絶縁材料屋の池田君なども、やはりわたしと同じに倒産寸前です……われわれとしては、その生駒さんの隠し金の一部から、いくらかでも吐き出してもらいたいんですよ。こっちは死活問題ですからね……ところが、生駒さんのありかがどうしてもわからない。秘書室長の柳田も隠しているんです」

神岡幸平は、生駒に対する激しい憎悪をこめてしゃべりまくった。しかし神野刑事にとっては、みんな知っていることばかりであった。

神野刑事と塚田刑事とが話を聞き終わって起《た》ち上がろうとすると、神岡幸平は、

「これからどちらへお出《い》でですか？」

と微笑を浮かべてきいた。

神野としては、下請けの五人のうち、残りの四人を歴訪するつもりであった。だが、神岡の前では、そんなことも言えないので、

「本庁に帰ります。その前に池袋《いけぶくろ》で用足しがありますが……」

と、答えた。神岡は、

「そんなら、ぼくはこれからちょうど新宿《しんじゅく》まで行くところですがね。なんでしたら、池袋まで、ぼくの車にお乗りになりませんか。もうガタの来ている車ですがね」

と、好意をみせた。

道路に置いてある車は中型車だった。神岡がいうように古くはなかった。刑事二人を座席に送りこむと、彼は運転台に腰をすえた。

「あなたがご自分で運転なさるんですか？」

神野は、アクセルを踏む神岡に後ろから訊《き》いた。

「ええ。われわれ零細企業は運転手を傭《やと》う身分ではありませんよ。ぼくのほうが、事務員のために運転手をつとめるくらいです」

神岡の運転ぶりは馴《な》れていた。池袋駅の前は道路が狭く、タクシーなどで混雑しているが、神岡は車を上手に駅に着けた。

「どうも、お世話さま」

刑事二人は降りてから運転台の神岡に頭を下げた。

「どういたしまして、かえって失礼しました。……刑事さん。生駒の居所がわかったら教えて下さいよ」

神岡はそう言い捨てると、車を走らせた。刑事たちは、その中型車のあとを見送って立った。

神野と塚田は神岡幸平の次に、北川良作を訪ねた。五反田の駅から大崎寄りのごたごたした町で、このへんには中小企業の工場が多い。

北川合成樹脂もそんな小さな町工場の一つで、古びた工場の横に住居を兼ねた事務所があった。北川良作はがっちりとした体軀《たいく》で、髪が少しちぢれている。彼は初めから暗い顔をしていた。妻の自殺のショックからまだ立ち直っていないようだった。話が生駒のことになると、彼は激昂《げっこう》を見せた。

「われわれが問題にしているのは生駒前社長だけで、前岡さんも杉村さんも、あまり問題にしてませんよ。なにしろ、生駒は前の会社では絶対権力者でしたからね。前岡と杉村の両役員は生駒の言いなりになって協力していたにすぎません。杉村さんが行方不明だということですが、あの人はおとなしい性質だから、あるいは今回の倒産で道義的な責任を感じ、どこかで自殺してるかもわかりませんね」

と、彼はダミ声でそんな大胆な憶測をいった。

「なにしろわたしは女房が自殺したことが終生忘れられません。はっきり言いますが、わたしは生駒さんを殺して自分も死にたいくらいです。神岡さんだって、債権者会議のとき、生駒を叩《たた》き殺してやりたいと言ってましたよ」

北川良作の言葉は、二人の刑事の胸に悲痛な同情を起こさせた。彼らは刑事という職責を離れて、北川に同感した。

つづいて、もし、生駒が社金を横領しているなら、それはどういう方法だろうかと、神野刑事は北川良作に訊いてみた。

「その点はどうもよくわかりませんな」

と前置きして、北川はちぢれ髪を指で掻《か》きむしりながら、およそ次のように答えた。

倒産したイコマ電器の経理状態を調べてみると、三億から四億相当の財産が使途不明で、穴があいている。これは生駒社長が在任中に横領したとみられる。彼はそれをどこかに隠匿しているらしいが、方法的には、宝石、現金、無記名の銀行預金、あるいは、信託投資預金といったものになっているのではないか。そして、そのいくらかが別人名義の不動産になっているようだ。——以上が北川良作の推測だった。

このことは刑事二人が前に会った神岡もちらりと洩《も》らしていたが、次に刑事たちが訪問した鈴木製作所の鈴木寅次郎も同じ考えだった。

この金属部品屋は品川区大崎にあって、北川の家とはきわめて近い。品川、大崎、五反田の間は、いわゆる工場地帯がいくつかある。鈴木の家も大崎の駅近い所で、やはり中小企業が密集している。現に刑事二人がそのみすぼらしい事務所で会ったときも、絶えず貨物列車の走る音が聞こえていた。

鈴木製作所も見たところ不景気そうだった。職人もわずかしか居ないようで、その小さな工場が広すぎるくらいな感じだった。もっとも、鈴木製作所はイコマ倒産のあおりで閉鎖したはずであった。

「いや倒産には違いありませんがね。といって、そのままだとあたしだって食うことはできないし、まあ、取引き関係の好意で細々ながら下請け仕事をもらい、なんとかつづけていますよ」

と、鈴木寅次郎は冴えない顔色で言った。

「生駒のために、こんなひどい目に遭《あ》っています。北川さんの奥さんが自殺なさったが、まったく生駒は人殺し同然です。ただ、直接に自分の手を下さないというだけですよ。かりにわたしのところで完全に閉鎖したら、従業員のなかにも生活苦のために一家心中が出るかもわかりませんからね。そうした場合、生駒は数人を殺したことになります」

鈴木寅次郎が生駒を憎むこと、神岡や北川に劣らなかった。いや、この五人が執拗《しつよう》に柳田を責めて生駒のありかを求めたのは、その共通の憎悪感からであろう。

神野と塚田は鈴木寅次郎との話が終わって鈴木製作所を出た。

さすがに小企業とはいえ、また細々ながら仕事をつづけているとはいえ、その建物のあたりには古い小型トラックや中型乗用車が景気よく置いてある。

「君も見たように、鈴木製作所はイコマの倒産のあおりで倒産したが、なんとか人の情けでつづけているようだ。あれだって生活費がせいぜいで、儲《もう》かってる商売とはいえないだろうな。まあ、われわれは、月給こそ安いが、あんな悲惨な目に会う心配がないだけましだよ」

神野刑事は、そう言って力なく笑った。

「それから話はちがうが、生駒氏が隠匿した金を無記名の銀行預金にしているだろうという神岡や北川の推測は当たっているだろう。捜査二課の連中に聞いたが、やはり同じような観測だった。だれの考えもそう違わないとみえるね」

「そういう預金は調べがつかないものですかね?」

「こればかりは銀行側で拒否したらどうにもならないらしい。さすがの税務署の強制調査の職権もこの無記名定期預金に限っては及ばないらしいな。それで、いま国税庁では、この無記名定期預金の制度に反対しているそうだ。脱税の合法的手段だというわけでね。ところが、銀行側では、国税庁の主張する廃止案には極力抵抗している。銀行にとっては、なにしろ、この預金が全体の二割近くもあるそうだから、大げさに言うと、死活問題にもかかわるわけだ。そこで銀行側は与党その他に運動して、国税庁のいう撤廃案の実現阻止にまわり、現在ではとにかく、そのまままつづけられている。……これはぼくが新聞などで見た浅い知識だがね」

二人は、そんなことを言いながら大崎の駅に着いた。

「これからどうしますか？」

「ついでだ。生駒さんがどうしているか、赤坂のMホテルへ寄って、ちょっと様子を見てこようか」

二人は国電に乗った。そして新橋《しんばし》駅に着いて地下鉄に乗り換え、赤坂見附《あかさかみつけ》で降りた。

二人は電車道を横切ってホテルの玄関にはいった。

神野が生駒を呼び出してもらうためフロントに歩きかけると、急に塚田が彼の肘《ひじ》をついた。

「神野さん、あすこに生駒さんの姿が見えますよ」

彼は奥まったロビーの一部を顎《あご》で示した。

ロビーにはかなりの人がほうぼうの椅子にすわっていたが、塚田の教えた方角を見ると、人むれにまじって見おぼえのある生駒の横顔がだれかと話し込んでいた。

神野が少し位置を変えて、その隣りの人を見ると、それは三十四、五くらいの和服の女であった。

神野は、生駒が、色白の少し小肥《こぶと》りな、どこか色っぽい和服の女と話をしているのを見て塚田を促し、黙って彼らのうしろ姿が見える遠い場所に位置を移した。さいわい、そこに椅子があいていたので腰をおろし、それとなく監視をしていた。

生駒と、その女性とはかなり親しいらしく、顔を寄せ合うようにして何か相談ごとをしているようだった。

「君、こうなると、少し方針を変えなければいけないな」

と、神野は塚田に言った。

「いよいよ女が現われましたね」

塚田も興味を覚えたようである。

「年のころは三十四、五くらいかな。どうも素人とは思えないね」

実際、意識して地味な身なりをしているようだが、着つけや、ちょっとした動作などに玄人を感じさせた。

「こうなると、生駒さんの周りには二人の女がいることになりますね。一人は駿峡荘にやってきた若い女性で、これは生駒さんが岡山や山陰の旅行につれ出した同一人物でしょう。それから今度は、生駒さんを駿峡荘から急によそへ移らせる電話をかけた中年女……おそらく、あすこに居るのがその当人でしょうな」

「うむ。どうやら少し面白くなったようだね」

神野は考えた。生駒が駿峡荘を出てからこのホテルにはいるまで、一週間ばかりが空白になっている。その間、彼はどこに居たかわからない。

だが、いま、おそらく外から訪ねてきたらしい色っぽい三十女を見ると、うすうす、その間の生活が想像できるようであった。塚田もいうとおり、生駒は二人の女を同時に持っているようだ。自宅を出て転々としている生活だから、かなり勝手な暮らしをしているらしい。

「おや、二人とも起《た》ち上がりましたね」

と、塚田が言った。生駒と女は椅子から起って、笑いながら別れようとしている。このぶんだと生駒はホテルに残り、女は出て行くらしい。

「君、生駒さんはまだこのホテルに残っているらしいから大丈夫だ。われわれはあの女性の行先をひとまず尾《つ》けてみることにしよう。どういう女だか知りたいからね」

塚田はうなずいた。

和服の女は玄関に行く。生駒もその近くまで見送った。二人の刑事は、少し困ったなと思った。もし、生駒が車に乗る彼女を見送るなら、つづいてそこに出て行くと生駒に見られるおそれがある。ところが、運のいいことに生駒はドアのところまで行っただけで、さっさとエレベーターのほうに引き返した。

刑事二人は、生駒の歩く方角からずっと離れて遠回りをし、玄関の回転ドアを押した。

相手の女は、ホテルの玄関にならんでいるタクシーのいちばん先頭に乗りこんでいる。

神野と塚田は、すぐ次に停まっているタクシーに近づいた。

先に出発したタクシーの女客は、うしろに刑事たちの尾行があるとは知らない。その車は見附のほうに向かうと、永田町《ながたちょう》から麴町のほうに向かい、さらに番町《ばんちょう》に出て英国大使館の前を通りすぎ、九段の坂上に向かって走って行く。その突き当たりが靖国《やすくに》神社だ。

「おやおや、どこに行くんでしょうね？　神楽坂《かぐらざか》でしょうか、それとも九段の界隈《かいわい》でしょうか？」

と、座席にすわっている塚田が神野に訊《き》いた。むろん、その女が素人でなく思われたので、塚田は神楽坂か九段の花柳界を想像したのだ。

「まあ、どっちかだろうな」

見つめているうちに、前の車は正面の靖国神社前の交差点へ出る前に左の横町にはいった。

「あ、やっぱり九段でしたね」

その横町は待合や料亭がならんでいるはずだ。つづいてこっちのタクシーもその角を曲がったが、このへんは路《みち》が狭く、車がすれ違うのがやっとだった。それで、こっちの尾行が気づかれるおそれがあった。しかし、前のタクシーのうしろ窓には依然としてその女が背中を見せているだけで、一度もふり返らなかった。

前のタクシーは、さらに次の角を左に曲がった。両側は粋な構えの家が多い。すると、そのタクシーは二番目に曲がった角からあまり走らないうちに停まった。

「おい、運転手さん、ここでいいよ」

神野は運転手に命じた。

塚田が料金を払っている間に、神野は先にドアの外へ出た。向こうのタクシーからもその女が出たが、神野はいちはやく傍の家の軒に立って姿を見られないようにした。

しかし、その要心の必要はなく、相手の女は左右も見ないで、さっさと家の中にはいった。神野はその位置をたしかめて、いかにもその先に用事があるようなふうで大股《おおまた》に歩いた。

ちらりと眼を女のはいった家に流すと、舟板塀で囲われた瀟洒《しょうしゃ》な門の前には「旅荘楽天荘」と洒落《しゃれ》た看板が出ている。神野がそこを通りすぎると、塚田もうしろから追いついてきた。

「旅館ですね」

塚田は言った。

「そうらしいな」

足をゆるめての会話だった。

「あすこのおかみでしょうか、それとも泊まり客でしょうか?」

「おかみだろうな。あの風采《ふうさい》では絶対に泊まり客ではない。ただ、あの女が知合いの家を訪ねて来たということも考えられないではない。しかし、ま、たぶんマダムだろう」

「わかりましたよ、神野さん。生駒さんは駿峡荘を引きあげてからMホテルにはいるまで一週間、どこかに雲隠れしていたでしょう。それがあの旅館ですよ」

「うむ、そうかもしれない」

「しかも、さっきの様子では、生駒さんはあのマダムとは、客と旅館のおかみ以上の関係らしいですな」

神野は、さて、これからどうしたものかと立ちどまった。

「あの旅館に行って、さっきのおかみに当たってみますか？」

と、塚田が神野に言った。

「さあ。そりゃまだ早いだろう。こちらに材料が何もないからね」

神野は逸《はや》る塚田を抑えた。

「それよりも、近所であの楽天荘の評判を聞いてくれないか」

「わかりました」

塚田は近くの食料品店にはいった。

神野は、その間に傍の煙草屋に寄り、「しんせい」を一個買った。店番は中年の女だった。

「ちょっと伺いますがね」

と、神野は、その場で「しんせい」の袋を破って一本くわえ、マッチを擦った。

「そこの楽天荘というのはいつごろできたんですか？」

煙草屋の主婦は神野の顔をじろじろ見て、

「もう、二年ばかり前ですよ」

と答えた。

「その前はなんでしたかな。やっぱり旅館のようでしたな？」

神野は、ずっと前にこのへんに来たことがあるような口ぶりをした。

「ええ、旅館ですが、前のは汚ない家でしてね。それをすっかり今の方が打ちこわして建てられたんですよ」

「なるほど。それですっかり見違えるようになってますね。このへんは花柳界だから旅館も繁盛するでしょう？」

「ええ、まあ、繁盛のようですね」

煙草屋の主婦は、神野が女づれではいるために旅館の様子を聞いているのかと思って左右に視線を流した。

「さっきちょっと見たのだが、あすこのおかみさんはなかなか粋なひとですね。やっぱり前にはお座敷に出ていたひとですかね？」

「いいえ。なんでも、どこかの料理屋さんで女中頭《がしら》みたいなことをしていたという噂ですが、はっきりとはわかりません」

「なるほど。で、つかぬことを聞きますが」

神野はそこで笑いながら、

「おかみさんにはご主人があるんですか？」

「さあ」

主婦もいっしょにうす笑いをした。

「ご主人みたいな方はないようですけれど、あれくらい立派な旅館を建てて経営していらっしゃるんだから、どなたかついておられるんでしょうね」

「そういう噂があるんですか？」

「なんだかよくわかりませんけれど……」

と、さすがに煙草屋も口を濁した。

神野が表へ出ると、しばらくして塚田も戻ってきた。

塚田の報告も大体神野が煙草屋で聞いたことと同じだが、ただ、楽天荘のおかみはガッチリ屋で、雇人の評判もあまりよくないということだった。

「じゃ、所轄署に行ってみようか。風俗営業係に会って、あのおかみの名前や、そのほかのことを詳しく聞いてみよう」

公開捜索

神野は、本庁に帰ると、すぐに係長に呼ばれた。係長は、彼の顔を見ると、課長の部屋にいっしょに行こうといった。

「どうしたんですか？」

「行方不明になった、元イコマの重役杉村治雄氏のことだがね、その後思わしい情報がはいってこない。今日で氏が家を出てからもう二十四日になる。課長は、この際公開捜索に切りかえようと言ってるんだよ」

いつまでもこのままの状態だと壁に立ち塞《ふさ》がれたままだとは神野も気がついていた。公開捜索に切りかえるというのは、杉村の行方不明に他殺の疑いが濃くなったと判断されたからであろう。係長は、神野を交えてそのことで話し合いたいという課長の意志を伝えた。

捜査一課長は二人を迎えて席を起《た》ち、いつも会議を開く椅子のほうに移ってきた。

「河合君から聞いたかもしれないがね」

と、一課長は神野に言った。この件ではもっぱら神野が動いているので、まず彼に話して課員全体に知らせたかったのだろう。

「実は、午前中、杉村さんの奥さんがぼくのところへ面会に来られてね、主人が家を出てから今日でもう二十四日にもなっている、いったい、主人はどうなっているのだろうというんだ。それはこちらで聞きたいことだが、考えてみると、その後、情報もはいらないし、そろそろ杉村氏の生命にもかかわっているような状況も考えなければならん。このうえ、ぐずぐずすると手遅れになりそうなんでね」

神野はうなずいた。

「杉村の奥さんが言うんだ。自分はまだ主人の生存を信じているけれど、近ごろ妙な夢ばかりをみる。主人がどこかの草原をひとりで歩いているところとか、妙に淋《さび》しい場所でしきりと迎えに来てくれというような動作をしているというんだな。心配が募って仕方がない。もしや、どこかで殺されたのではないかという不安に襲われる。一日でも早く消息をつかんでほしいというわけだ」

「…………」

「ま、夢見のことはともかくとして、本人が家を出て一か月近くも便りがないというのは普通ではない。現金も当時三十万円ぐらい持っているし、そのことからも心配はあるわけだ。こちらとしてもこれ以上聞きこみが取れないなら、この際思い切って公開捜索に切りかえようかと思うんだ。新聞に出せば、どこからか反応があるだろう。もっとも、いま、君のほうで何か筋でもつかんでいれば、この際、新聞に出すとかえってまずくなるので、君の意見を聞きたいわけだがね」

「いや、わたしのほうには、まったく何もありません」と、神野は答えた。「いまやっているのは、氏の周辺を手探りしている状態です。公開捜索ということは大いに結構だと思います」

「そうか、それでは、いまからでも記者クラブに申し込んで、各社に集まってもらい、杉村氏の人相や、家出当時の服装、所持金の点などを詳しく発表したい。ただ、その場合、きめ手として二、三点はこちらに残したいのだが、それはどの程度、埋めておいたほうがいいだろうか？」

翌朝、神野は起きるとすぐ、新聞を開いてみた。社会面のトップに杉村の失踪《しっそう》のことが出ていた。写真の半身像は杉村の自宅から借りてきたもので、記事の材料といっしょに昨日の夕刻、捜査一課長が各社の記者に提供したものだった。

「イコマ電器の前常務が謎の失踪

生命の危険も憂慮」

そういう見出しだった。

警視庁の発表どおりの記事である。……杉村前常務は三月十二日午前九時の新幹線で奈良に向かった。奈良では土埼という友人と午後二時ごろ駅付近で出遇《であ》い、そこから真直ぐに飛火野の明日香亭に向かって食事をし、約一時間後にそこを出て以来、消息が知れぬ。以来二十五日が経っている。

留守宅では二週間後に警視庁に捜索願を出しているが、現在まで氏の足跡はつかめないままになっている。杉村氏には怨恨《えんこん》関係やその他家出するような原因は考えられない。しかし、同氏は当時約三十万円の所持金を持っていたので、あるいは旅行先で強盗におそわれたという推測も起こらなくはない。氏が家を出るときは普通の様子と変わったところはなく、約一週間乃至《ないし》十日くらいの旅行で帰ると家人には言いおいている。自殺の線は考えられない。氏のそのときの服装は、黒の背広に暗灰色のコート、濃紺の地に鼠色の斜線のはいった縞《しま》のネクタイ、黒の短靴であった。やや使い古した牛革の黒のスーツケースを持っている。その中には着替えのワイシャツ二枚、毛のシャツの上下、洗面道具、雑誌三冊、時刻表一冊を入れていた。同氏は身長一メートル六九、中肉で、やや長顔、白髪が半分ほどまじり、鼻の脇に小さなイボがあるのが特徴だという。警視庁では、三月十二日の三時すぎ同氏が奈良の知人と別れて以来の足跡を求めて、目下、同氏の目撃者の発見につとめている——。

大体、こういう趣旨の記事に、捜査一課長の談話がついていた。

「現金三十万円も持った杉村氏が一か月近くも自宅に連絡もせず所在がつかめないのは通常ではないと思われる。いままでは家出人として捜索していたが、本人の生命の危険も感じられるので、途中から行方不明人の捜索に切りかえたが、さらに今回、これを公開に踏み切った。同氏に似た人物を見た心当たりの届出を待っている」

神野が家を出て国電に乗ると、混雑の車内で偶然塚田の顔がすぐ近くに見えた。塚田も神野に気がつき、無理をして匐《は》い寄ってきた。彼は郊外から通《かよ》って、同じこの国電を利用している。

「出ましたね」

と、塚田のほうが待ち切れずに今朝の新聞記事のことにふれた。

「ああ」

周囲には乗客がいっぱいなので、二人は小さな声で話したが、電車の轟音《ごうおん》が耳を妨げた。

「だいぶんセンセーショナルに報道してるから、必ず反応があると思いますね。当然、関西の新聞も地元のことですから大きく扱うでしょうね?」

「もちろん、相当派手に出すだろう。そのように新聞にも頼んであるらしいからね」

「もう、こうなったら、あの手しかありませんね」

塚田はちょっと興奮していた。神野の耳のそばに来て、

「昨日の九段の旅館の件ですが、あれから、旅館のマダム丸橋豊子のことを少し洗ってみました。彼女は前は熱海で芸者をしていたんですが、宴会のとき生駒氏と仲よくなって、あの旅館を出させてもらうようになったらしいです」

「やっぱりそうか。で、いまは？」

「当時の彼女の朋輩《ほうばい》が、いまでもときどきあの楽天荘に遊びに行くらしいんですが、その話によると、現在は生駒氏と手が切れているそうです。あの家を建ててから間もなくだそうです」

「すると、二年前くらいかね？」

「そうらしいですね。もっとも、これはその友だちが丸橋豊子の口から聞いたというんですが、大体、間違いないようだと言ってます。別れた原因は、そのころ生駒氏に女関係が多くて喧嘩《けんか》が絶えず、女のほうで嫌気がさしたというんですがね」

「女関係？」

「といっても、生駒氏のはいわゆる浮気で、特定の女ができたというわけではないのだそうです。それでも、丸橋豊子にしてみれば我慢できなかったんですな。丸橋は嫉妬《しっと》深い女だと言ってましたよ」

「そのころの女関係に……」

神野は、そっと左右に眼を配った。しかし、こちらの話に聞き耳を立てている者はいなかった。

「そのころの女関係に、ほら、例の山陰旅行にいっしょに行った若い女の子が浮かんでいないのかね？」

「それを今から洗ってみようと思っていますがね。生駒氏の浮気の相手は、バアの女や二流地の芸者などで、さまざまだったそうです」

本庁に出ると塚田は、電車の中で話したような線で二年前の生駒の女関係を洗ってくるといって、ひとりで出て行った。

正午すぎだった。

係長の河合が神野を呼んだ。

「たった今、イコマ電器の前専務をしていた前岡さんから電話がかかってきたよ」

と、係長は言った。

「ほう。なんと言って来ました？」

「今朝の新聞を見てびっくりした、警視庁ではどういうつもりであああいうものを新聞社に流すんだと、こういう質問だ」

「詰問ですか？」

「いや、それほど強い調子のものではない。ただ、ああいうものを出すなら、その前にわれわれの意見も聞いてほしかったというんだね」

「われわれというのは、前役員のことですね？」

「つまり、杉村氏の同僚だな」

「われわれという中には、前社長の生駒さんもはいってるわけでしょう。そうすると、生駒さんの意志もそれに加わっているわけですか？」

「生駒氏のことは知らないと言っていた。だから、まあ、前岡さんひとりの考えだろう」

「なるほどね。で、意見を聞いてくれというのだったら、杉村氏の失踪に何か考えを持っているというわけですか？」

「よく聞いてみると、その点は何もないらしい。自分は杉村氏の行方不明には何も心当たりはないというんだね。つづまるところ、友人としての自分に一応相談してもらいたかったというわけらしい」

「つまり、挨拶《あいさつ》がなかったというわけですな？」

「そうだ。それから前岡さんは、ほんとに杉村君は殺されたと警察で考えているのかと訊《き》くんだ。そして、その裏づけが何かあるのかとも訊くんだがね」

「実は、それが聞きたかったんじゃないですか？」

「そうらしい。こちらでは、行方不明になって以来一か月近く家にもどこにも連絡がないとなれば、当人が三十万円所持している以上、生命の危険を考えなければならないと答えておいたがね。前岡氏は、ただそれだけであんなに新聞に出すのは少し早すぎるんじゃないかといっていた。だが、こちらが杉村氏の奥さんの了解を取っていると言うと、先生、何も言わなかったがね。しまいには、自分に協力できることがあったらしたいから、遠慮なく聞いてほしい、杉村の日常のことはかなりわかっているので、それが今度の失踪《しっそう》に結びつけば参考になるかもしれないと言っていた。つまり、友人として心配のあまりに電話したというところだ」

「生駒氏からは何も言って来ませんか？」

「いや何も言ってこない」

神野は自席に戻って一服吸った。

あの新聞記事で関西方面からくる情報を彼も期待していた。ただ、新聞記事には情報の真偽を確認するため二つばかり資料をかくしている。

それにしても生駒はあの記事を見てどんな思いでいるだろうかと神野刑事は考えた。生駒もあのMホテルに滞在して、この新聞を必ず読んでいるに違いない。

しかし、生駒からはまだなんにも電話がないという。だが、このほうは、まだそっとしておいたほうがいいだろう。むしろ、彼からの反応を待ったほうがいい。

それよりも、柳田はどんな顔をしているだろうかと、神野はその様子を見たくなった。柳田が陰で生駒と連絡していれば、彼の様子から反応がうかがえるかもしれない。

塚田刑事が、生駒の女性関係を調べに出ているので、神野はひとりでイコマの本社に向かった。

イコマの本社の受付に寄って、柳田に電話してもらった。すぐに連絡がとれないとみえ、受付の女は受話器を耳に当てたまま、じっとしている。

倒産騒ぎがあったが、さすがに売りこんだイコマ電器だけに、それとも法的な保護で安心したのか、玄関には来客も多かった。出入りの商人も少なくない。

それらの中に女の商人もいた。三十すぎくらいの女だったが、地味な身なりで、なりふり構わないという恰好《かっこう》だ。どういう商売なのか、二十三、四くらいの係りにしきりとひっつめ髪の頭を下げていた。その姿に女の逞《たくま》しさと哀れさとが同時に感じられた。神野は、自分の死んだあとの女房の生き方をちらりと考えた。

「柳田が出ました」

受付の女が言ったので、神野は受話器を受けとり、柳田と直接に話した。

「やあ。このへんを通りかかったので、ちょっとお顔を見に立ち寄りましたよ。お忙しくなかったら、ほんの少し、お話をしたいですな」

「結構です。すぐ、そっちに下りて行きます」

柳田は二つ返事だった。あきらかに彼も今朝の新聞記事を読んでいるのだ。

五分も経たないうちに、その柳田は神野の前に歩いてきた。

「お茶でも喫《の》みましょうか」

と、柳田のほうからいった。

「お忙しくなかったら」

「いや、ちょっとぐらいはいいですよ」

柳田の眼に光があった。やはり、記事のことが彼に動揺を与えていた。

「社内にも喫茶室がありますが、まあ、近所に行きましょう」

柳田も社員の耳をはばかっている。

神野がちらりと見ると、女の出入り商人は、しきりと若い係りに世辞を言っていた——。

柳田は、神野をかなり離れた小さな喫茶店に案内した。

「今朝の新聞は、ちょっとショックでしたね」

と、柳田は早速神野の耳近くでいった。

「そうですか。少し大きく出すぎましたかね」

「大きくもなにも、あれはだれでも眼をむきますよ。しかも猟奇的な事件といった扱いですからね」

「いや、必ずしもそういう意図じゃないんです。杉村さんが一か月近くも消息不明となると、やはり広い地域にわたって告知したほうがいいと上司のほうで判断したのでしょう。あれだけ出れば、杉村さんを見たという人が出ると思われますからね……社のほうでは少し迷惑でしたかな？」

「いや、迷惑ということはありませんが……」

柳田はそう言ったが、彼の気持ちでは、あれを発表する前に相談してくれたら自分のほうの希望もあったのに、という口ぶりであった。

このぶんだと前岡前専務から彼に電話があったのかもしれない。いや、生駒からも連絡があったのだろうと、神野は判断した。

「前岡さんから係長のもとに電話があったそうですよ」

と、神野は言った。

「そうですか」

柳田は別に意外な顔もしなかった。やはり前岡とは連絡があったのであろう。

「やはり事前に話してもらいたかったという意味だったそうです」

神野がいうと、柳田はうなずいた。

「なるほど。あの人は杉村さんとは同僚だったし、気をつかわれたんでしょうね」

「その気持ちはわかりますが、なにしろ、杉村さんの奥さんが夢みがどうだこうだとおっしゃって、早く主人を捜してくれと催促されるので、とうとう、ああいうことになったんです」

「なるほど。家族の方が承知なさっているなら、こちらとしては別に言うことはありませんがね」

柳田はやはり不満な顔であった。

「ところで、生駒さんの気持ちはどうなんですかね。あの記事のことで何かおっしゃってませんでしたか?」

と、神野はさりげなく訊いた。

「いや、生駒さんからは何も連絡がありませんよ」

と、柳田はそれにひっかからなかった。

神野は、生駒と楽天荘の女主人との関係がはっきりしたら、この柳田をひとつ追及してみようと思っていた。

神野は柳田と別れた。

塚田刑事がもう本庁に帰っているかもしれないと思い、捜査一課に電話してみると、電話口に出た同僚が彼の声を聞いて河合係長と交替した。

「いま、神岡幸平氏から電話があったよ」

河合は告げた。神野は、下請け五人組の代表者格があの新聞を読んで、またもや興奮を起こしたと思った。

「なんと言ってました？」

「今朝の新聞を読んだが、それについて自分のほうの考えも言いたいというんだ」

「杉村さんの失踪に心当たりでもあるというんですか？」

「電話だから、その点ははっきり言わなかったがね。しかし、多少参考になることはあるかもしれない。ぼくがこっちに来てくれないかと言ったら、いま友だちが三人ばかり集まって話をしているので、すぐには行けないというんだ……君は神岡をよく知ってるし、その足で彼のもとに行ってくれないか」

「わかりました。そうします。いまイコマ電器の柳田秘書室長に会って話し合ったばかりです」

「何か収穫があったかい?」

「いや、何もありません。しかし、柳田室長もあの記事でだいぶん興奮していましたね」

「そういう点では新聞にあれを出してよかったな」

「一つの効果はありましたね……まだ、外部からの反応はありませんか?」

「そう早くはないよ。関西の新聞は同時掲載だから、今朝の向こうの新聞にも出てるはずだが、まあ新しい情報がくるとすれば、明日あたりからぼつぼつだろうな」

「そうですね。じゃ、行って来ます」

「ご苦労さん」

神野は電車を乗りかえて赤羽駅に着いた。神岡の汚ない事務所のドアを押して、

「今日は」

と言うと、うす暗い通路から女事務員が現われた。神野の顔を見てすぐに左手の事務室にはいったが、まもなく当の神岡が顔をのぞかした。

「いらっしゃい」

と、神岡は案外に機嫌がよく、

「もうすぐ話が終わりますから、恐縮ですが、ちょっとお待ち下さいませんか」

と、事務員に神野刑事を反対側の応接間に案内させた。

神岡幸平は、係長が神野刑事に伝えたように、友だちと話し合っているらしい。

「お客さんはどなたですか？」

神野は女事務員にきいた。

「鈴木さんに、北川さん、浜島さん、それに印刷屋の下村さんです……」

神野刑事が埃《ほこり》っぽい応接間でしばらく待っていると、神岡幸平がせかせかした足どりではいってきた。彼は初めから興奮していた。

「お待たせしました。実は、さっき係長さんにお電話しましてね。ほんとうなら、こちらから本庁に伺うところでした」

神岡幸平は椅子を引いて刑事の前にすわった。

「ほう。それはちょうど幸いでしたね。何か特別なご用でも？」

神野刑事はとぼけて訊《き》いた。

「いや、今朝の新聞を読みましてね。杉村さんの行方不明の記事です。あんなふうに大きく出ると、杉村さんの目撃者が警視庁に名乗って出るかもわかりませんね。いや、実は、そうなることをわれわれは望んでいるんですよ」

神岡幸平は言った。

「それはどういうことですか？」

「わたしは、生駒さんがたとえワンマンであったにしても、あの人ひとりで擬装倒産を考え、社の金を横領できたとは思いません。必ず経理担当重役を抱きこんでいると思っています。ですから、杉村さんは生駒さんの横領事実を全部知ってるわけですよ。まあ、いくぶん自分も分け前をもらったかもわかりませんがね。そんなわけで、刑事さん、杉村さんの行方不明が、もし、生命の失われていることを意味するとすれば、こりゃ生駒さんが杉村さんをどうかしたんじゃないかと思いますね」

「ほほう。どうかしたというと？」

刑事はわざとおどろきの眼を見せた。

「つまり、杉村さんさえ居なかったら、生駒さんの横領事実は永久に闇から闇でしょう。だから、もし杉村さんが非業な最期を遂げていれば、必ず犯人は生駒さんですよ」

「すると、なんですか、生駒さんが自分の横領事実を永久に隠すために杉村さんを殺したというわけですか？」

「まあ、死人に口無しがいちばん安全ですからね。いまもみんなで寄って、その話をしているところでした……」

「みなさんとおっしゃると？」

「鈴木君、北川君、それから浜島君です。三人ともあの新聞を見て、ここにやって来たんですがね」

「じゃあ、ちょうどいい、その方たちにもここへ来てもらって、お話を伺いたいですな」

神野刑事が言うと、神岡はまた自分の事務室に引き返した。

まもなく廊下を隔てた向かい側から人の出てくる足音がして、廊下での立ち話が聞こえた。

「どうもお邪魔をいたしました」

と女の声が言っている。

「いや、また、そのうち事態がはっきりしたら、ご返事しますからね」

これは神岡の声だった。

「よろしくお願いします。……何度も言うようですが、わたくしのような小さなところだと、どんな少ない金でも、はいるとはいらないとではだいぶん違いますから……」

「そりゃそうだとも。われわれも同じですよ」

「いいえ。お宅のようなご商売だと、なんとでも融通がつくでしょうけど、わたくしのようなところでは、だいいち、紙屋の支払いからしてずいぶん溜《たま》っていますから……」

神野刑事は、その一言で、さっき女事務員が言った印刷屋の下村という女だと思った。

「では、くれぐれもよろしくお願いします」

と、女の声は挨拶《あいさつ》を終わった。

とすぐに、神岡を先頭に浜島、北川、鈴木の順ではいってきた。

「やあ、どうもお待たせしました」

四人は神野の前にテーブルを隔ててすわったが、神野がふと表側のほうへ眼を向けると、そこのガラス窓に、この家から出てゆく女の姿が映った。

神野は、おやと思った。それが、さっきイコマ電器で彼が受付で柳田を待っているとき、カウンターの前で見た女と同じひとだったからだ。係員にしきりとお世辞を言い、頭を下げていた出入り商人なのだ。

「おや、あの方は、さっきイコマの本社で見かけましたが……」

神野刑事がつい口に出すと、神岡幸平もほかの三人もうす笑いした。

「あのひとは印刷屋さんなんですがね。われわれが焦げつきの金を返してもらう運動をしているので、それに便乗して、ああしてぼくらのところにもくるんですよ」

「ははあ」

「でも、あのひとは、あなたがご覧になったように、毎日イコマに行って仕事をもらっているんですよ。われわれはイコマとは縁が切れているから会社側に当たるのも強腰なわけですがね、下村さんはイコマからの仕事はつづけたいし、金も取りたいしで、両天《てん》秤《びん》かけているんです」

神岡幸平はそう説明した。だが、その口ぶりは両股《ふたまた》かけている彼女にあまり好意的ではないようだった。

「しかしね、もし、あのひとがわれわれのほうにこっそり売掛け金の回収のことで足を運んでいることがわかれば、会社側だっていい気持ちはしないだろうから、出入りを禁止するかもしれないな」

と、横の鈴木が言い出した。

「そこなんだ。だから、彼女はわれわれのところに来ていることを会社側には絶対に内緒にしてくれと言っていた」

神岡が言った。

「ふん、虫のいい話だ」

と、鈴木はそっぽを向いた。

神野刑事は、この内輪の話をあまり聞いては悪いような気がして、

「ところで、神岡さん、さっきの話ですが、あの新聞記事についてみなさんのご意見を承ろうじゃありませんか」

ときり出した。

「そうそう、そのことですな。いや、実は、刑事さん、意見も何も、みんな杉村さんの行方不明を生駒のしわざだと言っていますよ」

神岡幸平は、急に勢いづいて三人の仲間の顔を見渡した。すると、北川も、鈴木も、浜島も同時にうなずいた。

「杉村さんが殺されていれば、やっぱり生駒のしわざとしか思えませんな」

と、鈴木が言った。しかし、これも、彼らが生駒を憎むのあまりの想像で、客観的な裏づけは何もなかった。

情　報

それから三日経った。

神野刑事は午前中に河合係長に呼ばれた。係長は部下に何か命令していたが、それが済むと、机の引出しから一通の手紙を出し、神野のほうに出した。

「今朝、こういう投書があったよ」

封筒の裏には奈良県のある町が書かれ、黒崎茂雄《くろさきしげお》という名前になっている。

「あの新聞記事を読んでこれを書いたというんだがね、この人は杉村氏らしい人物を目撃したというんだ」

神野は封筒の中を取り出したが、便箋《びんせん》五枚に次のように書かれてあった。

「新聞記事を読みましたが、私が見た人物がどうも目下行方不明になっているイコマ電器の前常務杉村氏と思われるので、何かの参考にと思ってご一報いたします。

三月十二日午後六時すぎ、私は近鉄奈良駅から電車で大阪に向かったのですが、ちょうど私の斜め向こうにすわっている人が、年齢五十五、六歳くらい、中肉中背で、濃いグレーのオーバーを着ておりました。その人は乗車するとすぐに、夕刊を顔の前にひろげて読みふけっていましたが、私のほうから見ると、顔を新聞で隠しているような状態でした。靴は黒の短靴です。そばの座席には、やや大きい黒の革製スーツケースを置いていました。

この電車は奈良からは、そう混んでいませんでしたが、生駒駅にくると、ちょうど聖天《しょうてん》さまの参詣《さんけい》帰りの団体客が乗りこんで来たので、急にいっぱいになりました。その人は隣りに席をあけるため、横に置いたスーツケースを網棚の上にあげたのですが、そのとき私がちらりと見たところでは、眉《まゆ》が濃く、眼はやや細く、鼻が大きい顔でした。唇はどちらかというと、厚く、顴骨《ほおぼね》が少し出ていたように思われました。ただ、新聞記事と違うのは、その人が黒縁眼鏡をかけていたことですが、ネクタイの柄も大体同じようだったと記憶しています。その人はほかに伴《つれ》はなかったようでした。

私は、元来、なんとなく人を見る癖があるので、そのときもその男の人をときどき眺めていたのですが、生駒駅をすぎてもその人は相変わらず新聞を読みふけっていました。ご存じでしょうけれど、奈良から大阪までは急行で三十五分ほどですが、その間、同じ新聞をずっと読みふけるというのは、よほど新聞全体に面白い記事でもない限りできることではありません。その人はくり返しくり返し同じ紙面をめくっては読んでいたのです。それが私の印象に強く残っています。あるいは、他人に顔を見られたくないために新聞を読みふけっているように見せかけたのではないでしょうか。

今度の新聞記事にある鼻の脇の小さなイボの点は気がつきませんでした。身長の一メートル六九というのは大体は合っているような気がしますが、あるいは、もう少し高いような気もしないではありません。

その人は鶴橋《つるはし》近くになると、しきりに腕時計を見ていました。そして、ほかの多勢《おおぜい》の乗客といっしょに鶴橋駅で降りて行きましたが、そのときが七時十五分前でした。

私のお知らせというのはこれだけです」

神野刑事は、その投書をていねいに読んだ。

河合係長は顔をあげて神野の発言を待っていた。

「これは、おそらく、杉村さんに間違いないでしょうね」

と、神野は手紙の要点を手帳に簡単に写しながら言った。

「うむ、ぼくもそう思うよ」

と、係長も賛成し、

「こうしてみると、杉村氏は奈良で知人と遇《あ》い、飛火野の料理屋で飯を食ってから大阪行の電車に乗ったらしいね。なぜ、そんなことをしたのだろう。せっかく郷里の奈良に帰っていながら、遠い親戚《しんせき》にも他の友人にも会おうとはしていない。しかも、この手紙で見ると、意識的に新聞で顔を隠し、ほかの人間には知られないようにしている」

「そうですね」

と、神野はうなずいた。

「電車にひとりで乗ったというのも、あるいは、タクシーを使えば、あとでそのタクシーから行先がわかるという要心かもしれませんね」

「うむ」

係長は、なるほど、というような顔をして、

「電車のほうが人目につかないからな。そうすると、君、杉村氏はますます妙な行動を

とったことになる。なぜ、人目を避けてそんなことをしたのだろうか？」

「はっきりわかりませんが、奈良に帰ったというのも表面上の口実で、奈良は次に行く目的地の出発点だったかもわかりませんね」

「そうすると、次の目的地というのは大阪の近所にあるわけだね」

「この報告にある人物が杉村氏に間違いないとすれば、氏は鶴橋で降りています。鶴橋は乗換え駅で、南のほうに行けば、天王寺《てんのうじ》方面、北に向かえば大阪方面に出るわけですが、どっちの方角に行ったんでしょうな？」

「やはり電車だろうか？」

「当然、そうだと思われますね」

「しかし、とにかく、杉村氏が奈良から電車で大阪に行ったことがわかったのは大した収穫だよ。やはりあれを新聞に出してよかったね。ぼくはなんだか、あとからも投書や内報がくるような気がするよ」

係長は続報に期待をかけていた。

神野は自席に戻って、煙草をふかしながら、ぼんやり考えていた。

杉村は単独で大阪になんのために行ったのだろう？　彼は奈良では飯を食べただけだから、奈良に行く必要はなかったのだ。奈良は、家の者に告げた行先だから、申しわけ的に立ち寄っただけで、はじめから新幹線で大阪に降りてよかったのである。

——杉村がはじめから大阪に用事があったとすれば、奈良の立寄りは、こう思われる。

①大阪に用事があることを家人には知らせたくなかった。奈良は口実の実行である。
②投書者は杉村（本人に間違いないものとして）が、鶴橋で近鉄電車を降りたのは、午後七時十五分前ごろだと書いている。用事はその時刻後にはじまる予定だったとすると、奈良行きはそれまでの時間つぶしだったともいえる。
③だが、この場合、東京出発をそれだけ遅らせればいいわけで、時間つぶしというのは意味がない。
④杉村は大阪のどこかを訪問したのだろうか。この場合、大阪に知人がいたことになる。この点は夫人に一応たしかめる必要がある。
⑤もう一つは、杉村が大阪のどこかで誰かと待ち合わせていた場合だ。投書に、杉村が鶴橋近くになると、しきりと腕時計を見ていたというのも参考になろう。だが電車に乗っている者は、たいてい下車駅近くになると時計を見る癖があるから、あまりそれを重視してはならない。
⑥大阪に着いたのが、すでに午後七時すぎだから、杉村は三月十二日の晩は大阪に泊まった可能性が大きい。この点、大阪中心にもう一度、ホテルや旅館を調べてみること。
——神野が、こんなことをぼんやり考えていると、塚田刑事がひょっこり顔を出した。

「昨日は一日じゅう、生駒さんのことでつぶれました」

と、塚田刑事は神野に言った。彼は生駒の女性関係の聞きこみに当たっていたのだった。

「それはご苦労さん。で、どうだった？」

「はあ、生駒氏は前には相当派手な女性関係があったようです。なにしろ、イコマ電器の景気のいいときでしたからね」

「相手はどういう種類のだい？」

「それこそ、芸者あり、バアの女あり、キャバレーのホステスありで、さまざまです。ただ、感心なことに素人には手を出していないようですな」

「特定の女は？」

「バアの女が二人、これは銀座です。それから神楽坂の芸者が一人に熱海の芸者が一人……特定の女を世話していたといえば、これくらいです」

「その熱海の芸者というのが、九段の楽天荘のおかみだな？」

「そうです……で、そのとき丸橋豊子に金を与えて手を切ったのですが、同時にほかの女も全部、その前に清算しています」

「なぜ、二年前に生駒氏はそんな心境になったんだろうな？」

と、神野が訊《き》くと、

「さあ、よくわかりませんが、生駒さんは、そういう種類の女にだいぶん手を焼いたんじゃないでしょうか……というのは、例の丸橋豊子ですが、この女はだいぶんがめついらしいですな。生駒氏からせっせと金を運ばせていたのも、実は魂胆があって、早く一軒の店を持ちたいためだったらしいです。いまの楽天荘もただ手切れ金だけで建てたのではなく、前から貰《もら》っていた金をためてあの家を買い取り、新しく建て直したらしいですよ」

「なるほど」

神野は、丸橋豊子の芳しくない評判を思い出した。

「しかし、ほかに何か特殊な動機でもなかったのかな」

神野の質問の意味は、生駒が二年前から倒産の計画を立てていたため、足手まといになる特定の女を遠ざけたのではないかという意味だった。しかし、塚田にはそれが通じなかった。

「その別れたという芸者とか、バアのホステスとかいうのは一応洗ってみたかね？」

「ええ、昨日から今日の午前中にかけてやりましたが、それぞれ、もう生駒氏とはかかわり合いのない生活をしています。これはたしかです。みんなちゃんと決まった男性がいますからね」

「そうすると、目下のところ、楽天荘のおかみがひとり独身というわけか？」

「いろいろほかから当たってみましたが、彼女には決まった男がいませんね……神野さん、実は、生駒さんが少しおかしいんですよ」

「え、どういうふうに？」

「どうやら生駒氏はときどき楽天荘に行ってるらしいです。それも深夜タクシーで裏口まで行き、こっそりはいって行くところを見た人がありますか」

「それが生駒氏だということははっきりしてるかね？」

「身体の特徴からいって、大体見当がつきます。しかも、着物に下駄ばきだそうです」

塚田刑事の報告は新事実である。

これまで神野も、生駒と楽天荘のおかみ丸橋豊子がこっそり連絡を取っていたとは想像していた。現に一昨日も、Mホテルで二人が話し合っているところを見ている。すると、生駒は駿峡荘に泊まっていたときも、深夜こっそり下駄ばきで楽天荘の裏口から出入りしていたのだろう。

「そうすると、生駒氏が駿峡荘を引き払ってMホテルにはいるまでの十日間がブランクになってるが、この空白を埋めるのが九段の楽天荘の逗留《とうりゅう》かもしれんな」

「ぼくもそんな感じがしてきました。だから、生駒氏は自分がどこに居たのか秘密にしていると思いますよ」

「しかし、それだったら、なぜ、楽天荘を引きあげてMホテルに移ったのだろう。ずっとそのままそこに居ればいいはずだがな？」

「楽天荘にばかり居ては人目に立つと思ったからじゃないですか」

「そうかもしれない。それとも、丸橋豊子と喧嘩《けんか》でもしたのかな？」

「いや、それは考えられないでしょう。一昨日だって丸橋豊子のほうからMホテルに生駒さんを訪ねているくらいですからね。そして二人で何やらひそひそと密談をしていたじゃありませんか」

「うむ。まあ、仲違《なかたが》いをしていても、あとですぐもとに戻ることもあるからな。それとも、ほかに原因があったのかな?」

「生駒さんが駿峡荘から他へ移ったのは、例の神岡はじめ五人の下請業者の追及から身を隠すことも理由の一つだったと思います。例の外線からかかった女の声を聞いてからですが、神野さん、もしかすると、その女の声は丸橋豊子じゃありませんか。そう考えると理屈がすっと合いますがね」

「それは大いにありうるな」

神野は深くうなずいた。

駿峡荘の交換台が聞いた女の声が楽天荘の丸橋豊子だとは見当がついても、今度は駿峡荘に居たころの生駒のもとに出入りしていた若い女の正体がわからない。この女が湯原温泉に生駒といっしょに行ったことはほとんど間違いない。

これまで神野は、生駒が駿峡荘を出てMホテルにはいるまでは、その若い女のアパートにひそんで居たものと思っていた。しかし、塚田の報告で、そうではなく、楽天荘に居たことが推定できた。そうなると、生駒は一方に丸橋豊子との縁をつなぎ、一方ではバアの女らしいのとつき合っていたことになる。

「大体、少しずつわかりかけたが、その若い女の正体はつかめないものかね?」

神野は塚田に言った。

「もう少しやってみればつかめるかもわかりません。生駒氏がよく行くようなバアは、それほど多くはないと思いますから」

塚田は湯呑《ゆの》みを置いて答えた。

「まあ、君、よろしく頼む」

「それにしても、神野さん、生駒さんに直接当たって訊いてみるのはどうでしょうか？」

「女のことか？」

「いや、女関係だけとは限りません。生駒氏は、杉村さんが旅行に行った真相を少しは知っているかもわかりませんよ。なんだか、そんな気がしますから、もう少し向こうに会ってつついてみたらどうでしょうか」

「無駄だろうな。おそらく何も言わないだろうし、ぼくも生駒氏と杉村さんとは倒産以来、それほど連絡はないと思っているよ。駿峡荘に訊いても、一度も杉村さんはこないし、電話の連絡もなかったというじゃないか」

「駿峡荘のほうでも、そのへんを黙っているんじゃないですか」

「いや、ぼくは、あれは正直な返事だと思う。ただ、黙っているとすれば、小林弁護士だろうな。この人なら会社の顧問弁護士をやっていたし、生駒氏を中心に杉村さんや前岡氏との事務的な連絡に当たっていたと思うよ」

「事務的な連絡だけでしょうか？」

「さあ、そこはよくわからないが、いまのところ、生駒、杉村、前岡という三人の前役員は親密な交際はやっていないようだ。あるいは倒産時に、お互い、何か気まずいことがあったのかもしれないね」

「世間体をはばかって、わざとお互いに往来を遠慮してるんじゃないでしょうか？」

「うむ、それは大いに考えられる。だが、ぼくはどうも本当に交際を絶っているような気がする」

神野は、そう答えたあと、眼をつむった。

その翌日、神野が出勤すると、係長が、

「面白いものが来たよ」

と言って手紙を見せた。封筒の裏には大阪の住所が書いてあって、三枝隆吉《さえぐさりゅうきち》という名の横には、わざわざ「会社役員」と身分を書いてある。いい加減な投書ではないことを明示したのだった。

「イコマ電器株式会社の杉村前常務の失踪《しっそう》を報じる昨日の新聞記事をよみまして、ふと、思い出したことがあるので、参考のためにこれを書きました。

三月十二日午後七時二十分ごろだったと思います。私が社から車で帰途について天王寺駅前を通行中のことです。運転手の不注意で、一人の歩行者にきわめて軽微な負傷を与えました。

もっとも、これは運転手のみの不注意ではありません。というのは、その人は駅前の広い通りをボンヤリ立っているような、少し歩いているような様子だったのです。

私の車は後ろから進んだのですが、運転手の判断では、その人が道を右に寄るものと思ってクラクションは鳴らさずに徐行していたのです。すると、右に寄りかけたと思われたその人は、急に、左に出たために、私の車が後ろから突き当たったことになりました。その人は手にもったスーツケースを放り出して転びました。私は、びっくりして車を降りて運転手とともに助け起こそうとすると、その人は先に自分から起き上がって、スーツケースを拾いました。幸い、車が非常に徐行していたためによかったのです。

私は、その人の前に行って詫《わ》びをいい、お怪我はありませんかとききました。その人は、いや、別条ないから大丈夫だといって、ひとりで歩き出そうとしたので、私はひきとめて、それでもよくお調べ下さいというと、その人は、そういえば左の肘《ひじ》のうしろのほうが少し痛いようだが大したことはないというのです。私は、急ぐ用事があるというその人を乗せて、近くの駐車場に行き、車内でコートと上着を脱いでもらい、ワイシャツをめくると、下着のシャツの肘のところに、うすく血がにじんでいました。シャツをたくしあげると、肘関節のうしろに擦り傷があり、そこから血がにじむ程度に出ていたのです。

念のために、お医者に行きましょうとすすめる私に、その人は大丈夫だ、急ぐ用事があるから、家に帰って手当てをするといわれるのです。では、この車でお送りしますというと、それも断わられるのです。私が名刺を出して、お名前を伺おうとすると、それも言わないで、あなたの誠意はよくわかった、しかし、こんなことは別段のことではないからといって、無理に車を降りて歩いて行かれました。もう一度、駅のほうに引き返されたと思います。その人の人相、服装、それからスーツケースの特徴も新聞に出たのとほとんど同じだったと記憶します。

その事故が起こった月日のことは間違いありません、私の日記にありますから」

「これはガセではありませんね」

神野は、読んだばかりの手紙を河合係長に戻していった。

こうした情報には、とかく、いい加減なものが混じる。新聞で読んだ者が面白がって、イタズラをするのだ。刑事たちはこういうのを「ガセ」といっていた。

「うん、本物だ。だんだん杉村氏の当時の行動がわかってきたぞ……」

と、係長もよろこんで、

「このぶんなら、この天王寺以後の行動についても何か報《し》らせてくるかもわからないよ」

と、指をぽきぽき鳴らしていた。

だが、神野は、そううまくゆくかどうか期待は持てないと思った。これまでの捜査経験で、こうした期待を裏切られたことは多い。

「こうなると、杉村氏の行動の推定はだいぶん限定されてきますね」

神野は言った。

「杉村氏が鶴橋で降りたと聞いたときは、これは、ちょっと厄介なことになったと思いましたよ。あそこからは大阪駅方面にも、天王寺方面にも行ける。もし、大阪駅の方に行ったら、それから先の方角は多岐にわたりますからね」

「これで推定がだいぶ楽になったな」

「それにしても杉村氏が、たとえ軽微な傷にしろ、ふり切るようにして行ってしまったというのは、よほど先を急いだとみえますね」

「うむ。約束があったとすれば、その時間が切迫していたわけだろう。それに、氏が名前をたずねられても言わなかったのは、やはり、自分のことを知られたくなかったんだろうな」

「そうだと思います。問題は、氏の約束ですが、やはり誰かと面会することだと思います」

「相手は誰だろう」

「生駒さんか、前岡さんでしょうな。あるいは三人いっしょに落ち合う手はずだったかもしれません」

「え、生駒と前岡だって？」

「なにしろ、この二人とも三月十二日の夕方には東京には居ませんからね」

河合係長は、顎《あご》を反らせて呻《うな》った。

「では、三人はなんのためにわざわざ大阪まで来て落ち合ったんだ？」

河合は訊《き》いた。

「たぶん、善後策の相談でしょうね。生駒さんは、早晩、背任横領で告発されるかもしれないという懸念を持っている。その不安が絶えず生駒さんにはあるわけです。また、杉村氏は経理担当として当時の生駒社長のやり方を黙認していた。前岡氏も営業担当として同じ立場です。また、この二人も生駒氏と同様に会社の金をふところに入れていると思いますよ。金額は生駒氏よりはずっと少ないでしょうが。そういう意味でもいろいろと今後の打合わせが必要だったと思うんです。東京ではどうしても人目に立つ。そこで大阪が選ばれたんじゃないでしょうか」

「そうすると、生駒さんが逆の方向の東北に行ったと称した理由が解けるわけだな、しかし……」

と係長は、鉛筆で机の上をコツコツ叩《たた》きながら考えこんだ。

「ちょっと待ってくれ。……まず最初に東京を離れたのが前岡さんだ。これは十一日の夜行で四国に行くといって出発している。次が杉村氏で、十二日の朝の新幹線で東京を離れた。ところが生駒氏は十二日の夜行で出発している。十二日の夜行だと、大阪着は翌朝えらく早い……生駒さんは何時の東京発の列車に乗ったといったかね？」

神野は手帳をひろげた。

「生駒さんは十二日の二十時発の広島行の急行に乗ったといっています。寝台がとれなくて、自由席だったから、よく睡《ねむ》れなかったと言ってました。時刻表によるとこの列車は、大阪着が十三日朝の五時四十二分、岡山着が八時三十九分です」

「ふうむ。……すると、十二日の晩に生駒氏は大阪で杉村氏と遇《あ》うことはできない。そうなると、十三日の朝にその会合があったのかな。……いや、生駒氏は大阪に降りてなくて、岡山までまっすぐに行っているから、それもないわけだよ」

「そうですな」

神野は顔をしかめた。

「それは生駒さんが自分の口から言ったことです。事実かどうか調べてみなければなりません。前には東北旅行したなどという嘘をついた前科がありますからね。……どうも、生駒さんの言ったことを、こっちも信用しすぎましたよ」

生駒が十二日の東京発二十時の急行に乗って岡山に直行したというのは、彼の申立てであるから、アテにはならない。うかつだったが、おそまきながらも、今からその裏づけをとらなければならない、と神野刑事が反省した。

「君はあくまでも十二日の晩に大阪で三人が落ち合ったと思うわけだな?」

「そうだと思います。十二日の杉村氏の行動をみると、どうしてもそういう推定になるんです」

「そうなると、前岡氏が十一日の夜汽車で四国へ向かったということもあり得ないことになるな」

「前岡さんのほうはまだ聞いていませんが、こうなると、具体的に説明を求めなければなりません」

「よろしい。前岡氏のほうはそれとして、生駒さんのほうを考えよう。もし、十二日の夜、大阪で三人が落ち合ったとすると、その晩は生駒氏も大阪に泊まっていることになるね」

「そうです」

「しかし、彼は岡山の駅前の食堂で八時半すぎには朝飯を食ったといっている。女づれでね。これも嘘だろうか？」

「いや、それは本当かもわかりません。生駒さんはちゃんとその食堂の名前もいっていますからね。嘘をいうと、あとでわかりますからね」

「そうすると、彼は大阪のどこかに泊まり、朝早く起きて岡山に行ったということになるのか？」

「そういうことも考えられます。わたしはいま思いついたのですが、生駒さんが夜行列車の中で一晩寝たというのは、十二日の晩の大阪宿泊を誤魔化すためだと思います。その汽車では寝台をとったのではなく、自由席だったというから、手がかりがないわけです」

「なるほど」

河合係長はうなずいた。

「すると、十二日の夜の大阪宿泊を不明にするために夜行列車を考え出したのか。しかも、当日の切符を求めたため寝台券が取れなかったという理由がそれでつくれたわけだな」

「そうだと思います」

「そうすると、生駒氏は、たしか、十二日の三時ごろには駿峡荘に一度戻っている。それから出て行ったのだから、その晩の大阪の会合に間に合うとすれば……」

顔をあげた河合係長に、

「そうです。飛行機しかありません」

と、神野の眼が答えた。

「では、すぐ、そっちのほうを調べてくれ」

「わかりました。これはわけなく調べがつくと思います。生駒さんは本名で乗ってるわけはないから、たぶん、女性といっしょに偽名を使っているでしょう。そうなると、航空会社に問い合わせ、当日の乗客名簿からいちいち身元を確認してみるんです。不明なのが出たら、その中に生駒さんと相手の女がいることになりますね」

裏づけ

航空会社への問合わせが決まると、河合係長も神野も勢いづいてきた。これだけでも具体的になった。

「大阪でその会合があったとすると、それは午後八時からだろう。天王寺駅前で七時二十分ごろ自動車に突き当てられた杉村氏が、しきりと時間を気にしていたからな」

河合がいった。

「そうですね。そうすると、天王寺からあまり遠くない場所ですね」

神野が答えた。

「どういうところだろう。やはり、旅館か、料理屋だろうな?」

「あの界隈《かいわい》は、あんまりいい旅館や料理屋は無いと思います。もっとも、近ごろは、ぼくもよく知りませんが……」

「そういうところが、会合には目立たなくていいかもしれない」

これも大阪の警察に調査を依頼することになった。

「そうすると、あとは前岡さんが問題だな」

と、河合がもう一度言った。

「前岡さんは十一日の夜行で四国に行っている。君は、その乗った列車の時刻や、十二日の晩には何処《どこ》に泊まったかを聞いていないだろう?」

「前に前岡さんに遇《あ》ったときの段階では、こういう事態の予想にはなっていませんでしたからね。今度は具体的に訊きます」

神野は言った。前岡が十二日の晩に四国の高松に泊まっていることが判れば、その晩、大阪では生駒と杉村とが会っていたことになるし、前岡の宿泊が不明なら、三人で大阪で落ち合っていた可能性が強くなる。

「ただ、今度は前岡さんには気をつけて質問しなければなりませんね。前回は気楽に聞けましたが、今回は少し工夫が要ります」

前岡が嘘を言っていれば、その質問は彼に恐怖と警戒とを与えるだろうからだ。

「しかし……」

と、河合係長は首をひねって、

「おかしいな。三人で大阪に落ち合ったとすると、その相談はいつできたんだろうね。だって、生駒氏のところには、杉村さんからも、前岡さんからも電話がかかってこなかったと駿峡荘では言ってるだろう？　小林弁護士かな」

「いまのところ、それには四人ほど考えられますよ」

「ふむ」

「小林弁護士と柳田秘書室長。この二人は駿峡荘によく電話しているし、また出向いてもいます。杉村さんとも、前岡さんとも連絡できるわけです」

「うむ」

「あとは女です。丸橋豊子と、正体不明の若い女です」

「なるほど。だが、その二人のうちでは、若い女のほうが濃いね。その女、駿峡荘に始終電話しているし、何度か行って生駒氏に遇っているし、そして、なんといっても、生駒氏に連れられて岡山から湯原温泉に行き、山陰を遊び回ってきている……なんとかして、その女をさがし出したいものだが、いまのところ、何も出てこない」

係長はいった。生駒の行くバアを当たってみたのだが、そういう女は居ない。

「ほかは、小林弁護士と柳田秘書室長だね、三人の連絡係をつとめそうなのは……」

「そうですな」

最も考えられることだが、神野には違うような気がした。直感だが、小林も柳田も生駒たち三人の謀議の外におかれていると思う。

「問題が生駒さんたち三人の役員が社の金を横領した善後策の相談だとしますとね、会社の顧問弁護士にも秘書室長にも知られたくないと思いますよ、秘密にしておくほうが人情じゃないですかな」

神野が言った。

「ぼくも、そう思う」

河合は自分の推測と同じだから、それには賛成であった。

「それに、小林弁護士と柳田に遇った感じでは、生駒さんの急な旅行や、杉村、前岡両前役員の旅行は事前には全く知っていなかったようですよ。その点に関する限り、小林と柳田とは隠してないと思います」

これは神野の実感であった。

「そうなると、誰が連絡をとったか、という問題はわからなくなる。しかし、その問題はしばらく措《お》くとして……」

ここで河合係長は、新しい煙草に火をつけた。それは重大なことを言い出すために、言葉を休んでいたのだった。

「どうだろう、杉村氏の生死は?」

どう判断するか、というように彼は神野の顔を見上げた。

「さあ、今までに何も連絡がないというのは……」

やはり、生存は考えられないのではないか、と神野は表情で答えた。もし杉村が生きているなら、当然、あの新聞記事を見てびっくりして出てくるはずである。どこかで病気でもしている場合だって、代人を立てて申し出ることはできる。

神野の耳には、神岡をはじめイコマの下請業者五人組の言葉が蘇《よみがえ》ってきた。

(杉村さんは生駒に殺されたと思いますね。杉村さんは経理担当役員だったから、生駒の悪事はみんな知っていた。それで消されたんですよ。死人に口なしで、そうすれば生駒も今後は絶対に安心ですからな……)

もちろん、生駒を憎悪する彼らの感情的な悪口だから、神野もそのとおりには係長には言わなかった。しかし、事態は、だんだんそういう想像に近づいてきている。

神野刑事は、午後から航空会社回りをはじめた。

まず、日航《にっこう》の羽田事務所に行った。日航機の大阪行は十六時と十七時である。十五時に宿を出た生駒は、十六時の便には間に合いそうにないから、十七時発を利用した可能性が強い。これは、十七時四十五分に伊丹《いたみ》空港につく。

「たいへん面倒なことをお願いしますが」

と、神野は係りの主任にいった。十二日十七時発の搭乗客の名簿をうつさせてくれという頼みだ。

「それは三二一便ですね」

主任は気持ちよく保存のカードを出してくれた。それは搭乗申込書で、客の名前と、連絡先の住所、電話番号が記入してある。

当日、その便の客は五十六人、うち女性が二十人だった。神野は年齢の多い者や、子供などは省いた。思ったとおり、生駒の名前は無かった。

神野は、次に全日空の事務所に回った。

ここでも生駒が乗ったかもしれないと思われる飛行機の乗客名を書き取り、日航のぶんとまとめて、あとで調査するつもりだった。住所、電話番号、氏名が嘘だったら、そのなかに生駒が居ると思わなければならない。

生駒が湯原温泉に泊まって使った名は「山田英吉」である。この名も、日航・全日空とも見当たらなかった。また、その住所「横浜市中区住吉町」という住所名もない。

大体、旅に出て偽名を使う場合、ずっと同じ名で通すのが人の癖だが、生駒は旅客機には別な名前で乗ったのかもしれない。

これでは、いよいよ、書き抜いた六十人以上の乗客の身許《みもと》をいちいち当たらなければならなくなった。

——しかし、その結果、身許不詳の乗客名がわかったとしても、それが生駒だとはどうして判定できるだろうか。

一つは、搭乗申込書には本人の筆跡があるはずだから、それを手がかりにできる。

もう一つは、該当の申込みをしに航空会社の事務所に本人が来ていれば、事務員がその顔を記憶しているかもしれないことだ。

だが、以上二つにも危惧《きぐ》はあった。たとえば、生駒本人が来ないで、代人をさし向けて申し込んだ場合は役に立たないのである。また、本人だとしても、あとの場合には事務員が生駒の顔が記憶にないこともある。

だが、まあ、そんな心配をしているときりがない。

ここでは、とにかく三月十二日の申込書の保存だけでは頼んでおかなければならぬと神野は気がついた。あとで、筆跡の写真を撮る必要があるからだ。

「保存期間は三年間ですから、大丈夫です」

全日空の主任は微笑した。

神野は、同じことを頼みに日航の事務所に行った。

もちろん、日航でも承知してくれた。

神野が本庁に戻ったのは夕方だった。

神野刑事は、旅客機の乗客の調査にかかった。申込書には、ほとんど連絡先の電話番号がついているので楽だった。むろん、乗客は東京や大阪の人ばかりではない。北海道や東北、四国の人もいたが、いまは地方も東京からの直通電話が多くなっているので、

わせると、電話の記入の無いのが、全部で十五、六人だが、都内ならその区域の交番に頼んで調べてもらうことにし、地方は警察電話で所轄の警察署に依頼することにした。こちらから電話で問い合

結局、電話番号を記入した乗客は全部実在の人物であった。

（たしかに、その飛行機に乗りました）

と、本人か家族かが答えた。

電話の無い家で、都内で該当者無しが四名あった。日航三二一便に男女二名、全日空三七便に男女二名で、一組ずつである。

日航機のは男（五十二歳）は品川、女（二十三歳）は五反田の住所になっている。全日空は男（五十六歳）が大阪梅田《うめだ》、女（二十五歳）が浅草《あさくさ》の住所になっている。

しかし、男女一組といったが、正確にはカップルとはいえない。男と女とは相互が無関係な乗客かもしれないのだ。

神野はこれだけの調べに二日間かかった。しかも、地方の警察に頼んだ二十人ばかりはまだ、五件しか報告が来てなかった。

だが、以上でみると、架空名での搭乗客というのは案外に少ないことがわかった。地方からの客だと、ことにそうかもしれない。

「どうだ、だいぶんわかったかね？」

と、河合係長が神野の顔を見てきいた。

「はあ、いまのところ、日航が都内に男女二名、全日空が大阪の男が一名、都内の女が一名というのが該当者無しとわかりました」

神野が報告する名前を、係長は机の上の紙に書き取った。

「早速、航空会社に申込書の筆跡を写真に撮りに行き、生駒の筆跡をよく知っている人に見せに行きます。ただし、前岡さんや柳田さんや、小林弁護士は敬遠します」

「そうだな」

「あと地方のぶんが残っていますが、わかったほうから片づけます」

そこへ、塚田刑事が顔を出した。

「ああ、塚田君、いいとこへ来てくれた。これをちょっと頼みたいんだがね」

と神野は塚田にあらましを話した。

「この二組の筆跡の写真を撮りに航空会社に行ってもらいたいんだが、そのとき、この四人の男女がどこで搭乗申込みをしたか、それもたしかめてほしい。営業所がほうぼうにあるからね。交通公社に申し込んでもいいのだから、本人が現われた場所が問題だ」

「わかりました」

「それから駿峡荘に生駒さんの筆跡が残ってるかもしれないが、これは宿帳程度だから対照する材料には不十分だし、この前ぼくが柳田氏からもらった古い書類も字数が少なくて駄目なんだ。何か生駒氏が書いた手紙のようなものでももらってくるのが一番いいんだがな。ただし、前岡、柳田、小林といった線は駄目だよ」

「なんとかして来ます」

塚田は、早速、ひとりで飛び出して行った。

「さてと……」

係長は、神野に向き直った。

「次は、いよいよ前岡さんの問題だが、十二日の晩に、彼が四国の何処に泊まったか、この確認をすすめようじゃないか」

前岡が十二日の晩に、高松に宿泊していれば、その夜の大阪での生駒、杉村をまじえた三者会談は無いことになる。あとは、生駒と杉村だけが落ち合ったという推定になるが、そうなると、生駒への懐疑がいっそう強まるわけだ。

「そうですね。前岡さんが自宅にいれば、これからわたしが会ってきます」

こうなると、前岡にはあまり遠慮もしていられないと、神野は思った。

前岡の家に電話をすると、本人が電話口に出てきて、これから神野が行くことを承諾した。

前岡の声はいつものようにのんびりしていた。

神野は都電を利用してトコトコと関口台町まで行くのだから時間がかかったが、とにかく前岡は待ってくれていた。

「今度は、なんですか？」

と、応接間の前岡はゆったりとした顔つきでいった。

「いや、ほかでもありませんが、前にお伺いしておくことで、つい、忘れたことがありましたので、念のために」

と、神野はいかにも小さなことのように言った。

「ははあ」

「あなたが三月十二日に四国の高松にお泊まりになったことなんですがね。ご友人を訪ねられてということでしたが、実はその報告書を書くに当たって、そのご友人のお名前を伺ってなかったことに気がついたんですよ。ちょっと、形式が整わないものですから、その方の住所とお名前とを聞かせていただきたいんですが……」

「やあ。しかし、あれはだいぶん前でしたね。今ごろになってそんな報告を書くんですか?」

前岡は、やはり、その点を疑った。

「はあ。どっちでもいいことなので、報告をつくるのが遅れたんです。いま、それを書く段になって、ちょっと不体裁になったものですから」

神野は頭をかいた。

「そうですか。警察のお仕事も、のんきな点もあるんですな?」

前岡は口もとでは笑っていた。

「そうです。事務的な面になると、一般の会社よりもルーズですよ」

「三月十二日の夜、ぼくが泊まったのは……」

　と、前岡は存外にすらすらと言った。

「高松市兵庫町《ひょうごいとうまさお》の伊藤正夫という家ですよ」

「その方が、ご友人ですか？」

　神野刑事は手帳に書きとめながらきいた。

「いや、妹の主人です」

「ご親戚《しんせき》ですか」

「親戚ですが、以前から友人なんです。つまり、妹が結婚する前から」

「ああ、なるほど。ご職業は？」

「H銀行の支店につとめています。去年、東京から転勤になったものですから」

「ありがとう。これで、書類の体裁が整います」

　神野は頭を下げたあと、

「ついでにお伺いしますが、その翌日、十三日の晩はどちらにお泊まりでしたか？」

「やはり、伊藤の家ですよ」

　前岡は微笑で答えた。

「あ、二晩お泊まりになったわけですね？」

「そうです」

「わかりました。それから、これはどっちでもいいんですが、十四日は何処《どこ》でしょう。

これも、ちょっと報告書に書き添えたいと思います」

「十四日の朝、高松を出ましてね、松山に行って道後温泉に泊まりました。宿の名は、ええと、なんとかいってな、むずかしい名前だったたな、そうそう、寿苑《ことぶきえん》という旅館でしたよ」

「ああ、そうですか」

神野が手帳に書きこむのを眺めていた前岡は、

「それから先の旅行地や旅館名も言わなければならないのですか？」

と、眼を細めてきいた。

「いや、それは結構です」

神野は手帳を閉じた。

「しかし、何かぼくのことで、問題でも起こっているんですか？」

「そういうことはありません。これは、ただ参考ですから」

神野は茶の残りをのんだ。それから腰を上げるような様子をして、

「ときに、今でも、生駒さんとは、ときどきお会いになりますか？」

と世間話のようにきいた。

「いや、このごろはお互い、さっぱりご無沙汰《ぶさた》ですよ。用事がないとなると、どうも電話で話すのもおっくうになって……」

前岡は気軽な調子で、

「それに、ぼくもいつまでも遊んではいられませんからね。アゴの乾上《ひあ》がりですよ。ぼつぼつ何か仕事を持たなければならないし、いまは就職運動に専念しているわけです。そんなわけで、生駒さんとは話し合う機会もありません」

「はあ、そうですか。われわれからみると、結構なご身分と思いますが……」

「どうして、どうして。倒産した会社の役員なんかに金があるはずはありませんよ」

翌日、塚田は、日航三二一便大阪行東京発十七時の旅客機の搭乗申込書を写真に撮ってきて、鑑識課に現像を頼んだ。

この場合、どのようにして生駒の筆跡を手に入れるかである。以前に神野が柳田秘書室長から借りたのがあるが、これだけでは不足に思える。

塚田はまず駿峡荘に行った。

「今日はあなたおひとりですか?」

と、おかみは、いつもいっしょだった神野の顔が見えないので、そう訊《き》いた。

「ええ」

「今日はどういうご用ですか?」

「実は、生駒さんがここに滞在されていたところに何か書かれたものがあれば、それを拝見しようと思いましてね、それで伺ったんです」

「そういうものはありませんよ」

おかみは即座に答えた。

「生駒さんは何ごとも字をお書きにならない人でした。ですから、何も残っていません」

「じゃ、宿泊人名簿を見せてくれませんか。生駒さんが書かれたのがあるでしょう?」

「それも無いんですよ」と、おかみは笑いながら言った。「生駒さんは適当に書いておいてくれとおっしゃったので、わたしのほうでお名前と住所とを書き入れておきました。ですから、宿泊人名簿は本人の筆跡ではありません」

塚田は失望した。こうなると、生駒の書いた文書をもらいにイコマ本社に行くか、彼の自宅を訪ねて行くよりほかはない。そのほか、小林弁護士や前岡氏の線もあるが、そのどれもがこちらの動きを本人に連絡されるおそれがある。なるべく関係者のだれにも知られたくないのだ。

「生駒さんの書かれたもので何か長いものはないですかね?」

困った塚田が言うと、

「生駒さんは、自分が悪筆ということから、なるべく字は書かないようにしてると書いておられましたわ」

おかみは思い出したように言った。

「なに、書いた? 書いたというのはどういう意味です?」

「生駒さんがここにおられる間、わたしや女中たちに下さった自叙伝みたいな本があるんです。それを読んだら、そう書いてありました。なんでも、手紙などはほとんどだれかに代筆させていて、自分はどうしても仕方のないものだけを書く。そんなふうに書いてありましたわ」

「生駒さんに、そんな自叙伝が出てるんですか？」

塚田刑事が神野の傍《かたわら》に立った。

「いま、戻ってきました」

彼はそういうと、神野が見ているものに気づいて上からのぞいた。

「おや、鑑識からもどってきましたね？」

神野は三つの紙をそこにならべていた。二枚は筆跡の写真だ。

写真の一枚は、湯原温泉の山水荘の宿泊人名簿で岡山県の加美署から送付してきたもの。

「横浜市中区住吉町五六一番地、山田英吉」

一枚は、日航三二一便搭乗申込書の二つの筆跡。

「都内品川区大井《おおい》町三ノ二四、大内俊三郎《おおうちしゅんざぶろう》、五十二歳」

「都内品川区五反田五ノ一六、田崎洋子《たざきようこ》、二十三歳」

もう一枚は、生駒の書類の筆跡で、これはほとんど署名だけ。神野が柳田秘書室長を拝み倒してもらったものだ。

「なるほど、似てますね」

と、塚田は見くらべて、いまさらのようにいった。

「うむ、似ているな。ほとんど同じ人といってもいいよ」

神野は眼をそれに落としたまま答えた。

「鑑識では、どういってました？」

「よく似ているが、まだ決定的なことはいえないというんだよ。もっと、生駒さんの筆跡の資料を見ないといけないというんだ」

「慎重ですね」

「筆跡の鑑定はむずかしい。その人の字のクセは文字が多いほどいいそうだ。……おっと、君、駿峡荘ではどうだった？」

神野は、はじめて塚田を見上げた。

「駿峡荘には、生駒さんの筆跡は全く残っていません。なんでも、悪筆だからといって、記帳まで旅館の者に頼んだそうですよ」

「ふうむ」

神野は、机の資料に眼を戻して、

「上手な文字とはいえないが、それほど下手ではないがなあ」

と、呟《つぶや》いた。

「そのときから、何か考えがあったのかもしれませんな。……しかし、神野さん、別な収穫がありそうですよ」

「なんだ、ありそうなというのは？」

「これです」

塚田は、一冊のパンフレットをさし出した。神野が見ると、表紙に、

『イコマ電器株式会社社長　生駒伝治の半生』

とある。

「へえ、こういうものを出しているのか？」

神野は、一五〇ページくらいのその小冊子をパラパラとめくった。巻頭の一ページは生駒の写真になっていた。わりあい最近の顔に近い。

「これが自慢で、生駒さんは駿峡荘の女中さんにもやっていたそうです。これも、女中さんから、もらってきたのですがね」

「で、このパンフレットが、どうしたというのかね？」

「このパンフレットの原稿は、おそらく生駒さんが口述してだれかに筆記させたか、あるいは自分の思うとおりにだれかに作らしたのでしょう。まさか自分では書いてないと思います」

塚田は答えた。

「そりゃそうだろう。自分で書くとなるとたいへんだから」

「しかし、校正刷りの段階では、おそらく生駒さんが手を入れてると思いますよ。なにしろ自分の伝記ですからね。間違ったところを直したり、逆に都合の悪いところはよくしたり、あるいは、強調したいところは筆を入れてると思うんです」

「ああ、なるほど」

「おそらく原稿そのものはもう印刷屋が生駒氏のほうへ返してると思いますが、手を入れた校正刷りまでは持って行ってないと思います。印刷所に残ってるかもしれませんね」

「そうか。そういう可能性もあるな」

神野は初めて塚田の収穫といった意味がわかった。

「じゃ、印刷所にひとつ出かけてみるか……どこで刷ってるんだな？」

神野はパンフレットの裏をめくって奥付を見た。そこには「印刷人、東京都新宿区牛込北町三の二六、下村印刷所」とあった。

神野は下村という名で印刷所の主人を思い出した。まだイコマ電器に相当売掛け金を凍結されながら、いまだに仕事をもらいに通っている女主人だ。いつぞや会社の資材部のカウンターの前で若い社員にお辞儀していた女の横顔、それから、赤羽の神岡幸平のところで下請け五人組の行動に便乗し、なんとか売掛け金をいっしょにもらってくれと頼みに来ていた女、それを陰で笑っている神岡や北川たちの言葉、そして、それはあまり虫がよすぎるといった鈴木寅次郎の憤慨した顔つき……それらがいちどきに神野の頭によみがえってきた。

「そうか。このパンフレットはあすこで刷ったのか」

思わずつぶやくと、

「えっ、神野さんは、この印刷所を知っているんですか？」

「いや、知っているわけではない……」

神野はあらましを言って聞かせた。

「そうですか。それじゃ都合がいいですね。そういうことだったら、きっと生駒さんにあんまり好感を持ってないから、われわれに協力してくれるでしょう」

「そうかもしれない」

「それでは、ぼくはこれから行って来ます。もし、そういう校正刷りの書きこみがあれば、鑑識の資料には十分ですから」

「そうだな」

神野は塚田ひとりをやるつもりだったが、なんだか自分の心も動いてきた。折から手がすいたときでもあった。

校正刷り

神野と塚田は、都電の牛込北町で降りた。

小冊子の奥付にある番地を探して行くと、下村印刷所は電車通りの南側の商店街の裏側にあった。

菓子屋と肉屋との間の、路地のような小路をはいると、その辺一帯は下り勾配《こうばい》になっていて、下村印刷所はその斜面に立ちならんでいる古い家屋の一つだった。

印刷屋だけに、間口もかなり広く、奥行もあるが、その奥の工場になっているところは、斜面にずり下がったような古い建物であった。道路からすでに印刷機械の音が聞こえていた。

入口をはいると、すぐ事務所だったが、暗い土間に机と椅子を三つずつ並べ、セーターをきた若い女がさし向かいにかけていた。中央の机には誰もいなかった。そのうしろが半分羽目板で、上部がガラス窓になっている。そこが工場との仕切りで、窓からは紙を送る機械の姿が見え、騒音を送っていた。

「いらっしゃいませ」

二十《はたち》くらいの事務員が、刑事たちを客と思ってか、ソロバンをわきに置いて椅子から立った。

「ご主人はいらっしゃいませんか？」

神野が愛想よく言った。

「あの、どちらさまでしょうか？」

「ぼくは……」

と言いかけたが、警視庁というのは主人に会ってからにしたほうがいいと思い、

「神野という者ですが、少しお話ししたいことがありまして」

と、柔らかく述べた。

「奥さんは、新宿まで外交に出ておられますけど」

事務員はいった。女主人は店の者に、奥さんと呼ばれているらしかった。

「ははあ。……何時ごろにお帰りになりますか？」

「出かけられて二時間くらい経ちますから、もう、そろそろ帰られるころだと思いますが、はっきりした時間はわかりません」

「そうですか」

神野は、ちょっと迷って塚田と顔を見合わせたが、塚田は女主人が帰らないでも、訊《き》くだけは訊いたほうがいい、という表情でいた。

「実は、これですがね」

神野は、しっかりしていそうな、その事務員に小冊子を見せた。

「これは、こちらで印刷されたのですね？」

「そうです」彼女は、その表紙に眼を走らせていった。

「二年くらい前に、イコマさんのほうから注文をうけてお納めしました」

「そうですね。奥付にはそう書いてありますね。このことで、ちょっとおたずねしたいのですが、こういうものは、一応、校正刷りを先方に出すのでしょうね？」

「はい、そうです」

「その校正刷りには、先方の、つまり、注文主の訂正がはいるんですか？」

「はい」

「やっぱりね。そして、その校正刷りは、おたくに取ってあって、いまも保存されていますか?」

事務員は、やっと怪訝《けげん》な顔になった。

「失礼ですが、あなたがたはイコマ電器さんのほうから見えたんですか?」

神野を見て、事務員は問いただした。

「いや、そういうわけではありませんが……」

神野もこうなっては隠しもできなくなった。彼は内ポケットから黒表紙の手帳を出して二つ折りをひろげて見せた。

「実は、警視庁のほうから来たんですよ」

笑顔をつづけていったのだが、彼女は眼をいっぱいに開けて、神野と塚田をかわるがわるに見た。

「べつに心配されるようなことで来たんじゃありませんから、安心して下さい。ある用事で、ほんの参考程度にその校正刷りを見たいのです。ご厄介でしょうが、見せていただけますか?」

「はあ……少々、お待ち下さい」

事務員はひとりでは決めかねたのか、椅子のうしろのドア一枚をあけて工場にはいった。ドアが開いたとたんに、印刷機械の騒音が激しく流れてきた。残った若いほうの事務員はうつむいて懸命に伝票を書いていた。

まもなく仕切りのドアが開いて、さっきの事務員が戻ってきた。うしろには、無精ヒゲの伸びた、蒼白《あおじろ》い顔の四十くらいの男が、よごれた作業服をきて従っていた。

「この人がウチの職長です」

と、事務員はその男のことを神野に告げた。

痩《や》せたその男は、頭をぺこんと下げた。

「やあ、お忙しいのに、ご迷惑をかけます」

神野はおだやかに、

「いま、この方にお願いしたのですが、この本の校正刷りを拝見したいのですがねえ。こちらに保存してありますか？」

と、片手のパンフレットをかざした。

「はあ、あるにはありますが、奥さんがお留守なので、わたしではちょっとわかりませんけれど……」

職長もすぐには決断がつかないようであった。

そのとき、表に人影が射した。

表から急いではいってきた人に、職長と事務員の眼は向いた。神野もふり返った。

それは神野がイコマ本社の資材部の前や、神岡のところで見た同じ女だった。引詰髪に、田舎の小学校の先生のような黒っぽいツーピース。それも肩には埃《ほこり》がうす白く載っている。そして、その服装に似合う化粧もなにもない黄ばんだ小皺《こじわ》の顔だった。

「お帰んなさい」

と、事務員二人の声が女主人を迎えた。

下村るり子は、黒い手提げ鞄《かばん》を小脇にかかえたまま、神野と塚田に低く腰を折った。むろん、注文に来た客だと思い違いしている。

神野がそれにていねいに頭を下げたので、女主人は変な顔をした。

神野は、女主人に近づいた。

「たいへんご迷惑なことをお願いにきました。ぼくはこういう者です」

と、神野は警察手帳と自分の名刺とを出した。彼女は立ったまま、握った名刺を見つめていた。

「実は、生駒さんの書かれた、この本の……」

と、神野は例の小冊子を下村るり子に見せて、

「ゲラ刷りを拝見したいんです。それには生駒さんの筆で訂正が書き入れてあるそうですな」

「はあ……」

印刷屋の女主人はきょとんとした顔で、神野と、『イコマ電器株式会社社長　生駒伝治の半生』とを見くらべた。

「お宅に保存してあるということを、いま、職長さんから伺ったんですがね」

と、神野は蒼白い顔の職長をちらりと見て言った。

「そうですか」

さすがに女主人である。警察の者だと聞かされても、すぐにはそれに応じなかった。

「あの、どういうことでそれをお調べになるんでしょうか？」

「たいしたことではありません。こちらとしては或《あ》る調べの必要上、参考的にそれを拝見したいだけです。べつにこちらにご迷惑をおかけするようなことではありませんから」

「はい。でも、校正刷りとはいっても、それは生駒社長のほうからお預かりしてるようなものですから、わたくしの一存では……」

理屈を聞けば、まさにそのとおりである。ことに生駒の筆のはいっている校正刷りとなれば、印刷所のものとはいえないであろう。預かっているという言葉が適切であった。だから女主人は、うかつにはほかの人間に見せられない、警視庁の人でも一応は生駒に相談しなければ、という口ぶりである。

「おっしゃるとおりかもわかりません」と、神野は穏やかに言った。「しかし、べつにこれが重要な事件に関連してるというわけではありません。理由はちょっとここで申しあげかねますが、それを拝見したうえ、その一部をほんの一日だけお借りしてゆきたいのです。そのため、あとでお宅に迷惑がかかるということは決してありませんから」

「よろしゅうございます」

と、下村印刷所の女主人は神野の依頼を承諾した。

「ほんとなら生駒社長におたずねしなければならないんですが、そういうことでしたら、わたくしの一存でお見せいたします。でも、その校正刷りを警察のほうに持っておいでになるんですか？」

「一日だけ拝借したいんです」

「なんだかわかりませんけれど、なるべく早くお返し願います。吉田さん……」と、彼女は事務員に言った。「この校正ゲラをここに持ってきて下さいな。あれは戸棚の中にしまってありましたね？」

「ええ。いま、とり出したところです」

職長がその返事をとって仕切戸のドアの中にはいった。彼は、すぐにかなり厚い紙の束を持ってきた。

「これです」

神野は机を借りて校正刷りをひろげた。活字には万年筆で書きこみや抹消などが各ページごとに記入されてある。

神野は、その書きこみの字を見ただけで生駒の筆跡だと確信した。まさに本庁で比べた三つの資料と瓜二《うりふた》つである。

とにかく、書きこみの校正刷りがあるかぎり、鑑識のほうで生駒の筆跡を照合するのにこと欠かないはずだった。

「では、この五、六枚をお借りしてもいいでしょうか？」

神野は、いちばん書きこみのありそうな校正刷りを取って言った。

「はい。警察の方がそうおっしゃるのなら仕方がありません。でも、あとでイコマさんのほうから苦情がくるといけませんから、どうぞ紛失しないようにして下さい」

「わかりました。必ず責任をもってお預かりします。そうだ。わたしが名刺の裏に受取りを書きましょう」

神野は、自分の名刺の裏にそのことを書きながら言った。

「しかし、幸いでした。こういうものが今までこちらに残っていたのはなによりでした」

彼の実感だ。すでに、その小冊子は二年前に印刷されているからである。

「じゃ、これを」

と、神野は受取りがわりの名刺を女主人に渡して、

「やはりこちらに伺ってよかったです」

さっきの吉田という事務員が三人に茶を汲《く》んできた。神野は校正刷りをもらった封筒に入れ、内ポケットの中に大事にしまった。

下村印刷所を出ると、二人はまっすぐ本庁に帰った。

鑑識課に寄って、生駒の書きこみのある校正ゲラを課員に渡すと、向こうでも、これだけ生駒の文字が揃えば大丈夫、資料にはこと欠かない、といった。鑑識では、その文字を写真に撮って拡大し、文字の癖を科学的に割り出してゆくのである。

「あなたの感じではどうですか?」

神野が筆跡鑑定専門の係官に訊《き》くと、

「まず、同一人の筆跡に間違いないと思いますがね」

と、係官もいった。多年の経験者だから間違いはなさそうである。ただし、本人にしてみれば、結論は精密な検査をしてからでないとわからないと、慎重だった。明日の昼にはたぶんその結果が報告できるだろう、といった。

こうしてみると、まず十二日の日航機三二一便に乗った大内俊三郎と田崎洋子とは生駒とつれの女性に間違いなさそうである。田崎洋子の文字も男の代筆であった。

まもなく係長が神野を呼んだ。

「君、大内と田崎という人の搭乗申込みを受け付けた人がわかったよ」

「あ、そうですか」

「あの申込みは有楽町《ゆうらくちょう》の交通公社だったが、昨日休んでいた係りが今日出勤したというので、君の留守に尾形《おがた》君をやらせたがね」

「で、どうでした？」

「その係りの言う客の人相と年齢は生駒氏とは全然違うよ」

「え、なんですって？」

神野はおどろいて首を伸ばした。

「年齢は、四十前後、痩《や》せた男で、背がわりと高かった。背広だったが、服装はあまりよくない。ひとりで現われたそうだ。だから、女はいなかった……」

「では、その中年男が搭乗申込書に自分で書いたのですか？」

筆跡は生駒のものに酷似していて、ほとんど彼が書いたとしか思えない。神野刑事が係長に訊いたのは、その点だった。

「いや、なんでも、その男が二人分の搭乗申込書と運賃とを持って営業所に来たそうだ」

その搭乗申込みの受付け月日は三月九日になっている。してみると、搭乗申込書の用紙は、その前にだれかが同営業所に貰《もら》いに来たことになる。

「その男がだれだかわからない。なにしろ、その搭乗申込用紙というのはいつもカウンターの上に置いてあるので、べつに係りに頼まなくとも、勝手に持って行けるそうだ」

受け付けた日が三月九日だから、用紙を取って行ったのは少なくともその日以前である。こうなると、その中年男が生駒の使いで用紙をもらって行き、生駒はそれに女の分といっしょに記入し、現金といっしょに営業所に持たせてやったことになる。筆跡が生駒とすれば、そういう理屈になる。

こうわかると、生駒が大阪に飛行機で行ったのは十二日に突然思いついたのではなく、その予定は少なくとも九日以前にはできていたことになるのだ。もし、生駒が十二日の夜に大阪で杉村と遇《あ》っていれば、当然、杉村も九日以前に大阪に行くつもりにしていたわけだ。

「生駒氏が駿峡荘のおかみに話したこととして、その日外出して知人に遇い、急に東北の旅に出る気持ちになったというのが、いよいよ誤魔化しだということがはっきりしましたな」

と、神野が言った。

「生駒氏は、この前課長が遇ったときも嘘を言った。東北旅行ではなく山陰旅行だったということだけは訂正したが、あとは全部隠していた。もう、筆跡が生駒氏のそれと合致するかどうかという鑑識の結果を待つまでもなかろう。杉村氏の行方不明を追及する上からも、われわれは生駒氏から事情聴取を改めてする必要があるね」

係長の言葉は神野も同感だった。

「こうなると、前岡さんの四国旅行もおかしくなってきますが、高松の結果はどうでした？」

前岡が高松の親戚《しんせき》の宅に十二日と十三日の晩に泊まったことの裏づけは、こちらから現地の所轄署に問い合わせていた。その結果について係長は語る。

「現地からの報告によると、前岡さんの言うとおり、十二、十三日の晩は、たしかにその親戚の家に泊まったという。これは前岡さんの義弟の家だから、いわゆる証言としては信憑性《しんぴょうせい》が弱い。他人ではなく身内の言うことだからね。ただし、十四日の晩は、彼の言うとおり、道後温泉の寿苑に泊まっていることはたしかだが、これは問題外だよ……」

とにかく、前岡の十二日の晩における宿泊が高松の親戚の家かどうか、これをたしかめることが重要になってきた。もし、彼がその晩に高松に泊まっていないことがわかれば、彼もまた、その夜の大阪における生駒、杉村の話合いに参加していたという可能性が強くなる。そのほうが三人の元イコマの役員の関連からして、むしろ自然な推定なのだ。

しかし、いまのところ、前岡を責めるには材料的には弱い。前岡がもし高松の親戚と口を合わせていれば、それ以上突っ込む資料が無い。少なくとも彼が十二日の晩に親戚の家にいなかった動かせない事実でもつかんでいない限り、彼を降参させることはできないのである。

また、現段階では前岡を尋問することはできない。せいぜい、雑談的に訊くほかはないが、これも彼の返事はわかっている。その点、ちょっと河合係長も神野も行き詰まったかたちだった。

その午後四時ごろだった。

鑑識のほうから生駒の筆跡が決定したと報《し》らしてきた。

鑑識課の係員は、神野が新しく得た資料の、例の自伝の校正刷りに書きこんだ文字を写真に拡大して分析した。その結果、九日に交通公社有楽町営業所に持ってきた搭乗申込書「大内俊三郎と田崎洋子」の筆跡は、まさに生駒本人に相違ないと断定した。

岡山県湯原温泉の山水荘に残っていた宿泊客の筆跡と、イコマ本社からもらってきた書類の生駒の筆跡と、校正刷りの書きこみの筆跡とは、三つとも完全に一致している。

これは神野も予期していたことだから、べつに大きな感動はなかったものの、それでも喜びはかくしきれなかった。

神野が、この鑑識の結果を河合係長に報告した。

「筆跡はそれでいいが、また新しくこれに人物が登場したね」

と、係長は浮かぬ顔で言った。

もちろん、交通公社有楽町営業所に搭乗申込書を持参してきた「四十年配の痩せた男」のことである。

神野刑事は、交通公社の有楽町営業所に現われたその「四十男」を、あるいは柳田秘書室長ではないかと思った。年配はややそれに近いが、公社の係りのいう痩せた男に当たるかどうか。柳田は、たしかに背は高い。しかし、それほど痩せたという体格ではなかった。

次には、柳田は生駒と絶えず連絡はしていたが、今度のことではむしろ圏外に立っている人物とみていい。その柳田が、生駒の使いとして公社にそのような搭乗申込書を持参したかどうか。

「ぼくもそう思うが、念のために、その交通公社営業所の係りの人をイコマ本社につれて行き、それとなく柳田の面通しをさせたほうがいいかもしれないね」

河合係長の意見だった。

神野は、すぐにそのことを塚田に言った。塚田は、その場で先方に電話していたが、係りが居るというので、早速飛び出して行った。いまから行けば、ちょうどイコマ本社の退勤時間になるので、都合よく柳田の顔が玄関かどこかで見られるわけだ。

その塚田が出て行った直後であった。神野は電話を受けたが、交換台は、生駒さんからです、と伝えた。

「生駒？」

問い返す間もなく、すぐに生駒伝治の特徴のある太い、そして嗄《しわが》れた声が聞こえた。

「神野さんですか。生駒です」

「や、どうも……しばらくです」

「いかがですか、近ごろ？」

「はあ」

神野はとっさに返事ができなかった。どうですというのは、生駒があたかもこちらの捜査の進行を知っていて探りを入れているようでもあるし、なんだか揶揄《やゆ》しているようにも感じられる。

「相変わらずバタバタしています」

神野は当たりさわりのないことを言った。

「いろいろとお忙しいでしょうな」

生駒は余裕綽々《よゆうしゃくしゃく》、とりようによってはいくらか嘲笑《ちょうしょう》をおびているような笑い声であった。

神野は、もしかすると、生駒が下村印刷所から引きあげた例の校正刷りのことを知って、この電話をかけたのではないかと思った。

神野は生駒の電話を聞いて、一瞬、そう想像した。彼がわざわざ電話をかけてくるのも今までになかったことだし、不意でもあったのである。

「いや、実は、お忙しいところをお邪魔したのは……」と、生駒は言った。「わたしは、昨日午後四時にMホテルを引きあげましてね、家に帰っているんですよ。この電話も家からかけているんです」

「………」

「神野さんがぼくの居所にだいぶん気を使っておられるようだから、わたしのほうからお知らせした次第です」

生駒の電話は、自分の現在の居所を知らせるというだけで切れた。親切なことである。

神野は、いま置いた受話器を睨《にら》みながら煙草を吸った。

が、すぐに気がつくと、神野はその受話器をとりあげ、交換台を通さずに、生駒の自宅にダイヤルを回した。

出たのは、女中の声らしかった。こちらは神野という者だが、ご主人を、というと、

「はい、少々お待ち下さい」

と、引っ込もうとしたので、神野は急いで、

「あの、ご主人はいつお帰りになりましたか?」

ときいた。

「はい、今日の午後です」

女中は、ぽろりと答えた。

神野は、それだけ聞けば目的は達したのだが、せっかく生駒を呼び出したことだし、本人の声をあらためて聞く必要があった。

しばらくすると、受話器をとりあげる音がして、

「やあ、生駒です」

という間違いなく本人の声が出た。

「どうも、さきほどは……」

神野も話す用事がないから、

「わざわざ恐縮でした。つきましては、近いうち、一度、雑談に上がりたいと思いますが、よろしゅうございましょうか？」

と、きいた。

「え、どうぞ。……どうせ暇ですから、いつでもいらして下さい」

生駒の声はゆったりとしている。

「その節は、前もってお電話しますから、よろしく……」

そう言って神野は切った。

――生駒は自宅に戻っている。神野は、はじめ生駒からかかってきた電話が、実は別の場所からではないかと思って、自宅にすぐかけてみたのだが、それは間違いなかった。

神野は席を起《た》って、河合係長のところに歩いた。

「生駒氏がどうしてわざわざ電話をかけてよこしたんだろうね？」

と、係長も神野の顔を見ている。

「さあ」

神野は首をひねって、

「先日、ぼくがMホテルに訪ねて行ったので、やはり気にしているのかもわかりませんね。ちゃんと所在を明確にしておく気になったんでしょうね」

「ふうん」

係長は煙を口から出して、

「それじゃ、奥さんと妥協が成立したのかねえ」

と、眼を少し細めた。

「そうかもしれません」

「しかし、生駒さんが自宅を逃げ出していたのは、会社関係の後始末のゴタゴタを避けていたためだろう？　そのへんも安心していいことになったのかなあ……」

「さあ」

神野も、例の下請け五人組の顔を泛《うか》べた。

「ま、とにかく、君、前岡氏には、もう一度遇って、十二日夜の宿泊地を突っこんで調べたらいいね」

係長は言った。

前岡失踪《しっそう》

神野は前岡正造の家に電話した。

「主人は昨夜から旅行に出ております」

と、電話口で奥さんが答えた。

「旅行？　どちらですか？」

神野は、一応、自分の身分を言ってから訊《き》いた。

「なんですか、北陸《ほくりく》のほうの温泉を歩いてくると言っていました」

「お帰りはいつですか？」

「たぶん、五日ばかりあとになるでしょう」

「北陸の温泉はどちらですか？」

「金沢《かなざわ》に行って、それから、山中《やまなか》、山代《やましろ》、片山津《かたやまづ》、あのへんに行ってみたいと言っていました」

「旅館の名前はわかりませんか？　たぶん、予約をとってあるでしょうから」

「主人は、今度は気儘《きまま》な旅をするから、予約もしないで、行ったところで泊まると言っていました」

「ははあ。それじゃ連絡はとれないわけですね？」

「いいえ。向こうの宿に着いて二日ばかりしたら、電話をかけてくることになっております」

「そうですか」

神野はちょっと考えて、

「もし、ご主人から電話連絡があって、おいでになる場所がわかれば、ぜひ、ぼくのところまでお報《し》らせ願えませんか。至急にご連絡したいことがありますので」

「承知しました」

「あの、ちょっと……昨夜は何時の列車でお出かけになりましたか？」

「東京発二十二時三十五分の能登《のと》号です」

「ああ、そうすると、一等寝台をおとりになったわけですね？」

「いいえ。急に思い立ったものですから、あいにくと一等寝台も二等寝台もとれなかったのでございます。それで、二等車で参りました」

「お出かけのときの荷物はたくさんございましたか？」

「いいえ。身の周りのほんのわずかなものを入れたスーツケース一個だけです」

「どなたか、ごいっしょではございませんか？」

「いいえ、ひとりでございました」

「向こうへお着きになって、どなたかとお会いになるような、そういうご予定はございませんでしたか？」

「そんな予定はありません。いまも申しますとおり、気軽に向こうの温泉につかってくると申しておりましたから」

「ありがとうございました。では、お泊まりのお宿がわかればご連絡下さい」

神野は胸がどきどきしてきた。なんだか悪い予感がする。

いまになって前岡が急に温泉に行く気になったのはどうしたのだろう。

神野は河合の傍に寄った。

「変だね」

と、河合も神野の話を聞いて、眼をじっと据えていた。

「なんだか妙な具合だな。さっきは生駒さんから所在の電話がかかって来たばかりなのに、今度は前岡氏が居ないというんだからね」

と河合は言った。

神野も事実、それを考えていたところだった。生駒がわざわざあの電話を寄こしたことと、前岡の旅行とはどっかに関連があるのではなかろうか。彼は前岡の北陸旅行がだんだん不安になってきた。

「前岡氏の行先は、奥さんの話では、山中、山代、片山津あたりだそうです。こちらから警察に電話をして、前岡氏の宿泊旅館を確認させたらどうでしょうか?」

と言った。彼としては前岡の留守宅から連絡の電話がかかってくるのが待ちきれない。

「それがいいな。じゃ、早速各所轄署に頼んでみよう」

係長は、その場で部下を呼び、依頼の用件を命じた。

「まさか、前岡氏が変名で泊まるようなことはないだろうな？」

その命令の途中で、河合は神野に訊いた。

「自宅に電話をするようになってるくらいですから、変名ではないでしょう。生駒氏の場合と違い、女づれでもなく、ひとりですから、変名の必要もないと思います」

神野は時計を見た。前岡はすでに今朝早く現地に着いているはずだから、ことによったら、もう旅館をとっているかもわからない。でなかったら、金沢に遊んで今夜のうちには確実にどこかの温泉旅館にはいる。そうなると、石川県警に頼んだ返事は遅くとも明日の昼にははいってくるはずだった。

「ところで、あのあとの情報がさっぱりないね」

と、河合は言う。三月十二日に大阪の天王寺駅前で杉村らしい姿を見たという投書があって以来、ぷっつりと情報が絶えている。「公開捜索」の結果に期待している河合は、かなり失望の様子だった。

「どうも、一回くらい新聞に出したのでは駄目かもしれないな。もう一回新聞でやってみるか？」

と、神野に訊く。

「そうですな……それもいいと思いますが、もし今度出すのだったら、例の姫路の盗難車もいっしょに出したらどうでしょうか。あれだってまだ発見できずにいますからね」

その日の午後八時から十時の間、神野刑事は石川県から三つの電話報告をうけた。山中、山代、片山津の各所轄署からだった。

四月十七日現在まで、以上のどの旅館も前岡正造という客は宿泊していないし、予約も受けていないという。また、該当するらしい人物もはいっていないというのだ。

大体は神野の予感どおりだったが、正確には明朝でないとわからない。十時以後の泊まり客もあるからだ。だが、予約がないということで見通しはついたような気がした。

もっとも、温泉地はほかにその付近にもあるから断定はできない。前岡は行き当たりばったりに泊まるといっていたから、予約がないのは当然だし、奥さんに言い置いた場所に泊まるとは限らない。

翌日の午後、神野は石川県から三つの警察電話をうけた。二回目の報告である。前岡と名乗る人はどの旅館にも泊まっていない。それらしい客が宿泊した形跡もないというのである。

神野は、それ以上、ほかの温泉地まで調べてくれとは依頼しかねた。旅館の数は多い。警察官は少ない。

このうえは、前岡の奥さんから、連絡の有無を聞くほかはなかった。本腰の捜索は、そのあとだ。

捜索といえば、河合係長が課長に頼みこんだらしく、イコマの前常務杉村治雄の失踪が十九日の朝、再び新聞に出た。捜査一課長はスポークスマンだから、この人の発表は新聞もたいてい掲載する。

今度も、前回と同様に派手で、失踪後、三十五日間を過ぎているのに依然として所在がわからないので、警視庁では、自発的な家出と誘拐、また、死亡しているなら自他殺両面の捜査を行なうことになったと報じている。なお、杉村らしい姿が目撃されたのは三月十二日、大阪の天王寺駅付近が最後だから、それ以後の目撃者の申し出を期待している、とも書き加えられていた。これが発表の狙いだから、一課長が報道関係にとくに頼んだらしい。

ただ、盗難車の件は生駒関係なので、これを出すと、警視庁がいかにも生駒を疑っているように見られるので、いっしょに発表するのはさしひかえた。

「今度は、何か投書か電話がくるかもしれないよ」

河合係長はその朝刊を机の前にひろげながら期待の眼を輝かしている。

——電話は来た。

しかし、その電話は杉村の消息についてではなく、金沢に旅行に出たという前岡の留守宅からだった。

「神野さんですか。主人からまだ連絡がないんですけれど」

と、前岡の奥さんの声は、かなりとり乱して聞こえた。

なるほど、今日は前岡が旅行に出た四月十六日から三日経って十九日だった。

「そうですか。ご主人は二日後に連絡するということでしたから、昨日じゅうに旅行先から連絡があったかと思いましたよ。それで、実は伺おうかと思ってたところなんです」

神野が言うと、

「わたしも昨夜遅くまで、その電話を心待ちにしていたんですが、とうとう、現在まで何もないんです。そこに今朝杉村さんのことがまた新聞に出たので、心配になりました」

奥さんは言ったが、興奮した声は、あの記事を見て前岡の旅行が不安になったためだろう。

神野としては一応奥さんを慰めなければならなかった。

「それは大丈夫ですよ。今日のうちに向こうから連絡があるかもわかりません。そのときはぜひこちらにお報らせ下さい」

「それならいいんですが、主人も杉村さんと同じことにならなければいいがと、心配でたまりませんわ」

「何か、お出かけの際に、そんな思い当たるような様子でもありましたか?」

「いいえ、それはこの前も申しあげたように何もないんです。主人は愉《たの》しそうに出て行きましたわ」

「それなら大丈夫でしょう。ところで、奥さん、あなたはわたしにこの電話を下さる前に、そのことで生駒さんに電話なさいましたか?」

「はい、生駒さんのお宅に電話をしてみたんです。あれ以来、ずっとご無沙汰《ぶさた》していますが、今朝の新聞を見て心配のあまり、お宅にお電話したんです。生駒さんはすぐ電話口に出て、奥さん、そんな心配はありませんよ、大丈夫ですよ、と言っていただきましたわ」

「そうですか」

神野には、奥さんのその言葉で、耳の傍に生駒自身の声が聞こえるようであった。落ちついたあの声だ。

「それは生駒さんのおっしゃるとおりでしょう。ご帰京のご予定は、たしか明日《あした》か明後日《あさって》あたりでしたね？」

「明後日ですわ」

「念のためにお訊《き》きしますが、お泊まりの土地は、山中、山代、片山津でしたね？」

「そのあたりを遊んでくると言っていましたから、そのどこかの温泉宿だと思いますわ。行き当たりばったりかもしれませんが……」

翌朝、前岡の妻が、出勤したばかりの神野にまた電話してきた。

「神野さん。主人からまだなんの連絡電話もないのですが、大丈夫でしょうか？」

半分は泣き声だった。杉村の失踪《しっそう》記事がよほどショックのようである。それは無理もない。神野も不安が増しているときだ。

「大丈夫ですよ。……」

一応はそういって、

「ご心配なら、そちらにいっぺんお伺いしましょうか？」

ときくと、奥さんは、ぜひ来てくれという。河合係長はまだ出てきていなかったので、同僚にことづけして外に出た。

前岡の家に行くと、奥さんは蒼《あお》い顔をして待っていた。

「神野さん。主人のことは、どうしたものでしょうか？　杉村さんのことを考えて、万一のことがなければと心配でならないんです」

外は春の陽射《ひざ》しが明るく降りている。その外光をうけて奥さんの頬は紙のように白かった。

「お出かけになるとき、とくに持ち出されたものはございませんか？」

神野はきいた。

「別にありません」

「実印とか、重要な書類とか、そんなものはありませんでしたか？」

「そういうものは金庫の中に残っています。ただ、主人がいつも持っている認印とか、ノートとかいうものは普通の携帯品ですから、万年筆などといっしょに洋服のポケットに入れています」

「奥さんがそんなにご心配になるのは、ご主人の言葉に何か思い当たることでもあるんですか？」

「それもよく考えてみたのですが、何もございません。とても元気な様子で出て行きました」

「生駒さんに電話なさったそうですが、生駒さんは、お電話の話のように、べつに意見はありませんでしたか？」

「ございません」

「今度の旅行は急に思い立たれたんですか？」

「いいえ、この前四国から九州をまわって来たので、主人もあの旅がよほど気に入ったらしく、もう一度温泉に行きたいとはかねがね言っておりましたから」

「前にはだいぶん長い旅行でしたな。そうですか。もう一度地方の温泉に行きたいとおっしゃったんですか？」

「はい。ですから、わたしも今度の旅はこころよく送り出しました」

「汽車はたしか能登号でしたね。家族の方はどなたもお見送りに行かれませんでしたか？」

「はい。主人はいつもひとりで駅に行っていますから。それに、四、五日で帰るというのですから、べつにそういうこともいたしません」

──そんな話を聞いて、神野が本庁に帰ると、河合係長がうれしそうに一通の葉書を彼に見せた。

「早速、反響があったよ」

と、河合係長が神野に見せたのは、大阪の天王寺局の消印のある葉書の投書だった。表はただ「告知生」とあるだけだ。神野は本文を読んだ。小さな文字で、字画が正しい。

「今朝の朝刊を見て思い出したことがあるのでお報《し》らせします。三月十四日の午前十時ごろでした。新聞にあるとおりの人相と服装の人を、天王寺から大阪行の電車の中で見ました。その人は、満員電車の中でわたしの横の吊革《つりかわ》にぶらさがっていたのです。週刊誌を読みふけっているようなふうでしたが、同じところばかり読んでいるので不思議に思ったのです。たしかに人相も服装も杉村さんという人の特徴そっくりです。ただ、その人は、左側に立つぼくのほうから見て鼻脇に小さなイボがありました。新聞にはそう書いてないので、あるいは違うかなと思いました。ぼくは途中で降りたので、その人が果たして大阪駅まで行ったかどうかはわかりません。何かのご参考になるかもしれないと思い、お報らせします」

河合係長は、神野の眼が葉書からはなれるのを待って言った。

「これは真物《ほんもの》だよ。ほら、鼻の脇にイボがあると書いてあるじゃないか。この前の発表のときはイボのことも入れておいたんだが、今度はうっかりしていたが、これはまさに杉村さんに違いない」

神野も、同感だった。

「これでみると、杉村さんは十二、十三日の晩、大阪に居たことになりますね」

神野は葉書をまだ手に残したまま言った。

もし、杉村が死んだとすれば、少なくとも十四日以後ということになる。

「そうだ。十四日の朝十時ごろに天王寺からの電車の中で見たというのだから、たしかに十二、十三日は杉村さんは大阪のどこかに泊まっている。どこかというよりも、前の投書二通が教えているように彼は天王寺駅で降りているから、この近くに違いない」

「ところで、河合さん」と、神野は葉書を係長に返して言った。

「天王寺付近の旅館について、十二日の晩、杉村、生駒、それに、あるいは前岡を加えて、三人が泊まったという報告は大阪府警から来ませんか？」

「うむ。それがこない」

係長はここで顔を曇らせた。

「大阪の府警では、天王寺付近の旅館は、片っぱしから洗ったというのだがね。だから、連中が泊まったのは別な所かもしれないな？」

神野刑事は、前岡が四月十六日の能登号に果たして乗ったかどうかを調べることにした。前岡夫人の話によれば、東京駅には家族のだれも見送っていないという。だから、前岡がその列車を利用したかどうか、断定はできないわけである。

神野は、今度は塚田刑事を伴《つ》れて東京駅に行った。

こういうことを調べるのは車掌区の事務所である。面会した助役は、能登号の車掌は金沢車掌区に属しているのでといいながら、金沢に電話して、運よくその車掌が品川の乗務員宿泊所にいることを突きとめてくれた。

そして、

「能登号ですね？」

と神野に念を押してから、その車掌に来るようにいった。

「そのお客さんは、寝台はとらなかったんですね？」

「そうだそうです」

「寝台だとわかりやすいんですがね、普通車輛《しゃりょう》は車掌がよほどそのお客さんの特徴をおぼえていない限り、印象にあるかどうかわかりませんね」

神野もそのとおりだと思っている。いや、前岡が寝台車に乗らなかったことも、あるいは、彼がこうした申込書による証拠を残さないようにしたのではないかとさえ想像した。

「前岡というその人は、家族の話だと、前日に申し込んだら、寝台券がすっかり売れて、指定席だけが残っていたというんですがね。やはり寝台券は売切れだったんでしょうね？」

「あの列車の寝台車は非常に利用者が多いので、一週間前の発売と同時にほとんど売り切れてしまいます。前日ではとても手にはいらなかったでしょう。それでも、指定席が一枚でも買えたのはまだいいほうですよ」

助役は、若い駅員の運んできた大きな湯呑《ゆの》みを手にしながら言った。

そこに三十七、八くらいの車掌がはいってきた。

「あ、土方《ひじかた》君。警視庁の方がこられて、四月十六日の九〇一列車に乗ったお客さんのことで、君に何かお聞きになりたいそうだ」

車掌は助役にすすめられて神野たちの前の椅子にすわった。

「どうも、お忙しいところをお邪魔します」

神野は挨拶《あいさつ》し、

「いま、助役さんにお願いしたところなんですが、実はこういうことなんです」

と、神野は初めからのいきさつを話した。

助役は横で書類の判コを捺《お》しながら、こちらの会話をじっと聞いている。

「それは能登号ですか、大和《やまと》号ですか？」

車掌はきいた。

「能登号です」

神野は、即座に言った。このときは神野もまだ車掌の質問の意味がわかっていなかった。

「能登号というと東京から金沢までですが、そのお客さんは金沢に直行でしたか？」

「北陸の温泉に泊まると言って家を出たそうです。だが、その日は、まず金沢で遊んで、夜、近くの温泉に行ったかもわかりませんから、金沢直行でしょう」

「もう一度、その方の人相を言って下さい」

神野は、イコマ電器の社員簿についている前岡の顔写真を用意してきたので、それを車掌に見せた。

「これは少し若い写真になっていますが、こういう顔つきに、もう少し年とった感じです」

　車掌は、前岡の写真と、神野がいう前岡の特徴とを見たり聞いたりしていたが、

「どうも、こういうお客さんは乗ってなかったように思いますね」

　と、首をひねっている。

「そうですか」

「指定席のお客さんは、わたしたちがいちいちリストとチェックしますから、この前の乗車だし、たしかにおぼえているはずですがね。そして、能登号は寝台以外も全座席指定です。だから、乗っておられたら、かすかでも記憶にあるんですけどね」

「能登号は寝台以外も指定なんですか？」

「はあ。一等指定席が一輛、二等指定席が三輛です。大和号だと、二等指定席が二輛だけですがね」

「ちょっと待って下さい」

　と、神野は遮った。

「大和号というのは何時に出るんです？」

「能登号と同じ時刻ですよ。二十二時三十五分です」

「え、同じ時刻に二つの列車が同じ線路を走るんですか？」

「いや、能登号と大和号とはいっしょの車輛編成ですよ。これには和歌山行が一輛ついています。まあ、混成列車ですね。九〇一列車というんですが、名古屋で別れた大和号

は二九〇一列車になります」

横で聞いていた助役が、はじめて神野の思い違いに気づいたらしく、

「刑事さん、九〇一列車の編成は、こんなふうになっているんですよ」

と、表を持ってきて見せた。

神野と塚田は、助役の見せた九〇一列車の編成表を見て、あっ、と思った。つくづく眺めると、能登号は一号車から八号車までで、うち寝台車四輛である。九号車は和歌山行一輛で、十号車から十四号車までが大阪湊町《みなとまち》行の大和号だ。この大和号は名古屋で切り離され、奈良、郡山経由で湊町に着く。寝台車三輛、指定席車二輛である。

神野は、ここで初めて、助役が最初に念を押した、能登号ですね、という意味がわかった。つまり、この九〇一列車は金沢行の列車能登号で、大和号ではないのですね、という確認だったのだ。

「どうも、うっかりしてました」

と、神野は頭を掻《か》いた。

「そうですか。この列車には大阪行が連結されていたんですか」

神野は、ふと呟《つぶや》いたのだが、その自分の言葉に、はっとなった。途端に横にいる塚田も同じことを気づいたか、これも神野に意味ありげな眼を向けた。

「助役さんこの大和号の車掌さんは、やはり品川に来ておられますか？　いや、つまり、十六日の乗務員です」

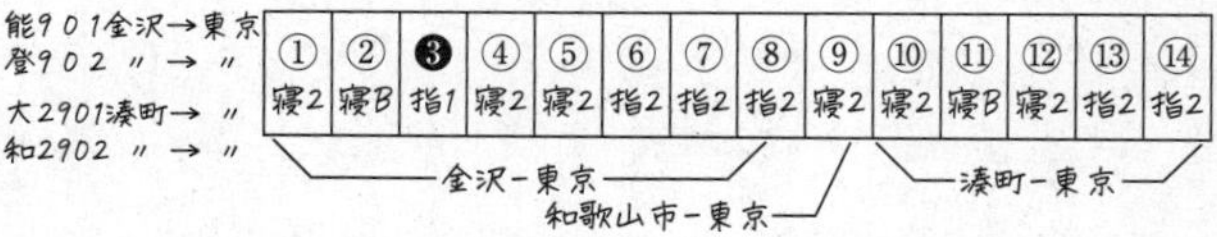

（名古屋−湊町間・米原−金沢間逆編成　❸は専務車掌のいる車）

「どうだね、君、同じ人が今日来てるかね？」

と、助役は、能登号の専務車掌に訊《き》いた。

「ああ、堀内《ほりうち》君ですね」

能登号の車掌は大和号の車掌の名を言い、

「はあ、堀内君も来ています。たしか、ぼくが出るときに宿舎で将棋をさしていたようです」

「助役さん。すみませんが、その方が今おられるかどうか、品川のほうに訊いていただけませんか。もしおられたら、すぐに呼んでいただけませんか。いや、都合が悪かったら、ぼくらのほうから出向きますが」

「待って下さい」

と、助役がすぐその場で受話器をとり上げた。

助役は、堀内という車掌を電話口に呼び出すよう言っていたが、当人の声が出たらしく、

「君、ちょっと、警察の方が大和号に乗ったお客さんのことで聞きたいといって、ここに来ておられる。君、ほんの三十分ばかりでいいんだが、いま、こちらにこられないかね？」

「うむ、そう。いま来てもらうと、いちばんいいんだが……そうか。

じゃ、頼むよ」

と、電話を切り、こちらに身体を回して、

「刑事さん、大和号の車掌もここにくると言ってますよ」

と、にこにこして伝えた。

二十分ほど待っていると、大和号の専務車掌がやって来た。

神野は、専務車掌に、前岡の顔写真を見せ、その特徴を言い添えた。

「この方なら、たしかに見おぼえがあります」

と、堀内という車掌は言った。

「え、見おぼえがある？」

と、神野も塚田も思わず車掌の顔を見つめた。

「はあ」

車掌はうなずく。

「おい、堀内君、それは間違いないだろうな？　いい加減なことを警視庁の人に言っては駄目だよ」

と、横から助役がたしなめた。

「いいえ、はっきり記憶があります。ぼくがこのお客さんの行先変更をやったんですから」

「行先変更？　じゃ、乗り換えたのか？」

「そうです」

堀内車掌は語り出した。

「午前五時二十分ごろでした。つまり、十七日の朝ですね。この列車は名古屋で能登号と切りはなされて、五時六分に発車するのですが、わたしは後部二等車に行きました。ボーイの持った客席表にチェックして行くうち、その車輛《しゃりょう》のちょうど真ん中あたりの通路側に、これに似た人がいたんです」

と、堀内は写真の顔を指した。

「その人はぼくに金沢行の切符を出しましてね、都合で大阪に行くことになったから、その手続きをしてくれというんです。名古屋で東京からの乗客が五、六名降りて新しく乗った客が少ないので空席になったところに、そのお客さんはすわっていたんですね。この列車にはときどきそうした客がいますから、べつに変にも思わず、行先変更の手続きをとったんです。わたしの記憶が間違いないことは、伝票の複写がとってありますから、それを見ればわかります。二等車では、その人だけでした」

「なるほどね」

と、助役はうなずいた。

しかし、助役以上に心を動かしたのは神野と塚田だった。

「手続きはそれに間違いないとしても、お客さんは、たしかにこの人でしたか？」

「そうです。湊町には何時に着くのかと訊かれたので、九時十七分だと答え、また精算表を渡すときも、お金をもらうときも、その人の顔をずっと見ていますから、間違いないと思います。ゆきずりにちらりと眺めたお客さんの顔と違いますから」

「それはそうですな」神野は礼を言った。「どうも、それはたいへん貴重な手がかりを与えていただいてありがとう。ところで、その人は、ほかに伴《つれ》はいませんでしたか？」

「いいえ、ひとりだけです。まだ睡《ねむ》そうな顔をしていましたよ」

「様子はどうでした？」

「え？」

「つまり、心配そうな顔をしていたか、落ちついていたか、そういうことです」

「睡そうな顔をしていたくらいですから、心配げな様子は見えませんでした」

「いい聞きこみでしたね」

と、東京駅から本庁に帰る途中、塚田はバスのなかで神野にささやいた。

「たしかに幸いだったな。しかし、金沢行の列車に大阪行の車輛がくっついていたとは知らなかったね」

神野も思わず微笑した。

「そうですね。だが、おかげで面白い発見になりました」

「前岡が家族には北陸のほうに行くと言って、実は大阪に行ったというのは、ちょうど、生駒が駿峡荘には東北に行くと称して、逆の西のほうに行ったのと方法が似ているね」

「たしかに似ています。前岡の旅行が家族にも言えない秘密だったということが、これでわかりますよ。切符を買ったのも前日ですから、能登号の切符にしている。前岡は、その切符が奥さんに見られるから、そうしたのでしょうな。はじめから湊町行の切符を買えなかったのが、それでわかります」

「たぶん、そうだろう。ところで、前岡の行先が面白いじゃないか」

「途中に天王寺がありますね」

「いま、助役に教わっただろう。大和号は翌日の午前九時十七分に湊町に着く。天王寺駅には九時八分だ」

「前岡は天王寺駅に降りたと思います」

「そこで、天王寺駅と湊町駅とに前岡らしい乗客が降りたかどうか、現地に訊き合わせてもらうよう助役に頼んでおいたが、これは助役も言うとおり、あまり期待が持てないだろう」

「九時台ではどちらの駅もラッシュアワーですからね、ちょうど勤め人の出勤時刻です。おそらく駄目でしょう」

「前の杉村の場合は、天王寺駅前で交通事故のようなものに遇《あ》ったから、目撃者の印象に残っている。だが、今度は杉村のようなわけにはいかないだろう」

「そうですね。しかし、杉村も天王寺駅に降りた、前岡も天王寺駅だとすると、どうやら、生駒を加えた三月十二日の夜の話合いが、やはり天王寺駅付近だということは動かせなくなりましたね」

「そのとおりだ。連中、どこで秘密会議をやったのだろう？　大阪からは、あのへんの旅館にはさっぱり聞きこみがとれなかったと言ってきているが」

「だれかが個人の家を借りて、そこでやったんじゃないでしょうか？」

「うむ、その線も考えられないではない。しかし、そうだとすれば、聞きこみは厄介になるな」

「神野さん。投書によると、杉村は三月十四日の日に人に見られていますね。そうすると、彼は今も、あのへんのどこかに潜んでいる公算が大とみなければなりません。前岡は杉村に遇いにこっそり出かけたと思います。家族にも内緒にして……」

「そうだ。そうなると、生駒がわざわざ前岡の出発した翌朝ぼくに電話をかけてきたのが妙なことになってくるな」

「神野さん。生駒は前岡が今度大阪に行ったことを知っていますよ。そして向こうで杉村と遇うこともね」

神野は本庁に帰ってから、東京駅の車掌区で聞いてきた話を係長に報告した。

「やはり君の推定どおりだろうな」

と、河合も神野の意見に賛成し、

「とにかく、念のために大阪の天王寺警察署に電話を入れて、前岡氏が十七日の朝駅に降りたかどうか、調べてもらうことにしよう」

と、早速、塚田に言って大阪に電話を入れさせた。

「こうなると、生駒がわざわざ電話をくれたのが奇妙になってくるね」

と、河合も神野と同じことを考えている。

「そうですね。とりようによっては、今度は自分が杉村と前岡の会合には加わっていないと、報《し》らせてきているようでもありますね」

神野は言った。

「そうすると、前回、つまり三月十二日の夜の会合は、生駒、杉村、前岡だったが、今度は生駒だけが抜けているというわけだな。しかも生駒は、杉村と前岡が四月十七日の晩会合したことを知っているということになる」

「そういうことになりますね」

「だが、なぜ、生駒はその会合に自分は欠席したのだと言わぬばかりの電話をくれたのだろうな?」

「たぶん、杉村の失踪《しっそう》から、警視庁の追及がかなり激しくなっているので、その嫌疑を避けるためでしょう」

「嫌疑? 生駒はどういう嫌疑だと思っているんだろうか?」

「やはり、それは、例の倒産前に自分たちが社から横領した金の問題で謀議をしたように警視庁に疑われて追及されていると考えているからじゃないでしょうか?」

「うむ。こちらは杉村の失踪に殺人容疑が絡んでいると思って捜査しているのにな」と、河合はつぶやいた。「その杉村の殺人の線がうすくなった現在、生駒の懸念するものだけが残ったことになるな」

その意味は、生駒、杉村、前岡の背任横領の疑いだけになるというのである。杉村が殺されたかもしれないという仮定に立つ殺人事件の捜査よりはずっと後退する。だいいち、背任横領は一課よりも二課の仕事である。

河合係長は、指の関節を鳴らしていたが、

「君、杉村の奥さんに、その後、主人の様子がわかるような何かが起こってないか、訊《き》いてみたらどうだろう？」

と神野に言った。

大阪から来た投書によると、杉村らしい男が三月十四日に電車に乗っていたというのだし、前岡も杉村に会いに大阪に向かったと思われるから、杉村が最近留守宅に消息を知らせているかもしれないのだ。

神野刑事は、杉村の家にダイヤルを回した。

神野が杉村の奥さんに、ご主人からその後消息はありませんか、と訊いたとき、

「いいえ、べつにございません」

と、彼女は、予想どおりのことを答えた。

だが、神野は、奥さんのその声がいつもの調子とは違うのに気づいた。いつもだとさも気《せ》づかわしげな急きこんだ調子で言い、さらに、警視庁のほうには何かわかっていませんかと反問するのだが、今日は、それが無かった。

「そうですか」

神野もなんとなく手持ち無沙汰《ぶさた》な感じでいると、向こうも黙っている。電話口で奇妙な沈黙がちょっとつづいた。

「こちらには何もはいっていませんが、もしわかりましたら、お知らせします」

仕方がないので、神野はそう言った。

「どうぞお願いします」

奥さんは短く言って、電話を切った。なんとなくよそよそしかった。

神野は、これは何か奥さんのほうにあったのかな、と思った。夫のことをさんざん心配し尽くして、それでわからないのだから、奥さんもいくらか気落ちがしているのではないかと思う。いまのどことなく無愛想な奥さんの調子は、そんなふうにも解釈できた。だが、一方では、彼女が何かをこちらに隠して、それで口を濁しているようにもとれる。神野にはどちらとも判断ができなかった。

第二の殺人

翌日、神野が出勤してから間もなくだった。

河合係長が手紙を見ていたが、神野を呼んで、そのなかの一通を見せた。封筒には大阪の天王寺警察とある。なかの便箋《びんせん》も署の用紙だった。

「また新しく杉村の消息が知れたよ。しかも、今度は前岡といっしょだ」

と、河合は神野が文面に眼を通す前に言った。

なかの文章は警察特有の一種の様式で書かれているが、その意味は、こうなっている。

「当署では四月二十二日に置引き常習犯の住所不定魚住誠一《うおずみせいいち》（四五）という男を検挙した。この者は、駅の構内などで客の手荷物を置引きするのが専門ですが、彼の住んでいるスラム街の旅館の部屋を家宅捜索してみると、いろいろな盗難品が出てきた。その中に黒革の書類鞄《かばん》があったが、なかを調べてみると、雑誌などといっしょに杉村治雄氏の名刺が二十数枚はいっていた。また、杉村という印鑑や万年筆なども発見された。名刺には東京目黒の住所と電話番号がついているので、目下公開捜索の対象になっている杉村氏と同一人物のものと判りました。その品は貴庁にお送りしました。

犯人魚住について事情を聴くと、この書類入れは、四月十七日午前十一時半ごろ、天王寺駅の待合室のベンチから置引きしたと自供した。

このとき、二人づれの男がしきりと小さな声で何か話していた。二人があまり熱心なので、椅子の上の書類入れは簡単に盗むことができた。盗んだ当時、この書類鞄の中には現金は何もなかった。それで、魚住はこれを途中で棄てようかと思ったが、いろいろと周囲に眼があるので、ついに適当な場所が見つからないまま自分の部屋に持ち帰ったものだと言っています。魚住の話によると、その犯行の折、待合室は相当混んでいたといいます。彼は二人の様子を見ていたが、何か熱心に話しこんでいて、少し痩《や》せ型の人が脇に置いた書類鞄はまるで忘れられたようになっていたので、容易に盗めたと言っています。痩せたほうの紳士は帽子をかぶって向こうむきになっていたのでよくわからなかったが、相当年配と思われた。また、相手になっている紳士は年齢五十七、八歳くらい、やや肥《ふと》って、額が少し禿《は》げあがり、髪の毛がほとんど白かったと言っています。くわしい服装を当人について訊いたのですが、彼は犯行に気を取られていたため、それ以上の観察をしていなかったと言っています」

神野が眼を手紙からあげると同時に河合が横から言った。

「君、やはりぼくらの想像どおりだったな。前岡は十七日の昼前に、天王寺駅で杉村と遇《あ》っている。つまり、彼が急行大和号で到着した朝だ……」

大阪天王寺署から送ってきた杉村の盗難品は、その日の昼すぎに河合係長の手もとに届いた。

普通ならこの品は大阪天王寺署のほうで証拠品として領置されるはずだが、警視庁が杉村の行方を懸命に捜しているのを知っている大阪側は、とくにその証拠品を送ってくれたのである。置引き常習犯はほかにも盗んだものを持っていたので、この書類鞄一個くらいはずしても差支えないものと判断したのであろう。これも大阪側の好意である。

鞄をあけると、なかには四月十七日付の大阪の朝刊がはいっていた。また、その週の週刊誌が三冊ほど突っ込んであった。杉村が買って読んだあとを鞄の中に入れたものらしい。そのほかはさしてめぼしいものは無い。ハンカチや万年筆、それに、印鑑と本人の名刺が二十数葉残っているだけだった。

疑いないことだが、念のために、この品が正確に杉村のものかどうかを杉村の妻に確認させる必要があった。

電話で呼ぶと、杉村の妻はすぐに警視庁にやってきた。

明るい色の羽織で来た彼女だが、不安そうな様子だった。夫の持っていた鞄が盗難品で発見されたというので、改めて心配になったようである。

「これは主人のものに間違いありません」

と、彼女は書類鞄と、その中身を見たあとで言った。

「ご主人は、いつも判コをこの鞄の中に入れて持ち歩いておられましたか？」

と、神野は訊いた。

「はい。前には内ポケットなどに入れていましたが、二度ばかり紛失したので、それからは、この書類鞄の中に万年筆といっしょに仕舞っておく習慣をつけていました」

杉村の妻は答えた。

「この新聞でもわかるとおり、ご主人は四月十七日に大阪の天王寺におられたのです。それについて、あなたのほうにご主人から連絡はありませんでしたか？」

「いいえ、ございません」

杉村の妻はうつむいて言った。

「おかしいですね。三月十四日に、ご主人の姿を天王寺から大阪駅行の電車の中で見た人があるんです。これは奥さんにもお話ししましたね。ところが、それから約一か月経った四月十七日にも、こうしてまだ大阪におられます。その間、奥さんに連絡がないというのは、どういう理由でしょうな？」

「わたくしも、それはよくわかりません。でも」

奥さんはあとの言葉を言いよどんだ。

「でも、なんですか？」

奥さんはごくりと唾《つば》を呑《の》んで、吐息まじりに言った。

「でも、わたくしは主人のことはもう諦《あきら》めなければいけないのかと、半分は覚悟しておりました。それが、こうしてまだ大阪のどこかに無事で居ることがわかって、ほんとに安心しております」

「それにしても、ご主人は東京を出られてからもう四十日にもなっているのに、どうして奥さんのほうに連絡なさらないのでしょう？」

神野は杉村の妻にきいてみた。

「さあ。わたくしもそれが不思議でございます。でも、主人には何かの考えがあってのことかもわかりません」

この、何かの考え、という言葉にはどこか妻の自信のようなものがほのかに見えていた。そういえば、前に半狂乱に近いくらい心配して夫の行方をたずねてきた電話の声とは違っている。

「でも、変ですね。奥さんもご承知のように、新聞で杉村さんの行方不明を大きく報道しています。しかも、二回、それが新聞に載っているのですが、どうして杉村さんは自分から連絡するなり、お帰りになるかしないのでしょうね？」

「さあ、それはよくわかりませんけれど……たぶん、その新聞を見ていないのじゃないでしょうか」

杉村の妻は夫を弁護するように言った。

「そうですかねえ。それにしても、新聞くらいご覧になると思いますけれどね。たとえ、ご主人の眼に止まらなくとも、杉村さんはどこかに泊まっていらっしゃるはずですから、周囲の者が新聞を読んで教えるはずですがね？」

「…………」

杉村の妻は黙っている。

窓の外の内庭には、すでに初夏を思わせるような陽射しが降りていた。光線もずっと強くなっている。神野はふと気がついて言った。

「杉村さんは三月十二日に東京を出られたのですから、まだ寒いときでしたね。もちろん、洋服にコートをお召しになっていたと思いますが」

「はい」

「下着も冬物だったでしょうね？」

「そうなんです」

「着替えの下着も冬物を鞄に入れられたのですか？」

「そうです」

「われわれはもうこのとおり合服を着ているし、下着のシャツもずっとうすいものになっています。ご主人は冬の支度のままなはずですが、この陽気にどうなさるんでしょうか？」

「さあ……」杉村の妻はちょっと考えていたが、「向こうで適当に着替えているんじゃないでしょうか。下着などはデパートでいくらでも買えますから」

「それにしても、洋服がありますね」

「冬の洋服といっても、主人のは裏が背抜きになっています。つまり、冬服も合服も兼用なんです。コートだって昼間は着ないでしょうし、夜はまだ肌寒うございますから」

杉村の妻は何をきいても、今度は所在の知れない夫の弁護にまわる口調になっていた。

「どうも変だね」

と、杉村の妻が帰ったあと、河合係長は神野に言った。

「あの奥さんは、前からみると、まるっきり様子が違う。何かこっそり杉村のほうから報《し》らせがあったんじゃないか？」

四月二十七日の朝のことだった。

大阪府の東部に古市《ふるいち》という町がある。いまは羽曳野市《はびきのし》の中にはいっているが、この河内《かわち》古市の近くには前方後円墳が集まっていることで知られている。巨大な前方後円墳は帝陵《ていりょう》といわれ、あるいは、古事記《こじき》や日本書紀《にほんしょき》に出てくる媛《ひめ》の陵とも伝えられている。

その古市の近くは最近住宅地が急にひらけて、昔の田畑がかなり潰《つぶ》されてきた。その朝も散歩に出たのは、最近、その公団住宅にはいった中年のサラリーマンであった。彼は出勤前のひとときの散歩に、古墳群の中でも大きな帝《みかど》の墳墓という伝説のある王塚《おうづか》に足を向けた。折から一面に黄色い菜種の花ざかりである。朝が早いので菜種の花弁には夜露がまだ溜《たま》っていた。

勤め人は子供の手を引いて、古墳の周辺をめぐらしている松林の間の径《こみち》をはいった。ここを過ぎると水をたたえた濠《ほり》が見え、それを隔てて、島のような前方後円墳がそびえている。

勤め人がその径を抜けて出たのは、ちょうど前方部のところだった。朝陽が後円部の頂上に茂っている密林を輝かしていた。勤め人がそこで一服吸ったのはいうまでもない。

この王塚古墳は全長四一〇メートル、後円部直径一五〇メートル、前方部の幅一二〇メートル、後円部背後の溝底から墳頂までの高さ約四〇メートルという巨大なものである。それをめぐる濠の幅は約八メートル、水面からの深さ約五メートルとなっている。前方後円墳としては、いわゆる後期の初めに属するものだ。

勤め人が見たのは、その前方部の東寄りの端の部分だったが、濠には一面、水草が浮いている。

このとき、傍《かたわら》にいた八つくらいの男の子が父親の手を引っぱって、

「お父ちゃん。あすこに人がおる」

と、指さした。小さな指を向けたところが水の上であった。

勤め人は眼を凝らした。すると、水藻の間に何やら黒いものが横たわっている。

彼は濠の縁に沿って、もっと、その物体がよく見える位置に脚を移した。それから、一散にもとの道に走り出した。

勤め人が蒼《あお》くなって届けたのが、その古墳から一キロばかり町のほうに寄った駐在所であった。巡査はちょうど国道で交通違反を起こしたトラックを停め、運転手の免許証を調べていた。

「えらいことが起こってまっさ」

と、勤め人は駐在巡査に早口で告げた。

「なんやねん？　もうすぐこっちゃのほうを片づけるさかい、あとで言うてんか」

巡査は違反の運転手を調べるのに忙しかった。

「それどころやおまへんで。そこの王塚の濠で人が死んでまっさ。水の上にぽかっと浮いてますがな」

「王塚の濠？」

と、巡査はふり返って顔をしかめた。

「またえらいところで身投げしてくれたんやな」

巡査は、一応、確認のために通報者といっしょに現場に行った。濠に出るまで、この巨大な古墳の周辺をめぐらせている松林の間を通ったが、下の草地には、近くの畑から種子が風に運ばれて飛んできたらしく、白い卯《う》の花が咲いていた。

巡査は濠の傍《かたわら》に立った。通報人の指した水面に、なるほど黒っぽい洋服をきた人間が、半身を沈ませて浮かんでいた。

「えらいとこに浮いとるんな」

と、巡査は小手をかざして眺めていた。

これだけ確認すれば言うところはない。

巡査は大急ぎで駐在所に引き返し、電話でこれを本署に報告した。

「なんやて、王塚に身投げやて？」

報告を受けた本署の係りも珍しそうに言った。とにかく死体はすぐに引きあげに行くというのである。

その一行は、三十分くらい経ってやっと現場に到着した。厄介なのはその死体引きあげ作業であった。土手から濠までは四メートルくらいあって、舟を出すほどでもないし、普通の棒では用をなさない。四、五人の署員がうろうろしているのを知らぬげに、死体は顔を仰向《あおむ》けにし、横着そうに水草の間に横たわっていた。

巡査が気転を利かして近所の家から、先に鉤《かぎ》をつけた干し竿《ざお》をかついできた。鉤は臨時につけたもので、これは農家で井戸に落ちたものを引きあげるときの、小さな錨《いかり》であった。

死体は、その鉤にひっかかって、小さな漣《さざなみ》を静かに起こして岸に手繰り寄せられた。巡査が総がかりで、抱えあげ、土手の上に運びあげる。

このころになると、変事を聞いて近くのアパートからも人が集まっていた。

巡査たちは、用意した蓆《むしろ》の上に死体を横たえた。はじめて異臭が彼らの鼻に漂ってきた。

「おや、案外古い仏やで」

死体は、洋服も、ズボンも、むろん、ぐしょ濡《ぬ》れで、泥だらけだ。

水死人の顔は、年齢六十近い老人に見えた。髪も泥にまみれていたが、白いものが半分以上だった。

「可哀相《かあいそう》になあ。こないな年寄りが、なんで死ななあかんのやろ?」

巡査の一人が、ふと水死人の頸《くび》を見た。そして異様な叫びをあげた。

「おい、こら自殺やないわ。他殺やで。頸を絞められとるがな」

頸には黒ずんだ輪がはっきりと出ていた。索条溝《さくじょうこう》であった。

「おい」

巡査部長があわてて部下を制した。

「手ェつけたらあかん、あかん。そのままにしとくんや。……すぐ本署に知らせてな、水死体は殺しやというてくれ」

頓狂《とんきよう》な声だった。

警視庁の捜査一課が、大阪府警から電話で、古市町の王塚古墳から前岡正造の絞殺死体が発見されたという報らせをうけたのは、その日の午後一時ごろであった。

電話を聞きながら要領をメモしていた河合係長も興奮していた。

「とにかく、至急、こちらから課員を二人、連絡に出します」

電話を切ると、いま、書いたばかりのメモを河合はじっと見つめていた。それから分県地図を出してのぞいた。

「おい、神野君は居ないか？」

彼は部屋の中を見渡した。

「はあ。たった今までここに居ましたが……」

誰かが答えた。

「すぐ探して呼んでくれ」

「はあ」

部下は急いで起《た》った。

神野が五分ばかりして戻ってきた。

「済みません。鑑識に行ってたものですから」

「前岡が大阪で絞殺死体となって、今朝八時ごろ発見された」

河合は神野の顔に言葉を投げつけるようにした。

「いま、呼びにきた三木《みき》君から、そうらしいということを、ちょっと聞きました。おどろきましたね」

意外ではあったが、神野にはまるきり予感がないでもなかった。今度の事件では何かが起こると思っていた。起こるとすれば、杉村か前岡だろうという気持ちは心の隅にうごめいていた。もっとも、前岡が最初に他殺死体となって出てくるという予想はついていなかった。

「大阪府警からの連絡電話の要領はこうだ」

河合はメモを見ながら話した。

発見場所は、河内の古市町の近く、王塚古墳の濠であった。水の上に浮いていた。死因は絞殺。頸に索条溝が歴然と残っている。死体は水を飲んでいない。所持品は、洋服のポケットの財布や名刺。その名刺に「イコマ電器株式会社専務　前岡正造」とあった。

財布の中には現金六万二千余円はいっていた。盗難にかかったとは現在のところ思われない。着衣は黒の合服、下着のシャツも合着である。

前日の夕方まで、その濠には死体は無かった。これはそこに行って見た者が一致して証言している。だから、前夜、日が暮れてから、当日の未明までの間に死体がそこに投げこまれた形跡がある。

まだ、解剖結果はわからないが、現場検視では、死後推定一週間以上経過している。

「死後一週間以上？」

神野は思わず叫んだ。

「うむ、そう言ってきている」

「それじゃ、前岡が大阪に着いてから、すぐじゃありませんか？」

前岡の死体が検視の上では一週間以上経過しているというなら、彼が四月十七日に大阪に着いて間もなくの死ということになる。

そうすると、前岡が殺された現場は別にあって、王塚古墳は第二現場である。この第二現場に死体が運ばれるまで、一週間以上経過しているのは、それまで第一現場で死体をかくしておいたのであろう。もっとも、第一現場から古墳に運搬するまで、別な死体の隠匿場所があったということも考えられないではないが、これは捜査を進めてからの問題になる。

前岡殺しの犯人は誰か——。

神野の頭にすぐ浮かんでくるのは、杉村だ。前岡が大阪に杉村に遇《あ》いに行ったことは想像されているから、杉村が犯人でないにしても、重要参考人である。杉村が大阪にいるらしいことは、投書などの情報でわかっている。

「君、これを見たまえ」

河合係長は、開いていた分県地図の大阪府をさし出した。

「古市というのは、大阪のどの駅が始発になっているか……」

地図をたどると、国鉄天王寺駅のすぐ近くの阿倍野橋《あべのばし》から私鉄が出ている。この線は河内松原《まつばら》を通って、古市、富田林《とんだばやし》から河内長野《ながの》に行く。近鉄長野線といわれるものだ。

（天王寺駅付近……）

杉村が三月十二日の夕方に目撃されたのも天王寺駅だ。彼は奈良から天王寺までの電車の中でも乗客に見られている。また、十四日にも駅の近くでそれらしい人物を見たという投書もある。

神野は河合係長と顔を見合わせた。

「すぐに大阪へ行ってくれないか。いま電話では先方にそう言ってある」

「わかりました」

「前からの関係で塚田君をつれて行ったほうがいい」

「そうします」

「午後の新幹線で行けば、四時ごろには向こうに着く。捜査本部は羽曳野署になっている。都合によっては先方と共同捜査にするようにしてくれ」

「そうします……ところで、前岡の奥さんには、このことは連絡してありますか？」

「いや、こちらからはまだ何もしてない。たぶん、大阪からもう電話を入れてるんじゃないだろうか。名刺には前岡氏の自宅の電話がついているからね」

この話が終わるか終わらないうちに、当の前岡の奥さんから河合のところに電話がかかってきた。河合は電話に悔やみを言っていたが、さすがに前岡夫人は衝撃でとり乱しているらしかった。

「前岡の奥さんもすぐに古市へ行くと言っていたよ」

と、河合は電話を切ってから言った。

「生駒さんはどうします？　電話してみましょうか？」

しかし、生駒は今朝から外出していて、夕方でないと帰らないということだった。

神野と塚田が大阪駅に着いたのは午後四時だった。すぐに府庁に隣接している大阪府警に行った。

捜査一課の今泉《いまいずみ》警部という係長が遇ってくれた。

「たった今、解剖結果がわかりましたよ」

前岡の遺体は、古市の現場から阪大《はんだい》の医学部に運んで解剖したという。
①死因は絞殺による窒息死。索条溝からみて、たとえば、ネクタイのような柔らかいもので絞められたと思われるのは、頸部《けいぶ》付近に表皮の剝離《はくり》がない。
②顔や手足に軽微な擦過傷や打撲傷があるのは、被害者の抵抗があったと思われる。
③凶器の「紐《ひも》」は見当たらない。犯人が絞殺後に持ち去ったと考えられる。
④死後、約十日間経過している。ただし、五十時間くらいの誤差は考えなければならない。
⑤現場の濠《ほり》の水は、ほとんど呑《の》んでいない。胃の内容物は腐敗しているため詳細な

認定は困難だが、中華料理、それもあまり高級でないものである。たとえば、大衆食堂で食べるようなもの。消化状態からみて食後、二、三時間経過している。

最後の項を除くと、電話で聞いた検視の所見と大体同じであった。今泉警部は、それにこうつけ加えた。

「被害者の衣服は濠の汚水に濡れているため、殺害現場を割り出すに必要な埃《ほこり》とか土とかいうような付着物は全部洗い流されています。泥土がついていますが、これは死体を濠から引き上げるときに、そこの土にまみれたものです」

「靴はどうです。靴の裏に土は残っていませんでしたか？」

「靴ははいてなかったのですわ」

「え？」

「犯人がそのへんを考えて、とり除いたのでしょうな。もっとも、死体を濠に投げこんだ際、脱げて水の下に沈んだということも考えられないではありませんから、明日《あした》でも死体の浮いていた濠の下をさらってみるつもりです。ほかに所持品も落ちているかもしれませんからね」

「その現場付近の様子はいかがですか？」

「もちろん、格闘のあとといったものはありません。殺害場所がそこでないことは私どもも考えております。そやけど、死体を運搬したと思われるタイヤのあとは、どれがそうなのか見分けがつきません。というのは、道路から濠に出るまでは、松林の間に径《こみち》がありましてな、古墳の見物に行く連中が多くて、ドライブ族がたくさんタイヤのあとを残しておるんですわ。それが滅茶滅茶《めちゃめちゃ》に入りまじっておるから、識別がつきません」

「なるほど」

神野は鉛筆の手をとめた。

前岡の死体解剖所見で神野が大事だと思ったことが二つある。

一つは、前岡の胃袋に詰まっていたのがあまり上等でない中華料理ということだ。所見によれば、それは大衆食堂あたりで食べさせる中華そばの少し手のこんだような料理だったという。このことは前岡の死後経過約十日間と考え合わせて、前岡が東京から十七日の朝大阪に着いた当日と関連する。

もし、それが大衆食堂で食べたものとすれば、あるいは前岡が十七日の朝に到着した直後、どこかの駅前食堂で食べたものではなかろうか。それは天王寺駅付近が最も考えられそうである。そうすると、この急行「大和」号は午前十時前に到着するので、そのころ食べたことになる。消化状態からして食後二、三時間ということだから、凶行は昼の十二時から一時ごろという公算が強くなる。

昼間の殺人だから、戸外とすれば人目につかない所であろう。また屋内とすれば死体の搬出その他のことがあるから、旅館などではあるまい。個人所有の家屋だと、そのころ絞殺しておいて、夜間に運び出すことは容易である。

この想像は、前に杉村と生駒、前岡の会談に使用された場所を大阪府警に頼んで捜してもらったとき、該当の旅館が無かったことと符合する。つまり、前回彼ら三人が会合したと想像される場所も、前岡が殺された場所も同じだという推定になるのである。ただ、死後十日くらい経っているから、殺害後どこにその死体を隠匿していたかだ。現場の王塚古墳の濠では前日の二十六日夕方まで、その死体は無かったという目撃者の言葉があるから、そこが殺害現場でないことはたしかである。それなら、第一現場が別にあれば、死体の運搬は何によったものか。いちばん考えられるのは自動車だ。すると、犯人は自家用車を持っていたという可能性が強い。どんなに擬装しても、重い人間の死体を入れた荷物を持ちこめばあとで必ずわかるからである。

次は、前岡の死体が靴をはいてなかったことだ。死体を濠に投げた拍子に短靴が脱げることは考えられないではない。だが、それは片足ならわかるが、両方の靴が取れるというのはちょっと考えられない。この場合は、犯人が意識して脱がせたに違いない。理由は、靴の裏についた土で犯行場所がわかるかもしれないという犯人側の懸念であろう。そのことはまた、死体を濠の水の中に投げこんだという理由にもつながっている。衣服についた埃《ほこり》は水に洗われ、泥に塗られてしまった。こうした意図を持った犯人なら、よほど計画的に考えたことになる。

府警の今泉警部も神野から前岡の事情をきいた。神野はイコマの倒産後から話し出し、杉村の失踪《しっそう》、生駒前社長の様子などを詳しく話した。ことに杉村がまだ大阪に居るかもしれないという想像を、例の投書などによって神野は説明した。

前岡殺しは警視庁との合同捜査になりそうであった。

今泉警部は神野と塚田にきいた。

「これから阪大に行って、前岡氏の遺体を見ますか?」

「まだ、棺《ひつぎ》には納まっていませんか?」

神野がきくと、それではちょっときいてみましょう、と彼は言い、部下に阪大へ電話させていたが、その報告では、すでに解剖が終わったので納棺したあとだという。

「それじゃ、今日はもう遅いですから、明日の朝改めて病院に行きましょう」

神野は答えた。

「そうですな。しかし、被害者の遺族が今夜到着するということですから、あるいは、明日の朝早くこちらで茶毘《だび》に付すかもわかりませんよ。なにしろ、遺体は相当に痛んでいますからね」

死後十日経過しているのだから、腐敗が来ていることはいうまでもない。

しかし、神野としては、解剖所見があれば今さら遺体をみる必要もなく、茶毘に付されたら、それも仕方がないと思った。ただ、遺品だけはみておきたい。それは捜査本部になっている羽曳野署に保管されてあるということだった。

「今晩は大阪にお泊まりになりますか?」

警部はきいた。

「いや、今日のうちに古市に行ってみましょう。宿は、そのへんでとります。明日またこちらにお伺いします」

神野と塚田は今泉警部と別れて府警を出た。

市電で阿倍野橋についた。ちょうどラッシュアワーで、国鉄の天王寺駅も、それと道一つ隔てた近鉄阿倍野橋駅もおびただしい人波だった。このへんに杉村も前岡もうろうろしていたかと思うと、自然に二人の眼はあたりを見るのも違ってくる。

「駅前を、少し歩いてくればよかったですな」

と、塚田は河内長野行の電車に乗ってから神野に言った。

「どうして？」

「だって杉村がうろうろしていたでしょう。その場所をちょっと見ておきたかったんです」

「それは明日こっちに着いてからのことにしよう。例の自動車に軽く追突されたという投書のことだね。場所は大体見当がつくだろう」

「それにしても、前岡も杉村も、天王寺駅付近に遇《あ》う場所があったに違いないと思いますが、いったい、どこで会合していたんでしょうね？」

「杉村は駅の前で目撃されている。三月の生駒を含めた三人の会合も、四月の二人の会合も、場所はどうもこの付近のように思えるんだがね」

「そうすると、前岡の遺体がこの沿線の古市の近くで発見されたというのはどういうことでしょう？」

「いまは車があるからね、会合場所と死体の発見場所とは必ずしも関係はないといえるよ」

「神野さん。もしかしたら、生駒、杉村、前岡の前の会合場所は、その古市の近くじゃないでしょうか。天王寺駅の付近を大阪府警がどの程度熱心に捜してくれたかわかりませんが、それで見当たらないとすると、案外、死体発見の近くかもわかりませんよ」

潜伏者

神野と塚田が捜査本部のある羽曳野署に着いたのは八時ごろだった。

府警から来ている山本《やまもと》という警部がこの事件の捜査主任となり、羽曳野署の捜査課長がその補助役となっていた。二人とも神野たちに会った。

「さっき、今泉警部からあなたがたのことを聞きました」

と、山本警部は言った。今泉警部から東京における前岡の事情を大体聞いているらしかった。

「遺品をお目にかけましょうか」

まだ、犯人の手がかりはつかんでないということだった。遺品は前岡が着ていたもの一切と、所持品が捜査本部の片隅にならべられてあった。本部は署の裏の柔道場が使用されていた。畳の上に刑事たちが集まってあぐらをかいている。うす暗い照明だった。

遺品には格別注意を惹《ひ》くものは無かった。洋服も下着も泥だらけになっている。水が乾いたあと、洋服の生地は縮んでいた。財布の中の一万円札六枚も千円札もかたちが小さくなって乾いている。前岡の名刺が五、六枚。他人からもらった名刺は無い。それもまばらで、名刺入れは無かった。この名刺から被害者の身許《みもと》がすぐわかったのである。

「名刺入れが無いというのは」と、山本警部は言った。

「犯人が他の交換名刺といっしょに取りのけたのかもしれませんね」

「そうすると、わざと被害者の身許がすぐわかるように、この名刺だけ残したのですかな?」

神野は、「イコマ電器株式会社専務」の肩書のある名刺を見ながらいった。

犯人が殺した相手の身許をなるべくわからないようにするため、名刺はおろか、衣服についた目印や、シャツについた洗濯屋の註記《ちゅうき》まで切り取る場合もある。また、こうしてわざと遺体の身許が知れるようにする場合もある。前者では、大体、犯人が被害者と知合い関係のためにする工作が多く、後者は、犯人が、たとえ被害者の身許がわかっても、捜査の手が自分にこないことを確信している場合が多い。

神野は、杉村のことが頭に浮かんだ。もし前岡を殺したのが杉村だとすれば、この名刺を残したのはどういう気持ちからだろうか。

「現場は、大体、こういう地形です」

と、山本警部は、王塚古墳の現場の見取り図と、付近の地図とをひろげて見せた。

「ご覧のように、非常に寂しい所です。人もこの古墳の中には寄りつきません。したがって、よそで絞殺したうえ、夜間、死体をここに運んで来たと思われます。たぶん、自動車だと思われますが、そのタイヤの跡が識別できないのは残念です」

「リヤカーだとか、三輪車だとか、そういったタイヤの跡はないんですか？」

「それがありません。みんな乗用車のタイヤの跡ばかりなんです」

「とにかく、その現場を見てみましょう」

「え、こんな暗いときですか？」

「ここに来た以上、一刻も早く現場を見たいんです。それに、夜間に死体を運搬したとなれば、ちょうど、その状況も合いますからね」

神野と塚田は署の前から車に乗った。案内には巡査を一人つけてくれた。

羽曳野署から王塚までは車で二十分くらいだった。田舎道を走ると、ヘッドライトが両側の黄色い菜種を映し出した。その畑の向こうに幾層もの灯が見えるのは団地だということだった。

王塚は、その反対の正面に黒々とした小山の姿を見せていた。もっとも、ここから見ると、黒い松林が左右に伸びて映っているだけである。車は、その松林のすぐ傍で停まった。三人は降りた。

「ここから先、車でも行けますけど、一応、歩いてみやはりますか？」

そうする、と答えると、案内の巡査は懐中電灯をともして先に歩いた。神野が見ると、幅三メートルくらいの径《こみち》だが、なるほど、タイヤの跡が重なり合って無数についている。昼間、ドライブ族がこの中にピクニックにくるという説明を思い合わせた。

夜でももう暖かかった。林の下草もかなり伸びている。

正面の古墳の前に出た。まるで小山のようである。その間には濠《ほり》が黒い水をたたえていた。巡査が懐中電灯の先を濠に向けるまでもなく、夜目にも、水草が浮いていることがわかった。星が黒い水に小さな光を落としていた。

巡査は、その濠に沿って右に歩いた。神野と塚田は従った。

「大体、この辺だす」

と、巡査は立ち停まって、もう一度、懐中電灯を濠の中に向けた。岸から二メートル近く先である。

「昼間だとよう見えますのんやけど、いまでも、あの辺の藻が少し散って水の面がぽかっと出てます。そこが死体発見の現場だす」

神野と塚田はうなずいた。眼は、果たして岸から死体をその地点に投げ得られるかどうか測っていた。だが、男の力で投げこめば不可能でもないと思われた。

「こら、捜査課長の意見だすが、死体ははじめ、もっと近いとこに落ちたのを、犯人が棒か何かでつついて向こうに押しやったのやろということだす」

その証拠に、藻はだいぶん岸近くから間をあけているというのだった。

神野もたぶんそうだろうと思った。そうすると、犯人ははじめから棒を用意していたのかもしれない。

「そうだとすると、その棒ぎれはこの辺から見つかってないんですか？」

「見当たりまへん。ぼくらだいぶん捜しましたんやけど」

神野は、少しこの辺を歩き回ってみたいと言った。塚田も彼といっしょに松林の中にはいってきた。もちろん、暗いから物を捜す目的ではない。神野は、もし夜間犯人が前岡の死体をここに運んだとすれば、そのときの雰囲気を自分で味わってみたかった。

神野と塚田は、その晩、羽曳野の宿に一泊した。所轄署で世話してくれたものだった。

その晩は、二人ともあまり事件のことにはふれなかった。まだ、これからどういう資料が出てくるかわからない。明日はたぶん、前岡夫人が大阪に着いているだろう。あるいは、すでに到着しているかもわからない。夫が死ねば、夫人の口から今まで出なかった新しい事実も聞けるかもしれなかった。

朝早く二人はもう一度王塚に行った。

昨夜と違い、あたりは春の終わりの光に満ちている。農家の垣根に早くも卯《う》の花が咲いていた。河内連山の裾《すそ》野が霞《かすみ》にぼやけている。

野道を歩く者は菜種畑の中だった。紋白蝶《もんしろちょう》が飛んでいる。

「なの花の中に城あり郡山……君、この句を知っているか？」

神野は横を歩いている塚田にきいた。

「知りませんね。神野さんのですか？」

「ばかな。許六《きょろく》だ」

現場ではさしたる収穫も無かった。濠を見たが、なるほど、こちらの岸の傍から遺体のあったといわれる所まで水草が無かった。そのぶんが両脇に集まっていた。

「やはり遺体は岸から投げこんで、棒ぎれで少し向こうに押しやったのでしょうな。ここは流れがないから、死体が自然と向こうに移るということもないでしょう」

塚田が見て言った。

「そうだな。死後十日ぐらい経っている死体は扱いにくいだろうし、腐敗のため巨人化していたかもしれない。二人がかりでも、乗せて来たものから降ろすのにやっとだっただろうな」

現場の濠を眼でたしかめたのはその程度だった。あとは二人で草の上にすわって古墳を眺めた。

「ここから見ると、まるで山ですね。これだけの土を運んでくるにはおびただしい労働力だったでしょうね」

塚田が言った。

「うむ。このくらいの大きさになると仁徳《にんとく》陵にあまり負けないだろう。なにしろ、仁徳陵はエジプトのピラミッドより大仕掛けな土木工事だというからな」

「古代の人もどえらいことをやったんですね」

古墳には松がおい茂り、人工とは思えなかった。神野は土を一荷ずつ運ぶ人夫の姿を想像した。

うしろで車の音がした。

「お早《はよ》うございます」

うしろから声をかけてきたのは、昨夜の道案内の巡査だった。

「お早う」

両方で挨拶《あいさつ》した。

「宿を出やはったということですから、たぶんここやと思うて来ました」

「なんですか?」

「大阪の今泉警部殿から、至急大阪においで願いたいということだす。被害者の奥さんが非常に参考になる資料を持って来やはったということだす」

羽曳野署に神野と塚田が戻ると、捜査本部の山本主任は、いまから王塚の濠の現場を捜索するのだといって、その準備にかかっていた。

トラックには小さな底の浅い舟を積んでいた。鉤《かぎ》のついた長い棹《さお》が何本も用意されてある。そのほか、網も持ちこまれていた。濠の底に沈んでいるかもしれない前岡の靴を見つけるためだった。

警官たちは合羽《かっぱ》を着、長靴をはいている。

「えらいことになりよりました」

と、捜査本部の主任は笑った。

「濠が相当深いうえに、水があのとおり濁っているので、潜水夫くらい降ろさないことにはあきまへんかもしれまへんな。これは池で菱《ひし》の実を採る舟ですがね。この小舟をさがすだけでも苦労しましたわ」

「ご苦労さまです」

神野が挨拶した。

「いま、前岡夫人が大阪に到着したという連絡をうけましたが」

と神野が言うと、

「そのことだす。使いをやったあとすぐに、また大阪の今泉警部から電話がありましてな、前岡夫人はこっちゃにくるんやそうです。もう出発してはるでしょうな」

「そのほうがいいですね。ちょうど、こっちには遺品も置いてあるし」

「そうです。だから、あなたがたもここで夫人の到着を待ってくれはりしまへんか」

「そうします。ところで、さっきのお使いの話ですが、前岡の奥さんはたいへん参考になる資料を持ってくるということでしたが、そうですか？」

「今泉警部はそう言ってはりましたが、なんのことだかわかりまへん。今泉警部も前岡夫人といっしょにこっちゃにきやはるそうだす」

「そりゃ幸いですね」

「偶然、ここで合同捜査会議を開くことになりますな」

濠の捜索をするトラックが出発する音が聞こえた。

「ぼくらも現場に行ってみましょうか？」
神野は言った。
「いや、ご覧になりはっても仕方ないですよ。それよりも、濠から靴が出てきたときに
ぼくもごいっしょしましょう。それまでは、ここでゆっくり休んで下さい」
捜査本部はどこも殺風景な場所ときまっている。ここも柔道場だから、だだっぴろい
畳の上に捜査員たちの机が片隅にしょんぼりとならんでいた。東京からきた二人は茶と
煎餅《せんべい》とを馳走《ちそう》になった。
二時間くらいして、大阪の今泉警部が前岡夫人を伴《つ》れてこの道場の戸口からはいって
きた。前岡夫人は、このちょっと異様な部屋の風景に戸惑った顔をしていた。それから、
そこに神野の顔のあるのを見て、眼を大きくした。
前岡夫人は神野の前に歩んでくると、ハンカチで顔を蔽《おお》い畳の上に泣き伏した。神野
は言うべき言葉がなかった。
「奥さん、とんだことになりました。なんと言っていいかわかりません」
前岡夫人はしばらく泣きむせんでいたが、
「……今度のことで、やっとあなたが主人の旅行を心配して下さったことがよくわかり
ました。こういうことになるのでしたら、あのときぜひ止めるのでしたけれど」
と、あとはまた激しい嗚咽《おえつ》となった。
「奥さん。ご主人の仇《かたき》はきっとわれわれがとってあげますからね、どうぞお心当たりの

ことはなんでも打ち明けて下さい」

横にすわっていた大阪の今泉警部が、

「神野さん。奥さんはこういうものを持ってこられたんです」

と、自分の鞄《かばん》から大事そうに油紙に包んだものを出してひろげた。それは一通の官製葉書だった。

今泉は、葉書に自分の指がふれないように油紙の上に載せたまま神野に見せた。表は前岡夫人宛《あて》で、差出人は「正造生」とあった。消印は「天王寺局」で、四月十八日の午後四時―八時となっている。

油紙に載せたまま、葉書の裏を返すと、それは次のような文句だった。

「石川県の温泉に行くつもりだったが、急に予定を変えて大阪に着いた。今度は気儘《きまま》な旅なので、大阪の用事を思い出してこちらに変更したのだ。北陸の温泉回りは大阪の帰りにする。実は杉君と遇《あ》う用事があって来たのだが、同君は非常に元気だ。ぼくが心配したようなことはなかった。杉君は或《あ》る事情でこちらの逗留《とうりゅう》が長くなったが、まもなく東京に帰るといっている。ぼくは二十三日ごろ帰京」

神野はすぐ手帳を出して、その葉書の文句を書き取った。塚田も横からのぞいて同じことをした。

「これはご主人の筆跡に間違いありませんね？」

神野は、まだ顔をハンカチで押えてすわっている奥さんにきいた。

「はい……」

奥さんは大きくうなずいた。

「奥さんは念のために前岡さんが書かれたものを持っておいでになっています。われわれが比較しても前岡さんの筆跡に違いないと思いますよ」

今泉警部が言った。神野も、奥さんがそう証明するからには間違いはあるまいと思った。ただ、どうして東京でこの葉書のことを奥さんは自分に言わなかったのだろう、と神野は思った。それを訊《き》こうとしたとき、

「奥さん。ご主人の遺品があちらにありますから、どうぞご覧になって下さい」

と、所轄署の捜査主任が前岡夫人を促した。前岡夫人はまた衝撃を受けたようによろしながら座蒲団《ざぶとん》の上から起《た》った。

「その葉書に書かれている杉君というのは、イコマの同じ重役だった杉村さんのことだと奥さんは言っていますよ」

と、今泉警部は神野に言った。

「そうでしょうね。こうしてみると、杉村氏は天王寺付近で身を隠しているんですな」

神野の眼には天王寺局の消印が灼《や》きついている。

「前にあなたのほうから、杉村と、今度の被害者前岡氏と、それから生駒氏とが会合したと思われる場所が天王寺付近にありそうだから、調査してくれと言ってこられましたな。それでずいぶん捜したのですが、旅館にも、料理屋にも、そういう場所は出てきま

せんでしたよ」

と、今泉警部は神野に言った。

「あのときはお世話になりました。ずいぶん調べていただいたうえで、出てこないとなると、旅館や料理屋でない別な場所かもわかりませんね」

神野は答えた。

「たとえば、個人の家といった所ですか？」

「それも考えなければなりませんね。しかし、それだと、ちょっと出て来にくいとは思いますが」

「前岡氏が、この手紙にあるとおり、はっきりと杉村に遇《あ》いに大阪に来ているのですから、今度はもっとよく旅館や料理屋のような所を捜してみましょう」

今度は地元に起こった殺人事件だから、今泉警部も積極的であった。

「どうです、神野さん、あなたは前岡氏が杉村に殺されたとは思いませんか？」

「そうですな、少なくとも前岡氏はこっそりと大阪で杉村に遇ったと、自分で葉書に書いていますから、杉村が犯人でなくとも重要な参考人にはなり得ます。前からわれわれも捜していた人物ですから、この際ぜひ見つけなければなりません」

「この葉書の消印は天王寺局になっていますね。四月十八日の午後四時から八時までの間に投函《とうかん》している。もし犯行が行なわれたとすれば、あるいは、この葉書を前岡氏が出した直後に杉村がやったかもしれませんね」

今泉も神野と同じ推定を言った。前岡は四月十七日の朝大阪に着いている。その晩おそらく杉村といっしょにどこかに泊まったに違いない。翌十八日、前岡はおそらく単独で行動したであろう。この葉書を書いたのも彼がひとりで居たときだ。午後五時ごろ天王寺局区内で投函したとすれば、その直後彼はいずこかで杉村と再び出遇った。そしていっしょに飯を食ったに違いない。

この夕食は、解剖の際前岡の胃から出てきた、あまり上等でない中華料理であった。そうすると、二人は高級な料理店で飯を食ったのではなく、大衆食堂のようなところで食べたことになる。

それにしても、杉村は三月十二日の朝東京を出て以来、なぜに自宅にも連絡せず、居場所も隠して潜伏しているのだろうか。もしかすると、彼は前岡を呼んで殺す機会を待っていたのかもしれない。

神野は、この葉書を書くとき、数時間後の自分の運命を知らなかった前岡に哀れをおぼえてきた。

それにしても、前岡のこの葉書は四月十八日付となっている。十八日の投函なら、おそくとも二日後には前岡夫人の手もとに届いているはずだった。そうすると、二十日から二十一日には夫人はすでに夫からの便りを手にしていたわけだ。それなのに、彼女はあれほど神野と電話で話していたのに一言もそれにはふれなかった。なぜ、自分に言わなかったのであろう。

夫が死んだ現在になって、彼女はその葉書を警察に見せにきた。これはどういうことだろう——。

「それはね」と、今泉警部は神野の質問に答えた。「ぼくも変に思って奥さんにきいたんだ。すると、奥さんの説明では、それを警察に見せる前、生駒氏のところに持って行ったというんですよ」

「なに、生駒さんのところに？」

「そうなんです。すると、生駒さんは、これをいま警察に出したら面倒だから、しばらく黙っていたほうがいいと言ったそうです」

「生駒氏が、そんなことを言ったのですか？」

神野は、その葉書を警察に報《し》らせるのを止めた生駒の気持ちを考えた。おそらく、それには杉村のことが書かれてあるので、警察に知られたくなかったのだろう。生駒は三月十二日の晩に杉村、前岡と大阪付近で会合した形跡がある。以来、杉村は姿をかくしたのだが、それも生駒にはわかっていたのではあるまいか。もう少し積極的にいえば、三人は互いに関連があって、杉村の潜伏は生駒も前岡も了解済みではなかっただろうか。だから前岡が今回杉村に遇うため、こっそり大阪に出かけて行ったのだ。

こう考えるなら、生駒としては前岡が杉村に今度遇った事実を警察に知られたくないというのはありうることだと思った。

今泉警部は、生駒が前岡夫人に葉書のことを秘密にさせた理由についてどう考えているかわからないが、神野は、これはたいへんなことになったと思った。生駒は東京に居る。わざわざ電話でホテルから自宅に帰ったことまで報らせたのは、自分はちゃんと東京に居るというのを警視庁に確認させたかったのである。神野にはなんだか、生駒が今回の前岡、杉村の会談を取り計らったような気がしてきた。

そういえば、前に杉村も前岡も生駒とはなんの連絡もないと言っていたが、あれは生駒を含めた三人の申合わせだったのだ。……

そこに刑事につき添われた前岡夫人が顔にハンカチを当てながら戻ってきた。亡夫の遺品を確認して戻ったのである。

「奥さんは、たしかに亡くなられたご主人のものに違いないと証言されました」

と、つき添いの刑事は今泉に報告した。夫人はただ泣いている。

今泉が刑事を去らせ、夫人の泣きやむのを待って、遺品が前岡氏のものに間違いないという確認を直接彼女の口から取った。

「ところで、奥さん」

と、神野は夫人に向かって口を開いた。

「このご主人の葉書を受け取られたのは何日ですか？」

神野は前岡の奥さんにたずねた。

「はい、それは四月二十日の午後です」

奥さんは涙を溜めた眼で答えた。やはり大阪で投函して二日後に配達されている。

「この葉書を読まれたとき、どうしてわれわれよりも先に生駒さんに知らせるお気持ちになられたんですか？」

「杉村さんのことが書いてあるので、やはり生駒社長さんにお見せしたほうがいいと思ったからです」

　夫人はうつむいて言った。

「しかし、杉村さんのことは、われわれも杉村夫人から頼みをうけて一生懸命捜しているのです。それをどうして先に言って下さらなかったのでしょうな？」

「前岡も杉村さんも生駒社長とは以前の関係がありますから、社長に相談したほうがいいと思いまして……」

「杉村さんの奥さんには、このことを知らしてないのですか？」

「いいえ、この葉書のことは生駒社長から杉村の奥さんに、電話で言ってあるそうです」

「なるほど」

　それで神野は初めて思い当たった。なんだか最近の杉村夫人は以前のように主人の行方をあまり心配しなくなったと思っていたが、そういうことがあったのか。その前までは、早く主人を捜し出してほしいと、むしろ積極的に杉村夫人のほうから電話をかけてきたものだが、近ごろは、こちらから電話をしても、あまりはかばかしい返事をしなくなった。すると、生駒は杉村夫人にも、あまり警察に騒ぎ立てないほうがいい、この葉書のように前岡氏は大阪でご主人に遇《あ》っているから安心なさい、とでも言ったのかもしれぬ。

「この葉書はあなたが生駒さんに持って行って見せたのですか、それとも電話で言ったのですか？」

「いいえ、わたくしが社長さんのところに持って行ってお見せしました」

「生駒さんは、そのときなんと言っていました？」

「前岡君は杉村君と大阪で遇って話したんだなと、つぶやいていました」

「そのとき生駒さんの表情は非常に意外そうでしたか？　つまり、びっくりしていなかったですか？」

「いいえ、それほどでもありませんでした」

やはり生駒は前岡、杉村の行動を前から知っていたのだ。あるいは、その話合いをするように、彼から二人に指示していたのかもわからない。

「そうすると、生駒さんもご主人も、イコマ倒産後ずっと電話か何かで連絡はあったわけですね？」

「はい、ときどき……」

夫人は途切れがちに答えた。前にいっさい連絡はしていないと前岡が言った手前を考えてのことだろう。神野はいった。

「わかりました。ついては、われわれとしても杉村さんに至急出てもらわなければなりません。別にご主人を殺した犯人が杉村さんというのではなく、なにしろ大阪でご主人に最後に遇ったのが杉村さんですから、これはぜひ参考人として様子を聞かなければなりません。奥さんは杉村さんがどこに居るか全くご存じないですか？」

前岡夫人は、赤く腫《は》れた瞼《まぶた》を伏せた。

「それは全く存じません。そのことは誓って申しあげられます。生駒社長にもこの葉書をお見せしたときにきいたのですが、社長さんはご存じないとおっしゃっていました」

と、小さな声で言った。それは真実の答えのようであった。おそらく嘘は言っていないだろう。ただし、生駒の言葉がそのとおりかどうかは別だ。

「刑事さん」

と、前岡夫人は眼を開いて神野を見、それから今泉、塚田、そして、この署の捜査主任という順に視線を忙しく移した。

「杉村さんが主人をこんなふうにしたのでしょうか？」

だれもすぐには返事をしなかった。神野が、そうとは限りませんよ、と言おうとしたとき、この署の捜査主任がそれに答えた。

「奥さんはどう思われます？」

冷酷な質問だった。だが、捜査主任の気持ちはわからないではない。彼は、この反問によって前岡夫人がどう答えるか、その答えのなかから手がかりをつかもうという意図であった。

「……わたくしには、杉村さんが主人をこんなふうにしたとは思われません」

しばらく考えたのち、奥さんはまた弱い声で言った。傍の者からみると、それは礼儀上一応杉村に遠慮しているようにみえる。あるいは、この場の雰囲気からして滅多なことは言えないという要心にもとれた。

「奥さん」

と、捜査主任はひと膝《ひざ》乗り出した。

「この際のことですから、なんでもおっしゃって下さい。あなたのおっしゃったことは絶対に、当人はもとより、だれにも話しません。われわれは、できるだけ早く犯人をつかまえ、ご主人の霊を慰めて差し上げたいのです。そのためには多少無遠慮な想像になっても仕方がありません。結局は真犯人を捕えるためですからね。ほんとにあなたは杉村さんが怪しくないと思われているんですか？」

「………」

夫人はまた沈黙した。警察の一同は、その表情の動きを包むような視線で囲んでいる。前岡夫人は唇を小さく震わせ、声が出るのを抑えているようにみえた。

しかし、神野は、奥さんが何か打ち明けたいことがあって抑えているのではなく、結局何も言うことが無いのだと思った。果して夫人の返事は、そのとおりであった。今泉警部や捜査主任は失望を見せた。

「それでは、奥さんに伺いますが」

と、塚田が初めて口をきいた。

「奥さんはご主人が、この大阪の近くで、何かひとにはあまり言いたくないような場所に、ときどきおいでになったことをご存じないですか。いや、ぼくが言うのは婦人関係といったようなものではなく、事業上どうしても人目を避けて役員だけで会合しなければならない、そういう場所が大阪にあったとはお考えになりませんか？」

夫人は首を振った。

「さあ、わたくしには心当たりが全然ございませんけど……。でも、主人がイコマにおりましたときは、大阪に出張することはときどきございました」

「しかし、ご主人が北陸の温泉に行くといわれて、実は大阪にこられているのですが、それをどんなふうにお考えですか？」

と、捜査本部の主任はきいた。

「ただ予定の変更だと思います」

夫人はハンカチを片手に握って答えた。

「しかし、こうしてちゃんと杉村さんと十八日に遇っていらっしゃるんですからね、ご主人には北陸の温泉に行くつもりはなかったと思わなければなりません。これをどういうふうにお考えですか？」

「さあ。主人に何かの都合があってのことでしょう」

奥さんには、それ以上のことは答えられないようであった。事実、前岡の行動はわかってないのだ。前岡が妻に秘密にしていたことがこれでわかる。

ここで前岡夫人は、主人の遺体を荼毘《だび》に付すため大阪に戻ることになった。東京からも親戚《しんせき》が来ているという。

「奥さん、どうか元気になって下さい。犯人は必ずぼくらの手で挙げてご主人の霊をお慰めしますから」

と、神野はうつむいている彼女をドアの外にていねいに見送った。

夕刻、王塚古墳の濠《ほり》をさらっていた一隊が戻ってきた。

「靴は発見できませんでした」

と、指揮者が主任に報告した。

「現場は水の下に柔らかい泥や草が溜《たま》っているので、捜索には非常に難渋しました。今日一日だけでは十分とはいえませんが、いまのところ、靴が落ちている可能性は少ないと考えられます。ただし、十分な捜索をやろうと思えば、あと二日間くらいはかかると思います」

主任は渋い顔をして、とにかく、あと二日間やってみようと、今泉警部とも相談して決めた。

「神野さん、これからどうしますか？」

今泉警部がきいた。

「そうですな、ひとまず東京に戻りたいと思います。こちらの様子を課長や係長に報告して、今後の方針を立てたいと思います」

「そうですか。わたしのほうもさらに調査して、できるだけ刻々捜査の結果を資料にして報告しますよ」

「ぜひ、そうお願いします」

神野と塚田は小さな町の警察署を出た——。

霧の中

杉村が姿を現わしてくるかどうかが、この事件の一つのカギであった。

前岡が殺されたことは、大阪はもとより、東京の新聞にも大きく出ている。杉村が関西にいるなら、彼はその新聞を読んで必ず出てこなければならないはずだった。警察なり自宅なりに連絡するか、本人が直接姿を見せるかせねばならなかった。

警視庁に夜おそく戻った神野は、そこで彼を待っていた係長の河合に大阪の事情を詳しく報告したあと、いちばんに杉村のことをきいた。

「杉村の奥さんからは、主人についてはまだなんとも言ってこないよ」

河合係長は答えた。

「こちらでは前岡氏が殺されて以来ずっと毎日のように電話をしているんだがね、奥さんは半分泣き声で、何も連絡がこないというんだ」

「ぼくが帰るまで、大阪のほうもその様子はありませんでしたね。あるいは、東京に戻る間、その報《し》らせがこっちに来ているのではないかと半分は期待をかけていましたが」

神野は言った。

「いや、何も言ってこないね」

「生駒さんのほうはどうでしょう？」

「それも君が出発してから電話で問い合わせてみた。生駒も杉村のことは全然知らないと言っていたよ。もっとも、前岡が殺されたことにはびっくりしていたようだがね」

河合は、神野から前岡夫人が持ってきた葉書のことを聞いたあとなので、

「葉書の一件といい、生駒は何かを知っているね。案外、杉村の現所在地も彼だけにはわかっているんじゃないかな」

「そうですね。葉書を警視庁に見せるなと、生駒は前岡夫人に言っていますから、彼は必ず杉村の居場所を知っていたと思いますよ。前岡が杉村に遇《あ》いに大阪に行くこともね……。しかし、現在、杉村がどこに居るかということは生駒も実際は知らないかもわかりませんね」

神野は意見を言った。

「というと？」

「つまり、こうです……前岡が杉村に遇いに行くまでは生駒も杉村の居場所がわかっていたと思います。それでなければ前岡だけが杉村の居場所を知っているとは思えませんからね。あれはやはり生駒の指示があったのかもしれません。彼は一応知らないと言っ

ているけれど、知らないはずはないですね」

「ぼくもそう思う。生駒は全部知ってるね」

と、係長は眼を閉じて腕を組んだ。

しかし、生駒に正面から当たっても、彼が正直に言うはずはなかった。といって、いま強制的に身柄を引致して取り調べるわけにはいかない。現在のところ、彼について具体的な容疑は何一つ無かった。

「それでも、一応、生駒に聞くだけは聞いたほうがいいですね」

「それはひとまずやってみる必要はある」

と、河合はつむった眼を開けて言った。

翌朝、神野が出勤すると、河合係長はすぐに彼を呼んだ。

「今日一日待って、大阪のほうから杉村の所在に手がかりが無いという報告があれば、いっそ杉村を重要参考人として全国に指名手配したほうがいいだろう」

「そうですな。それはもうやむを得ないところにきていると思います」

神野も仕方がないと思った。殺された前岡が最後に出遇ったのが杉村ということになっているし、当の杉村はどこに姿を消したか全然わからない。王塚古墳の殺人事件は杉村も新聞で読んでいるに違いないのだ。それが出頭しないところをみると、まず被疑者と考えていい。

「新聞にも出させよう、今度は行方不明としてではなく、殺人容疑としての公開捜査だ」

「それも仕方がないでしょう」

ここまでくると、も早、杉村の所在突止めに絞るほかはなかった。

「で、君は生駒のところに今日でも行ってみるかね？」

「そうしましょう。あの前岡からの葉書を警察に報らせるなと前岡夫人を止めたことでも、彼の言い分を聞いておく必要があります」

神野は塚田といっしょに生駒の家に向かった。

居留守でも使われるかと思ったら、取次ぎの女中はすぐに彼らを応接間に通した。いかにも金持ちらしく飾り立てた部屋だったが、会社を倒産させた前社長の家だと思うと、その立派な調度のあたりに空虚な雰囲気が漂っているようにみえる。

女中が紅茶を運んだあと、すぐに当の生駒が現われた。この季節に合った、さっぱりとした和服で、血色もよかった。前にホテルで遇ったときよりも少し肥えたようにみえる。

「やあ、いらっしゃい」

生駒は刑事二人に愛想よく言って、腰かけた。それから、神野の顔を見て、

「前岡君がなんとも、えらいことになりましたね。新聞を見てびっくりしたんですが」

といったが、刑事たちから見て、それほど彼はおどろいているとも思えなかった。

「全くお気の毒なことになりました。……生駒さんは、それを新聞ではじめてお知りになったんですか？」

　神野はきいた。

「え、そう。……いや、その前に、前岡君の奥さんから、電話をもらいましたよ。大阪の警察から電話で通知があったので、これから大阪へ行くという話でした」

　生駒は、ちょっと言い直した。

「あ、そうですか。……わたしも、大阪で前岡の奥さんにお遇いしましたよ」

「あなたも大阪にいたんですか？」

「事件発生の知らせで、すぐ大阪に行ったんです。そのときに前岡夫人が遺体引きとりにきていたので会って話したんですが、なんだそうですね。前岡さんは事件前、大阪から奥さんあてに葉書を出しているんですね？」

　神野は核心の質問にはいった。

　神野が、前岡の葉書のことにふれると、さすがに生駒は少し困ったような顔をした。

「いや、あれはですな」

　と、生駒は弁解した。

「ぼくも実はあれを読んでおどろいたんです。まさか前岡君が大阪に行って杉村君に遇うとは思っていませんでしたからね。だいいち、ぼくは前岡君がその旅行に出ることさえ知らなかったんですよ。奥さんからこんな葉書が来たと電話で言ってきたので、とにかくそれを見せてくれと言ったら、奥さんがここにやって来たんです。それで、ぼくは、あなたがたの前だが、とっさに判断をした。杉村君はいま警視庁から捜索願によって捜されている。彼が身をひそめたのは何かの事情があるに違いない。いまここでこの葉書をうっかり警視庁に持参したら、杉村君がどんな誤解を警察から受けるかわからない。そこで、ぼくはとっさに、この葉書は警視庁の人には見せないほうがいいだろうと奥さんに言ったんです。いまから考えると、少し冷静な判断を失っていたと思いますよ。だが、あのときはぼくの頭の中に、杉村君が警視庁から捜されている、その彼はいま何かの事情で身をかくしている、警視庁に知られたら彼には都合が悪かろう、こういう考えがいっぱいだったんです」

「なるほど」

神野は一応うなずいて、

「ところで、あなたは杉村の奥さんにもこの葉書のことをそっと教えたそうですね。つまり、ご主人は大阪でこうして無事におられると言われたそうじゃありませんか。これはどういうことでしょうか？」

「そんなことは言いませんよ」

と、生駒は言下に答えた。

「しかし、ぼくは大阪で前岡の奥さんにそれを聞いたんですがね。生駒社長は杉村の奥さんにもこの葉書が来たことを教え、ご主人は無事に大阪にいらっしゃるからといって安心させた。しかし、やはり警視庁には言わないほうがいいだろうと忠告なすったということですが……」

「それは何かの間違いでしょう」

と、生駒は前の答えを繰り返した。

「では前岡の奥さんが嘘を言ったんですか?」

「嘘かどうか、そこはわかりませんが、とにかくぼくが言ったことでないことはたしかです。たぶん、前岡の奥さんはぼくの言葉を錯覚して、そんなことを言ってるんじゃないですかね」

杉村の奥さんが失踪《しっそう》した主人のことを前ほど熱心に警視庁に問い合わせてこなくなったのは、ちょうど前岡夫人に夫の葉書が到着した時期と合致する。神野はそう思っているのだが、そのことを生駒に追及するのは不適当だった。

「それじゃ、生駒さんは前岡さんと杉村さんが大阪で遇う予定だったことは全くご存じなかったわけですね?」

「そうです。全然知りません」

「その大阪のことは別として、その前からあなたは、杉村さんと前岡さんとの間でどのような動きがあったか、それは知っておられたんじゃないですか?」

「全然知りません。その後互いに連絡を絶っていますからね」

神野は警視庁に帰って、生駒との会話を河合係長に報告したあと、

「彼は、どうしても、杉村と前岡とには倒産以来連絡がないと言い張るんです」

と、付け加えた。

「それは嘘だろうな？」

係長はきき返した。

「本当とは思えません。しかし、その裏づけもないし、押えどころがないんです」

「生駒は急にホテルを引き払って自宅に帰っているね。あれはどういう理由か、言っていたかね？」

「それもぼくは聞いてみました。彼によると、もうホテル住まいに飽いたというんです。あのとき電話したのも、この前からわれわれが始終来ているので無駄足を踏ませては悪いと思い、自宅に帰ったことを知らせたんだといいました」

「親切なことだ」

と、河合係長は笑った。

「しかし、生駒の挙動はずっと監視しておく必要があるね」

「あると思います。彼が今度どう動くかです」

「生駒は、杉村の奥さんにも前岡の葉書のことを伝えて、警察に知らせるなと口止めしているが、もし、このまま杉村が出てこないとなると、杉村夫人も動揺するわけだな」

「当然、動揺するでしょう。その際、生駒がどう出るかですね」

「注意しておく必要があるよ」

「……それで、まだ大阪のほうからは杉村の消息はわかりませんか？」

「わからないということだった。……そうだ。さっき電話があってね、例の現場の古墳の濠《ほり》だが、やはり靴は発見できなかったと言ってるよ。あすこの捜索は今日でもう打ち切ったそうだ」

「これ以上ていねいに捜しても出てこないでしょうね」

「靴を脱がしたところなどは犯人のほうもキメがこまかい。その靴がどこかで発見できたらな。まさか海の中に放りこんではいないだろうが」

「海までは相当ありますからね。それに、堺《さかい》のほうに出ても、あの辺は遠浅で、投げこむにしては不便です。岸からすぐ深い所でないと……」

「土の中に埋めてるのかもわからないね。その靴に何か前岡が歩いた場所の特徴のある土でもついていると面白いんだが……ね、君。犯人が靴を脱がしたことは、逆に前岡が殺される直前に居たのがそういう特殊な場所だったという推定もできるな」

「できると思います。普通、靴の裏についた土などだったら、犯人もそんなに気をつかわないでしょうから」

二人はしばらく黙った。そして、それぞれ、その場所を想像していた。

「ね、係長。無くなったといえば、例の姫路の盗難車ですが、あれはその後発見の通告はありませんね？」

神野は思いついてきいた。

「いや、その後何も言ってこない。発見さえすれば報告があるはずだがね……」

神野は家に帰って、久しぶりに子供たちといっしょに晩飯を食べた。その晩の夕刊は、杉村が前岡殺しの重要参考人として全国指名手配になったことを報じていた。

神野は寝ながら考えた。杉村はいったいどこにもぐったのであろう。彼が前岡を殺したとは断言できないが、直接犯人でないとしても、彼がそれにかかわり合っていることはたしかである。その動機はなんだろう。

その点がまだ、はっきりとつかめなかった。イコマの倒産に関連があると思われるが、それにしても杉村が大阪方面に隠れている理由、またその杉村に前岡がこっそり遇《あ》いに行った理由などが想像つかなかった。

これは神野だけでなく、河合係長も、その上の捜査一課長も考えあぐんでいるところだ。

ただ、想像されるのは、その背後で生駒社長が或《あ》る種の連絡を両人と取っていたらしいことである。イコマの倒産前の事情から考えて、三人の役員の取得した金銭事情が絡んでいるとは考えられるが、具体的なことはわからぬ。もっとも、それさえつかめると、杉村の潜伏と前岡殺しの理由がはっきりしてくる。

大阪に潜伏中の杉村は前岡を東京からおびき寄せたのだろうか。事件の経過を考えると、どうもそんな気がする。前岡がそれに乗って、のこのこと大阪に行ったのは、それだけ彼に有利な何かがあったわけだ。その前岡が家族にも北陸地方に行くといったのは、杉村の誘いがよほど彼にとって秘密だったことがわかる。

この点も捜査会議では議論が尽くされた。いろいろ意見は出たが、結局、各自が推定の域を出なかった。いっそ生駒前社長を取り調べたらという強硬意見も吐かれたが、現在の段階ではもう少し傍証が固まってからということに落ちついた。それというのも生駒の様子に逃亡のおそれがないと見えたからである。もちろん、この程度では生駒を留置するわけにはいかない。

考えてみると、生駒自体には何一つ今度の前岡殺しに関連した不審の点はない。前岡が殺害された時刻にはちゃんとアリバイがある。

これについて塚田刑事が近所の人にこっそり当たってみたところ、いずれも十七日と十八日の午前八時ごろ生駒の散歩姿を見たと言った。ことに十七日は午後六時ごろ、生駒は注射をしてもらいたいと言ってかかりつけの医者を呼んでいる。これもはっきりしていた。

これでは生駒が十七日の夜中に大阪の現場に立つことは絶対にあり得ない。アリバイは完全であった。

捜査会議では、生駒が杉村を教唆して前岡を大阪に誘い、彼をして殺させたのではないかという想像説も出たが、では、それはどういう理由によるのか、その点にくると詰まった。

そこで、絞られてくるのが、杉村がなぜ、大阪に潜伏しているかの理由であった。

なぜ、彼だけが大阪に居残っていなければならないのか。そして前岡がなぜ一か月以上も経ってからその杉村に遇いに行かなければならなかったのか。

——蒲団《ふとん》の中に横たわっている神野は、今日の捜査会議の模様を思い出し、また自分なりの思索に耽《ふけ》っていた。ときには、それが空想に走ったりする。

神野は、どうも考えがまとまらないうちに睡《ねむ》った。

翌朝、神野は、つい寝すごしたので、あわてて起きて髯《ひげ》を剃《そ》った。無心に鏡にむかって顎《あご》を上げ、髯を剃ってゆく。

その無心の状態のせいか、ふと、彼は杉村が大阪に潜伏している理由に思い当たった。

イコマの前役員三人は、会社の倒産前に相当社の資産を横領している。その横領資産は、ある時期が来るまで、つまり、ほとぼりが冷めるまで、世間の眼から隠匿しておくほうが安全だ。その隠匿場所が、大阪ではなかろうか。だから、杉村が三月十二日以来ずっと大阪に滞在しているのではないか——。

神野には、その思いつきがだんだん本当らしく思えてきた。

学校に行く子供たちが騒いで家を出た後、神野は黙々と飯を食う。しかし、頭の中は自分の発見でいっぱいであった。

——連中三人は三月十二日に大阪で会合している。これはほとんど決定的な事実とみていい。このときに三人は、その横領資産の処分を決定し、どういうかたちだかわからないが、とにかく大阪にそれを隠匿することになった。東京だと人の眼がうるさい。そして経理担当だった杉村が、その管理のために「駐在」となる。こう解釈するなら、きわめてスムーズに解決がつくではないか。

神野は、本庁に出たら、このことをすぐ上司に伝えてみようと思った。大急ぎで支度をし、バスの停留所に歩いた。一台出たばかりなので、あと五分の待ち合わせである。

神野はぼんやりと立った。さっき髯を剃るときに思いついた考えが、次第に明確な姿で固まってくる。

だが、バスがきて、満員の吊《つ》り革《かわ》にぶら下がっているうちに、ふと、その考えの弱点につき当たった。

しかし、杉村がずっと大阪に駐留している必要がどこにあろうか、という疑問である。隠匿資産は現金かもしれない。あるいは、他人名義か架空名義の預金かもしれない。または不動産かもしれぬ。が、いずれにしても、それはたしかな機関に正式に預けられているであろう。

もし、三人が略取した会社の資産を現金でトランクに詰め、そのトランクを家の床下に埋めているなら、話は別である。それだったら、その家に杉村が頑張っていることもありうる。しかし、元大会社の経営者だった連中のすることである。そんな原始的な、素朴な隠匿の仕方ではあるまい。それに、いくら杉村だって、大阪に長期間頑張っていることもできないはずだ。それには限度がある。

こうなると杉村「駐在員」説も崩れそうになってきた。

神野は出勤して、今朝から思いついた推測を河合係長に述べた。

「なるほど、それはいいところに気がついた」

と、河合もその意見に賛成した。

「三人が共謀して倒産前の会社から資産を横領していることは、もうほとんど間違いないのだから、その隠匿資産を東京でない別な土地に移すことは考えられるね。なるほど、その線から杉村の大阪駐在を考えるのは面白い」

「しかし、河合さん。なぜ、杉村がずっと大阪に駐留していなければならないのか、その点がまだぼくにはよくわからないんですよ。金庫の番人ならともかく、隠匿方法は、そんな原始的なものではないと思われますからね。別に杉村が大阪に秘密裏に逗留している理由はないと思うんですが」

神野は、自分で考えた理論の矛盾を自分で指摘した。

「それもそうだが、大体の筋はなかなか合理的だ。その線からすると、前岡が今回杉村にこっそり遇いに大阪へ行った謎も解けるからね。とにかく、ほかの者は君の考えをどう思うか、みんな集まってもらって話を聞こう」

と、河合はすぐに捜査会議を開いた。

会議の席でも神野の着想は多くの者に支持された。ただ、杉村が大阪に「常駐」している理由については、みなはあまり多くの疑問を持たなかった。むしろ逆に、それだからこそ大阪地方に彼らの隠匿資産が存在するという意見になった。

では、どこにその金があるのか、これは杉村の潜伏場所とともに、いちばん肝心なことだ。

その隠匿資産がどのようなかたちになっているのか。それを知ることが同時に杉村の潜伏場所を知ることである。また、杉村の居場所を捜すことが同時に隠匿資産の存在場所を知ることである。この二つのアプローチは互いに交差した関係になっている。

「大阪のほうから、何か新しい情報を言ってきましたか?」

神野は河合にきいた。

「大阪府警では、その後前岡殺しにほとんど手がかりが見つからないと言ってきた。目下、重点を天王寺駅付近一帯の捜査と、王塚古墳のある古市を中心とした聞きこみに置いているらしい。前岡の死体が第一現場からそこに運ばれたとなると、その運搬は車だろうが、その車についても、十七日の晩に目撃した者はないかと調べているようだ。しかし、目下のところ、何も出てこない」

大阪府警からの連絡によると、現在のところ、前岡の死体を運んだと思われるタクシー、ハイヤー、トラックなど営業車はまだあがってこないということだった。また、前岡が最後に立ち寄ったと思われる中華料理店も発見できないということであった。

要するに、大阪の捜査本部は五里霧中というところらしい。

捜査会議の結果は、大阪府警と緊密な連絡をとって専心杉村の行方を追及すること、隠匿資産の在所《ありか》を調査することにあらためて確認がなされた。もっとも、この二つのうち一つだけとっても、なまやさしい捜査ではなさそうだった。

捜査会議が終わって神野が席に戻ると、机の上に受付からのメモが置いてあった。

「神岡幸平氏と鈴木寅次郎氏とが面会に来ています。会議が済むのを待つと言っています」

例の下請け五人組の二人だ。新聞で前岡が殺されたと知って事情を聞きにやって来たに違いない。神野は彼らがもっと早く連絡してくるかと思ったが、思ったより現われるのが遅かった。

玄関に出てみると、神岡と鈴木はホールの片隅にぼんやりと立っていた。神野の顔を見て二人は急に動き、ならんで歩き寄ってきた。

「どうもお待たせしました」

神野が言うと、

「会議だったそうですね。やはり前岡殺しの事件でしょうが、どうです、犯人はわかりましたか?」

神岡幸平が先に口を切った。

「いや、まだです」

神野はちょっとあたりを見て、ま、とにかくおはいり下さい、と二人を誘った。

部屋の中でも、二人の男は少々興奮していた。

「前岡が殺されたと新聞で見たとき、ぼくらはすぐに、これは生駒がやったことだなと思いましたよ」

神岡幸平が言うと、横で鈴木がうなずいた。

「ほう。何か、そんな証拠がありますか？」

「証拠ですって？　そんなものはありませんが、いろいろな状況からみて生駒しか考えられません」

「状況とおっしゃると？」

「生駒、前岡、杉村は同じ穴のムジナです。あの三人が示し合わせて、イコマ電器が倒産必至となったとき、いち早く財産を横領したんですよ。そのあと三人が分配して金を隠したに違いないんですが、そのあとで、三人の間に仲間割れがきたと思いますね」

「なるほど」

「生駒社長はその首謀者ですから、当然、彼がいちばん多く金を取ったでしょう。彼はワンマンだし、それは当然です。ところが、杉村と前岡とはその残りをほとんど同額に分けて取ったと思うんです。このへんからトラブルが起こったと思います。つまり、杉村にしても、前岡にしても、おれたちの分け前はあまりに少ない、生駒があまりに取りすぎている、もう少し彼から吐き出させようということになったんじゃないですか」

「たいへん面白いお話ですが、それだけの想像ではなんとも手が下せませんね」

「しかし、われわれのような素人でもそう考えるのが自然と思いますから、警視庁では生駒を引っぱってみてはどうですか。奴に泥を吐かせるんです」

「しかし、神岡さん。生駒さんは、前岡さんが大阪で殺された日には、ちゃんと東京に居ましたよ」

「え、それは本当ですか？」

と、いままで黙っていた鈴木寅次郎が口を尖《とが》らした。

「刑事さん、生駒が東京に居たのは本当ですか？　そのアリバイをあんたは本当に調べたんですか？」

神野刑事は、神岡幸平と鈴木寅次郎を帰したあと、考えこんだ。

神岡も鈴木も、前岡を殺したのは生駒だと言っている。もとより、それは彼らの想像だ。

神野は二人に言った。たとえ前岡殺しの動機がそうだとしても、少々理屈が合わないではないか。会社から横領した金は、すでに三人が処分している。だから、前岡を殺しても彼がすでに処理したものを横領するわけにはゆくまい。まだ分け前が決定しない前ならともかく、いまさら、そんなことを企《たくら》んでも不可能になっている。

それに、何より肝心なことは、前岡が殺されたと思われる時間には生駒は東京に居た。これははっきりとしたアリバイがある。生駒を目撃した第三者の証言もかなりある。

神野のその言葉を聞いて、二人はがっかりした表情ですごすごと引き取って行ったのだが、まだ諦《あきら》めきれないとみえ、帰るときにも、神岡幸平は、

(どうも生駒が怪しい。生駒しかいませんよ。証拠なんかにこだわらないで、思いきっ

て生駒を引っぱるに限りますよ）

と、ぶつぶつ呟《つぶや》いていた。

しかし、神野が考えこんだのは二人が言った言葉である。自分はあの二人に、すでにイコマ電器倒産前に横領した金は三人で処分が終わっていると言ったが、果たしてそうだろうか。その確証は無い。もし、それが未処理だとすればどうなるか。

すなわち、神岡と鈴木が言った理由が、今度の前岡殺しの動機として成立するのではないか。つまり、前岡が消されると、生駒と杉村とでその隠匿資産の再分配が行なわれる。前岡の分だけ二人の取得分が増加するのだ。生駒が最も多く分け前を取っているには違いないが、それでも、三つに分割された隠匿資産は三分の一が二分の一となる。

神野もここに思いいたって、はっとした。もし、そうだとすれば、杉村が大阪に三月十二日以来姿を隠して駐在していることも、その理由が解けるではないか。すでに隠匿資産の処分が決定したあとなら、なにも杉村が大阪に居ることはない。彼がそこに居るのは、まだ分割の行なわれてない以前の隠匿資産の全部が、そのまま隠されているからではないか。

三月十二日からほぼひと月以上経って前岡が杉村に遇《あ》いに行ったのは、はじめてその分割の決定や実行を話し合うためだったと解しよう。そうすれば、前岡の大阪行きの行動がわかりやすい。また、杉村が前岡を消すことによって生駒と自分だけの分配にしようと企んだことも、殺人事件の動機としては無理なく解釈できる。

さらに杉村の背後にそれを指図する生駒を置けば、ことはもっと、スムーズに解けるのではなかろうか——。

第二の殺人

正午になった。

神野刑事は、庁内の食堂で昼飯をすますと戸外に出た。五月がそこに来ている。庁舎の裏の広場では、機動隊員がメーデーのデモに備える練習をしていた。

雲一つない。

すぐ前が皇居の石垣で、清掃の人夫が石垣の上の斜面に散っていた。天気がいいので、濠端《ほりばた》沿いには近くの官庁の人たちがぶらぶら歩いていた。

神野も電車通りを越えて濠の端に立った。右手を見ると、皇居の松越しにビルが頭をならべていた。東京ではここがいちばん美しい風景ではないかと神野は思う。

濠は水が澄み、明るい太陽の光をその底までたっぷりと吸いこんでいるようであった。同じ濠の水にしてもずいぶんと違うな、と神野は思った。彼が思い出しているのは、河内古市の王塚古墳のそれである。濁った水の上に水草や藻が浮いていた。あんな所で前岡の靴を捜したわけだが、たいへんだったろうな、と思う。彼の眼には、まだ、羽曳野署の前で小さな舟や鉤《かぎ》のついた棒や網などを積んだ警察のトラックが残っている。

地方から来たらしい中年の夫婦が、彼の前に寄ってきて、日比谷《ひびや》公園はどう行くのかときいた。わざわざ中折帽子をとっている。近ごろ、帽子をかぶっている人は珍しいし、それをすっかりとって訊《き》くのも、めったに見ない律義さだった。

神野はそろそろ引き返そうと思って、本庁の玄関に歩きかけた。なんとなく帽子のことを思った。

岡山県の旭川ダム沿いに車で湯原温泉に向かった生駒も中折帽子をかぶっていた、ということを思い出していたのだ。現地の加美署からきた報告にそう書いてあった。タクシーが夜のダムのすぐ傍で故障を起こし、部落の人に助けてもらった。乗っていた男客が生駒である。目撃者は彼が茶色のソフトをかぶっていたといっている。

神野は日向《ひなた》から陰にはいったとき、何かに向かって眼をむいた。

(水。——)

神野は部屋に戻ると、岡山県加美署から来ている報告書をとり出して読み返してみた。三月十三日午後八時ごろ、岡山から湯原温泉に通じる旭川ダム沿いで、乗用車が道からはずれて斜面に突っ込んだ。事故というほどではない。

これを現地に行って調べたのは加美署の伊東という刑事である。報告書は、伊東刑事が行方不明になった杉村の手配書を見てその事故を調査し、こちらに通知したものだった。その車には、ソフトをかぶった六十年配の男と、二十二、三くらいの、ネッカチーフにサングラスの女とが乗っていた。このソフトの男が生駒だったことは、あとで生駒自身も認めている。

ところで、その道路下に落ちた車は、村の者が四、五人で斜面から道路に押し上げた。運転手が近くにいる粂次という男に手伝いを頼みに来たのが最初だという。伊東刑事の報告書は、その粂次の話が主となっていた。

――伊東刑事が現場を見に行ったとき、現場の草は倒れ、その自動車が危うく水中に突っ込む手前のところで停まっていた跡を示していた。

中に乗っていた男客、つまり生駒だが、彼は村人に礼を言って、二、三千円を無理に粂次の手に握らして立ち去った。もとより車の詳しい知識のない村民は、その車の特徴を正確には言えなかったが、とにかく中型の黒塗りだったことと、白ナンバーが「姫路」となっていたことを報告した。そこから車が、姫路の盗難車であることがわかったのである。

報告書の要領は、大体、このようなものだった。

神野は報告書の上に肘《ひじ》を突き、煙草を吸いながらぼんやり考えた。顎《あご》を手で支えて煙を吐く。

現実には、一台の乗用車が盗まれて未発見のままでいる。

その車が旭川ダムの岸で事故を起こしている。そして、生駒と、正体不明の女性とを湯原温泉に送りつけたままで行方不明になっている。

神野は、いま、この二つの現象をつなごうとしていた。

神野は一時間ばかりも椅子から動かなかった。ほかに書かねばならない事件の書類もあるが、そのままに中止している。そうしてなんとなく一つの結合した形にまとめていた。しかし、この着眼を河合係長のところに言いに行くには、まだ躊躇《ちゅうちょ》があった。自分の考えが少し奇抜と思われそうだからである。

翌朝十時ごろには、神野刑事と塚田刑事とは岡山駅に降りていた。

二人は、生駒と伴《つれ》の女とが食事をしたと思われる駅前の食堂を眼で捜した。三軒ほど大体同じような大きさのがある。もちろん、いまからそこにはいって生駒らのことを聞きこむ必要はなかったし、聞いてもわからないに違いなかった。

「とうとう、ここまでやって来ましたね」

と、塚田刑事が感慨深そうに神野に言った。

「ああ、ついに来たな」

と、神野も駅前に立ってあたりを見まわしながら応《こた》えた。

「しかし、神野さんの着眼点を聞いたら、ぼくも奮《ふる》い起《た》ってきましたよ」

「君はそう言うが、ぼくにも正直なところ、思いつきだけで自信がないんだ。それで、河合さんに話す前はずいぶん迷ったよ」

「話されてよかったと思います。河合さんは、ときどきはがゆいくらい慎重なことがありますが、今度はよく思い切ってくれたと思います」

「ぼくも責任を感じるよ。せっかくここまで来て、なんのおみやげもなしに帰るんじゃつらいからね」

「いや、ぼくはきっと何か収穫があると思います」

塚田のほうが張り切っていた。

二人は、そこにならんでいるタクシーのうちから、なるべく年配の運転手の車を求めた。

「落合まで行ってほしいんだが」

窓にのぞきこんで言うと、三十すぎぐらいの運転手が大きくうなずいて、ドアをあけた。が、神野はまだそこに立っていて、

「ちょっと聞くがね、君はあのへんの道に詳しいの？」

「はあ、あっちにはよく行っていますから」

「あんたは、この土地の人？」

「いいえ、そうじゃありませんが」

運転手は奇妙な顔をした。

「しかし、この近くだろう？」

「津山です」

「じゃ、ちょうどいい」

二人は座席に乗りこんだ。

「立派な道だね」

と、神野は流れる道路を見ながら、運転手に気軽に話しかけた。

「いいえ。この道も津山までは立派ですが、落合方面は福渡からがよくありません」

「なんでも、ダムの傍を通るそうだね？」

「はあ。景色はいいですよ……お客さんは東京のかたですか？」

「ああ、そうだ」

「こっちは初めてですか？」

運転手も二人を気さくな客とみて、気持ちよく話に応じてくれた。

津山街道の広い道は小さな町にはいって、左に別な道と岐《わか》れていた。タクシーの運転手は左にハンドルを切った。

「なるほど、急に道が狭くなるね」

神野は運転手に言った。

「町の中はまだいいんです。これから家の無いところにくると、ちょっと舗装のない道になりますよ」

「田舎にはよくあることだな。君これが福渡の町かね？」

「そうです」

塚田刑事もいっしょに窓の外を見ていた。このへんでは賑《にぎ》やかな町らしく、商店街も整っていた。このとき、急に塚田が神野の肘をついたので彼が眼を外に投げると、警察らしい建物があった。「加美警察署福渡警部派出所」の看板がさがっていた。

神野は、この署に伊東刑事がいることを知っていたが、ひとまずその前を素通りした。すぐに福渡の町の家が切れ、左に湖の端が見えはじめた。

「なるほど、これが旭川ダムだね?」

神野は運転手に話しかけた。

「そうです。これから行くに従って湖面がだんだん広くなってきます」

道は、その湖面沿いにジグザグと走っている。海岸にたとえると、いくつかの岬《はな》を回るようなものだった。向かい側にかなり高い山がそびえていて、そのままの形を水面に深い緑の影となって落としていた。その水の色を見ていた神野がきいた。

「君、この水底はだいぶん深そうだね?」

「ええ。いちばん深いところで二、三十メートルくらいはあるでしょう」

「それは真ん中あたりだろうな。道のすぐ傍はどのくらいだね?」

「さあ、それでも七、八メートルはあるんじゃないですか」

「この道を通る車が事故を起こして湖面に飛びこむようなことはないかね?」

「ときどきあります。いつか、バスが突っこんで大騒ぎをしたことがありますよ」

「そのバスの客は助かったかね?」

「二人ほど死にました。さいわい浅いところだったからよかったんです。岸から少し遠いところだと、車ごと底に沈んでしまうでしょうね」

神野と塚田は顔を見合わせた。

「車が深いところに沈んだら、上からはちょっと見えないかね？」

　と、神野は何気ない調子で運転手にまたきいた。

「さあ、それはどうですかね。この前なんか、その車が飛びこんだのを見た者がありますからね。それで、すぐに引きあげたんですが、飛びこむのが見えなかったら、ちょっとわからないんじゃないですか」

「運転手さん、これから落合に行くまで、道端でいちばん深いところはどのへんだな？」

「ほうぼうにありますが、そうですな、これから二つばかり山の裾《すそ》を曲がったところが、その一つかもわかりませんね……お客さんは、どうしてそんなことをきくんです？」

「いや、運転手さんに気をつけてもらおうと思ってね。こんなところで水の下にお陀仏《だぶつ》とはイヤだからな」

　神野は声を立てて笑った。

「それから石戸部落のバス停で、ちょっと降ろしてもらいたいんだが」

「はい」

　と運転手は答えてから、

「お客さん、その石戸のところも岸からの水深が相当ありますよ」

　と教えた。

「そうかね。君、ふた月くらい前に、そこで乗用車が事故を起こしたという話を聞かないかね？」

「いいえ、聞きませんが」

「そう。それならいいんだ」

例の生駒の乗った車のことは事故ともいえないものだったので、岡山のタクシーの運転手の耳には聞こえてないようだった。

「あすこが石戸ですが――」

と、運転手は一つの岬《はな》を曲がったところで前方を顎《あご》で示した。

そこは道がずっと深く抉《えぐ》られたように入りこんでいて、ふたたび山裾の突端に出るカーブとしてはかなり急なところだった。

「お客さんは落合までおいでになるんじゃなかったんですか」

「ああ。あすこにちょっと用事がある。すまんが、あすこで一時間ばかり待ってくれないか。都合によっては、また岡山に引き返すかもわからないからね」

「承知しました」

その石戸の停留所は、さっき見えた岬《はな》をほとんど直角に曲がったところにあった。家が五、六軒かたまっている。神野はタクシーを停めさせ、塚田刑事といっしょに降りた。

二人の眼は期せずして湖面に投げられた。やはり向こう側の山が濃い緑の影を落としている。全山新緑のはじまるころであった。浅黄色が萌《も》え出している。湖面も空の色を映して真蒼《まっさお》だった。向かい側にダム施設の白い建物が小さく見えた。

とっつきの家の傍の小さな畑で、手拭《てぬぐい》をかぶった中年女が鍬《くわ》を振るっていた。神野が彼女に近づいた。

「このご近所の高村条次さんの家はどこでしょうか？」

手拭をかぶった女は腰を伸ばし、怪訝《けげん》そうに洋服を着た二人づれを眺めた。

「高村はウチじゃがの」

「ああ。じゃ、あなたは条次さんの奥さんですか？」

「へえ」

神野は名刺を出した。ここでは黒表紙の手帳も見せた。

「こういう者ですが、条次さんにちょっとおたずねしたいことがあるんです。いま、おいでになりますか？」

女房は鍬を棄て、駆け出すように家の中にはいった。

「あんた、あんた」

と呼ぶ声が外に立っている二人の耳にも聞こえた。

やがて、頑丈な体格の男が古びた作業服の前を掻《か》き合わせるようにして現われた。

「わしが高村条次じゃけんど、どういうご用かのう？」

「はあ。実は、お宅に前に加美署の伊東刑事が伺ったことがあるでしょう？」

「へえ、おいでなさったけど……」

「それと同じ用件ですよ。どうも、お仕事のお邪魔して済みません」

神野と塚田とは高村条次の案内で、三月十三日の夜八時ごろ、黒塗り中型乗用車が道路から湖面の側に向かって突っこんだ現場に立った。

二人は、その斜面を見まわしたが、もちろん、そこにはすでに夏草といっていいような青草が一面に伸びていた。

「このへんでその車は落ちていましたのう。みんなでここからあの道路まで押し上げたもんじゃ」

条次は説明した。

「それで、草がだいぶん乱れていたといいますが……」

神野がきいた。

「へえ、そうですな。あれだけ車がここをすべって来たのですから、そら、草も倒れますわい。そのうえ、みんなでいっしょに車を動かしたのですから、その足跡だけでもそこらの草がいっぱい倒れていましたの」

「それはまだ寒いときだから、草は短くて枯れていたでしょうね？」

「へえ、黄色《きろ》うに枯れた草ばかりでした」

高村条次は、どうしてそんな質問をするのかと、いぶかしげだった。これは伊東刑事からも受けたことのない質問であった。

「自動車のタイヤの跡はどうでした？」

「それも、われわれが車を押し上げたので滅茶滅茶《めちゃめちゃ》でしたのう。それに、寒いときじゃけに、地面も固《かと》うて、そんなにタイヤの跡もついてなかったのう。せいぜい草が倒れているくらいでの」

「なるほど」

神野はもう一度湖面を見た。

「あなたが家で大きな水音を聞いてここまでくるのに、どのくらい時間がかかりましたか？」

「そうですの、あのときは女房とその水音を聞いたのじゃけど、運転手の人が戸を叩《たた》くまで二十分くらいありましたかの。それから、運転手の報《し》らせで近所の者を起こし、多《おお》勢《ぜい》でここに来たのが三十分くらいだったですのう」

条次は考え考え言った。

「そうすると、その水音が聞こえてから約五十分くらい経って、あなたがたはここにこられたわけですね？」

「そうです」

神野はうなずいて、またもや湖面を眺めた。すでに夏に近い強い光をもった陽は、この人工ダムの上をギラギラ光らしていた。

「高村さん、このへんの水深はどのくらいです？」

「水の深さかの。そうよの。岸のすぐ傍だと一メートルくらいなものかのう。それから急に深《ふこ》うなって、少し向こうに行くと、もう、十メートルくらいになるじゃろの。なんせ、このダムを掘るとき急勾配《きゅうこうばい》で底まで抉っとったけんの」

「前に、この水の底に車が飛びこんで沈んだということはありませんか？　いや、事故ですが……」

「ずっと前に、バスがその先で転落したことはあるが、幸いそこはまだ浅くて、底までは沈まなんだの。それくらいなもんじゃ。あとは、ときどき運転の誤りで飛びこみかけることはあるが、危ないところで助かっとるのう」

「高村さん、このへんに小さな舟を持ってるところはありませんか？」

「舟？　ボートなら、ダムの事務所に行けばあるけんど」

高村粂次から、それだけ話を聞くと、神野と塚田は待たせてあるタクシーで岡山に引き返した。

二人はすぐに岡山県警の捜査課に行って、課長に面会した。

「あなたがたのことは、警視庁の捜査一課長から電話をもらっています」

肥えた捜査課長は、鷹揚《おうよう》な笑みを浮かべて二人の話を聞いてくれた。傍には若い係長もついていた。

「なるほど」

課長は、神野の話が終わると、少しも動じない顔つきで言った。

「そうすると、旭川ダムの、その石戸部落のところに別の車が沈んでいるというわけですね？」

「断定はできませんが、そんな可能性が強いのです。たった今、わたしたちもその現場に行ってみたのですが、湖面から見ただけでは下に沈んでいるものがわからないようです。たいへんお忙しいところをご面倒かけて済みませんが、一度湖底の捜索を願えませんでしょうか」

「あなたがそうおっしゃるなら、われわれも放ってはおけないでしょうな。ね、君」

と、課長は横にいる少し神経質な顔つきの若い係長をかえりみた。

「はあ」

神野の話を課長といっしょに聞いていた係長は、それまで何か問いたくて仕方がないようにうずうずしていたが、発言の機会を得て膝《ひざ》を乗り出した。

「三月十三日の午後八時ごろ、生駒伝治が乗っていた車が運転のミスで道から斜面に落ちたのと、そのダムに別の車が沈没したというのは、どういう関連があるのですか？」

「実は、そこまではよく考えていないのです。ただ、生駒の車がそこに落ちたのは、別な車を一台、ダムの底に転落させた跡を消すためではないかという気がするんです。つまり、生駒の車はわざと転落したというわけです」

「いまおっしゃった、草の乱れた跡というのがそうなんですね？」

「はあ。これはわたしの考えですが、生駒の乗っていた車の前に、もう一台の車が走っていた。その車はある工作でダムの中に落としこまれた。当然、水音がするわけです。あのへんは淋《さび》しいところだが、その水音を聞いてだれが駆けつけてくるかわからない。そこで、生駒の車が水面すれすれに落ちて水音を立てたという工作が必要になったんじゃないかと思います。また、草の乱れたところも、前の車が湖面に落ちていれば、その転落の途中のタイヤの跡が斜面にはっきり残る。これを消すために、あとから生駒の車が斜面に落ちてしまう。そこに多勢の手伝人がくる。車を道路の上にあげるのはかなりな作業ですから、前の車のタイヤの跡を生駒の車のタイヤが消してしまう。道路の上に引きあげるためには滅茶滅茶にタイヤがそのへんを踏みにじってしまいますからね。そのうえ、人間の足跡がさんざん乱れてつくわけです」

「その湖底に沈めたかもしれないという車が、姫路の盗難車ではないかと、こう、おっしゃるわけですね？」

痩《や》せた係長は、神野と塚田の顔を等分に見てきいた。

「理屈からいってつながりがないかもしれませんが、さっきも言ったように、これはぼくのカンです」

神野は答えた。

「そうすると、その車は生駒が沈めたということになるのですか？」

「もし、いま言ったような想像が当たっていれば、その可能性は十分に考えられます」

「これまでのところでは、生駒と女の乗っていた車は姫路の盗難車だった。つまり、その車は盗んだ奴が岡山でヤミタクに早変わりをして生駒を誘って乗せたことになっている。そして、その車は湯原温泉の宿まで生駒たちを送りつけたあと、どこに行ったかわからないことになってますね。そうすると、盗難車は、ダムの湖底には沈んでいないことになりますが……」

「しかし、そのヤミタクが盗難車だという証明はどこにもないわけですね」と神野は言った。「ただ、その車が姫路で盗難に遇《あ》ったのと同じ型、同じ色というだけでしょう。車両番号などは姫路の白ナンバーということだけで、だれも見ていません。石戸部落の人たちも、生駒の泊まった宿でも、その番号まで確認してないのです。だから、そのヤミタクが姫路の盗難車と断定できないわけです」

「なるほど。それでダムの水底に没したのが、その盗難車だというわけですね。そうすると、その沈められた車の中には人が乗っていたのですか?」

この質問ははなはだ重大であった。神野も返事をためらっていた。

肥えた捜査課長も神野の顔を見ている。

「わたしは人が乗っていたとも乗っていなかったとも予想できないのです」

と、神野は答えた。

「そうすると、空車ですか?」

「もし、第三者が工作をして水底に沈めたとなれば、必ずしも運転手を必要としないでしょう。少し離れたところから車を走らせ、運転手だけ途中で飛び降りる。車はその勢いで湖岸からかなり遠い水面に飛びこむ。そこは水が深い。こうすればいいわけですからね」

「その車の座席には人が乗ってなかったのですか?」

「そこのところがぼくにはよくわからないんです。乗っていたかもしれない。また、そうでなかったかもわかりません。これは水底を捜索して、もし車が沈んでいれば、それを引きあげてみるまではわからないと思います」

「しかし、盗難車をなんの必要があって水底に沈めるのでしょう。いや、それよりも、なぜ、その車を姫路で生駒が盗まなければならなかったか、そのへんの説明がどうもわかりませんね」

「ぼくもわからないんです。はっきり言えることは、あの水底に車が一台沈んでいるという予想だけです。なぜ、そうなったか、どのような経過でその車がそこまで運ばれて行ったか、ぼくの頭の中もまだモヤモヤしていてわからないんです」

神野がそう答えたとき、

「とにかく、水底を捜索することにしよう」

と、捜査課長が断を下した。

石戸部落付近の旭川ダム水底の捜索は、神野が岡山県捜査一課長を訪ねた翌日、五月五日から始められた。岡山県警の指揮で、現場には捜索隊員二十名ばかりが集められていた。

まず、電力会社のボートや付近の小舟を借りて、水面からの偵察が始まった。岸の臨時本部には捜査一課の痩せた係長が総指揮の本部長格になって陣取り、舟の上と短波の無線で交信した。神野も塚田も「本部」に詰めて捜索の成行きを見まもった。

あたりは物見高い見物人で堤防がいっぱいだった。岡山からこの取材に来ている新聞記者の数も相当なものだ。もし、沈んでいる自動車に人間がいて、それが他殺となれば近来の怪事件だから、地元新聞は張り切っていた。

まず、ボート、小舟からは、先に鉤《かぎ》のついたロープが何本となく降ろされた。大体、沈没していると思われる個所に推定がついているから、それほど広範囲に舟を動かすことはない。それでも、ボートや小舟は四、五回くらいロープを流しながら上下した。

やがて、舟の上から短波で伝えてきた。

「何か堅いものが沈んでいます。かなり大きいところをみれば、自動車という可能性が強いようです」

その地点に三艘《そう》のボートや小舟が全部集中した。舟上からさらに鉤のついたロープが降ろされ、水中を掻《か》き回した。

折から、強い太陽の光は水面の真上を照らしている。三艘のボートや小舟は、まるでのんびりと川遊びをしているようにみえた。

「たしかに自動車です」

しばらくすると、舟からの通信が本部に伝えた。

「水深約十メートルくらいのところに横倒しになって沈んでいると思われます」

本部長格の係長が捜索隊員に下へ潜るように命じた。三人の若い警官は裸になり、アクアラングを身につけた。

背中に酸素ボンベを背負った三人は、水かきを付けた足先をさか立ちにして水の中にはいった。岸からも彼らの姿は透いてみえていたが、しばらくすると底に消えた。

それから十分くらい経った。みんなの凝視している中を蛙男は次々と水面に頭を出し、小舟やボートに泳いで、ふちに手をかけた。舟に乗っている者がかがみこんで彼らの報告を聞いていた。

舟の短波が本部に通信してきた。

「自動車が一台、この下に沈んでいます。中型の黒塗り。後部の車体番号プレートは無いそうです。運転手席のドアだけが半開きになっていて、内部に水が浸入しています。その後部座席に黒っぽいコートをきた男の死体が車の天井に頭をくっつけるようにして浮かんでいるのが見えます。運転手席には人影がありません……」

〝本部長〟がうなずいて、横の神野にいった。

「あなたのおっしゃったことが当たったようですね」

彼は硬い表情で、すぐ周囲に命令した。

「死体一を乗せた自動車一台が沈んでいる。引上げ用意！」

湖岸に二台の動力捲上機《ウインチ》が距離をおいて据えつけられた。

アクアラングの警官二人は、ワイヤロープの端を水底の自動車のフェンダーにくくりつけた。

水面に浮かんだ二人の裸男は、手をあげて準備の完了したことを告げた。

三艘の小舟とボートは自動車の沈んでいる真上に集まって、引きあげ作業を見まもる位置についた。

「作業開始」

本部長が命令した。

発動機が唸《うな》り声を立てた。静かな山峡は、そのけたたましい音をこだまさせた。

周囲は黒山の人だかりである。遠く福渡の町から見物に来ている者が多かった。群衆は水底に沈んだ車に人が死んでいることを伝え聞いたとみえ、異常に眼を輝かして、ワイヤロープが捲上機《ウインチ》にじりじり捲《ま》き上げられてゆくのを見まもっている。

岸と水底に渡されたロープは、定規で一本の線を引いたようにぴんぴんと直線に張っていた。それは少しずつ捲上機のほうへ動いてゆく。人びとは固唾《かたず》を呑《の》んだ。騒がしい発動機の音響が絶えずつづいた。

神野はじっとしていられなくなった。塚田も同じ気持ちで、ついに二人は水際のすぐ傍まで降りて行った。

それは長い時間だった。ワイヤロープはじりじりと動いてゆく。この一本の先を凝視した眼が水面に集まり、人びとの声を殺していた。発動機の音だけが単調にバタバタと鳴って、みなの気持ちを焦躁《しょうそう》に駆り立てた。

神野には長い時間のように思われたが、それは実際には四十分くらいだったであろう。やがて水面に泡が沸きはじめた。

小舟が動き出した。
やがて白い泡の中から黒い物体が見えた。人びとは一様にどよめいた。
黒い物体は徐々にその姿を現わした。自動車の屋根である。
まるで潜水艦が浮揚してくるような感じで、屋根の全貌《ぜんぼう》が現われると、その下部が水
に濡《ぬ》れながら姿を見せてきた。どれがガラスか車体か全然見分けがつかない。全体が真
黒い土の塊といってよかった。その車体からは水が滝のように落ちた。
神野は、ふと、河内古市の王塚古墳の濠《ほり》に沈んでいる靴を思い出した。むろん、水草
の浮いたあの泥水と、この清冽《せいれつ》なダムの水とは違う。だが、このダムでも旭川の上流か
ら押し流されてきた泥土が下に堆積《たいせき》し、自動車はその中に埋没していたのであろう。
捲上機は正確にロープを捲きつけてゆく。そのたびに自動車との間のロープも短くな
り、泥だらけの車はあえぎながら曳《ひ》きずられてくる。車は運転手席のドアから中の水を
吐き出しつづけた。
見物人の垣が崩れるのを警官が懸命に押し戻していた。
もちろん、神野は、その中型車が水際に来たとき、泥だらけのガラスに飛びついた。
手で泥を払いのけ、ガラスからのぞいたとき、ひとりの男がシートに転んで仰向《あおむ》いて
いた。
神野はその顔をあとまで忘れることができない。——杉村治雄であった。
神野は、もちろん、杉村治雄には遇ったことがない。だが、失踪《しっそう》の手配写真を見てい

るし、その顔や服装の特徴も暗記している。

もっとも、死体は見たところかなり腐敗が来ていて、人相も崩れていた。また、写真よりは年齢がずっと老けてみえた。だが、着ているコートが濃いグレーだし、のぞいているズボンは黒かった。何よりもネクタイが手配どおりのものである。完全には排水できないので、車の中には水が残っていた。しかし、泥はあまり積もってなかった。

塚田刑事も神野の傍に来て外からのぞいている。彼は、それが杉村の遺体だというのを信じられないように眼をむいていた。

車は完全に水際から離れた。ワイヤロープの動きも止まった。

車が水から姿を現わして、そこの斜面に匍《は》い上がる恰好《かっこう》で安定するまで、鑑識の写真が次々と撮られていたが、いよいよ停止すると、今度はその車の状態を四方八方から写真に入れた。

次は、同じく鑑識によって車体についた泥水が入念に採集される。長いこと水に漬かっていたのだから、指紋検出は絶望だとあきらめてはいたが、それでもドアのとっ手や前部のボンネットなど、およそ人の手がふれそうな部分は、車体の乾きを待って白い粉が振られた。

そうした作業の間も死体は中に密封されたままだ。

「杉村があの中に居たとはおどろきましたね」

神野に塚田が興奮した声で話しかけた。

「ああ」

神野は、車の外部鑑識が早く終わって中から杉村の遺体がとり出されるのを、じりじりしながら見ていた。

「杉村は四月十八日に大阪で前岡と遇《あ》っているはずです。殺された前岡が、そういう葉書を奥さんに出していますからね。それなのに、この車の中に……」

現在、湖底から引きあげられた車は、神野の推定だと、三月十三日の夜八時ごろ、生駒がこの場所で自分の乗った車が事故を起こしたとき水底に投げこまれたはずである。

四月十八日に生きていた杉村が、どうして三十五日前の三月十三日に沈んだ車の中にはいっていたのか。

だれかが杉村を殺して、その遺体を前に沈んだ車の中にあとから入れたとでもいうのだろうか。犯人は、水をくぐって、杉村の他殺死体を抱き、水底の車内に押しこんだのだろうか。

塚田の驚愕《きょうがく》は、そんな疑問で構成されていた。

だが、神野は歯をかみ合わしたように口を結び、鑑識の作業を凝視していた。

「よし、死体を外に出せ」

瘦《や》せた本部長が命令を出した。

犯行の組立て

旭川ダムから引きあげられた杉村治雄の遺体は、その場で居合わせた鑑識課員により検視が行なわれた。服装に乱れはない。格闘の跡はなかったのだ。ただ、指の先や手首に多少の掻《か》き疵《きず》がある。これは車に閉じ込められた杉村が脱出しようとあがいたため、そのへんのドアを叩《たた》いたものらしい。だが、そのもがきは無駄に終わった。

たしかに運転台の横のドアは開いていた。そこから水が車内に流れこんだ。そのため、杉村はたちまち溺死《できし》したのだろう。運転席との間には仕切りがあるから、せまくて死体も外に出られず、車内に残ったのだ。

もっとも、座席の横にもドアがあるが、水深十メートルの底だとすでに水圧があるから、中からドアをあけようとしても水圧によって容易にあけることができなかったと思われる。要するに、杉村は運転席から流れこむ水に喘《あえ》ぎながらも、無駄な脱出をこころみようとしたのだろう。その跡が手の掻き疵となって残ったものと思われた。

杉村の遺体は蓆《むしろ》を敷いて横たえられたが、ひとまず、水浸しの衣服が次々と脱がされた。そのたびに入念に調べられたが、コート、上着、ズボン、下着、いずれも異常はない。

検視の鑑識係官は、死後推定三週間乃至《ないし》三十日と推定した。

ひと通り検視が済むと、解剖のため、遺体は警察の運搬車で岡山の病院に送られることになった。

所持品はほとんど見当たらなかった。車内には彼の牛革スーツケースもあったが、これはほとんど旅行用のものがはいっているだけで、めぼしいものは無かった。書類などは一つも無い。洋服からも出てこなかった。

次はいよいよ車の検査である。

死体の検視が行なわれている間、車はきれいに泥を洗い落とされていた。予想どおり、その外部から指紋の検出はできなかった。

その車には車両番号がついていなかった。転落の衝動や、水中に横たわっている間にナンバー・プレートがはずれるということはまず考えられない。その前に、作為的にとりはずしたものと思われる。

ブレーキはかかっていなかった。それなのに運転台には人がいない。そのドアだけが開いているので、運転手が流出したことも考えられる。それなら死体がとっくに浮いているはずだが、その事実はない。水底に沈んだままということも考えられるが、むしろ、はじめから運転手はいなかったのではないか。

すると、どうなる——。

湖岸で杉村を乗せた自動車にだれかがエンジンをかけ、そのままかなりのスピードで車を湖面に向かって疾走させる。車はその速力で湖岸よりかなり遠い水面に飛びこんだ。

……こう考えられそうである。

では、運転手は、走っている車から途中で飛び降りたのか。それとも、車の停止状態のとき、だれかが運転台に上って発車させ、その直後に車外に脱出したのか——。

水底から引きあげられた自動車は、その場でエンジン部が全部調べられた。

スピード・メーターがこわれているので、時速どれだけ出ていたかがわからない。だが、かなり速度を出していたのではないか。その車の沈没個所からみて、岸からかなり遠くへ転落しているからである。それも道路に沿ってまともに走っているなら、そんな場所に落ちはしない。せいぜい斜面を転がって斜めに水面に突っ込む程度である。してみると、車は初めから、その個所に落ちるよう方向が整えられていたことになる。

その地点は調べてみると、やっと、それらしい場所がわかった。

道は突き出た山裾《やますそ》をほとんどV字型に近い急角度で曲がっている。したがって、その一方の道のかなり遠方から発車させると、車は角を曲がらずに直進するから、落ちたところに近い場所に飛び込むはずだ。が、それでもなお、角度からみて無理なところがあった。結局、一方の道の、少し山に寄ったところから車を発車させたのではないかということになった。事実、そこに車の待避所みたいな空地があるのだ。ここだと、車の姿勢はどのようにでも自由に変えられる。

だが、すでにその事故から五十日以上も経った今、問題のタイヤの跡をそこで発見することは不可能だった。それに、下は小石が多い。

る。

——しかし、そんなことよりも、もっと重大な発見があった。

まだ機関部を調べているときだが、そこに刻印されたエンジン番号がわかったのである。

車両番号はとり替えができるが、エンジン番号は、エンジンそのものをとり替えない限り、定着したままだ。番号は、かねて姫路の盗難車の所有主が届け出ているのと一致した。

「姫路の盗難車ですって？」

と、塚田が再びおどろいて言った。

「それじゃ、神野さん、杉村は三月十三日に死んだのですか？」

「そういうことになるな」

と、神野自身も呆然《ぼうぜん》として言った。

もし、生駒の乗った車が道から踏みはずした三月十三日の晩に、この杉村を乗せた姫路の盗難車が水底に墜落したとなれば、杉村の死はそのときであった。しかも、生駒が乗った車が姫路の盗難車だとばかり、現地へ来るまで思いこんでいたのに……。

「しかし」

塚田はまだ信じられない顔でぽかんとして言った。

「杉村は四月十八日には生きているはずですがね。現に前岡が大阪に行って彼に遇《あ》ったと、奥さん宛てにあの葉書を出していますからね。いや、それだけではない。杉村らしい男を見かけたという情報が、三月十四日以降にも二件ほど来ているじゃありませんか。だからこそ、ぼくらは前岡を殺したのが杉村だと信じていたのですが……」

そうだ。今の今まで杉村は生きていたと信じられてきた。三月十二日杉村が奈良から大阪に向かったあと、彼らしい人間を見たという、彼の生存を思わせる二件の情報が警視庁捜査一課に通報されている。

三月十四日には、天王寺駅から大阪駅に向かう電車の中で彼らしい男を見たという葉書が来ているし、四月十七日には例の置引き犯人の自供がある。

それに、前岡が妻女に宛てて「大阪で杉村君と遇って話をした」と書き送ったのは四月十八日付の手紙だ。

その杉村が三月十三日、盗難車といっしょにダムの水底に没していたとは！

前岡が遇ったという杉村は幻だったのか。

そこに岡山県警捜査課の係長、すなわち、今はこの自動車引きあげの臨時本部長格の瘦せた男が近づいてきた。

「念のために、明日から水底に潜水夫を入れ、沈んだ車の運転手の遺体を捜してみますが、おそらく発見できないでしょう」

と、神野に話しかけてきた。

「そうすると、はじめから運転手は乗っていなかったということですか？」

神野が問い返した。

「そうだと思います。死体があればとっくに浮いて、そこの堰止《せきと》めに上がってこなければなりませんからね。つまり、被害者の杉村という人がたったひとりだけ座席にいて、車ごと走って水底に突入したと思います」

神野はうなずいた。彼の想像も大体、それと合っている。

「そうすると、係長さん、その発車はどんな方法でやったのでしょうか？　また、客席の杉村さんは自由を拘束されていなかった。手足も縛られていませんからね。それが、どうして手をつかねて車に乗っていたんでしょうな？」

「やはり、なんでしょうね、杉村さんが寝ている間に、その工作をやったんじゃないですか」

「なるほど」

「犯人は自動車をあの湖に飛びこませるような位置において、そこでアクセルを踏んだ。そして走り出した瞬間に運転台から外に飛び出したのだと思います。運転台のドアが開いていたのが何よりの証拠です。したがって、杉村さんが湖にはいった瞬間に眼をさましたとしても、客席から運転台の間は仕切りがあるから、そこを抜けて開いたドアから出るわけにはいかない。現に死体が外に流れないで車内に閉じこめられていたのも、その間が狭いから流出することなくとどまっていたのです」

それはそうだと、神野も思う。

「ぼくの考えですが」と、係長はつづけた。

「杉村さんはたぶん睡眠薬か何か飲まされていたんじゃないですか。だからおとなしく座席に睡《ねむ》っていた。いま解剖に送っていますが、おそらく胃は水をいっぱい飲んでいるから、睡眠薬の検出は困難でしょう」

「そう思いますね」

「あなたの推定どおり、生駒さんの車がここで事故を起こしたのが、この盗難車の転落擬装だとすると、どうやら、杉村さんの車はここまで岡山からいっしょに走っていたことになりますね」

そうだ。車は二台あった。同じ中型車の黒塗りだ。ここまではその一台が姫路から確実にやって来ている。それが盗難車だ。水底から引きあげたのがそれである。

もう一台はどこから来たのだろう。それに生駒と、正体不明の女と、運転手とが乗っていた。その車は湯原温泉まで行っている。

生駒の乗った車は姫路の車両番号がついていた。その番号は石戸部落の人も湯原温泉の宿の女中もよく見ていないが、所轄陸運事務所の「姫」という字だけには気づいている。ああ、この車は姫路から来たのだなと、みんなは思っていたことだ。

それで、これまでは盗難車が生駒たちを乗せて湯原温泉へ行ったのだと信じていたのだが、実は、そのナンバー・プレートは、姫路の盗難車のものを取りはずして付け替えただけである。

すると、当然、あと一台の固有のナンバー・プレートが隠されていたことになる。それはどこの車だろう。生駒が三月十二日に大阪に来ていることは確実だから、あるいは京阪神《けいはんしん》地区の車かもわからない。姫路ではあるまい。姫路なら、あの車の盗難届が出ているはずだ。京阪神地区だと、盗難車の被害届はもっと多いに違いない。ただ、それが今までわかっていないだけだ。

神野は、すぐに近畿管区警察局に依頼して、京阪神地区の盗難被害届を知らしてもらうことに決めた。

「そうすると、ちょっと妙な具合になりましたな」岡山県警の捜査課の係長は言った。「生駒の乗っていた車は運転手がいるとして、被害者の乗っていた盗難車は、いったい、だれがここまで運転して来たのでしょうか？」

神野もそれを考えているときだった。

「杉村氏の乗っていた車は、やはり姫路で盗んだ犯人がここまで運転して来たのでしょうな。そして、さっきわれわれが想像したような方法で、その車を水底に没する。その前にナンバー・プレートをとり替え、それをわざと湯原温泉に乗りつけて見せる。これじゃ、いくら警察で盗難車の行方を捜してもわからなかったはずですよ。きっと、その車は再び固有のナンバー・プレートにとり替えて、どこかを涼しげに走っているかもわかりませんからね」

「待って下さい。そうすると、岡山駅前で白タクに化けた運転手の盗難車に乗ったという生駒の供述は、まるきりデタラメということになりますね」

「少なくとも杉村氏を乗せた運転手が車の窃盗犯人だとすればね」

「なるほど、生駒の嘘ですか……しかし、そうすると、生駒の乗った車はだれが運転してここまで来たのでしょう？　生駒自身ですか？」

「そこのところがわれわれもうかつでした。生駒が自分で運転できるかどうか、いままで確かめてないのです。彼が運転できるなら彼自身、また、いっしょに乗っていた女が運転できれば、その女性ということになるでしょうね。そのほか、第三者は考えられないでしょう。なぜなら、この現場で村人が見たのは、黒眼鏡の運転手を含めてたった三人ですからね。一人だけが歩いて近くの駅から汽車に乗ったというなら別ですが……」

その晩、岡山に帰った神野は、杉村の解剖結果を聞いた。

死後推定五十日以上、直接の死因は溺死《できし》、外傷はない。肺にも胃袋にも水が溜《たま》っている。水質を検査すると、プランクトンの含有からみて、現場の旭川ダムの水によって溺《おぼ》れたものと推定される。胃袋からは多少の食物の残留物が出てきたが、アルコールや睡眠薬の検出は水を多量に飲んでいるために不可能だった。また、死体が長期間温度の低い水中にあったため、腐爛《ふらん》程度は思ったより進んでいない。また、海中のように小魚による傷もなかった。東京湾あたりだと、このくらい海底にあれば、眼も当てられないくらい小魚が食い荒らすのである。

だが、長期に水に漬かっていたため、死体は水から出すと急速に腐敗が進行する。

神野は、警察電話で警視庁の河合係長と連絡をとった。

神野が詳しく報告すると、河合係長は要点を聞き返してから、

「それでは杉村の奥さんにはすぐこちらから連絡をとって、岡山に遺体確認に行ってもらうことにする」

と言ったうえ、さらに付け加えた。

「こうなると、生駒を早く手当てする必要があるね？」

「そうですね。まだ確認は取れていませんが、状況からいって生駒は重要参考人です。すぐに彼を尋問していただくか、逃亡のおそれのないように手当てしていただきたいんです。とくに運転免許を持ってるか、どうか、すぐに調べて下さい」

神野は頼んだ。

「早速、そうする。彼をすぐに喚《よ》ぶかどうかは別問題として、十分に監視はさせるよ」

「お願いします。あと、沈んだ車の運転手が水底に投げ出されたまま死んでいるということも万一考えられぬでもないので、明日、岡山県警が、あのへんの水底を一応捜索してみると言っています。だが、これはたぶん無駄だと思われます」

「うむ。それが済むまで、君はそちらのほうに残っていてくれ」

「そうします。いまもいったとおり、水底に沈んだ車が姫路の盗難車ということははっきりとわかりました。そうすると、生駒が岡山駅前から乗ったと称して湯原温泉に行った車も、盗難の可能性がないでもありません。こちらで近畿管区警察局に該当車の盗難届を調べてもらっていますが、河合さんからも近畿管区警察局にお願いします」

「わかった。そうする」

河合はそんな事務的な打合わせをしたあと、

「しかし、おどろいたなあ。そんな水底の車内に杉村氏が死んでいたとはなあ。死後、五十日以上も経っているのに、われわれは、彼が生きていて大阪に潜伏していたと思いこんでいたのだからな」

と、嗟嘆《さたん》を洩《も》らしていた。

「あ、そのことですがね。三月十四日に杉村氏らしい人を天王寺駅から大阪行の電車のなかで見たという目撃者の投書がありましたね？」

「うん」

「あの投書は、調べてみる必要がありますよ」

神野が河合係長との電話を切ると、横で聞いていた塚田が彼に言った。

「神野さん、いま、天王寺から大阪までの電車の中で杉村らしい人を目撃したという投書のことをいわれましたが、あれは重要ですね？」

「うむ。あれは大事に取っておかなくてはいけない。大体、公開捜査となると、とかく真偽不明の投書があるものだ。だが、なかには善意なものもあるが、作為のあるものもある。あの葉書は、もしかすると、その作為のほうかもわからないからな」

「そうです。十四日に杉村氏を見たという投書のために、われわれは彼の生存を信じていましたからね。あるいは、前岡が大阪で杉村に遇《あ》ったという葉書の伏線かもわかりませんよ」

「しかし、あの葉書には必ずしも杉村とは断定していない。杉村らしい人、つまり新聞に出た杉村の特徴を書いて寄こしただけだからな」

「それはそうです。しかし、はっきりそう書くよりも、かえって、ああいうぼかし方のほうが、いかにも第三者の客観性がありそうですからね。あの葉書には天王寺局のスタンプがあったが、そのへんもあまりに合いすぎますね。天王寺駅にわれわれの眼が集中していたときですから」

「あれは無名だったから、いまさら差出人を調べるわけにはいかないが、筆跡はあとの参考になるだろうな。しかし、それよりももっと大事なことがある」

「ああ、例の置引き犯人でしょう。ぼくもそれをいま言おうとしたところです。あの置引き犯人も、前岡さんと話していた相手が杉村のように言っていましたね。あれだって新聞記事の特徴そっくりじゃありませんか」

「そうだ。ま、全部が全部疑うわけにはいかないが、君は、その置引き犯人まで杉村殺しの犯人のまわし者と思うのかね？」

「その可能性はありますよ。それから、肝心なことをまだあなたと話してないが、こうなると、杉村のほうが前岡よりも一か月以上も前に殺されたことになる。発見は杉村のほうが遅かったけれど、第一の殺人事件と第二の殺人事件が、実際は入れ替わっていたわけですね」

「そうだ」

「こうなると、杉村殺しも前岡殺しも同じ犯人ということになりますね」

「その可能性は十分にある」

神野は口を結んだ。眼の前に生駒の顔が出てくる。おそらく塚田も同じ人間を想像しているに違いなかった。

しかし、この旭川ダムの杉村殺しはともかくとして、前岡殺しのときは生駒は完全に東京にいた。アリバイもある。

しかし、あのときは生駒のほうから、わざわざ自宅に戻ったことを警視庁に教えてきた。すると、あれは生駒の擬装工作なのか。あの下請業者の神岡や鈴木が言ったように、その生駒のアリバイにはトリックがあったのだろうか。

翌日、神野の眼が醒《さ》めたのは九時すぎだった。いつもは八時に起《さ》きる癖がついているのだが、昨日は一日石戸部落に立ちづめだったから、やはりくたびれていたのであろう。外を電車が通る音が聞こえている。知らない土地の宿の朝は、ちょっとした旅の憂愁を感じる。

襖《ふすま》が軽く叩《たた》かれた。

返事をすると、宿の着物のままの塚田刑事がはいってきた。

「神野さん、いま、本庁から河合係長の電話がありましたよ。宿の女中が報《し》らせてくれたので、ぼくが起きて聞いてきました。交通部で調べたところ、運転免許の台帳に生駒の名前は載ってないそうです。つまり、生駒は運転ができないのです」

塚田はいささか興奮して言った。

生駒は自動車の運転ができない。では、杉村を乗せて水中に落とした車は、それまでだれが運転していたのだろうか。

この疑問は、神野が塚田と十時すぎに岡山県警の捜査課に顔を出すまで議論となってつづいた。

塚田は、生駒といっしょに乗っていた女が運転ができ、彼女が杉村の乗った車をダムの傍まで運転して来たのではないかという。それから先の墜落工作は、生駒の車に乗っていた黒眼鏡の運転手がしたのではないかという推定だった。

もし、生駒の傍にいた女が運転できていたら、その想像は成り立つ。あるいは、黒眼鏡の男が杉村の乗った車を運転し、女が生駒を乗せてダムのところまで来たと考えてもいい。

水底に没した車は明らかに姫路の盗難車だ。盗んだのは黒眼鏡の男であろう。その男がヤミタクに化けて生駒を誘ったというのは生駒の虚偽である。

してみると、生駒は大阪から汽車で岡山に着いたかどうかはわからない。彼が列車に乗ったという証明は何もないのだ。

それよりも、生駒と女とは大阪から同じ黒塗りの中型車で岡山に来た可能性が強い。黒眼鏡の男は別行動で、姫路で同じ色の同型車を盗んで岡山まで来て、そこで夜にはいる時間を待ち、二台が共に旭川ダムの現場に走って来たことになる。

両方の車が同じ型で同じ色というところに初めから三人の計画があったのだ。

では、杉村はどこでどの車に乗せられたのか。

「それはたぶん、大阪だろうな。天王寺近くに彼らのアジトがあって、それから生駒の乗っている車に乗せられた。

杉村は生駒から、岡山に行くという話をもっともな理由で持ちかけられ、同意して乗った。催眠薬を飲まされたとすれば、岡山から現場に行く途中だ。そのほうが催眠薬の効果からいって理屈に合う。ビールなどにまぜて岡山で飲ませれば、杉村は車の中で前後不覚に寝こんでしまうからな」

神野はいった。塚田はそれに同感であった。

「もう一台の車はどこのでしょうね？　今のところ、その車も盗難車という見込みですが、二台とも盗難車というのは、あまりに話の辻褄《つじつま》が合いすぎるようですが」

塚田はそう言った。

「うむ。ぼくもそうは考えている。とにかく、一応、京阪《けいはん》地区の盗難車で、同じ色の同じ型のものの届出を期待しているのだが、その車が必ずしも盗難車でないという推定もあるね」

「では、どっから持って来たのでしょうか？　まさか生駒のものを持って来たわけでもないでしょう」

「生駒は車を持たないよ。社長の現役時代は社用の車が送り迎えしていたというが、その後は自家用車も持っていなかった」

「そうだ」と、塚田が思いついたように言った。「その車は前岡のではないですか？　前岡が三月十二日に生駒、杉村と遇っているから、彼が運転して杉村をあのダムの傍までつれて行った……」

「なるほどね」

と、神野も初めて気がついた。そこに二人とも気がついたのは少々遅きに失したのだが、考えてみると、前岡には、彼の申立てによる十二、十三日の両日アリバイがあった。すなわち、十二日の晩も、十三日の晩も、高松の妹の夫伊藤正夫の家に泊まっている。これが親戚《しんせき》なので、その証言の信憑性《しんぴょうせい》についてかなり当時は疑ったものだ。しかし、それなりに忘れたともなく忘れてしまった。

つまり、あのときの彼のアリバイの疑いが二人の刑事の気持ちから消えていたので、いままでは前岡のことが浮かんでこなかったのである。

「例の高松の十二、十三日のアリバイだがね。とくに十三日の晩だ。これはもう少し洗ってみる必要があるな」

「あります」

「それから、もう一つ、前岡が車の運転ができるかどうかだ。早速、本庁の交通部に運転免許証の台帳を調べてもらうことにしよう」

前岡かもしれない、前岡がもう一台の車を運転したのかもしれないと、神野の心には、その声が歌のリズムのように聞こえた。彼は早速県警の警察電話を借りて、交換台を通じて東京に申し込んだ。

先方が出る間、神野は塚田と話をつづけた。

「そうすると、前岡の運転していた車は、いったい、どこから持って来たのだろう？　例の湯原温泉まで行った車に違いないがね」

「あ、待って下さい。また思い出したんですが」と、塚田が遮った。

「例の黒眼鏡の運転手ですが、あれも前岡かもわかりませんよ。いや、彼が運転していたなら、必然的にそうなります」

「そりゃぼくも考えていたところだ。目撃者の話だと、年がだいぶん若いからな。三十二、三といっていた。前岡は六十に手が届く。この点が疑問だ」

「扮装《ふんそう》によって、そう見せかけることはできませんか。彼はハンチングをかぶり、黒眼鏡をかけ、ジャンパーの襟を立てていたといいますから、それだと実際より若く見えますよ」

「それもあり得る。だが、どうかな。湯原温泉の女中の話だと、やはり三十二、三という報告が来ている。旅館の女中の眼は人を見つけているから、案外正確なんだよ」

「そうですかねえ？」

塚田は首をかしげていた。東京の電話が出た。

警視庁の河合係長が出たので神野は、前岡に車の運転免許証があるかどうかを交通部の台帳で調べてほしい、と頼んだ。理由として、塚田刑事と話し合ったことをざっと言った。

「わかった。すぐやってみる」

係長は承知した。

「それから、前岡は、三月十二日、十三日に高松の妹夫婦のところに泊まったと言っているが、あのアリバイを洗い直してみる必要があります。こうなると、徹底的にやったほうがいい。もし、十三日の晩の彼のアリバイが曖昧《あいまい》だったら、彼も旭川ダムに来ているという推定が強くなりますからね。これは香川県警に頼むより、必要なら警視庁から直接捜査員を高松に出張させて、前岡を泊めたという妹夫婦を調べていただきたいんです。……なんだったら、ぼくらは岡山に来ているので、ここからすぐに高松に渡ってもいいですよ」

「そうだな。それはいずれあとで返事をするよ」

「よろしく」

電話を切った神野は、塚田と再び事件の組立てにはいった。

それは問題の、もう一台の自動車である。

二台のうち一台は姫路の盗難車だが、あとの一台はどこから持って来たのか。もし、これが計画的な犯罪なら、その車は大阪で用意されていなければならない。なぜかというと、彼らは大阪の天王寺付近にアジトを持っていた。すでに、そういうものがつくられている以上、車も準備されていたとみなければならぬ。

その場合、車は、そのアジトの提供者のものという公算が強くなる。すでに天王寺付近のあらゆる旅館、料理屋、アパートといった、彼らのアジトに利用されそうなところは捜査し尽くした。それでも有力なものがあがってこない。あとは、そういう商業的な場所でないところ、つまり、普通の市民の家が考えられそうである。しかし、それだと捜し出すのは容易ではない。

そのアジトさえわかれば、大阪に居るもう一人の共謀者も浮かんでくるし、それにつれて車のこともわかってくる。

「これはかえって車から手をつけたほうが、アジトを突き止めるのに早道かもしれませんね」

と、塚田が言った。

「というと？」

「車の型はわかっているし、色もわかっています。三月十三日の夜は間違いなく旭川ダムに行っているので、その日の朝か、あるいは午後からでもいいんですが、その車はアジトからは見えなくなっているはずです。その車が再び戻ってきたのは十四日の夕方でしょう。湯原温泉から大阪までの距離を考えると、どうしてもそうなりますからね。つまり、その車は十三日と十四日の二日間、大阪には無かったことになりますよ」

「そこでですな、天王寺付近の車の所有主で、その二日間、大阪市内を出たどこかに車を乗り回していたというのを聞込み捜査したらどうでしょう？」

「うむ、なるほど」

塚田の意見は、神野にももっともと思われた。ただ、五十日以上も前のことが聞込み捜査で挙がってくるかどうかである。その車が二日間、大阪で見えなくなったことを思い出せる人があるかどうかわからない。近所でもあまり気がつかないであろう。難点はここにあったが、それさえわかれば、当然アジトも知れてくるので、一応やってみることにした。これも大阪の警察に依頼しなければならないことだ。

二人は旭川ダムの現場には行かず、ずっと県警に居て、昼飯もそこで済ました。

午後二時ごろ、ダムの水底を捜索していた一隊から報告が県警に届いた。

「現場の水底からは死体は見つからなかったそうです」

と、肥《ふと》った捜査課長が神野を呼んで伝えた。

「そうですか」

大体は予期したことだから、別段おどろきはなかった。念押しの捜索なのである。

こうなると、今まで塚田といっしょに事件の再構成を考えていたのが一歩現実に近づいてきた。

「そうすると、車は、あなたがたが想像したように、犯人が杉村を乗せたままひとりで走り出させたということになりますな」

捜査課長は言った。

「その見込みが強くなりました。いまそれでいろいろ検討しているのですが」

「何かいい線が浮かんだら教えて下さい」

肥っているだけに鷹揚《おうよう》な様子の捜査課長は、それだけを言って、神野を机の前から離れさせた。

ちょうど警視庁の電話が出た。

「どうだ、そちらの模様は？」

河合の声である。

「たった今、旭川ダムの捜索の結果がわかりました。予想どおり、死体は発見されませんでした」

神野は答えた。

「そうか。やっぱりね。そうすると、前岡という考えが強くなってくるが……困ったことに、警視庁の台帳には彼の運転免許証は記載されていないのだよ」

「え、では、前岡も車の運転はできないのですか？」

「少なくとも免許証は持っていない。しかし、免許証は持たなくても運転のできる者はいくらでもいるから、台帳に彼の名前が無いからといって、ぜったい運転できなかったということにはならないだろうな」

河合は、前岡の共謀可能説について、いくらか余裕を残した。

「そうですね。ところで、河合さん、もう一台の車の件ですが」

と、神野は、天王寺付近の同型同色の車の所有主の捜索について大阪府警の依頼を頼んだ。

「それは思いつきだが、ちょっと効果の点がどうかな。とにかく頼んでみるがね。……前岡のアリバイで高松へ出張のことだが、君たちが岡山に居るのだから、ついでに高松へ行ってくれないか。こっちから人を出すよりもそのほうが早い」

天野《あまの》サン

高松は静かな都市だった。神野と塚田は、前岡正造の妹が嫁いでいる伊藤正夫の家を兵庫町に訪ねた。そこは、玉藻城《たまもじよう》といわれた旧城趾《きゆうじようし》の南側で、裁判所も近くにあった。

二人が訪ねたのは朝が早かったので、銀行員の伊藤正夫は、まだ、そのこぢんまりとした家にいた。彼は出勤の直前だった。

東京の警視庁から来たというので、伊藤夫妻は二人を座敷に上げたが、夫婦とも少し不安げな様子だった。妻女は四十二、三の女で、前岡とよく似て骨太い身体つきだった。

神野は、突然朝早く訪ねて来たことを詫《わ》びたうえ、今度の前岡の死に悔やみを述べた。

妻女のほうは、死体が発見された大阪には行かなかったが、葬式には東京に行き、昨日帰ったばかりだと言った。

「それにつきまして、われわれは犯人をいま一生懸命捜しているところです」

神野は、出されたぬるい茶をのんでから言った。

「それで、再三同じことをおききして恐縮ですが、こういう事態になれば、もう一度確認したいことがございます。ほかではありません。お兄さんはお宅に三月十二日にお泊まりになったということですが、それは確実でしょうね」

「……はあ」

と、夫婦は言ったが、瞬間、眼を伏せた。神野は、この夫婦は嘘をついているな、と直感し、胸が躍った。

「以前にお問合わせしたときは、前岡さんは三月十一日の夜、東京を汽車で出て、こちらに十二日の午後に着かれ、その晩と、翌《あく》る晩の十三日をお宅に泊まられたということでしたが……」

「はあ」

伊藤夫妻の返事に元気がなかった。

「どうも、こういうことをきいて歩くのは、わたしたちもあまり好きではないんですがね」

と、神野は間をもたせるために煙草に火をつけた。横の塚田もそれにならった。彼はつつましげにライターを鳴らした。四人は正座して向かい合っていた。

遠くで汽船の汽笛がポー、ポーと鳴った。尾を曳《ひ》いた長い音だった。

「このへんは閑静ですね」

と、神野は静かに煙草を吹かした。

「はあ、静かです」

と、前岡の妹婿の伊藤正夫は、落ちつかない様子で答えた。

「わたしはまだ栗林《りつりん》公園を見てないんですよ。君は来たことがあるかね？」

と、神野は塚田をふり返った。

「前に学校時代、四国旅行があって、ちょっと寄ったことがありますが、あんまり印象に残っていません」

塚田はおだやかにいった。

「そうか。じゃ、帰りに二人で寄ってみようかね」

ふいに、妻女の様子がそわそわしはじめた。すると突然、彼女は畳に伏して泣き出した。

夫の銀行員がびっくりして妻を見つめた。

「申しわけありません」

と、妻女は泣きながら手をついて刑事に言った。

「あれは嘘を申しました。ほんとうに申しわけございません。死んだ兄に、そう頼まれていましたので……」

神野と塚田とは、互いに眼を見合わせた。

ここで初めて、前岡の三月十二日夜におけるアリバイが崩れた。十二日の前岡の行動は不明ということになるのだ。

「それはどういうことでしょうか?」

と、神野は静かにきいた。

むろん事情のわかっている夫の伊藤正夫は腕を組んでうつむいていたが、

「いや、それはぼくから話しましょう」

と、神野に向かって顔をあげた。

「家内も言うとおり、それは義兄から頼まれたのです。もう、本人もああいうふうなことになったから、かえって申しあげたほうが捜査のお助けになるかもしれません」

彼は複雑な顔つきで話した。

「三月十三日の夕方でしたが、兄貴が突然ここにやって来ましてね。旅行鞄《かばん》など提げてはいってきたんです。前ぶれもなかったので、どうしたのですかときくと、うむ、ちょっと思い立って旅行に出てきた。今晩一晩ここに泊めてもらって、明日は道後温泉あたりにつかりに行き、それからしばらく遊んでくると言ってました」

「ちょっと待って下さい。それは十三日の何時ごろでしたか?」

神野はきいた。

「五時半ごろでした。ぼくが銀行から帰ってすぐですから。なんでも、大阪から飛行機で高松に着いたばかりだと言ってました」

「大阪から？」

神野はひそかにうなずいた。やはり前岡は十二日の晩は大阪に居たのだ。彼は十一日の夜から東京に居なくなっているので、十二日の朝、大阪に降りたのは事実であろう。それからの行先は、やはり天王寺付近だったのだろうか。

そうなると、十二日の夜、生駒、杉村、前岡の三人が或《あ》る場所に集合していたという推定は、もう動かせなくなる。

「どうか、おつづけ下さい」

神野は銀行員の話を促した。

「いや、ただそれだけです。十三日の晩はほんとにここに泊まって、翌日、松山に向かいましたから」

「すると、十二日の晩もお宅に泊まったようにしてくれと前岡さんがおっしゃったのは、どういう理由からですか、それを言っていただけませんか？」

「それはですね、兄貴が十三日の晩わたしたちと酒を呑《の》んでいるとき、ふと、こんなことを言ったんです。もし、あとで、今晩と昨晩のことをききに来たら、二晩ともここに泊まったと言ってほしいというんです。ふしぎなことを言うなと思っていましたが、兄貴は、それだけでは少し曖昧と思ったか、いや、実は、ある事情で警察の者がぼくのことをききにくるかもしれない、たいしたことはないが、イコマの倒産で告訴した者がいる。それで、面倒だから、十二日の午後ここに着いて、二晩とも泊まり、そして十四日の朝松山に行ったというようにしてくれと申しました。そのほかの理由は言いませんでしたから、話もそれきりになったんです」

「その話は、その場だけで終わったということですが、翌る日などに、もう一度、その話が出ませんでしたか？」

と、神野は前岡の妹婿にきいた。

「出ませんでした。わたしたちも前岡の立場を考えて、あまりきいてはいけないと思い、なるべくふれないようにしていましたから」

銀行員の伊藤正夫は答えた。

いままで泣いていた前岡の妹が、ようやく顔をあげた。彼女の真赤な顔は涙で光っていた。

「ほんとに申しわけがございません。まさか、兄が殺されるとは思いもよりませんでしたから、あのときは兄のいいつけどおり、十二日の夜からここに泊まったことにして申しあげました。……刑事さん、その十二日に来たことが、兄の今度の事件に何か深い関係があるんでございましょうか？」

こんなことになるんだったら正直に警察のかたに言うべきだったと、妹が残念がった。

「そうですね、十二日からここに泊まったという問題が、それに直接結びついているとは今のところ考えられませんが、しかし、かなり重要な材料だと思います」

神野は答えた。

「そうですか。では、十二日に兄は今度の犯人といっしょに会っていたのでしょうか?」

妹はまたきいた。

「会っていたかどうか、そのへんはわかりませんが、奥さんは、どうして兄さんが犯人と十二日に面会したと想像されるんですか?」

「別に心当たりはありませんが、そんな気がしたからです。と申しますのは、わたしが昨夜はどこに泊まったの、と兄に訊《き》いたんです」

「ほう。前岡さんはどうおっしゃいました?」

隣りの塚田刑事も聞き耳を立てた。前岡が十二日の夜どこに居たかというのが、捜査側の目下の課題の中心だった。これが今までどれだけ気にかかっていたかわからない。

「はい。あんまり多くは言いませんでしたが〝天野サンに泊まった〟と、ただそれだけを申しました」

「天野サン?」

神野は緊張した。はじめてここに前岡が宿泊した家の名前が出た。

「その天野サンは大阪のかたですか?」

「たぶん、そうだろうと思います。兄は飛行機で大阪からこちらに着いていますから」

「なるほど。その天野サンというかたは、どういう人ですか?」

「わたしどもは知りません。たぶん兄の知合いだろうと思います。取引先か何かの。そういうかただと、わたしどもには全くわかりませんから」

「天野何とおっしゃるか名前はわかりませんか？」

「それは兄は申しませんでした」

「その人の大阪の住所は？」

「それも言いません」

「天王寺の付近じゃないですか？」

「わかりません」

伊藤正夫の家を出た刑事二人は、そのまま香川県警本部に向かった。

「神野さん、思わぬ収穫がありましたね」

と塚田は歩きながら言った。県警本部のある県庁は、そこから一キロほどだった。

「うむ。やはり岡山からこっちに回ってきた甲斐《かい》があったな」

神野も素直に喜んだ。まさか、ここで前岡が三月十二日に大阪で泊まった先を聞き出そうとは期待しなかったのである。

「神野さん、その天野サンというのは何者でしょう？」

「よくわからないな。しかし、イコマ電器は、当然、大阪にも総販売店や特約店を持っていたから、そういう店の一つかもしれないね。天野という人がそこの社長か店主で、生駒と杉村と、前岡とは、その家に十二日に泊まった。そうだとすれば、これは個人の家だから、いくら警察がホテルや旅館を洗ったとしても出てこないはずだよ」

「そうですな。もう、捜査が追込みに近づいた感じですね」

「その家をつかめさえすれば、全部の秘密は大体わかってくる」

「そうすると、前岡が二度目の四月十七日に大阪へ行ったのも天野という人の家でしょうね？」

「そうだろう。たぶんね」

「そうなると、前岡殺しの犯人はますます限定されますね。なぜかというと、犯人もまた、そうした特約店に前岡が行っていることを知っているから、イコマ関係の人間ということになる。あるいは、その犯人も前岡といっしょに十七日の晩、天野の家に泊まっているかもわかりませんよ」

「君は生駒伝治のことを言ってるんだね。しかし、生駒には四月十七日から以降、アリバイがある。彼はちゃんと東京に居たんだからね」

「わかるもんですか。生駒が家に居たというのは彼の妻君の言葉だけでしょう。第三者が証言したとしても、それはまだ生駒にきわめて近い関係者です。このアリバイは必ず崩せますよ」

塚田は意気ごんでいた。

「もし、そうなれば、大阪の天野という男も共犯の疑いが出てくるな」

神野は、小高い城址《じょうし》を見ながら歩いた。

「そうです。彼らを泊めたこと自体、すでに臭いですからね。ことに杉村は、十三日の朝、生駒といっしょに旭川ダムに向かっていますから、ますます、その疑いが濃厚になる」

「そうだな。だが、そのとき、どうして前岡はみんなといっしょに旭川ダムに行かなかったのだろう？　杉村をもう一つの自動車で殺す計画があったんだから、前岡を加えれば杉村殺しも容易になっただろうがね」

「それはですね、おそらく、生駒が杉村殺しの計画を前岡には話してなかったからでしょう。これは、ぼくの考えですが、前岡は二回目の四月十七日にも、本当に杉村が大阪に生存しているものと思って、生駒に言いつけられ、大阪に行ったと思いますよ。そうなると、天野という人間は完全に生駒の共犯者になりますよ。もし生駒にアリバイがあれば、天野の単独犯行ですかね」

神野は香川県警本部の捜査課に行って挨拶《あいさつ》し、警察電話で警視庁を呼び出した。

取り次がれて係長の河合の声が出た。

「神野ですが、その後、事件のほうは何か新しい進展がありましたか？」

「君は高松に居るんだね。いや、あれから特別な材料は出ない。岡山県警のほうからも、大阪府警からも、これという目新しい発見は無いそうだ」

河合は答えた。都内でかけているように声が近かった。

「そうですか」

「前岡の泊まった妹夫婦のところは、どうだった？」

「ええ。いま行ったばかりです。少し面白いことを聞きました」

神野は、前岡の妹夫婦から聞いたことをざっと話した。

「そんなわけで、前岡が三月十二日から二日間、妹夫婦のところに泊まったというのは嘘で、十二日は大阪の天野サンという人のところに行っていたことが確実になりました」

「え、天野サン？」

「ええ、その天野という人の家に前岡が泊まったかどうかはわかりませんが、妹が彼に昨夜はどこに泊まったのかと言ったところ、天野サンだと言ったそうですから。そこで、その確認を取らなければならないんですが、ぼくの考えでは、たぶん、天野なる人間は大阪の天王寺付近に居住している公算が強いと思うんです。今度の事件では、天王寺がいつも問題になってきましたから」

「そうだね。しかし、それは収穫だったな」

河合の声も喜んでいた。

「天野という人物は前岡だけでなく、生駒も杉村も彼を知っていると思います。というのは、三月十二日は連中がその天野の家で落ち合ったとみたほうが自然だからです」

「よろしい。では、まず、イコマ電器の営業関係から大阪の天野という人物の存在を聞き出してみよう。営業でなかったら、あとは技術関係だろうが」

「営業でしょうね。ぼくのほうから秘書室長の柳田に電話してもいいんですが、四国から電話しているとわかれば、ちょっと拙《まず》いんです」

「それはこっちのほうでやるよ」

「お願いします。それでわからなかった場合ですが、前岡の奥さんに天野のことを聞いたらどうでしょう？　妹夫婦は知らなくても、奥さんなら、あるいは主人から聞いてるかもわかりませんから」

「わかった」

「それでわからなかったら、あとは杉村の未亡人ですね。杉村もその家に落ち合っていれば、あるいは杉村の未亡人もご亭主から聞いているかもしれません」

「よろしい」

電話の声の様子では、河合はいちいち神野の言うことをメモしているらしかった。

「それでもわからない場合、最後の手段として生駒に直接当たってみることですね。しかし、これはよほど警戒してかからないと、かえって生駒が用心をして逆効果になるおそれがあります」

「あ、それからね」

と、河合は言った。

神野と河合係長との電話連絡はつづいた。

「昨日、イコマの下請けだった神岡という人が、ほかの仲間の四人といっしょに、本庁にやってきたよ。君に遇《あ》いたいと言ってね。杉村の死体が岡山県下で発見されたことが、東京の新聞にも出たから、それを読んで早速、駆けつけてきたんだ。君が出張しているといったら、ぼくを名指しにしたものだから会ったよ」

「ああ、イコマ電器の、もとの下請けの五人組ですね」

神野には、その五人の顔がいっぺんに浮かんだ。

「杉村があんなところで死体となって見つかったのが、連中にはだいぶんショックだったらしい。その捜査の状況を教えてくれといったが、もちろん断わった。すると、あの連中のなかの鈴木という男が、杉村を殺したのは生駒に違いないと口走ったのには、おどろいたよ」

「鈴木というのは部品屋《パート》です。イコマの倒産で自分も商売が駄目になったので、頭に来ているんです。……そうですか、鈴木がそんなことを言いましたか？」

「なに、生駒憎しのあまりに、そんなことを言っているだけで、理屈も何もない。ぼくでは要領を得ないから、すぐに帰って行ったがね」

「あの連中のことだから、それからイコマの本社へ柳田に遇いに行ったかもしれませんね？」

神野は、そこまで言って口調を変えた。

「ねえ、係長さん。当の生駒もあの新聞を読んでるはずですが、本人はどうなんでしょうね？」

「それだよ。もし、生駒が、杉村の事件に自分の車のことが関係していたと捜査陣にキャッチされていると知ったら、落ちついてはいられないだろう。しかし、新聞の報道では、そこまではわかっていない。ここで、うかつに逃げたりすれば、かえって捜査側の眼につくから、彼としては、事態を見きわめるまでは動けないわけだ。内心は、ヤキモキしてるだろうがね」

「しかし、河合さん。生駒は、岡山から湯原温泉に行った車のことで、前にぼくが彼の話を訊《き》きに行っていますから、捜査の眼が自分にきていることをカンづいているかもしれませんよ」

「さあ、それはどうかな。水底に沈んだ杉村の車と、生駒と女の乗った車のトリックは、捜査側にまだ知られていないとタカをくってるのじゃないかな。実際、われわれにも、そのトリックの真実はよくわかってないのだからね。彼としては、ここ当分、こっちの様子をうかがいながら、静かに成行きを見てるのじゃないかね。だから、この際、彼をあまり刺激しないほうがいい。それとなく、監視はつけておくつもりだが……」

「生駒の監視は、ぜひやって下さい」

神野と塚田は、その夜、高松に泊まった。翌朝五時八分の宇高連絡船で宇野《うの》に渡ったが、これが宇野発六時十七分の大阪行に連絡していた。

大阪に着いたのが正午前だった。すぐ大阪府警に向かった。

捜査一課の今泉係長とは顔なじみだ。

「ご苦労さまです」

と、今泉は二人をねぎらった。

「岡山から高松においでになったそうですね？」

「どうして、われわれが高松に行ったのをご存じだったんですか？」

と、神野がちょっとおどろいてきいた。

「いや、あなたがたがここに着かれたら、すぐに本庁に電話してくれと、河合さんから連絡が今朝ありました」

「それはどうも。それじゃ、ちょっと失礼します」

と、神野はすぐに電話を借りた。

河合の声が出た。

「神野君か？」

「はあ。いま、こっちに着いたばかりです。何かご用ですか？」

「うむ。少し君に報《し》らせたいことが起こった」

河合の声は重たげな調子であった。

「実はね、昨日、君と生駒の監視のことを相談したが、一応、生駒の家に電話をして、本人が在宅していることをたしかめたんだ……」

神野は、それだけ聞くと、ある予感で胸が騒いだ。

「……そうすると、電話に妻君が出て二、三日、健康がすぐれないので寝込んでいると言った。それで安心してたんだ。で、その医者の名を聞いて、そこに電話したところ、たしかに血圧が高くなって身体の調子が悪いので、ここ二、三日、毎日往診しているとその医者はいうんだ。それでこっちも安心したわけだ。すると、今朝、一応監視させるつもりで人を生駒の家の近くにやったところ、どうも生駒が家に居ない様子らしいんだ」

「居ない？　どういうことですか」

神野は、悪い予感が当たったような気がした。

「いや、それで思い切って妻君に訊《たず》ねさせた。すると、妻君がいうには、昨夜八時ごろ、身体の静養にしばらく温泉に行くといって、主人は旅装を整えて出かけたというんだよ。行先は伊豆《いず》地方というのだが、はっきり、どことも決めてないと妻君は言ったそうだ。……すっかり油断してたよ」

生駒は逃げた、と神野は思った。

昨日から、それは心配している。杉村の車詰めの死体が旭川ダムに浮きあがったことが新聞に出てから、生駒の行動が気づかわれていたのだ。生駒は、当然、警視庁の疑惑が自分に向かっていることを気づいているはずだった。生駒は当分様子を静観するだろう、と思ったのは、こっちの甘い油断であった。

「君、生駒は逃げたかもしれないよ」

と、東京との電話を終わった神野は、そばで聞いていた塚田に身体を回した。

「本当ですか？」

と、塚田も真剣な顔になっていた。

「河合さんに生駒の監視を頼んでいたが、やはりまだ大丈夫だという気持ちがあったんだね。生駒が今ここで急に動いたら、かえって捜査の注意をひくからね」

神野は河合係長を弁護するように言った。

「いまの電話では、伊豆地方の温泉に行ったということらしいですが、本当はどうですかね？」

「うむ。あまり当てにはならない。奥さんがそう言ったそうだが、奥さんも実際のところ、主人の行先を知ってないんじゃないかな」

「生駒が逃げたんですって？」

と、今泉警部が聞きつけて横から顔を出した。神野は、そっちに向きを変えた。

「まだ逃げたとは決められませんが、こういうことです」

と、神野は河合から聞いた話をざっと今泉警部に話した。

「しかし、逃げたというのは少しおかしいですね。いま、彼がそんなことをすれば、わざわざ自分が犯人だと名乗るようなものじゃないですかね？」

と、今泉も首をかしげていた。

「そうなんです。たしかに、あの旭川ダムで杉村が車といっしょに沈んだのは、生駒があの場所を通ったときだと思いますが、まだ、その確認は取れてないんですからね。いますぐ彼を逮捕するわけにはいかないんです。事情くらいは聴いてもいいが、それもこっちでキメ手をつかんでからでないと、彼のいいかげんな答えを鵜呑《うの》みにするだけですからね。そういうところは生駒も心得ているはずなのに、どうして急に家を出たのか、よくわかりません」

「杉村の死体発見が新聞に出たので、奴《やっこ》さんも気持ちが落ちつかなくなったんじゃないですかね。だが、こうなると、いよいよ杉村殺しが生駒ということになりそうですな」

「そうですね。あるいは、そういうふうに決めてもいいかもわかりません」

「ついでに、王塚古墳の濠《ほり》で他殺死体で発見された前岡も生駒の犯行と決めていいですかな？」

「それはどうでしょうか、前岡が死体で見つかったとき、それは新聞に出て生駒も承知していましたが、そのとき、彼は逃げませんでしたからね。現に、ぼくは生駒に会いに行っています。そのとき、彼は泰然自若としていましたよ」

「どうもよくわからない」

「前岡の事件は、生駒にはっきりアリバイがあるから落ちついていたともいえますけれども、今度は前岡事件のときとは違うと思います。……ところで、今泉さん。生駒の行先は案外こっちのほうかもわかりませんよ」

神野が言うと、大阪府警の今泉警部は、

「ああ、あんたが言うのは天野の家ですね」

と、うなずいた。

「いま、その天野という家を、天王寺地区一帯にわたって交番を動員し、居住者名簿など繰って捜しているんですがね、まだ有力なのはあがってきません。なんといっても姓だけですから、ちょっとつかみにくいわけです」

今泉は、そう言った。

「それはお手数をかけます。天野某という名がわかるといいんですが、前岡は天野としか言ってないんですからね。もっとも、彼にしては自分たちのアジトですから、妹夫婦でもあまり言いたくなかったのでしょう」

神野は、今日、ここに着くまでにその調査の結果がわかればと思い、それでわざわざ高松から電話して依頼しておいたのだ。

「あなたのお話だと、家庭電器の特約店みたいな商売が臭いといわれたが、天王寺地区には、そういう電器商が五、六軒あるんです。姓はみな違いますがね、で、そこにも人をやって、このへんに天野という同業者が居るかというと、聞いたことがないというんですよ」

「ああ、そうですか。それは弱りましたね」

神野は当てが違ったような気がした。

「しかし、こちらでそう思いこんでいるだけで、案外、商売が違うかもわからないし、個人の勤め人かもわかりませんからね。天王寺界隈《かいわい》だけでなく、隣接の区もいっしょにやってみたいと思うんです」

「どうも済みません。すると、あと二日くらいはかかりますかね？」

「そのくらいは覚悟しなければならないでしょうね。ひととおりでなく、もう一度繰り返して捜査させるつもりです。しかし、神野さん。生駒がその天野という家に本当に来ているとしたら、なんとか早くその家を突き止めてみたいものですね」

「そうです。なにしろ、アジトですから、ぜひ、洗い出してみたいと思うんですよ」

「……で、あなたがたは、これからどうしますか？」

「そうですね、われわれは至急に東京へ帰って、係長と今後のことを打ち合わせたいと思います」

神野が東京の警視庁に戻ったのは夜の九時ごろだった。河合係長は部屋に残って、二人を待ってくれていた。

「やあ。どうもご苦労さん」

と、河合は二人を迎えて椅子から立った。

「留守中、いろいろお世話になりました」

神野は挨拶《あいさつ》した。

「ちょっと痩《や》せたね。たいへんだったな」

河合は神野の顔を見て労をねぎらった。塚田は若いだけにまだ余裕があった。

「早速ですが、生駒の行方はわかりませんか？」

神野はすぐ訊《き》いた。

「わからない。まさかと思っていたのがこっちのミスだった。彼が出かけたのは昨夜だから、五月七日の八時ごろだ。それで、今日、伊豆方面の各温泉地の各旅館について調査したが、どうも生駒は泊まってないようだ。たとえ偽名でも写真を持たせて捜査員を出したから、滞在していればわかるはずだがね。もっとも、まだ全部の旅館がわかったわけではない。神奈川と静岡の両県警に頼んで協力してもらっている」

「殺された前岡が最初に大阪で生駒、杉村と会合したと思われる場所が、天野という家ということだけはわかりましたが、今度も生駒はその天野に行っているのではないかと思うんです。大阪でも府警捜査課の今泉警部にお願いして、天王寺管内と隣接地区の天野という名の家を捜してもらっています。たぶん、イコマの取引き関係だと思って、電器関係の営業を当たってもらったところ、まだ、その該当者が出ていません」

「それなんだ。こちらも君から報告を受けたんでね。柳田秘書室長に当たってみた。ところが、彼も知らないというんだ。いや、ほんとに知らないらしいよ。ほかの営業方面の幹部にきいても、そういう取引先は大阪に無いと言ったからね。幹部は前とすっかり入れ替わっているから、生駒前社長に忠義立てする必要は別にないわけだ。答えは正直とみてよかろう」

「ははあ」

天野が、イコマ電器の取引き関係に無いとすると、その人物は、あの三人のうちの個人的な関係者だろうか。

「念のために小林弁護士にも当たってみた。しかし、彼も知らないと言っていたよ」

「待って下さいよ」

と、神野刑事はある思案が浮かんで、それを追うように考えていたが、

「河合さん。もしかすると、その天野は、生駒の女だった九段の楽天荘の丸橋豊子の関係かもわかりませんよ」

「なるほど」

河合も初めてそれに気がついたような顔になった。

「ね、そうでしょう。あの三人が大阪で落ち合った家とすれば、そこは当然生駒の知合いという公算が強いわけです。われわれは三人の直接の知合いだけを捜していましたが、生駒の女だった丸橋豊子の知人だとすれば、ワンクッションおくわけですから、そこが巧妙な隠れ場となるじゃありませんか」

第三の殺人

神野と塚田は、翌日の昼ごろ、九段坂上の裏にある料亭の街を歩いた。楽天荘にくるのは久しぶりだった。

ここにくる途上で塚田が、

「楽天荘の丸橋豊子はわれわれのちょっとした盲点になっていましたね」

と言ったが、そのとおりで、次々と起こる事件に眼を奪われて、このところ、神野も彼女のことは忘れた恰好《かっこう》になっていた。

たまたま、生駒が再び家をとび出してしまったので、また丸橋豊子に記憶が戻った恰好だ。

「まあ、お珍しい」

と、その豊子は旅館の玄関に出て、二人の刑事に愛想を言った。

「杉村さんと前岡さんが思いがけないことになりましたね」

と、彼女はそこに立ったまますぐに言った。

「あの新聞を読んだとき、ほんとにびっくりしましたわ。わたしは前岡さんにも杉村さんにも会ったことはありませんが、その名前は、あの人からよく聞いていましたからね」

二人は豊子に招じられて上にあがったが、通されたのが、この前の部屋だった。縁側から中庭が見える。

「今度の事件で、わたしに何かお聞きになっても無駄ですわ」

と、豊子は、ちょっと雑談が終わってから、先に言い出した。

「さっきも言ったように、前岡さんも杉村さんも会ったことはないんですからね。あの二人のことは、生駒さんがわたしのところへ来ていたころに聞いた程度ですから」

「最近、その生駒さんにお会いになりませんか？」

神野は何気ないふうにきいた。

「全然会いませんよ。あなたがたは、まだわたしたちがつづいてるように思ってらっしゃるんですのね。わたしは、そういつまでもあの人には未練を持っていませんよ。向こうだってそうでしょう。お互いに納得ずくで別れたんですから。たとえ、その後二人で会ったとしても、焼け木杭《ぼっくい》に火がつくような年齢《とし》でもありませんしね」

豊子は女中の運んできた茶をすすめて言った。

「そうですか。いや、実は、おかみさん、生駒さんがまた家を出てどこかに行ったんですよ」

神野は豊子の顔を見たが、その表情には変わりはなかった。

「また家を出たというのはどういうことですか……いいえ、こんなことを聞いても仕方がありませんが」

「一か月ばかり前に生駒さんはホテルから自宅に戻られていたんです。それが、突然、一昨日《おととい》、行先も言わないで自宅を出かけられたそうですがね」

「そうですか。でも、それとわたしとはなんの関係もありませんわね」

神野は、丸橋豊子の言葉が切れたあと、眼を縁側のガラス障子に向けた。そこには庭の一部が見えた。庭には竹が植えられ、石が置かれ、芝生があるが、芝生の切れたところに黒土があった。

神野は、この丸橋豊子が駿峡荘に泊まっていた生駒と電話で連絡し、杉村や前岡との打合わせ役をつとめていたのではないか、という河合係長の言葉に同感だった。河合はずっと前に、それを言ったことがある。

その後、塚田をこの楽天荘の付近の聞込みに当たらせたが、生駒が岡山県の湯原温泉に向かう車に同乗させていた若い女は、彼の聞込みには出てこなかった。

いま、神野は、その黒土の庭を眺めて塚田の聞込みを思い出している。生駒が深夜、この家の裏から丹前姿の下駄ばきではいっていったというのは、当時駿峡荘に居た生駒が、そこからこっそりここにやって来たものと思える。事実、駿峡荘のおかみも、生駒が夜ふけにどこかに出かけていたと神野に言っていた。また生駒が、駿峡荘からMホテルへ移るまでの十日間、この楽天荘に隠れていたのではないかという推定も、神野はしていた。

だから、丸橋豊子の否定にもかかわらず、まだ生駒と彼女との縁は完全には切れていなかったのだ、と神野は思っている。現にMホテルのロビーで生駒と丸橋豊子が密談している姿を、神野と塚田は目撃しているのだ。

「刑事さん。あなたがたは、まだわたしの言うことが信用できないようですね」

と、豊子は神野の表情を見ていった。商売柄、人の顔色をよむのは素早いようである。

神野が苦笑していると、

「いえ、ほんとですよ。あなたがたは生駒さんがこの家に来ているように疑ってらっしゃるようですが、家探しでもなんでもして下さい。そうすると、わかりますから」

と、豊子は主張した。

「まさか、そんなこともできませんが……」

神野はおとなしい口調で、

「しかし、おかみさん。生駒さんが駿峡荘に滞在していたころ、ときどき夜中に部屋を脱《ぬ》け出して外出していたそうです。洋服にも着替えないで、旅館の丹前のまま、庭下駄を突っかけてね。駿峡荘では、その行方をだれも知らなかったのです」

と話した。豊子の瞳《め》がちょっと動いた。

「ところがですね、ちょうど、そのころのことですが、夜遅く、こちらの裏口から丹前姿に下駄ばきで出入りしている人を目撃している人がいるんですよ。名前は言えませんが、この近所の方でね」

豊子は、さすがにはっとなったようで、思わず、一瞬に眼を伏せた。神野にしても、これは切り札だった。いつかは豊子に向かって使うつもりでいたのだ。

「だれが、そんな根も葉もないことを言いふらしたんでしょうねえ」

と、豊子はひとりで呟《つぶや》いたが、虚を衝《つ》かれたのはたしかだった。

聞き込んだ当人の塚田刑事は、横から豊子の顔を睨《にら》むように見ていた。

神野が、豊子の虚をつくように言った。

「おかみさん。率直な話、生駒さんが家を出たとなると、当分、どこに身を置いておられるでしょうね。あなたはともかく何年間か生駒さんとつき合っていらしたんですから、彼氏の癖はよく呑《の》みこんでおいででしょう？」

「そうですね。別れてからもう二年も経つので、その後のことはわかっていませんが、たしかに、ほうぼうに旅行するのは好きなようでしたわ」

「温泉とか、そういうところですか」

「奇妙な癖があるんです。あまり名の知れた温泉には行きたがらないんですね。いつも鄙《ひな》びたところが好きなようでした」

そういえば、生駒が岡山県の湯原温泉に行ったのも、その趣味のあらわれだったのかもしれない。

鄙びた温泉といえば全国に多いから、目下、伊豆地方に生駒の足跡がないとすれば、その行先に見当のつけようがなかった。

「おかみさん、もう一つ訊《き》きますが、生駒さんから大阪の天野という人のことを聞いたことはありませんか？」

神野は、それがここに来た目的だったので、最後にたしかめてみた。

「知りません。その方、大阪の何処においでになるんですか？」

丸橋豊子はきき返したが、神野が天王寺付近に居る人かもしれないと言ったときも、彼女はやはり首を振った。その顔つきは実際に知らないようだった。

しかし丸橋豊子は何かじっと考えていた。どうもよくわからないという顔であった。それでも、何か言いたそうな眼つきだった。しかし、結局、自信が無いとみえ、言葉は吐かれなかった。

神野は塚田と眼を交して腰をあげることにした。

「どうもお邪魔しました」

「いいえ。お役に立ちませんで」

丸橋豊子は刑事を見送りのために起《た》った。

刑事二人が玄関にかがみこんで靴をはいているときだった。うしろにすわってじっと見ていた豊子が、

「あの、その天野さんというのは人の名前ですか？」

と、突然きいた。いままでためらっていた質問をやっと口に出したという感じだった。

「え？」

神野はふり向いた。

「天野サンというからには人だと思うんですが、何かほかに？」

「もしかすると、それは大阪府の河内にある金剛寺《こんごうじ》のことじゃないでしょうか？」

豊子は言った。

「金剛寺？」

「もう先《せん》、生駒に連れられてそこに遊びに行ったことがあるんです。河内長野という電車の駅からはいった山の中に小さな鉱泉がありまして、その近くに金剛寺という寺がありましたわ。天野山《あまのさん》金剛寺というんですが、土地の人は天野山と呼んでいますわ」

神野は、丸橋豊子の一言で心臓を不意につかまれたような気がした。大げさに言えば、雷に搏《う》たれたようになった。

「おかみさん。金剛寺というのが天野山ですか？」

横の塚田も顔色を変えていた。

「あのへんの人は金剛寺とは言わないで、普通、天野山と呼んでいるんです。……もう少し早くそれに気がつけばよかったんですが、あなたがたが天野サンという人だというから、それが浮かんでこなかったのです」

「大阪のことはよくわからないんですが、そこは電車のなんという駅で降りるんですって？」

「河内長野です。ここは近鉄で大阪の阿倍野橋からも行けるし、南海《なんかい》の高野《こうや》線で難波《なんば》からも行けます」

「阿倍野橋は天王寺のことですね？」

神野がそうきいたのは、杉村や前岡がうろついていたのが天王寺駅付近だったからだ。

「前にあなたが生駒さんと泊まられたのはなんという鉱泉ですか？」

「錦渓《きんけい》温泉といいましたわ。ひなびた土地で、わたしなんか、そんなところに鉱泉があるとは知りませんでしたわ。生駒さんは妙にひなびた温泉ばかり知っていました。その錦渓温泉から金剛寺は近いというので、宿からバスで行きました。十五分くらいしかかかりませんでしたわ」

「錦渓温泉ね……」

横の塚田が手早く手帳にその名を書き取っていた。

「あなたがたが泊まられた宿は、なんという名前でした？」

「そこは、一軒しかなかったと思いますけど、たしか、紅葉館《こうようかん》といいました。もう四年くらい前の話です」

「どうもありがとう」

神野は、一刻も早く本庁に帰って、大阪府警の今泉警部に連絡したかった。

「いや、どうも、たいへん参考になるお話を伺ってお礼を言います」

「こんなことでお役に立てば、わたしもうれしいと思います」

本庁に帰る途々《みちみち》も、塚田ははずんだ口調で神野に話しかけた。

「天野サンと天野山か。……なるほど、これは気がつきませんでしたね。神野さん。前岡さんが殺された王塚古墳の羽曳野市も、大阪からその天野山に行く途中の沿線じゃないでしょうかね。そうすると、ぴたりと話が一致するのですがねえ」

本庁に帰って、神野と塚田はさっそく河合係長のデスクに飛んで行った。

「天野サンとは、そういう意味だったのか」

と、係長も報告を聞いて唸《うな》っていた。

「まず、地図を見よう」

河内長野は、難波から南海電鉄高野線で、西のほうからもはいれるし、東側からは、阿倍野橋から出た近鉄長野線が古市を経て河内長野に通じている。

古市。——

東京の警察官三人の眼は地図の上に釘《くぎ》づけとなった。古市こそは王塚古墳のある羽曳

ものだろう。

野市の駅名である。地図から判断すると、古市から河内長野まで十二、三キロくらいな

「車だと、ざっと二十分くらいだろうな」

と、河合が言った。

「そうです。金剛寺から河内長野までが車で約二十分ですから、寺から王塚古墳までは一時間足らずでしょうね」

そう言った神野の気持ちには、前岡の死体が金剛寺から古市の王塚古墳に車で運搬されたという考えが横たわっていた。

「道理で、三月十二日の晩の連中の集合所をいくら捜してもわからないはずだったよ。錦渓温泉などという、こんな田舎の温泉にまさか集まっていようとは思わなかったな」

河合が言った。

「そうですね。大阪府警もおそらく、ここまでは捜してないと思います」

「盲点だ。しかし、これで完全に天王寺、古市、金剛寺と、一本の線がつながったよ」

河合は神野と塚田を相手に意見の交換をおこなったが、まず、大阪府警にこのことを報告し、必要によっては、もう一度、神野と塚田が現地に出発することになった。

警察電話で大阪府警捜査課の今泉警部が出た。

「そら、大発見ですわ」

と、今泉警部も関西弁のアクセントでおどろいていたが、

「けど、あの錦渓温泉というのは、一度こちらでも旅館は調べたところですがね」

と、腑《ふ》に落ちぬような声だった。

「そうですか」

「錦渓温泉というのは、もちろん鉱泉で、沸かし湯です。そこは大阪から高野山行のバスの休憩所になっていて、旅館も老人の湯治場といった感じです。まあ、値段が安いので、大阪から若い人も泊まりには行っていますけど」

とても東京からわざわざ泊まりにくるような場所ではないと、今泉警部は言った。

「しかし、それだからこそ眼の死角にはいっていたんじゃないですかね？」

「そうかもわかりまへんな。けど、いまも言ったように、前にもそこは当たってみて、三月十二日に生駒や、杉村、前岡などが泊まった形跡が無かったんですけどね。まあ、もう一度念を入れて調べてはみますが」

「ぜひ、そうお願いします」

「あすこには小さな旅館しかないから、連中があのとき泊まっていれば、わけなくわかるはずだったんですけどね。まあ、とにかくやってみますわ」

――しかし、その再調査の結果が報告される前、大阪府警の電話は、おどろくべき通告を東京にしてきた。

河合が大阪府警に、錦渓温泉の再調査を電話で頼んでから一時間と経たないうち、その大阪府警の電話は河合係長をあわただしく呼び出した。

河合は一瞬、ぽかんとなったが、すぐに眼をむき、受話器を耳に押しつけた。見ているうちに顔が充血した。

「え、なんですって？」

「場所はどこです？」

と、彼はたいていの事件には馴《な》れているはずなのに、今度ばかりは興奮を抑え切れない声で怒鳴り返していた。それにつづいて、

「ピストルで。ほう。致命傷は？」

「発見状態は？」

「死後経過時間は？」

「犯人の手がかりは？」

「現在の捜査状況は？」

などと、矢継早に受話器に質問をしていた。

部屋に居る連中は、その声に係長のほうをいっせいに見つめている。

電話の報告を忙《せわ》しく聞きながらメモしていた河合は、その一枚の紙に鉛筆で走り書きし、課員の一人を眼で呼んで手渡した。

「すぐ神野君をさがしてこい」

この文句を読んだ男は部屋を飛び出して行った。

電話が終わると、係長は受話器を置いて、また放心状態になっている。

課員の誰も今の電話のことを質問しなかった。神野がここに戻ってくるまでは、みな遠慮しているのである。その神野は鑑識課のほうにでも上がったらしかった。塚田の姿も無かった。

神野は五分もすると現われた。メモを運んだ男から大体の様子は聞いたとみえ、息をはずませて河合の傍に寄った。

「いま、大阪府警の今泉警部から緊急報告があったよ」

と、係長は抑えた声で神野に話した。

「生駒が今から一時間前に他殺死体となって発見された」

神野は声をのんだ。

「凶器はピストルだ。致命傷は心臓部の貫通銃創、一発で即死だそうだ。現場は……」

河合はひと息休んで、

「場所は大阪府河内長野市の天野山金剛寺の境内」

「え、天野山？」

神野がぶるんと慄《ふる》えたようだった。

「境内といっても山の中の道だ。生駒の服装を聞くと、東京を出たときのままらしい。そのへんはよくわからないが」

「死後経過時間は？」

神野がきいた。

「三十時間くらいだという。この推定に間違いがなければ、生駒が殺されたのは、東京を出た五月七日の翌日の朝から、その晩の間ということになるだろうな。目下、犯人の手がかり無し」

河合は、捜査一課長に報告するため、電話のメモをつかんで出て行った。

その日午後七時ごろ、神野と塚田は大阪駅に着いた。すぐに府警の捜査一課に行くと、今泉警部は二人のくるのを待っていた。

「思いがけないことになりましたね」

と、神野のほうから言った。今泉とは王塚古墳で前岡の死体が発見されて以来、協力仲間になっていたし、たった二日前に別れたばかりだ。

「まったく意外というほかはありませんな」

今泉警部も今さらのようにおどろいた顔だった。

「いま、遺体は阪大の付属病院で解剖が終わったばかりです。まだ病院にあるはずですから、行ってみますか？」

「そうですな。生駒さんの奥さんはもう東京から見えていますか？」

「いや、まだ到着していません。しかし、今夜のうちにはこちらに見えるでしょう」

遺族が居なければ、刑事としては遺体を観察しやすい。

「天野サンが天野山金剛寺とは気がつきませんでした」

「ぼくのほうも今度の凶行が起こって初めて気づいたわけです。どうも、うっかりしていて……」

と、地元の今泉が口惜《くや》しがった。

「いや。もう少し早くそれがわかっていれば、この犯罪が防げたかもわかりません。というのは、あなたから電話をいただく二時間前に、ぼくのほうにもやっとそれがわかったのですからね」

「ほう、偉いですな」

「いや、ちっとも偉くはありませんよ」

と、神野は苦笑して、

「実はこうなんです」

と、丸橋豊子から聞いたことを話した。

「なるほど。あなたが四国からこちらにこられたときに、そこに気がついていれば、早速天野山の金剛寺を調べたはずだから、あるいは生駒さんの生命は救えたかもわかりませんね」

「金剛寺ですって？　どうしてですか？　生駒が三月十二日に泊まったのは、お寺の近くの錦渓温泉ではなかったんですか？」

神野はきき返した。

「そうじゃありません。彼はそのとき寺に泊まったんですよ」

「寺に?」

「いや、神野さん、これはわれわれの盲点でしたよ。いままで連中が宿泊したのは旅館とかホテルだとばかり思い込んでいましたがね、実は金剛寺は寺の参詣人《さんけい》を泊める設備を持っていたんですよ。高野山ほどには及ばないが、とにかく宿坊《しゅくぼう》があるんです」

「宿坊に?」

神野はいちいちおどろき、塚田と顔を見合わせた。神野もこれまでホテルや旅館、あるいは、それに近い営業の場所を考えていたが、寺の宿坊とは、全然想像に無かった。

「金剛寺の宿坊の責任者に聞くと、殺された生駒の顔をよく知っていましてね。たしかに、三月十二日の晩にほかの連れ二人と宿坊に泊まったと言っていましたよ。その連れの人相というのが、杉村と前岡の顔なんです」

「それで、今度、生駒もその宿坊に泊まったんですか?」

「いや、それは違います。生駒は錦渓温泉の紅葉館に泊まっています。五月八日の午後一時半ごろ宿にはいってるんですよ」

「そのときは生駒ひとりですか?」

「ひとりです」

今度は女は居なかったらしい。旭川ダムの車の中にいたネッカチーフの若い女が神野の頭から消えていなかった。

「どうも質問があとさきになりましたが、生駒はピストルで殺《や》られたというけど、ピストルの種類と型はわかっているんですか？」

「わかっています。コルトの三二口径です。弾丸はきわめて至近距離から生駒の背中に射ちこまれ、心臓を貫いています。生駒の着ていたレインコートが弾丸の射入で焦げているんです。そして死体のあった場所から約二十メートル先の杉の幹にめいりこんでいるのが発見されています」

「貫通銃創ですな」

「そうです。その弾丸の旋条痕《せんじょうこん》などを調べるため、目下、鑑識に回してますよ」

「なるほどね」

と、神野はひと通り聞いて溜息《ためいき》をついた。傍で聞いている塚田も大きな息を吐いた。

神野と塚田は今泉警部といっしょに阪大付属病院に行った。阪大は川に面した、古い建物だ。ぐるりに近代的な高層建築がふえているので、よけいに古色蒼然《こしょくそうぜん》とみえる。しかし、その古めかしさがかえって権威の象徴かもしれない。

神野たちは、剝《は》げた壁のみえるうす暗い廊下を歩いて解剖室に行った。その部屋が近くなったころから、すでに微《かす》かな異臭がどことなく感じられた。その臭いを消すために石炭酸の香りも強かった。

解剖室近くの部屋が死体安置所になっていた。そこには簡単な仏事の装飾もあった。

解剖の死体を貯蔵する冷蔵室と隣り合っていた。

生駒の遺体は、すでに解剖が終わり、白木の寝棺に納まっていた。まだ遺族がこないので、棺《ひつぎ》の蓋《ふた》は釘《くぎ》がなかった。

神野は、洋服を着せられた故人と対面した。解剖後はちゃんと元どおりの姿に戻されているから、どこにメスがはいっているのか、外見ではわからない。

生駒の死顔は平穏であった。即死の状態だったからであろう。

解剖を執刀した医者が刑事の前に現われた。片手に生駒の着ていたレインコートを持っていた。

「弾丸の射入口はここですがね」

と、医者はひろげた青灰色のコートの背中の一点を指した。そこには縁が黒く焼けた小さな孔《あな》があいていた。

「この状態でみると、犯人は、おそらく、ピストルの銃先《つつさき》を被害者の背中に近づけて発射したと思われます。射出口は左胸部の中央になって、直径四十一ミリの円形の孔があいています。弾丸の貫通した痕《あと》は、射入口よりも射出口のほうが大きく、こっちは、孔の縁がギザギザになっています。むろん、心臓は破裂していました」

「そうすると、犯人は被害者の左側やや後方を歩き、ピストルを挙げ背中から心臓を狙って射ったというわけですね？」

「そういうことになりますな。この状態だと、被害者に抵抗のあとがありませんから、被害者はピストルが自分の背中を狙っていることなどは気がつかなかったでしょう。たぶん、歩きながら加害者と被害者とは話でもしていたんじゃないでしょうか。まあ、そのへんの推理はあなたがたの領域ですがね」

「おそらく、そうだと思います。先生。死後経過時間の三十時間は、大体間違いありませんか？」

「それは推定ですからね。この病院に運ばれてからの死後経過時間は、約三十時間です」

「被害者の胃の内容物はどうですか？」

神野刑事は解剖した医者にきいた。

「食物が半分消化していました。つまり、食後三、四時間というところですな」

「それは生駒の死の前の行動と合うんです」と、今泉警部が横から神野に言った。「生駒は錦渓温泉の紅葉館で昼食を一時ごろに食べています。旅館を出かけたのが二時ごろだそうです」

「生駒が宿を出かけるとき、どこからも電話はかかってこなかったんですか？」

「電話はかからなかったそうです。しかし、詳しいことは、まだ宿の中立てがわかっていないから、やはり現場に行ったほうがいいですな」

「先生。解剖所見による推定では、大体、ピストルの銃先とレインコートの間の距離はどのくらいでしょう？」

「そうですな、むろん、推測だが、十センチくらいじゃなかったですかね。このとおり、レインコートの孔が真黒になっていますからね。黒いのは焦げ痕だけでなく、濃い硝煙も付着しているんです。……大体、ピストルは十五センチ以遠から発射したとなると他殺の疑いが濃いわけですがね。十五センチ以内だと自殺の可能性があるんです。しかし、この被害者の場合は背中から射たれているので、十センチくらいの距離でも、むろん、他殺です」

今泉警部が、それを補足するように言った。

「いや、神野さん。非常に近い距離から射殺したということは、心臓部を貫通した弾丸が二十メートル離れた杉の木の中に相当深くめいりこんでいたことでもわかります」

「先生。弾丸一発で見事に心臓部を貫き、即死させていますが、犯人はよほどの射撃の名人でしょうか？」

神野は解剖医にきいた。

「遠くから射った場合ならともかく、近距離の発射ですから、必ずしも射撃の名人ということはいえないでしょう。ただ、そんな至近距離でも心臓をはずれることはありますから、犯人にとってはやはり半分は幸運が手伝っているとみていいでしょうな」

「どうもありがとうございました」

と、神野は死体安置室を出た。

ふたたびヒンヤリとした暗い廊下を戻った。三人の足音が古い建物の長い廊下にこだました。馴《な》れない者だと、暗い廊下の壁の隅から死人が起きて来そうな錯覚を起こしそうだった。

病院の外に出た三人は、外の甘い夜気を十分に肺の中に入れた。

「神野さん、これからどうします？」

今泉警部が伸ばした両手を下ろしてきいた。

「そうですな。大阪に泊まっても仕方がないから、金剛寺に行ってみようかと思うんですがね。宿坊に泊まってもいいですからな」

現場での推理

大阪府警のパトカーと乗用車とは、翌朝、九時に府警前を出発した。前のパトカーには府警の捜査一課の係員三名が乗り、うしろの乗用車には、今泉警部を中にはさんで、神野と塚田とが乗っていた。助手席には、一課の警部補が乗っていた。

雨が降り出しそうな黒い雲の掩《おお》った暗い日であった。大阪市内から金剛寺までは車で一時間ちょっとだった。

「今朝、本庁の河合係長から宿に電話がかかりましてね」

と、神野は、今泉に車中で話した。

「イコマ電器の秘書室長、柳田の動静がわかったそうです。柳田は、生駒が大阪に向かった五月七日の夜と、八日の朝から晩までの一ン日《いちんち》中、東京に居たことがはっきり確認されたそうです」

「ほう」

今泉警部は大きな眼をして、

「それじゃ、あなたの疑いの一つが晴れたわけですね？」

といった。神野はうなずいたが、むずかしい顔をしていた。

生駒を殺《や》ったのは、もしかすると柳田ではないか、という予感があったからだ。別にそれを裏づける根拠は無い。柳田が生駒を殺す動機も原因も無いのだが飛躍した直感が漠然と動くことはある。しかし、生駒が錦渓温泉に着いた五月八日に柳田が東京に居たとわかれば、柳田の不在証明は完全に成立している。

ついでだが、四月の十七日も柳田は東京に居たというから、事実はますます柳田を事件から遠い人物にしてしまっていた。

パトカーと車は、十時前に河内長野の町にはいった。賑《にぎ》やかな長野駅前は道が三叉路《さんさろ》となり、そのまま南へすすめば高野山麓の橋本《はしもと》の町に出る。岐《わか》れ道を右にとって西へ行けば岸和田《きしわだ》方面。天野山はその途中にある。

駅のガードの傍らには観心寺《かんしんじ》まで二キロという標識か出ていた。この寺の如意《によい》輪観音《りんかんのん》は平安《へいあん》前期の傑作として有名なので神野も図版などで知っていた。公務でなかったら、寺を訪れてみたいところである。

乗った車は、岸和田行のバスの通う舗装道路をどんどん走って天野山に向かっている。

途中からの道は勾配《こうばい》になる。

「ちょっと」

と、今泉警部が神野の注意を促した。

「こっちの道を真直ぐに行くと、錦渓温泉に出るんです」

その道は低い山の間にはいっていた。

車は天野山の峠道をうねうねと上りはじめた。やはり厚い雲の下で、普通なら新緑が光るところだが、すべてが重く沈んだ色になっていた。この山が新緑には早いのかもしれなかった。

アスファルトのバス道路なのに、農家はところどころしかなかった。山というより丘陵である。せいぜい三百メートルくらいだ。

もう少しで峠と思われる道の右傍らに寺の門が見えた。くすんだ色なので、うっかり見すごすところだった。

その寺の門前の少し低くなった広場でパトカーも乗用車も停まった。

「現場までは、ここから歩いて約二百メートルくらいです」

今泉警部が降りてからいった。

金剛寺は、かなり大きな規模だった。

見まわすと、ここは杉林の斜面に囲まれた谷のようなところで、向こうのバス道路も急な屈折になっている。

門の外からも本堂の屋根や塔が見えた。もともと、ここは尼寺だと、警部は説明した。

「寺に寄るのは戻りにしましょう。電話で宿坊の係りの人にちゃんと居るように頼んで

た。

門前の広場からの小道は、この寺を囲む小高い丘陵をひとめぐりするようにできていた。

その道路にはいって五十メートルくらい登ると、別な径《こみち》が斜面に沿って降りていた。斜面の向かい側は深い谷になって、別な丘陵と対《むか》い合っていた。天気が悪く、谷間は暗かった。山林の間には畑も小さく見えた。

ここまで来ると、径の幅は一人が歩くのにやっとぐらいだった。

「ああ、これでわかりましたよ」

と、神野は前を行く今泉警部の背中にいった。

「生駒がどうして左の背中を狙われていることに気がつかなかったかと、今までふしぎに思っていましたがね。普通、横にいっしょにならんで歩いていれば、右腕を上げて相手の背中に向けると、ちょっと不自然な恰好《かっこう》になりますからね。たちまち相手に気づかれます。この径なら、生駒が先頭を歩き、犯人はそのすぐあとにつづき、二人で話をしながら歩いていたんですね。そうすると、ちょうどピストルが十センチくらいの距離から射てることになります」

「そうだと思いますね。話に夢中になっていたため、被害者の生駒がうしろから狙われているのに気がつかなかったのはわかるとしても、そのピストルの距離の問題は、この径の条件を考えると、あなたの推測どおりだと思います。……しかし、なぜ、二人はこんな径に降りてきたんでしょうな。まさか河内長野に降りたいために歩いてきたのではないと思いますが」

「すると、この径は平野に降りられるようになってるんですか？」

「この谷間に沿って回りながら降りると、白石《しらいし》という村に出ることになっています。つまり、河内長野の端にあるその村から上がると、この径が寺への近道というわけですね」

パトカーから降りた連中が向こうに立っていて、今泉警部の一行がくるのを待っていた。

神野と塚田は今泉警部のあとを歩いた。

「現場はここです」

と、同じ車の助手席に乗っていた捜査一課の警部補が、東京の刑事二人に地上を指した。そこには、死体発見直後、現場保存に縄《なわ》を張った杭《くい》の跡が残っていた。

次に係長は見取り図を開いた。死体の位置は、弾丸が射ち込まれた杉から二十メートルくらい離れた所だった。その杉の木は、路《みち》が急角度に曲がった正面に立っていた。つまり、生駒の歩いていた正面二十メートル先に、その杉の木があるのだ。

「被害者は、こういうかたちで倒れていました」

と、係長が持参の現場写真をもう一度とり出して二人に見せた。これは神野が大阪に着いてすぐ見せられたもので、生駒は、その路に俯伏《うつぶ》せになっている。胸の下から血が外に流れ、レインコートの背中にも黒い筋が匍《は》っていた。

写真には生駒の肩の真横に熊笹《くまざさ》が写っている。笹の間に交じっている短い椿の根元が、現に今もそこで見られた。つまり、この椿が生駒の倒れている位置の目標の役になっているのだ。

「思うに、被害者と犯人は、こういうふうに前後にならんで歩いていたと思います」と、係長は部下の課員を二人前後にならべて、犯行時を再現させた。先頭の男と、あとの男との距離は、ほぼ三十センチくらいだった。

「この状態だと、うしろから歩いている犯人が前の男の背中を狙って右手をあげる。すると、その手が前に出たぶんだけ、被害者の背中と、ピストルの銃先《つつさき》との距離は縮まります。その間を約十センチとみれば、二人の間隔はこんなものでしょう」

神野はうなずいた。だが、彼に一つの疑問が生じた。

「犯人は、左利きですかね？」

人間の心臓は左側についている。その心臓をうしろから狙うとき、右手にピストルを持てば、当然弾道は斜め左に角度を取る。したがって、ちょっと手もとがくるえば、弾は心臓をはずれる可能性がある。だからこの場合、左利きのほうが都合がいいわけである。

「ああ、その疑問はわれわれも持ったんです」と、今泉警部が引き取った。「この路は狭いから、犯人は被害者の背後から、相手の心臓を狙って真正面に発射したかもしれない。そうなると、犯人は左の手を使うことになるから、左利きだということですね？」

「そうです。まあ、犯人が生駒の背後にいても、少し左に寄っていれば別ですがね。……おや、この路は、それが可能なようですね？　左へ少し寄れば寄れる」

「そうです。ぼくらもそう見ていますよ。犯人は右利きで、発射のとき、被害者の真うしろよりは左側に寄って右手を上げ、心臓を直線に狙ったというふうにね。というのは、被害者の背中の射入口と射出口を結ぶ直線を延長すると、正確に、あの杉にめいりこんだ弾丸の位置に一致するんです。つまり、弾丸は斜めに被害者の体内を貫通したのではなく、直線にはいっているわけです」

次に、弾丸の射入口と射出口、それと杉の幹にめいり込んだ弾丸の角度を測った結果、犯人は生駒より少し背の高い男と想像された。

弾丸のコースは上から下にやや傾斜している。したがって、弾丸が二十メートル先の杉にめいりこんだときは、根元に近い幹であった。

生駒の背は一メートル六二だった。してみると、犯人は一メートル七〇前後というところであろうか。背が高いといっても、男にしては普通よりやや高いという程度だろう。しかし、とにかく犯人が背の低い男でないことだけは推定できた。

次に、依然として疑問なのは、生駒が犯人といっしょに、なぜこのような路にはいりこんだかということだ。もちろん、犯人は生駒が気を許した男であろう。まさかピストルを背後から突きつけられて、このような路に歩いてきたわけではあるまい。両人《ふたり》で話し合いながら前後に歩いてきたというのが普通の解釈だ。そうすると、このような寂しい路に両人ではいってくる必然性がなければならぬ。

「それは秘密な話合いだったでしょうね」と、神野は、その疑問に自分の推測を言った。

「もちろん、遊歩道でもできますが、あすこは人が歩いています。生駒も犯人も、そういうところで顔を見られたくない。それが両方の事情にあったんですね。それが秘密の話合いにつながると思います」

「犯人が犯行前に人に見られたくないというのはわかるが、生駒まで顔を通行者に見られたくないというのは、どういうことでしょうかね？」

今泉警部はいった。

「ぼくの考えですが、生駒は、あんなふうに社会的問題になるくらい派手な倒産をやっている。それは擬装倒産というよりも、倒産必至の状態になって、会社の金を横領した疑いがあります。いや、疑いどころか、目下、生駒は背任横領罪で近く管財人団から告訴される段階にあると聞いています。だから、こんな場所をイコマ関係の男と歩いているのを見られると都合が悪かったんじゃないですか」

「え、犯人がイコマ関係の人物といわれましたね？」

今泉が聞きとがめた。

「そうだと思います。遊歩道でさえ警戒して話し合えなかったくらいだから、相手の男もイコマの擬装倒産に関係のある人物だと思います」

「杉村も前岡も殺されてるのに、まだ、あと、だれか残っていますか？」

今泉警部が熱心な眼で神野を見つめた。

考えてみれば、おかしなもので、犯罪発生地は岡山県と大阪府だ。捜査は地元の岡山県警と大阪府警とが担当している。しかし、その犯人を追っているのは東京の警視庁だった。合同捜査とはいえ、主体性がどっちにあるのかわからないくらいだった。

「いや、それはぼくにもまだわかりません。ただ、生駒と犯人とが密談のため、このような径《こみち》に降りてきたことから推理してるだけです」

実際、神野にもそこまでは推測できても、犯人の顔はまだ出てこなかった。

「それにしても、錦渓温泉をひとりで出た生駒は、どこで犯人と落ち合ったのでしょうな？」

神野は首をひねった。それが次に解明しなければならない問題点である。

現在調べた段階では、錦渓温泉の紅葉館に泊まっていたのは生駒ひとりで、同伴者はいなかった。宿に訪問者もなかったし、外から電話もかかってこなかった。

だから、生駒は錦渓温泉にはいる以前に、その相手と何処《どこ》かで打合わせをし、金剛寺に行く時間と、落合い場所とを決めていたのだろう。

生駒は紅葉館を八日の午後二時に出ている。それは、のちに犯人となった人物と打合わせどおり、相手に遇《あ》いに行ったのであろう。

「錦渓温泉から、この金剛寺まで歩いてくる道はあるんですか？」

神野が今泉警部に訊《き》くと、警部はこの土地に詳しい部下を呼んだ。

「錦渓温泉から寺まではそんな歩けるような道はおまへん。間に山がありますさかいに」

と、部下は答えた。

「そうすると、ここに登ってくるには？」

「錦渓温泉から河内長野駅前に行って、そこから、バスかタクシーに乗るほかおまへんやろ。歩けば一時間くらいかかりますよってに」

やはり、いったん河内の町に出て、金剛寺に来なければならないのである。

「相手の人物は東京の者ですな」

今泉がいった。神野もその推定に異存はなかった。

生駒は七日の夜に東京を出発しているが、相手との打合わせは、それ以前、東京で行なわれているに違いない。生駒が東京から空路で大阪にきたか、新幹線などの汽車を利用してきたか、いまのところ不明だが、犯人が生駒と同行していれば、大阪に着いて生駒とは別な旅館に泊まったことになり、犯人が生駒と同行していなかったら、一足先に大阪に来ていたと想像される。

「錦渓温泉の旅館を調べましたが、いまのところ、それらしい人間は泊まっていません」

今泉警部は神野に話した。

「それでは、犯人は大阪か、あるいはここに近いほかの土地に泊まっていたのでしょうな」

両人が別々に泊まっていたこと自体が、金剛寺での秘密な会合につながる。その会合の秘密性のゆえに、生駒は殺されたのだ、ということもできる。

「殺人の動機ですが、此処《ここ》での話合いがもつれたために、犯人が怒って生駒を殺したか、それとも、犯人は前から殺人を計画していたのか、どっちでしょう？」

今泉が神野の意見をきいた。

「凶器がピストルですから、犯人は前から計画していたと思いますね。偶発的な殺人ではないでしょう」

今泉もそのとおりの意見だと言った。

凶器のピストルは、これまで現場を二回捜索したが発見できなかった。

一行は山道を降りて金剛寺に引き返した。

山門をくぐると、正面に多宝塔の法輪が急斜面の山林を背景にそそり立っていた。山地寺院の特徴として、五十以上の建物の配置が高地に向かって一段ずつせり上がっているのだが、山が低いので迫力はなかった。

真言宗《しんごんしゅう》、天野山金剛寺は、行基《ぎょうき》の開基といわれ、藤原《ふじわら》時代の末期には後白河《ごしらかわ》法皇の勅願寺となった。南北朝《なんぼくちょう》時代には、後村上《ごむらかみ》、長慶《ちょうけい》、後亀山《ごかめやま》各天皇の二十年間に亙《わた》る南朝の行在所《あんざいしょ》となった。そこで、この寺を「天野行宮《あんぐう》」といった時代もあり、寺の所蔵には南朝方の古文書が多いという。

神野たちは古い金堂の前に立った。入母屋《いりもや》の重厚な暗い軒の斗栱《ますぐみ》を見上げた。

「この金堂は鎌倉《かまくら》時代の建築物というんですがね。内部にある大日如来坐《だいにちにょらいざ》像《ぞう》と、脇侍《わきじ》の不動明王《ふどうみようおう》、降三世明王《ごうざんぜみようおう》の坐像とは、運慶《うんけい》作と伝えられるんですが、鎌倉時代の中期でも、どうやら、それよりは少し下るようですな」

部下が寺務所に行って交渉している間、今泉警部は神野と塚田の間に立って説明した。

境内には参詣《さんけい》人の姿が十四、五人くらい見られた。

「あなたは、この寺によくおいでになるんですか？」

神野は今泉に訊いた。

「いや、三年ぶりできました。今度の事件のおかげです」

今泉は笑った。

「大阪の人は、よく来るんでしょうね」

「はあ、ここは女人《にょにん》高野といいます。高野山は昔は女人禁制でしたが、ここだけは女性に開放していたんです。それに、こういう平野の端に立った山ですから、夏には林間《なか》学校が開設されて子供が団体できます。……せっかくおいでになったのだから、内部の仏像を見ますか？」

「いや、それは用が済んで帰りにしましょう」

そこに寺務所に行っていた部下が戻ってきて、寺では宿坊に案内するといっていると報告した。

神野たちは金堂の前をはなれて歩き、寺務所の門をくぐった。門柱には「御座所、宝物、庭園拝観受付」の看板が下がっていた。御座所というのは南朝の天皇方の御居間だったところらしい。

その受付所の前に四十すぎの坊さんが立っていた。

「今日は、あいにくと住職が朝から京都に行って留守してはりますのんで、わたしがご案内させてもらいます」

坊さんは先頭の今泉警部に丸い頭を下げた。

「どうも、お邪魔をいたします」

今泉が会釈した。

「今度は、えらい事件がこちらで起きましたなあ」

坊さんは宿坊のほうに歩きながら嘆息した。

宿坊の入口に行くと、そこにも一人の老僧が立って一行を迎えていたが、よく見ると、それは尼さんであった。

「この方は、宿坊のお客はんの世話をしてますから、なんでも聞いてください」

と、坊さんは今泉警部にいった。

宿坊は、きれいな庭園を見晴らす場所にあった。細長い建物だが、各室ともきれいで広かった。

「大体、どういう方がここに泊まりますか？」

と、神野が老いた尼僧にきいた。

「へえ、会社の団体の方や、町内会の方などが多うおますな。それに、夏やと、林間学校の生徒はんがぎょうさん見えます」

尼僧は各室を見せて歩きながら答えた。

「そうすると、普通の旅行者は、この宿坊にはあまり泊まらないんですか？」

「へえ、そないな方はあんまりお見えになりまへんなあ」

それなら、三月十二日の晩、生駒と前岡、杉村がここに泊まったとすれば、この尼僧の強い印象にあるに違いないと神野は思った。

「食事はもちろん、全部ここでお出しになるんでしょうね？」

神野がきくと、

「へえ、そら、みんな、こちらの方が支度しています」

と、横の坊さんが尼僧のことをいった。

「こないな山の上の精進料理だすさかい、お口に合いまへんけど、みなさん、ま、召し上がってくれはります」

と、尼僧ははにかみながらいった。それを坊さんが引き取った。

「都会《まち》のひとにはやっぱり珍しいさかい、こら、うまいなァというてくれはります。高野山ほどにはお人がぎょうさんお見えになりまへんよってに、それだけ都会風にならずに、昔の精進料理の味が残ってるなァいうて、ほめてくれはります。それに、ここは天野酒《あまのさけ》いうて、太閤《たいこう》はんがえろう愛好されたことで有名だしてな」

「ははあ、お酒も造るんですか？」

「宿坊では建て前として、そないなものは出しまへんけど、希望者の方には、味見くらいの程度でお出ししてます」

厚い雲がうすらぐにつれ、外が明るくなった。庭園の上にもうすら陽が射し、緑の色が冴えてきた。

「ま、どうぞ」

その一間に食卓がおかれ、一行七人分の座蒲団《ざぶとん》が配置されていた。

みんながすわったところに、寺の人が茶と菓子とを運んできた。

「おうすでも上がっておくれやす」

神野は茶碗《ちゃわん》を頂きながら、眼を庭前に向けた。

いよいよ、その尼僧に、問題の三月十二日の夜、この宿坊に泊まったはずの生駒、杉村、前岡の様子について聞くことにした。

宿泊人名簿は、そのなかでいちばん肥えた感じの人が書いたというから、それは前岡であろう。その宿泊人名簿をとり寄せてみると、三人とも偽名になっていた。

住所も東京、横浜、千葉と、それぞれ変えてある。日付は、まさしく三月十二日になっている。

ここで神野は三人の写真を尼さんに見せた。間違いなくこの顔で、みなを代表して宿泊人名簿に名前を書いたのはこの人だと、前岡の顔を指した。

「この三人は、この宿坊に何時ごろはいったんですか？」

神野がきいた。

「そうでんな、この方がいちばん早《はよ》うて、夕方の七時ごろお見えになったと思います」

尼さんは生駒の写真を示した。

「次がこの方で、三十分くらい遅れてはいられたと思います。いちばんおしまいが、こっちゃの方で、九時ちょっと前でしたやろか」

と、尼さんは二番目に前岡の写真を指し、最後に杉村の顔を指摘した。

そうしてみると、三人は揃ってここに来たのではなく、ばらばらだったのだ。だが、これはきわめて考えられ得ることで、三人とも東京の出発が日や時間が別々になっているのだから、到着時間が不揃いなのは当然だ。

ただし、杉村などは天王寺駅前で自動車に軽く突っかけられたのが十二日の午後七時二十分ごろという目撃がある。

九時少し前にここに着いたとすれば、時間的にも合うのだ。三人の間では、大体、この時間に宿坊にはいるというとりきめがあったに違いない。

「そのとき、三人はどこに泊まったんですか？」

「この部屋だす」

と、尼さんがいったので、みなは改めて部屋の中を見回した。それは八畳の部屋であった。

「ほかに泊まり客が多かったのですか？」

「いいえ、少のうおました。三月十二日やと、この山の上は寒うおましてな、まだ雪の残っている所もありました。そやよってに、三人別々の部屋で寝てもらうと一部屋ずつ火鉢を置かななりまへんので、ここにごいっしょにしてもろたのだす」

「三人の様子はどうでした」

「へえ、別にどうということはおまへんでしたな。どこかの会社の重役はんのようでしたけど、わたしらの前ではそんな話は出ずに、雑談みたいなことだしたな。それもあんまり、はずんだ話やのうて、何や知らん、わたしどもが退《さが》ったあと、相談ごとでもあるようなふうだした」

尼さんの、その観測は正確のようである。おそらく、そのとおり、生駒たち三人は、寺の者が部屋から出て行ったあと、重大な協議にはいったに違いない。

「食事は、ここでやったんですか？」

「へえ、遅《おそ》うなりましたが、精進料理をお出ししました。よろこんで召しあがってもらいました。そのなかの痩《や》せた方が酒が欲しいといやはりましてな、天野酒をみなさんにお出ししたおぼえがおます」

酒を要求したのは杉村であった。

三月十二日の晩に、この宿坊に生駒、杉村、前岡の三人が泊まったことはこれで明瞭《めいりよう》となった。では、翌朝はどうであったか。

「朝八時ごろ、お食事をお出ししました」

と、老尼僧は答えた。

「前の晩に、八時ごろ朝飯を出してくれということだした。世話係の若い人がお膳《ぜん》を運んだのだすけど、そのときは、みなさん、もう起きておられました」

「あなたもその席におられましたか」

と、神野はきいた。

「へえ」

「そのとき、三人の様子はどうでした？」

「もう、そら、明るいものだした。仲ようｫ食事を召しあがってなァ、世間話をしてはりましたわ」

「つまり、前の晩とあまり変わらないわけですね？」

「へえ、そうだす」

「そのとき、女のひとがここに泊まっていませんでしたか？　つまり、十二日の晩か、その前の晩あたりにはいったひとです」

「いいえ、その三、四日間は女子《おなご》はんはひとりも見えてまへん」

神野がきいたのは、もちろん、生駒の車に乗っていたネッカチーフの女性のことがひっかかっているからだ。

「では、十二日の晩に自家用車で来ている男客は居ませんでしたか？　それは黒塗りの中型車ですがね」

「いいえ、そないな方も見えてまへん。十二日の晩は、泊まり客は年寄りの夫婦の方が二組だけだした」

そうすると、例の車を運転した男と、ネッカチーフの女は、生駒と杉村とを十三日の朝どこかで待っていたことになる。

「出発のときの模様はどうでした？」

「お三人ともごいっしょにタクシーに乗って出やはりましたけど、そのタクシーは河内長野駅前から呼んだ車だす」

「行先を聞いていませんか？」

「なんでも、お三人とも河内長野から電車で大阪に出るようなお話でしたが、おひとりだけは四国に行くような話をされておりました」

「そのひとりというのは誰です？」

「みなさんの名前を宿泊人名簿に書きはった方だす」

やはり、前岡である。

前岡は、その日午後五時ごろ高松に着いているから、たぶん、伊丹に向かい、そこから飛行機に乗ったのであろうか。

岡山まで汽車で行き、宇高連絡船に乗ったのでは間に合わないかもしれない。生駒と杉村とはいっしょの行動で、あの車で岡山県の旭川ダムに向かったのであろう。

「あなたは、この人が行方不明のため新聞で騒がれているのをご存じなかったのですか？」

と、はじめて今泉警部が鞄《かばん》の中にあったたたんだ新聞をひろげ、杉村の行方を捜している記事に載った彼の顔写真を見せた。

「へええ。こないなものが出てましたのんか」

と、尼さんはびっくりしていた。自分はほとんど新聞を見ていないというのだ。してみれば、この新聞が寺に配達されても、誰も写真の主が十二日の宿坊の客だったとは気がつかなかったのだろう。

すぐ隣りの山林の径《こみち》で殺された被害者が生駒だということは、警察のほうから寺にはまだ教えてなかった。

「それでは、訊《き》きますが、この人たちのうち誰か、ここに二回目にまた来ませんでしたか……そうですな、四月十七日からあとですがね？」

神野は尼さんにたずねた。

わざと生駒と前岡の写真を見せなかったのは、尼さんの口から言ってもらいたかったのである。

前岡は四月十七日に大阪に着いている。その日、彼は天王寺駅で杉村の幻影と遇《あ》っているのだ。この幻影に惑わされたばかりに捜査陣は杉村の生存を信じていたのだった。

前岡の死体発見が二十七日で、そのときは死後経過約十日間という推定だった。それで十七、十八、十九日あたりの犯行と考えてよい。そこで、もし、十七日の晩に前岡がこの宿坊に泊まっていれば、彼の殺害は十八日以降ということになる。

「いいえ、お三人は、それきりここにはお見えになりまへんでした」

と、尼さんは断定した。

「実をいうと、この人ですがね」

と、神野は尼さんの記憶をたしかめるように前岡の顔写真を見せた。

「この人が、もう一度ここに来て泊まっていると思うんです。それは今いったように、四月十七日、十八日、あるいは十九日あたりの三日間のうち、どれかになるんですがね」

「いいえ、お見えになりまへん」

尼さんは否定した。

「じゃこの人は？」

と、今度は生駒の写真を出した。それにも尼僧は断定的に首を振った。

「この方は年をとってはるけど、ものおぼえはいいほうだす」

と、横から、坊さんが註釈《ちゆうしやく》を入れた。

そこで、四月の宿泊人名簿の綴《と》じこみが持ち出された。十七日の晩の宿坊には、大阪の某会社の団体客が二十三人泊まっている。そのほかは子供づれの夫婦者三組だった。十八日は、神戸《こうべ》のある会社の女子だけの団体で、奇妙に一般の客は泊まっていない。十九日の晩は、大阪の定時制高校生が約三十人で、これは普通の客を断わっていた。

事実、それからどの名簿を繰っても、三月十二日に現われた三人の名前や、同じ筆跡は見当たらなかった。年齢もことごとく違っていた。尼さんの記憶はまさに確かだった。

「最後におたずねしますが、この人たちは、どうしてこの寺に宿泊するつもりになったんでしょうね？　実は、三人とも相当な収入のある人ばかりでしてね。ここに泊まる理由について、何か特別に言っていませんでしたか？」

「そうでんな、こっちゃの方が」と、尼僧は生駒の写真を指して、「ずっと前に、そこの錦渓温泉に泊まって、この寺に遊びに来たことがある、そのときから宿坊に泊まってみたいなと思っていた、というてはりましたけど、そないなことでお泊まりに来やはったと思います」

神野は、それを聞いて、楽天荘の丸橋豊子の言葉が嘘でないことを知った。生駒には、前岡と杉村とを会合のために此処《ここ》に誘ってくる「土地カン」があった。——

幻像

神野、今泉の警官一行は金剛寺を出ると、また二台の車に乗って、くねくねしたバス道路をくだり、河内長野駅に出る手前から錦渓温泉に向かった。紅葉館は、この寂しい温泉で、ただ一軒しかない旅館であった。

「この方は、前にも一度、そうですねえ、もう四年くらいになりましょうか、ここにご婦人といっしょに見えたことがあります」

と、女中頭《がしら》というのが出てきて、神野の問いに答えた。生駒が殺されたのは、この宿でもショックだったのだ。

「その婦人というのは、大体いくつくらいの年齢でしたか？」

神野がきいた。

「三十五、六くらいだったでしょうか、どちらかというと肥えた方でした」

神野が丸橋豊子の風貌《ふうぼう》をいって聞かせると、ちょうどそのとおりだと、女中頭はうなずいた。さすがに商売で、女中頭は四年前に一泊で来た同伴客をおぼえていた。

「七日の晩のことですがね、この生駒さんは、ひとりでここに泊まったといいましたね」

「そうです。わたしはお顔をおぼえていたから、案内したのは別の女中ですが、あとでお部屋に伺って、お久しぶりでございます、と挨拶《あいさつ》すると、そのお客さんはびっくりしておられました。そして、そうか、君はわたしの顔をおぼえていたか、悪いことはできないものだなと、ちょっと照れ臭そうに笑っておられました」

女中頭は答えた。

「生駒さんがこの宿にはいるとき、駅からタクシーで来たのですか、ハイヤーですか？」

「ハイヤーでした。運転手も駅前の会社にいる、よく知った人です」

「ほかに伴《つれ》は無かったということですが？」

「そうなんです。それで、わたしは、今度は旦那《だんな》さまおひとりですか、といったんです。そうだとおっしゃるので、それはお寂しいですね、と申しました。……まさか、四年前のあのご婦人はどうなさいましたか、とも聞けませんしね」

「お客さんはどう答えていました？」

「いや、まったく寂しい、しかし、わたしも年を取ったからな、と苦笑しておられました」

ここで、生駒が翌日の午後二時ごろこの旅館を出るまで、訪ねてきた人間や、外部からかかってきた電話の有無についてきくと、それは全く無かったと、女中頭は断言した。

ところが、そのあと、彼女は妙なことを言い出した。

「これは初めて申しあげるのですが、わたしの家に出入りするハイヤー屋の運転手が、その日の夕方、ここに来て、わたしにこう話しました。その運転手は例のお客さんをここまで送ってきたのですが、その同じお客さん、つまり生駒さんという方のことですが、その人が河内長野駅の構内の待合室にぼんやり腰をかけていたのを見たといっていました」

「なに、生駒さんが？」

神野も今泉も塚田も女中頭の顔を見つめた。それこそ捜査陣が聞きたいところだったのだ。

「その運転手の名前はなんというんですか？」

「はい、河内タクシーの栗本《くりもと》さんといいます」

塚田がすぐその名前を書き取った。

「その栗本君は生駒さんをここに送ってきたというんですね？」

「はい。だから、栗本さんはそのお客さんが待合室に居ても顔を見間違えるはずはないと思うんです」

「見たというのは何時ごろだったといってましたか？」

「二時四十分ごろだといいます」

二時四十分——生駒がこの宿を出たのが二時であるから、これから四十分後、彼が駅の待合室にすわっていたというのは間違いでなかろう。

「待合室に腰をかけていたというなら、生駒さんは誰かを待ち合わせていたわけですね？」

「はい。運転手もそういっていましたが、次の列車が着くまでそこに居たわけではないので、あとはどうなったかわからないといってました。運転手は、そのお客さんが金剛寺の境内で、まさか殺されるとは思わなかったよ、とびっくりしてわたしに話したんです」

これが、紅葉館に立ち寄った彼らの唯一の収穫であった。

一行が駅前の河内タクシーの事務所で栗本運転手と会ったのは、それから三十分後だった。

「紅葉館の女中頭《おねえさん》の話のとおりです。あのお客さんは、その前の日に紅葉館に送りこんだのですから、絶対に見間違うはずはありません。そのときは、ほら、待合室のこっち側の隅に……」

と、栗本運転手はそこから駅の待合室を指さした。

「腰を下ろしていたんです。わたしが中にはいって、ひょいとお客さんの顔を見ると、どういうわけか、お客さんはわたしを避けるようにぷいと顔を伏せましたよ。それで、わたしは、ははあ、このお客さんは、次にくる電車に乗っている女性をここで待っているんだなと思い、気を利かして言葉はかけずに飛び出したものです」

「次の電車というのは？」

「十分後に到着する大阪からの電車です」

さっそく神野たちは駅へ行って時刻表を見た。大阪から次に到着する電車は二時四十五分であった。これは阿倍野橋を一時四十分に発車した電車である。

この降車客を駅前で待ちうけていた別のハイヤーとタクシーについて調べると、生駒らしい人間は乗せていないとわかった。しかし、バスの車掌が写真の生駒の顔を覚えていたのである。

「そのお客さんは、二時四十五分の電車で着いたほかの客といっしょにこのバスに乗られました。たったひとりで、ほかには伴《つれ》はありませんでした」

と、バスガールは警察の者に言った。このバスは終点が泉大津《いずみおおつ》で、金剛寺にも寄っている。寺までの所要時間は約二十分。

「ひとりで乗ったというのは、どうしてわかりますか？」

神野は訊《き》いた。

「はい。そのお客さんは切符を一枚お買いになって、車のなかでも、どなたともお話しにならずに、ひとりで窓ぎわにすわっておられましたから。隣りの座席は空いていたのです」

「そのとき、乗客の数はどれくらいでしたか？」

「二十四、五人くらいだったと思います」

バスは五十人が定員だったから、半分の乗客数だったのだ。

「その人たちは、みんな金剛寺まで行ったのですね？」

「はい。途中の停留所で降りる人はなかったのです」

「その二十四、五人の乗客の男女別は？」

「そうですね。婦人客が十人くらいだったと思います」

「すると、男が十四、五人ですか。その男の年齢別がわかりますか。およそでいいですがね」

「そうですね。お年寄りといっても六十くらいの人が五人くらい。その中に、そのお客さんもはいっていました」

生駒のことである。

「あとは、三十代から四十代の人が六人、そのほかは二十代の若い方です。若い人はみんなアベックでした」

——神野はそれが気になったが、バスガールはその人相までは覚えていなかった。乗車時間はわずかに二十分だから、どれが同行者か、どれが単独だったのか区別もつかなかったであろう。

バスは山門前でとまる。降りた客は、低地のほうに歩いて山門をくぐり境内にはいるのだが、はじめから山道に向かうのも少なくなかった。しかし、女車掌は降りた客の行動を、そこまでは見届けていなかった。そこから泉大津に行く乗客を迎えるのに忙しかったから。

「おそらく、そのバスに大阪から電車で来た犯人が乗っていたのでしょうな」

と、車掌の話のあと、神野は今泉警部に言った。

「その人物と生駒とは、他人の眼にいっしょだというのを見られたくないため、バスの中ではなれてすわり、そっぽを向いて、口をきかなかったのでしょう」

この神野の推定には、今泉も賛成した。

「そうすると、犯人は、あなたの言われるように、イコマ関係の人物ですかね？」

と、今泉が言った。

犯人がイコマの関係だというのは、二人が秘密に会談したことからみた神野の想像だった。しかし、その相手なる人物が浮かんでこない。今のところ、イコマ関係といえば柳田秘書室長だけだったが、これはすでにアリバイが取れている。残る関係者で神野が知っているのは小林弁護士だが、まさか、あの弁護士が生駒を殺すとは思えないのだ。

してみると、自分の知らないイコマ関係の人物の犯行かもわからぬ。

そうなると、倒産前のイコマに関係の深い人物をこれから捜さねばならなくなる。

「神野さん」と、塚田が横から言った。「もしかすると、あの下請け五人組の一人じゃないですかね。たとえば、神岡などは相当生駒さんを憎んでいましたからね」

神野と塚田が知っている人間で、生駒に激しい敵意を持っているのは、たしかに下請け五人組であった。だが、彼らがそんなことをするだろうか。いくら敵意を持っていたところで、それがすぐに生駒射殺に結びつかない。

「しかし、あれは五人組だからな。いつも五人がいっしょに行動していた」

神野は気乗りのしない声で答えた。

「しかし、五人組の代表者がやったということもいえますよ」

塚田がそう言ったとき、今泉が、

「なんですか、その下請け五人組というのは？」

ときいた。

「いや、こういうわけです」

神野は、ざっと神岡以下五人の、もとイコマの下請業者のことを話した。

「なるほど、そういうわけだったのですか」

今泉警部はうなずいた。

「親会社が倒れていちばん被害を受けるのは、いつも下請業者ですからね。彼らが生駒社長を憎んでいた気持ちはよくわからなくはありませんよ」

と、神野は言って、

「しかし、それだからといって、彼らが代表を出して生駒さんを殺したとは、どうしても考えられませんな」

と、塚田の意見に反対した。もっとも、塚田にしても、それは彼の意見というよりも思いつき程度である。日ごろ、あの下請業者が生駒に戦闘的だったのに結びつけたにすぎなかった。

「だいいち、君」と、神野は塚田に言った。「生駒さんは五人から強い敵意を持たれていたことも知っていた。その生駒さんが、どうしてこんなところで、こっそり相手と会って話合いをする気持ちになれるかね？」

まったく神野の言うとおりだった。

神岡以下五人組の下請業者は前から生駒に敵意を持ち、彼に絶えず面会を求めていた。生駒と、この五人とは激しい憎しみ合いの間柄だった。その生駒がどうして下請業者とこんな所で会談するだろうか。たとえ、その会談が下請業者の策略だとしても、生駒が絶対にその話合いに応じるわけはなかった。

しかも、東京ならともかく、わざわざ生駒がこの大阪までやって来るはずはない。

「生駒さんと犯人が大阪にやって来たのは」と、神野はつけ加えた。「誰にもその会談を知られたくないためだ。そうすると、生駒さんが倒産前に会社から横領した金をめぐっての話合いだったという感じがやはり強いね。つまり、生駒さんの相手の男は、横領した金について自分の権利を主張したのかもしれない。たとえば、杉村さんや前岡さんのように、横領した金の分け前を生駒さんに要求したという見方にもなりそうだ。あの五人組には、そんなものはないからね」

「そう言われると、そのとおりですが」

「問題は、その話合いで生駒さんの返事が相手に不満だったため、怒って生駒さんを射殺したという点だ。しかし、これは前にも話したように、その相手は話合いの不調を予想し、計画的にピストルを持ってきたと思うんだよ。相手の男は、その話合いの成功に半分を賭《か》け、不成功に終わった場合の殺人にも半分を賭けていたというわけだ」

「相手の男は、その分け前の金によほど執着を持っていたのですね？」

「そのとおりだ。おそらく、生駒さんが会社の金を横領していたころ、犯人はすでにその事実を知っていて、しかも、当時生駒さんとは分け前の約束ができていたものと思う。この殺人は、生駒さんがその約束を実行しないために起こったと思うよ」

河内長野駅から大阪に引き返す間、神野は、これまでの経過をふり返った——。

生駒は三月十二日に前岡、杉村をこっそり誘って金剛寺に集まった。その晩、宿坊に泊まり、彼らは何ごとかを協議した。翌《あく》る日、生駒と杉村とは岡山に現われたが、そのときは二台の車であった。一台は杉村、一台は生駒と新しく現われたネッカチーフと黒眼鏡の女とだった。杉村の車は姫路の盗難車だ。

ここに車の問題が浮かんでくる。盗難車のほかは、生駒が女といっしょに旭川ダムから奥地の湯原温泉に向かった車だ。この車の正体はいまだに知れない。

この金剛寺での三者会談の内容は不明だが、翌日の夜、杉村がダムの水底の車の中で殺されたのをみると、杉村は生駒のワナに落ちたことがわかる。前岡がその計画に参加していたかどうかはわからない。

次の事件は、王塚古墳の濠《ほり》から四月二十七日に発見された前岡の他殺死体である。前岡は東京を四月十六日の夜発《た》ったまま行方不明となったが、犯行は彼が大阪に着いたと思われる十七日であろう。

ところで、この王塚古墳は羽曳野市にあって、電車の交通路からいえば、金剛寺のある河内長野と大阪を結ぶ線上の古市駅付近にある。道路もまたそうである。

神野は、前岡殺しも金剛寺の発見で、王塚古墳の現場との結びつきができたとよろこんだ。

これまでは、王塚古墳を天王寺からだけ関係づけていた。しかし、金剛寺の発見は、大阪を起点に西から東に線を引いた。王塚古墳は、その線の中間に存在する。

四月十七日の晩、または十八、十九日の夜、前岡らしい人物が金剛寺の宿坊に泊まった形跡はなかった。もちろん、生駒も泊まってはいないのだ。

それでは、前岡が大阪に着いた夜はどこか別な場所で泊まり、そこで殺されたという公算が強くなる。前から考えているとおり、王塚古墳はただ死体を遺棄した場所にすぎない。第一現場は別にある。

神野は、その第一現場を金剛寺だと思っていたのだが、これは見込みが違ってきた。しかし、前岡の殺害場所が大阪―王塚古墳―河内長野を結ぶ線のどこかに違いないことは依然として考えに残っていた。

ところで、生駒殺しの場合、四十歳前後の男が生駒の乗った河内長野駅から寺までのバスの中の客となっている。バスの車掌の話によると、三十代から四十代の男が六人ばかり乗車していたというのだ。

これだけでは、イメージがはっきりしないが、この年齢が犯人としての可能性になんとなく結びついてくるのが気になった。

神野は、塚田のいうイコマの下請け五人組のことが次第に頭にひろがってきた。最初は、塚田がそう言っても、以前からの両者の仲を考えてあり得ないことだと神野は一蹴《いっしゅう》していたのだ。

神野は、生駒と下請け五人組との関係からみて、塚田の言うように、彼らが生駒殺しの犯人とは思えなかった。彼らの誰かがいきなり生駒を襲撃したなら別だが、犯人と思われる男はその前に生駒と秘密のうちに会っている。五人組なら、生駒のほうでその話合いを拒否するはずだ。だから彼らではないと思っていた。しかし、これは先入観で、一応、五人組の行動を洗ってみる必要があろう。とにかくやってみることだと、思い直した。

ことに三十代から四十代の男が前岡と生駒の場合に現われているので、下請け五人組に注目せざるを得なくなる。この五人は、大体、それに該当する年齢であった。

神野の頭には、三つの殺人事件について一つの図式ができ上がっていた。

①杉村殺しの場合――生駒が犯人。前岡は直接には共犯者ではないが、生駒の計画を知っていたと思われる。前岡だけが四国の義弟の家に行っているのは、ある意味で生駒の犯行を容易にさせるための傍観的態度だったともいえる。

②前岡殺しの場合――犯人は生駒か、その代理人。生駒は前岡殺しの当日東京に残っていた。もし、再調査のうえそのアリバイが崩れたら生駒の犯行。アリバイが崩れなかったら、生駒が誰かに命じ、前岡を殺させたと思われる。前岡は生駒の杉村殺しのことを知っていた。生駒の動機は横領金の独占か。

③生駒殺しの場合――犯人は下請けの五人の一人か。この場合、犯罪の動機は前の二つの殺人事件とは切り離して考えなければならない。前の二つは生駒の犯行と考えられるが、生駒自身が殺されたことについては別な性質の犯罪である。

大阪府警に着いた神野は、すぐに電話で警視庁を呼び出し、河合係長にその後の捜査経過を報告した。

「そんなわけで、一応、下請け五人組の各人について、生駒が殺された日、五月八日の行動を内偵する必要があります」

電話の河合の声は、それを聞いて半信半疑のようだった。河合も下請けの五人をマークするのは意外だという感じらしかった。誰が考えても、生駒がその下請けの一人と話し合うわけはないのである。

「……それに、あの連中、コルトなどというピストルを持っていたのかな？」

と、河合はきき返した。

「ぼくもそれにはいろいろ疑問がありますが、まあ、一応、参考的に連中を洗ってみて下さい」

「もちろん、そうする。……で、凶器のピストルはついに発見できないのかね？」

「はあ。ピストルも薬莢《やっきょう》も発見できません。たぶん、犯人がその両方を持ち去ったと思われます」

「もし、下請け五人組の一人が犯人だとすれば、彼らは八日、少なくともまる一日東京を留守にしているから、調べる段になると簡単だよ。犯行後、現場を逃走して飛行機で東京に帰るにしても、また、列車だとしても、家に戻るのは相当遅くなってるだろうからね」

神野と塚田とは、もう一日大阪に残って捜査の状況を見ることにした。

だが、その日も大阪府警の捜査はほとんど進捗《しんちょく》しなかった。生駒を金剛寺で射殺した犯人の手がかりは依然としてつかめない。犯人が生駒を射殺後に天野山を下った方法は車か徒歩しかないのだが、車といっても客待ちのタクシーは無いのだからバスの利用である。生駒の射殺時刻をかりに夕方の四時ごろとしても、金剛寺発のバスは四時四十一分と五時三十一分の二回だけだ。このバスの車掌について聞いてみたが、印象に残っていない。つまり、怪しい人間は居なかったというわけである。

あとは徒歩だ。バス道路を歩いて下山し、河内長野まで行ったとすれば、その途中誰かに目撃されているはずだが、それは無かった。とくに寺から麓《ふもと》に出るまでの道は客を乗せたタクシーも何台も通っているし、歩いている人もある。そのような男がひとりとぼとぼと道を歩いていたら、誰かの眼にかかるはずであった。

では、ほかの道、たとえば、生駒を射殺した現場の径《こみち》を山伝いに南側に降りて白石村に出たとすればどうだろうか。この径は村に出るまでは人に見つかる機会は少ない。その代わり、村に降りてからは人目にふれるだろう。

南海線の駅に出るには相当な道程《みちのり》だし、平野には人家が多い。水間《みずま》の町もある。和田と長野通いのバスやトラックが始終走っているところだ。

このことから白石村や、南海電車の近い各駅が調べられたが、有力な聞きこみは得られなかった。もっとも、犯人が下山したころはすでに暗くなりかかっていた。あるいは、犯人は完全に夜がくるまで山中に身をひそませ、そのあとに下山したかもしれない。夜になると、この辺の村の者はあまり外を歩いてないし、むろん野良《のら》仕事も無いので、犯人の目撃される危険は少ない。

もう一つは、犯行後、同じように夜を待ち、普通の道を河内長野駅方面に向かって歩いたかもしれないことだ。これは車道以外の近道の旧道もあるので、ここを歩けば夜間は誰にも見られずに済む。

犯人の足跡は得られなかったが、その脱出方法については、以上二つの場合が大体確実として推定された。それを裏づける聞きこみは何もなかった。

このような状態では、神野も塚田も大阪に残っている意味がなくなってくる。それよりも東京が気にかかる。その日の午後四時の新幹線で帰京することにした。

二人が大阪駅に向かうバスに乗っていたときだった。交差点にきて停まったが、バスの両側は乗用車、バス、トラックの洪水だった。

神野は何気なくその車の群れを眺めていた。近ごろは商売人も宣伝がうまくなって、普通の乗用車にも大きく商品名や会社名がペンキで書かれてある。そうした車の一つに、女子供を乗せて、四十年配の男がハンドルを握っていた。たぶん、中小企業の経営者が家族づれでどこかに行くところなのであろう。

神野は、はっ、と思い出すことがあった。

いつぞや、神岡幸平の店から池袋駅まで神岡の車で送ってもらったときの彼の馴《な》れた運転ぶりである。自家用の中型車だった。

「塚田君。あれを見ろよ」

と、神野は若い同僚の注意を促した。

「なんですか？」

と、塚田もバスの窓から外をのぞいた。折から青信号になって、ぐるりのトラックも乗用車も、タクシーも三輪車も、単車もいっせいに走り出していた。

「あすこに家族を乗せた自家用の中型車が走っているだろう。車体に商店名が書いてあるから、運転している人はおそらく中小企業の主人だろう。なかなか鮮やかな運転じゃないか」

塚田もそれに眼を止めて、

「そうですね」

と、無反応に返事した。まだ神野のいう意味がよくわかっていなかった。

「あれを見て何か思い出さないかね。ほら、神岡幸平のことさ」

「神岡ですって？」

さすがに塚田は顔を引きしめた。

「君もおぼえているだろう。いつぞや、二人で赤羽にある神岡の店を訪ねた帰りに神岡がぼくらを池袋駅まで送ってくれたじゃないか。ちょうど新宿に用事があるからと言ってね」

「…………」

塚田がやっと神野のいう意味がわかったように眼を輝かしはじめた。

「…………」

塚田は黙って眼を外に向けた。そこには新しい車の流れが起こっていた。

「神野さん」

と、塚田が彼の顔に眼を据えた。

「生駒を殺したのは神岡ですか？」

「いや、まだ、そこまでははっきりしない」

と、神野は塚田の緊張をほぐすように微笑した。

「しかし、君も気づいているように、今度の一連の事件には乗用車が関係している」

「そのとおりです」

「たとえば、杉村殺しの場合、二台の車があった。一台は旭川ダムの底に沈んだ姫路の盗難車だ。あとの一台は誰の所有だかわからない。しかし、この車には盗難車のナンバー・プレートがつけられて湯原温泉まで行っている。白タクということにしてね。しかし、この車は、その後行方がわからなかった。思うに、盗難車のナンバー・プレート、つまり、湖底に沈んだ車のナンバー・プレートは、その車が生駒と女を湯原温泉の宿に送りつけたのちに取りはずされ、再び本来のナンバー・プレートに戻ったに違いない……」

神野がそこまで塚田に話したとき、終点の大阪駅が近くなってバスの中はざわめいた。

神野の話もそこで打ち切られた。

大阪駅から国電で新大阪駅に行き、新幹線構内のプラットホームに上がった。すでに東京行上りの超特急列車はスマートな姿を横づけにしていた。二人は指定の車内にはいり、ならんで座席にすわった。発車にはあと十分だった。

「神野さん。それからどうなんです?」

と、塚田はバスの中で中絶された話のつづきを早速催促した。ここまで待つのが辛抱できなかったような、急《せ》きこんだ調子だった。

「……湯原温泉を出たその中型乗用車が本来のナンバー・プレートに変わり、ある場所に戻ったであろうことは、すぐ推察できるね。というのは、その後盗難車のナンバーをつけた車が発見されていないし、またその目撃者もいないのだ。だから、その番号板は車内に隠されていたのだ。たぶん、それは、ずっとあとになって影も形もなく、処分されただろう」

「それはわかります。問題は、その車が湯原温泉からどこに行ったかということです」

「ぼくらはあまりに大阪を意識しすぎたね。岡山県下の出来事だから、地理的に近い大阪が意識に上るのは当然だ。また前岡殺しも大阪府下だし、今度の生駒のも同じだった。もう一ついえば、杉村の姿が目撃されたのも天王寺駅付近だからな」

「そうです。そのとおりです」

「しかし、その車はなにも大阪の車とは限らない。ぼくは東京の車だと思う。東京から岡山まではひどく遠い距離のように思えるが、夕方に東京を発《た》てば、夜通し走って翌日は岡山に着くことができるからね。深夜トラックの例をみてもわかる」

「そうすると、姫路の盗難車の件はどうなるんです?」

「おそらく杉村殺しの場合は、犯人は単独でなく、何人かの共犯者があったと思う。一つは、今いったように東京から自分の車を駆って岡山に着く。この場合、岡山到着の時間は仲間と打ち合わせてあったのだ。別の犯人は、これこそ本当に姫路市内から車を盗む。それは東京の車と同じ会社の製品で、同型同色だ。あの車はいま日本でいちばん普及している車の一つだから、姫路市内でも容易に駐車中の同じものを見つけることができるよ」

「ちょっと待って下さい。しかし、もし、その車を盗めなかったら、どうするつもりだったのでしょう?」

「それは犯人たちが次のチャンスを待っただろうな。犯人側には、同型同色の車を盗むことに成功しなかった場合の、二段、三段の計画がたぶんあったと思うよ……」

列車は京都駅を発して間もなく、左側に大津《おおつ》の街を見せた。街の向こうに琵琶湖《びわこ》が落日の光に映えていた。新幹線はさすがに速い。

神野と塚田の話はつづいている。いろいろ車の問題で話し合った末、結局、三月十三日の夜、岡山県下の旭川ダム沿いに盗難車といっしょに走っていたはずのもう一台の車は誰のものかということになった。

「それには犯行の順序を考えてみよう」

と、神野がいった。

「東京の車は、おそらく三月十二日の夜に東京を出発し、国道を通って名古屋から名神《めいしん》高速道路にはいり、姫路にはいっただろう。その朝、姫路では同じ型の車が盗難に遭った。……ここで考えられるのは、東京からきた車が姫路市内の或《あ》る場所に停まって誰かを待っていたことだ。その誰かというのは、前日の十二日に天野山金剛寺で会合した生駒と杉村だ」

「女はどうです？　生駒といっしょに旭川ダムから湯原温泉に行った車に乗っていた女です」

「その女は、十二日の金剛寺の会合には姿を見せていない。だから彼女だけは別行動で、前夜、汽車で東京を発ち、姫路駅に着いたかもしれないな。したがって、一同の待合わせ場所は姫路駅かもしれない。ここで人を待っているぶんには自然だし、目立たないからね」

「そうすると、その姫路駅に生駒と杉村とがやはり列車で河内長野から到着したというわけですね。そして、その女と駅前でいっしょになったわけですか？」

「おそらく、そうだろう。時間の打合わせは、生駒と女との間にできていたと思う」

「生駒だけでなく、杉村もいっしょだったはずですから、杉村はその女を見て変には思わなかったでしょうか？」

「杉村は、その女が生駒と特別な仲だということを知っていたんだな。だから別に怪しみもしなかったろう。むしろ、そこで生駒と落ち合うのを当然だと思っていたかもしれない」

「東京からきた車は、姫路駅前にきてどうなったんです？」

「これはおそらく駅前の駐車場に置いていたのだろう。なにしろ、その車の運転者は、姫路市内で似た車を盗まなければならないという任務があったからね。その男は車を駅前に駐車させておいて、ひとりで適当な車を物色して歩いたのだろう。それはすぐ見つかった。そこで、彼は盗んだ車を運転して姫路駅前に戻ったわけだ。そのときの彼の服装は、すでに東京出発後から変わっていた。鳥打帽子、革のジャンパー、コール天のズボン、マフラー、それに黒眼鏡、いかにも典型的な運転手の姿じゃないか。まるきり人相も年齢も変わって見える」

「それから?」

「盗んだ車は、その男が運転して姫路駅前に戻る。生駒、杉村、それに例の女が前から待っていたので、その男は三人と会う。……」

「杉村も、その男とそこで会うわけですね?」

塚田の頭には、下請けの神岡幸平しかなかった。

「それから彼らはどうしたんです?」

と、塚田はきいた。

「おそらく、東京から来た男に車のキイを渡された女がそれを運転し、生駒と杉村を乗せ、岡山に向かったただろうな。前に走っている盗難車のあとを追うようにね」

神野は答えた。

「女ですって? なるほど、女が運転できたわけですね?」

「できなかったという証拠はないからな」

「しかし、岡山駅前で生駒と女とは大衆食堂にはいって飯を食っていますね。それから食堂を出て白タクを止めた。あれはどうなんです？」

「おいおい。君はどこまで生駒の供述を信用するんだね？　食堂にはいったということは誰も目撃者が無いので立証できない。ぼくは食堂にはいっていないと思う。依然として生駒、杉村は車に居て、女が運転台に居たわけだ。そして東京からきた男は盗難車の中にいたのだ」

　塚田は、怪《け》訝《げん》そうな顔で聞いている。

「そしてその間に杉村に飲ませるビールを買ったのだろう」

「ビールを？」

「車の中で、ビールに睡眠薬を入れて杉村に飲ましたと思うよ。そのビールは、あるいは姫路で買ったかもしれないし、また、それ以前に持参していたかもしれない。そういう意味なんだ」

「なるほど。しかし、岡山からダムに向かうにはだいぶん時間が早すぎたですね。その間、二台の車はどこに行っていたのでしょう？」

「そこだよ。旭川ダムにかかるとき、ちょうど夜になるように時間つぶしをしていたと思う。だから、後楽園あたりをうろついたり、また近隣の名所をドライブしていたかもしれない。ビールはそのときに買ったというほうが自然かもしれないな。杉村も、そのときはピクニック気分でいただろうな」

「岡山から旭川ダムに向かう途中、生駒は杉村にその睡眠薬入りのビールを飲ませたのですな？」

「そうだ。それに相違ない」

神野は自信ありげに言った。

岡山から旭川ダムに向かう途中、生駒は杉村といっしょに座席にならび、彼にビールをすすめた。それで、杉村に飲ませるコップにはこっそり睡眠薬を入れた。旭川ダムに着くころには杉村はぐっすり寝込んでいた、というのが神野の推理だった。

「岡山市内をはずれると、道は狭くなるし、人家もあまりない。福渡の町を過ぎると、もうダムの道だから、ちょっと、その辺の空地などに駐車させると、誰にも見られないで睡《ねむ》っている杉村を盗難車に移すことは容易だからね」

と、神野はいった。

「なるほど。そのときは、例の東京から来た男と生駒とが、正体もなく睡っている杉村を車から抱え出して盗難車の座席に移したというのですね？」

「そのとおりだ。そして、まず最初に東京の男が盗難車を運転して湖畔の道を走る。だいぶん遅れて女の運転する東京の車がつづくというわけだ。そして、例の犯行現場の近くに来たときに杉村を乗せた盗難車はエンジンをかけたまま停車し、東京の男が運転台から降りる。そのとき、盗難車のナンバー・プレートがはずされて、あとで後続の東京の車に取りつけられる。水底からひきあげられた盗難車にはナンバー・プレートがはずされていたな」

「ははあ」

「密閉された盗難車の中で、杉村は正体もなく睡っている。運転台のドアだけは開いているから、東京の男がアクセルを踏んで発車させると同時に外に脱出する。この場所がダムの水面に向かってV字型に突出した急カーブのところだ。車はそのまま水面に直進して飛び込んだ。こういうことだろうな」

「なるほど」

塚田は眼を閉じて、その犯行を頭の中に描いていた。

「車のナンバー・プレートは、前部のそれは取りはずしがきくとしても、後部のは取りはずしができないでしょう。ご承知のように、後部のは陸運局で取り付けた部分に封印がしてありますからね」

塚田は訊《き》いた。

「うん、そのとおりだ。……しかし、東京の車の後部のナンバー・プレートの上に、盗難車の番号板を貼りつけたらどうだろう。つまり、東京のナンバー・プレートの上にかぶせるのだ。四隅を接着剤で固定させればよかろう。少し、厚くなるけれど、走っていたり、停まっていても何気なく見た眼にはわかるまい」

「なるほど……そうして、杉村が車もろとも水底に沈んだのち、運転の男はあとの車、つまり女が運転している生駒の車にはいり、運転を女と交替して、盗難車のとびこんだV字型の現場にきた。そこで、ゆるい速力でわざと道路から脇の斜面に車を落としかけて、運転の誤りのように見せかける。そして、前に水面にとびこんだ盗難車の水音を付近の人に誤魔化し、その車輪のあとも、こっちの車の事故でわからなくしてしまう。……こういうわけですね？」

「うん……」

と答えたが、神野は途中で何かを気づいたように、ほかのことを考えている顔だった。

輪の圧縮

神野が東京駅に戻ったのが午後七時過ぎだった。一応、公衆電話で警視庁に連絡してみたところ、河合係長は帰宅したあとだった。

神野はすぐに河合の自宅へ電話した。

「やあ、ご苦労さん」

と、河合係長の声が出た。

「ただ今、東京駅に着いたところです」

「君たちを待っているつもりだったが、ちょうど子供が熱を出してね、やむなくこっちに戻ったところだ」

「それはいけませんね。なんですか、病気は?」

「いや、たいしたことはない。寝冷えをしてカゼをひいたらしい」

「早速ですが、下請け五人組の調査の件はどうなりました?」

「うむ、あれか。あれはね、いま調査中だが、まだ決定的なことはわかっていない」

三つの殺人事件は三つの月日に起こっている。杉村殺しの場合は三月十三日であった。もし、推定どおりに十二日の夜東京から車で岡山に向かったとすれば、その晩と、十三日いっぱい、あるいは十四日の午前中まで犯人は東京に居なかったことになる。

また前岡殺しの場合は、彼が四月十六日の晩に東京を列車で出発しているので、十七日以降の数日が犯人の東京不在となる。

最後に生駒殺しの場合、彼は五月八日午後四時ごろに射殺されているから、犯人は確実にその日いっぱい東京を不在にしているはずだった。そして、この三つの殺人事件はほとんど同一犯人と思われるので、三月、四月、五月のそれぞれの日全部に犯人の東京不在が共通していることになる。

「本人たちに当たってみましたか?」

「なるべく直接には聞きたくないんで、周囲についていま聞きこませている。それでわからなかったら、本人に直接会ってたしかめてもいいといってあるからね、大体、明日あたりははっきりしてくるだろう」

「車の運転免許の点はどうです?」

「それが、あの下請け五人はみんな免許を持っているんだよ」

「ほう」

「さすがに中小企業の経営者だけに車の運転くらいはできるんだよ。まあ、いちいち運転手を使うようでは経費もかさむし不便でもあるんだろうな。気軽に走り回るところが中小企業者の身上だろう」

「なるほど。それで、彼らのもっている車の型はどうなんですか？」

これは重大な質問だった。神野の推定では、杉村殺しの例からみて盗難車と同じ会社の製品で、中型車、黒塗りと条件が一致しなければならない。

「あの車をもっているのは」と、河合係長はいった。

「神岡幸平、鈴木寅次郎、それに北川良作の三人だ」


三日たってわかったところによると、下請け五人組の五月八日を中心とする前後三日間は、いずれも東京から離れていないということだった。ただ、杉村殺しのあった三月十三日の前後と、前岡殺しの起こった四月十七日前後のことは、かなり前なので記憶がない、という報告だった。

「それは五人それぞれに当たって聞いた結果ですか？」

神野は河合にきいた。

「なるべく周辺から聞かせるようにしたが、だいぶん前の話なので、なかなかつかめなくてね。結局、一応、当人ひとりひとりについて聞かせたのだ」

「その証明があるのですか？」

「みな、それぞれ証明している。いちばんはっきりしているのは生駒殺しの五月八日のことだがね、小型モートル屋の浜島敏治は、妻君と雇人が証明している。絶縁材料屋の池田初平は、その日取引先に現われているので、これも大丈夫らしい。それから、問題の人物神岡幸平は、北川良作といっしょに品川大崎の鈴木寅次郎の家に集まって、三人で一日話合いをしたそうだ。これは三人の口裏が全部合っている」

「鈴木の家にですか。例の話合いをしたんでしょう？」

「そうだ。例の焦げついた売掛け金を生駒から取るために、今後の対策を話し合ったのだそうだ。まあ、あの三人が下請け五人の中心だからな」

「連中もしつこいですね」

「しつこい。しつこいが、彼らの心境になってみればわからないでもないよ。同じ売掛け金でも、彼らの血と汗とがこもってるわけだ」

「その点はぼくも同感です。だが、その日、三人の下相談はどういうことになったんです？」

「生駒の所在が知れているから、前の戦術で毎日交替で押しかけようということになったそうだ。そうすれば、生駒もついにはカブトをぬぐという戦法だな」

「係長。ところで車はどうなんです？　連中の自家用車は当日東京にあったのですか？」

三人の車は犯行当日に東京に置いてあったか、と神野が河合にきいたのは、神岡幸平、鈴木寅次郎、北川良作の車が揃いも揃って岡山の旭川ダムに沈んだ盗難車と同じだったからである。これは昨夜神野が東京駅に着いて早々河合の自宅に電話して聞き、ショックを受けたものだった。

「それが、君、五月七、八、九日には、連中の車はみんな東京にあったんだ。これは間違いなさそうだよ。周囲の人間からの傍証がとれている」

「ははあ。そうすると、天野山金剛寺の生駒殺しには東京からの車は行ってなかったんですね」

「そういうことになるらしい」

神野は、一応、金剛寺での犯行時、その車の使用を考えていたが、今のところ、それは消えたようだった。

「そうすると、杉村殺しのあった三月十二、十三、十四日の三日間はどうです？」

これが最大のヤマである。杉村を乗せたまま湖底に沈んだ盗難車のほかに、たしかにもう一台の車があの旭川ダムから湯原温泉に向かっている。

「三人とも、その車を東京から外に出したことはないと言っているがね。しかし、これはなにぶん前のことで、周囲の傍証が取れていない。おぼえていないんだよ」

「しかし、三日間もその車が無いとなると、誰か記憶にあるはずですがね。たとえば、雇人なんかわかると思うんですが」

「雇人の記憶では、三日間も車が無かったようなことはない、というんだがね」

「そうですか」

河合は、前岡殺しのあった四月十六、十七、十八日についても、やはり車は東京から外に出ていないという答えしかとれなかったと言った。

「そうすると、三月十二、十三、十四日の当人たちの行動および四月十六、十七、十八日あたりの行動は、当人たちにも記憶がないと言ってるんですね？」

「そうなんだ。日記をつけていないし、何時にどのようなことをしていたか、いちいちわからないという。しかし、とにかく東京から離れていないことだけはたしかだと言ってるそうだ」

「ふしぎですね？」

神野は腕を組んでじっと考えた。これはいったいどういうことだろうか。実際にそうなのか、それとも三人はそれぞれアリバイを工作しているのだろうか。

もっとも、三月と四月はおぼえていないというのだから、積極的なアリバイ工作はみられない。問題は生駒殺しの五月八日だ。この日はさすがに時日が近いのでおぼえてないとは言えないらしい。神岡幸平と北川良作は鈴木寅次郎の家に朝から集まっていたという。

この三人が三人とも、杉村を乗せたまま旭川ダムの水底に沈んだ盗難車と同型車を持っているというのも奇妙な暗合だった。

神野と塚田が赤羽の神岡紙器を訪ねたとき、神岡幸平はうす暗い事務所の中から出てきた。

「やあ、久しぶりですね」

と、神野が言うと、神岡は、

「いらっしゃい……ここではなんですから、近所にお茶を飲みに行きましょう。ちょうど、わたしもひと息ついたところですから」

と言って、そのまま神野たちをつれ出した。

この辺は工場や中小企業の町で、喫茶店のある繁華街まではなれていたが、神岡は勝手にそこまで二人を引っぱって行った。途中、別に話もしなかったが、神岡の様子を見ると、かなりの興奮がうかがわれた。

喫茶店にはいってからも、彼はなるべく平静を装おうとする努力が見られた。

「あなたがたは、生駒さんのことで見えたのですか？」

と、神岡幸平のほうが先に言った。なんの挨拶《あいさつ》もなしにである。

「はあ、まあ、そういったことですが」

神野は微笑した。喫茶店にはほかに客もなく、三人だけの閑散としたものだった。

「生駒さんの事件には、ぼくは関係ありませんよ」

と、神岡は少し昂《たか》ぶった声で言った。

「いや、なにもあなたがあの事件に関連があるとは思っていませんよ。ただ、参考的にちょっとお尋ねしたいことがあって伺ったんです」

神岡は神野と塚田の顔を交互に見ながら、

「日ごろから、ぼくらは生駒さんに対していい感情は持っていませんでした。なにしろ、ああいうあくどいことをされて、いじめられたわれわれ下請業者としては、感情的に口走ったこともあります。ですが、あれはその場で思わず吐いた言葉で、べつに計画があって言ったことじゃないんです」

日ごろ生駒を罵《ののし》っていた神岡幸平は、今度の生駒殺しに嫌疑をかけられていると思ってか、早くも刑事に弁解した。

「それはわかっていますよ。ぼくらは、そんなことであなたに会いに来たんじゃありません」

神野はなだめた。ちょうど、店の子がコーヒーを運んできたので、その間、話は途切れた。そのせいで神岡もいくらか冷静をとり戻したらしい。

「いや、神岡さん。生駒さんの今度のことには、あなたもおどろかれたでしょうな」

神野はコーヒーを飲みながらさりげなく言った。だが、神岡の反応を一分でも見逃がすまいと、相手の顔を凝視していた。

「いや、全く」

神岡はやっと落ちつきをとり戻した声で、

「まさか生駒さんが殺されようとは夢にも思いませんでしたよ」

と、大きくうなずいた。その顔におどろきを見せていたが、ことさらにそうつくったのかどうかは、まだ、よくわからなかった。むしろ、刑事たちの耳にはいっている生駒への日ごろの攻撃が自分の安全をどの程度に脅かしているか知りたそうであった。

「神岡さん。あなたは大崎の鈴木さんのところに行くとき、電車で行かれたのですか、それとも自家用車で行かれたんですか？」

神野はきいた。

「もちろん、自家用車です。というと大層に聞こえますが、ぼくの持っているのは中型車の相当くたびれたやつですからね。そうそう、いつぞや、あなた方がわたしのところに見えたとき、池袋駅までお送りしましたね。あれですよ。もっとも、このごろは電車のほうが早いから、ときどき車を使わないことがある。しかし、鈴木君のところに行ったときは車でしたよ」

神岡幸平はコーヒーをまずそうに飲みながら言った。

「その車を使わないという お言葉ですがね。車を使わないときは車庫にずっとはいっているんですか？」

「大体、はいっていますが、ウチの雇人が使うことが多いですな」

「三月の半ばごろ、その車があなたの車庫に無かった、つまり、あなたも運転せず、雇人のひとも使ってないという状態はありませんでしたか？」

神野は、三月十三日に岡山県で起こった杉村殺しを神岡の車の有無でたしかめた。

「その質問は、この前、ほかの刑事さんがこられて伺いましたよ。あのときは、たしか、三月中はウチの車は毎日東京で乗り回していたとご返事しておいたはずですがね」

「そうですか。それは初めてです」

と、神野はとぼけた。

「どうも、われわれの間の連絡が悪かったようですね。では、四月はどうです？」

「それもきかれました。なんでも、四月十六日から三、四日間ということでしたね。それもちゃんとわたしのほうで使っていましたよ。三月も四月も取引先を走り回っているので、なんでしたら、そこを調べてもらえばわかります。名前も全部わかっていますから、あとでお報《し》らせしましょう」

「そうですか」

神野は神岡の言葉にまだ真偽が決定できなかった。得意先を調べてくれというのだから間違いはないとしても、まだ安心はできなかった。

「ところで、五月八日の鈴木さんのところの会合ですが、あなたはそこに車で行った。北川さんは、その集まりになんで来ましたか？」

「北川君は電車でした」

「北川さんも車があるのに、どうして電車でいらしたんですかね？」

「それは今も言ったように、近ごろは交通ラッシュで、電車のほうが早かったからでしょう」

「鈴木さんの会は何時からでした？」

「午後二時からです」

「そのとき、鈴木さんの家には誰か居ましたか」

「鈴木君は、ご承知のように、イコマの煽《あお》りで仕事をろくにしていませんからね。ほとんど雇人を解雇して、半分遊んでいる状態です。家の中はがらんとしていましたよ。ただ、鈴木君の親戚《しんせき》の娘さんがわれわれのサービスをしてくれましたがね」

「その娘さんの年齢はいくつぐらいでした？」

神野は神岡にきいた。

「そうですね、あれで三十二、三くらいでしょうか。娘さんといっても一度は結婚したひとだそうです」

神野は、その年齢を聞いて質問を打ち切った。

「ほかには鈴木さんとこに従業員は居なかったですか？」

「ちょうど公休日で一人も居なかったですな。ですから鈴木君の所へ集まったわけです」

「そのとき鈴木さんは自家用車を置いていましたか？」

「さあ、車庫までは見なかったですがね……そうだ。そういえば、あの人は午前中に車でちょっと用達《た》しに出て、下村という印刷屋の後家さんに遇《あ》ったと言っていましたよ。なんでも、品川駅の前だったそうです。だから、きっと車は車庫に置いてあったのでしょう」

「ははあ。印刷屋の下村るり子さんですね？」

「そうです、そうです。いつぞや、あなたがここに見えたとき、ぼくらの組にはいらせてくれと言った女です。あの後家さんも生駒から金が取りたくてしようがないんですね」

「鈴木さんが下村るり子さんと遇ってどんな話をしたんでしょうかね？」

「なんでも、大喧嘩《おおげんか》をしたと言ってましたよ」

「大喧嘩？」

「大体、鈴木君はあの後家さんが大嫌いなんです。自分では新しいイコマの会社と取引きをしながら、一方ではわれわれの組にはいって売掛け金を取ろうとするのですからね。鈴木君に言わせると、あの後家さん、狡《ずる》いというんです。もし、われわれの組にはいるのだったら、われわれ同様、いっさいイコマとの取引きをやめるならいいんですがね、両股《ふたまた》かけているんで鈴木君は怒っているんです。で、品川駅の前で車が交差点の赤信号にひっかかって待っているとき、下村さんが通りかかって呼んだらしいのですな。それで、鈴木君は車を寄せて彼女の話を聞いてみると、またぞろ、われわれの組にはいらせてくれと頼むんだそうです。なんでも、鈴木君が今日われわれの会合があると洩《も》らしたので、それに便乗しようとしたわけですな。そこで、鈴木君は短気ですからかっとなって、君のような狡い女はいない、誰も相手にしないよと、だいぶん悪口を言ったそうです。すると、向こうもああして女ひとりで商売しているくらいだから勝気です。それに言い返したんですね。そんなことでだいぶん口論になった。とうとう人だかりがするくらいに派手になったので、鈴木君も恥ずかしくなり、車で逃げるように帰ったと、笑いながらわれわれに話していましたよ」

「それはその日の午前中のことですか？」

「そうです。その日の十一時ごろだと言っていました」

神野はうなずいて、

「ときに、神岡さん。あなたは今まで外国にいらしたことはありませんか？」

「外国ですって？　とんでもない。そんな余裕があるものですか」

「では、あなたのご親戚か知人で外国に行き、みやげに何か貰《もら》ったことはありませんか？」

「そんな人もいませんね」

神野の質問は、生駒を射ったピストルの意味であった。

神野たちは神岡の次に北川良作を訪ねた。この妻に死なれた男は、やっと立ち直ったというように工場にも機械の音がし、数人の従業員が働いていた。北川良作は縮れ毛で、がっちりとした体格である。

「生駒さんが殺されたと聞いて、正直のところ、ぼくは祝杯をあげましたよ」

と、その狭い事務所みたいなところで彼は刑事二人に言った。

「ぼくは女房が自殺したとき、実際、あの場から刃物を持って生駒を殺しに行きたかったくらいですからな」

「生駒さんが殺されたのは新聞で読んだのですか?」

「そうです。朝刊に出ていましたからね。まだ犯人はわからないですか?」

「いま捜査中です」

「ぼくは犯人がわからなければいいがと思っていますよ。生駒のような男のために、殺した人が一生を棒に振るかと思うと、気の毒ですよ。人間の生命は、各人それぞれ価値が違いますからな。殺されては世の中が困る有用な人がある。そういう人と、生駒のような油虫みたいな男とが、殺されたというだけで、同じ価値に見られるのは法律の欠陥ですな。ぼくは、犯人が運悪くつかまったら、その犯人にできるだけ差入れをしてやるつもりですよ」

「犯人が逮捕されないほうがいいというあなたの気持ちにそむくようですが、捜査にご協力願えませんか?」

「どういう点です?」

「生駒さんは、新聞でご承知のとおり、ピストルで殺されています。それもコルトですが、生駒さんの周囲に、そういうピストルを持っていた人たちを知りませんか?」

「知りませんな。少なくとも生駒を攻撃しているわれわれのなかには、そんなしゃれたものを持っている者はいませんよ」

北川は神野の質問の意味がわかって答えた。

「あなたは、五月八日に大崎の鈴木さんのところへ神岡さんと集まったそうですが、そのときは電車でいらしたんですか、車ですか?」

「電車です。あいにくと車の調子が悪くて車庫に入れておきました。それに、近ごろは交通事情が悪いので電車のほうがはるかに早いですからな」

「話合いは何時にはじまりましたか?」

神野は神岡にきいたとおりの質問を北川にもした。北川の答えは神岡と同じだった。当日、鈴木の家は休みの日でがらんとしていたこと、もてなしには鈴木の親戚の出戻りの女が当たったこと、その会議は午後二時から開かれて夕方の六時までかかったこと、生駒からその横領金を吐き出させる工夫について、新しく具体的な方針を相談したことなど北川の口裏は神岡と一致していた。

「そのとき、鈴木さんの奥さんや子供さんはどうしていたんですか?」

「鈴木君には子供はいません。奥さんは久しぶりに銀座のデパートに行くといって、昼ごろから出かけたそうですがね」

「そうすると、あなたがたが集まったのを目撃してるのは、鈴木さんの親戚の女のひとだけですか?」

「いや、まだあります。ぼくらの出入りを近所の人が見てるはずですよ」

次は、いよいよ鈴木寅次郎だった。神野は北川良作の家を出ると、公衆電話で鈴木の家に電話した。

「ご主人はいらっしゃいますか？」

と、出てきた女の声に神野はきいた。

「どちらさまでしょうか？」

どうやら鈴木の妻のようだった。

「わたしは警視庁の捜査課の者ですが、ちょっとご主人にお目にかかりたいんです。これから伺ってもいいでしょうか？」

「主人はいま外出していますけれど」

「失礼ですが、奥さんですか？」

「はい、そうです」

「いつごろお帰りになるでしょうか？」

「いましがた車に乗って千葉のほうに集金に出かけましたので、帰りは少し遅くなると言っていました。でも、午後七時ごろまでには帰ってくると思いますけど」

心なしか、その妻の声は心配そうだった。警視庁の捜査課といえば、だれしも意味なく不安になる。

「七時ごろですね。それでは、また伺います。もし、早くお帰りになりましたら、あるいはもう一度お電話してお邪魔にあがるかもわからないとおっしゃって下さい。わたしは神野と申します」

「わかりました」

神野はよほど電話で、五月八日のことをきこうかと思ったが、思い止まった。鈴木が帰る前に、そんなことをきくのもまずい気がしたからだが、受話器を置いたあと、やはりあれは聞いたほうがよかった、という心残りになった。

表に塚田が所在なさそうに待っていた。

「鈴木は千葉のほうに行って、七時ごろでないと帰ってこないそうだ。どうだ、だいぶん歩き回ったから、その辺でお茶でも飲もうか？」

「そうですね」

だいぶん暑い季節になっていて、咽喉《のど》が渇きがちだった。もうお昼近い。二人は眼についた喫茶店にはいり、冷たい飲みものを注文した。

「これで神岡幸平と北川良作と二人から話を取ったわけだが、大体、口裏は一致してるね」

と神野が塚田に言った。

「そうですね。鈴木にきいても同じようなことを言うでしょう」

「うむ。……ところで、君は神岡幸平と北川良作の話の態度に何か気づいたことはないかね？」

「さあ」

塚田は考える眼つきになった。

「話は同じだが、その態度だよ。ぼくの感じでは、神岡のほうにちょっとおどおどしてる様子があったように思う。ところが、北川良作は初めから強い口調だった。あの男、正面から生駒に対して憎しみをむき出しにしていたね。われわれ警察官の前では、ちょっと誤解されそうなことまで口走っていたね。殺してやりたいとか、犯人が挙がらないほうがいいとか、そういうようなことだ」

「そうですね。たしかに神岡は話し方にもちょっとびくついたところがありましたね。北川良作とは対照的でした」

——この違いはどこからくるのだろう。神野は塚田と話しながらそれを考えている。普通に解釈すれば、警察の事情聴取となると、たいていの者が気弱くなるから、それかもしれない。べつに疚《やま》しいことはないが、自分の話から何をひっかけられるかわからないという不安だ。警察官に対する一般の漠然とした警戒心ともいえよう。同じ心理でも、それが逆に出た場合が北川良作にみられる昂然《こうぜん》とした姿勢だろう。神野たちもこれまでの捜査の経験で、この二つの型があるのはよく承知していた。

しかし、神岡も北川も神野と会ったのはこれが初めてではなかった。今までも接触があった。以前の彼らは平静だった。だから今度の不自然さが目立つ。

「——君はそうは思わないかね？」

と、神野がその話をすると、

「そう言われると、たしかにそうですね」

と、塚田もうなずいた。

「これはどういうことだろう。五月八日の会合の日が大阪で生駒が殺された日だと知って、それを気にしているのだろうか？」

「そうですね。しかし、彼らはその日東京に居たのですから、日ごろ憎んでいた生駒が大阪で殺されたとしても、心配することはないと思うんですがね」

「鈴木に会ってみなければよくわからないが」と、神野はつぶやくように言った。「神岡と北川の様子はわかった。では、鈴木はどうなのだろうか？」

「やはり会うまではわかりませんね。しかし、神野さん、その生駒の殺された五月八日に、よくも偶然に三人が集まったものですね」

「うむ、犯行当日、偶然に生駒対策を協議したというのが、あるいは、神岡と北川の気《き》怯《おく》れになったかもわからないね」

「でも、かえってアリバイができて安心するはずですが」

「それはいちがいに言えない。三人は、その場できっと生駒に対して激しい憎しみを話し合ったに違いないからね。その生駒が殺されたとなると、警察に余計な気の回しかたをされると心配になったのかもしれない」

「これは仮定ですが」と塚田は少し弱気な声で言った。「あの三人は、五月八日には東京に居たというアリバイを共同でつくっていたんじゃないでしょうか」

　不意の提言だった。

「まさかと思うな。そうなると、あの三人の連中、またはそのうちの二人、あるいは、一人が犯人ということになるのか?」

「直接の犯人かどうかは別としても、事件の関係者だったかもわかりませんよ。そう考えると、神岡が必要以上におどおどしていたことも、また北川がえらく威張っていたことも、なんとなくわかりそうですが」

「……三人の共同犯か」

神野は、遠くを見て呟《つぶや》いた。

神野と塚田は、それから三十分ばかり話をした挙句、下村印刷所に電話をした。下村るり子は外出していたが、あと二十分したら帰るという事務員の返事だった。

ここから牛込北町に行くには三十分以上かかる。

——鈴木寅次郎は、五月八日の神岡、北川との集まりの日に、午前中、車で外に出ていた。そのとき品川駅前で下村るり子と遇《あ》い、大喧嘩《おおげんか》をしたというのである。もし、神岡の言うその話が事実だとすると、鈴木は少なくともその日の午前中には東京に居たことになる。かりに神岡、北川との話合いがつくりごとだとしても、鈴木が下村るり子と路上で遇って喧嘩したことが確認できれば、東京における鈴木のアリバイは成立するのである。

神野は、その点を下村るり子自身に当たってたしかめることにした。

バスから降りた二人は、再び牛込北町の南側の路地を歩いた。印刷機の音が、遠くから聞こえてきた。

うす暗い小さな印刷所の表をはいると、事務員に呼ばれた主《あるじ》の下村るり子は、工場を仕切った開き戸から出てきた。

「いらっしゃいませ」

相変わらず、小学校の女教師のような引詰髪の、地味な身なりだった。女ひとりで商売している張り詰めた表情と、積もった疲労とがまじっている顔だった。

刑事二人は、この前と同じように粗末な椅子にかけた。

「お忙しいところをお邪魔します」

神野は、二、三、世間話のようなことを言ったあと、「ところで、奥さんは生駒さんが殺されたことをもちろんご存じでしょうね？」

と、本題にはいった。

「ええ。ほんとにあれにはびっくりしました。わたくしは社長さんなど雲の上の人で、直接には口を利いたことがありません。いろいろ噂された人でしたけれど、あんな最期を遂げられるとは思いませんでした。新聞を読んだとき、ほんとにびっくりしました」

と、下村るり子は白粉気《おしろいけ》のない顔におどろきを現わした。

「そうでしょうね」

「大阪であんなことになろうとは意外でしたわ。まだ犯人の目星はつかないんですか？」

「いま、われわれも一生懸命に大阪の警察と協力して捜査してるんですがね、残念ながら、現在のところ、まだ有力な手がかりがないのです」

「まあ、そうですか」

「ところで、生駒さんの殺されたのは五月八日の午後四時ごろなんですが、なんだそうですね、あなたは鈴木寅次郎さんと品川駅前で遇われたそうですね？」

「鈴木さんと？」

下村るり子は突然の質問にとまどったふうだったが、すぐに思い出したように、それを肯定した。

「ええ。あれが五月八日でしたかしら、鈴木さんが車に乗っていたのを見かけたので、呼び止めて話したんです。喧嘩というほどではありませんわ」

彼女は、その事情をこう説明した。

その日午前十一時ごろ、仕事の用事で品川駅前を歩いていると、赤信号にかかった車の群れの中に鈴木寅次郎の顔が見えた。それで、なんとなく呼びかけたところ、鈴木は信号を通り抜けたところで歩道近くに車を寄せて停まった。

（なんの用事だね？）

と、鈴木は初めから不機嫌そうな顔つきだった。大体、鈴木は自分にあまり好感を持っていないとはわかっていたが、イコマの売掛け金の件はどうなったか、ときいた。すると、鈴木はせせら笑って、

（今日午後から、そのことでみんなと寄り合うのだ。だが、おまえさんは、せっかくだが、その組にはいるのは断わるよ）

と、突慳貪《つっけんどん》に言った。そこで彼女もむっとした。

（あんたがわたしを入れてくれなければ、それでも構わないが、もう少し口の利き方があるでしょう）

と、言い返した。すると、鈴木は、

（何を言うのだ。おまえさんはわれわれの組にはいりたくてうずうずしているのだろう。大体、おれたちはイコマとは取引きをしていないのだ。生駒前社長から金を取り返すまでイコマとは無関係にしている。それでなければ戦闘的にはなれない。ところが、おまえさんは、一方では会社から仕事をもらい、一方ではわれわれの組にはいろうとしている。それではあんまり虫がよすぎはしないか。この前からなんだかんだと言って口をかけてきているが、今後はもう一切そんなことを言ってくるな）

鈴木は唾《つば》でも吐きそうな言い方で車に戻ろうとしたので、彼女は引き止めた。

（鈴木さん。そりゃあんまりな言い方ではありませんか。いくらわたしが女ひとりで商売をしているからといって、バカにしないで下さい）

（べつにバカにはしないが、おまえさんのやってることが非常識だから教えてやったのだ）

（あんたなんかに教えてもらわなくてもいいですよ）

（何をぬかす。虫のいいことばかり言ってきて、少しはわが身のほどを知るがいい）

（何がわが身を知れです。そう言うあんたはなんですか？）

そんな口喧嘩が次第に激しくなり、声が高くなったので、道行く人が三、四人立ち止まった。

「ただそれだけのことなんです。それを鈴木さんが大げさにほかの人に言ったんですね。あの人は気の小さい人です」

下村るり子の口調は、いかにも鈴木を軽蔑《けいべつ》しているようだった。

「前から、鈴木さんはわたしに悪意を持っているんです」

と、彼女はつづけた。

「神岡さんやほかの人たちはそうでもないんですが、どういうわけか、鈴木さんだけはわたしに意地悪くするんです。やっぱり女ひとりで商売をしているから、バカにしてるんですね」

彼女は激しい口調でいった。女ひとりで商売しているので、他人にバカにされまいとする姿勢が見えた。

とにかく、鈴木寅次郎がその日の午前十一時すぎまで東京に居たことは、これで確実になった。刑事二人の訪問の目的は、ひとまず、それで達した。

「その鈴木さんの車ですがね、奥さん」と、神野は最後に念を押した。「どういう色の、どういう型の車でしたか？」

「いつも鈴木さんが乗り回している黒塗りの中型車ですわ。もうだいぶん使い古している車です」

「そうですか……つかぬことを伺いますけど、その前に、鈴木さんがその車に乗って東京から関西方面に行ったということはありませんでしたか？」

「さあ。そんなことは聞いていません。大体、わたしは日ごろからあの人たちとつき合っていませんから……」

「なるほど」

そこへ、今まで工場にはいっていたらしい事務員が茶を運んできた。刑事二人にはこの前に見おぼえた顔で、背のすらりとした、二十五、六くらいの事務員だ。女主人の留守には店の仕事いっさいをみているらしかった。

「あ、吉田さん」と、下村るり子は、そこを離れようとする事務員に言った。「わたしの留守に大事な電話はありませんでしたか？」

「いいえ、別に」

「そう。区役所から見積もりの引合いが出るはずなんだけど、まだ連絡はないの？」

「いいえ、まだです」

「そう。じゃ、いいわ」

吉田という事務員は軽く一礼して、机のほうに戻った。

神野は、事務員のわりと整った横顔を遠くから見ながら、

「奥さん。あの方はこちらにはもう古くからお勤めなんですか？」

と、きいた。

「ええ。かれこれ五、六年くらいになります。亡くなった主人の遠い縁戚《えんせき》で、主人がここに入れたのです」

神野と塚田は下村印刷所を出た。

「やはり、なんだな、亭主の死んだあとの商売を女手一つでやっているだけに、なかなかしっかりしているな」

神野は歩きながら言った。

「そうですね。けど、絶えず他人からバカにされまいとする根性はかなりなものですね」

ならんで歩く塚田も言った。路《みち》を上がり切って電車通りに出た。

「未亡人というのは多かれ少なかれ、ああいう性格になるんだな。それに、鈴木が怒るとおり、彼女が五人組の行動に便乗してイコマから売掛け金の一部でも取り返そうとしていたところなどは、そういう女にありがちな欲ともいえるな」

「金銭的な執着は強いようですね。ぼくの知ってる未亡人もひどくケチです。そのくせ外には見栄を張っていますがね」

「気の毒といえば気の毒だ。鈴木も、なにもああまでして彼女と喧嘩《けんか》することもないのに、少々おとなげないな」

「鈴木といえば……」

と、塚田が腕時計を見た。

「あれから、そろそろ二時間くらい経っていますよ。もう一度、先方に電話をかけてみましょうか？」

「うむ。ついでだ。もし、鈴木が帰っていれば、これから訪ねて行ってもいい」

塚田が菓子屋の店先にある赤電話をとり上げて二言、三言話してたが、待っている神野のところに戻ってきた。

「鈴木はまだ帰っていないそうです」

彼は報告した。

「そうか。やっぱりね」

「お昼前から出たままですが、千葉の帰りによそを回ってるかもわからない、奥さんがそう言ってました」

「そうか」

まだ昼食もとっていなかった。

「どうします？　鈴木に会うのは明日にしますか？」

「いつ帰るかわからない相手を待っても仕方がないな。一応、本庁に帰ろう」

二人は、霞ケ関《かすみがせき》方面に行くバスに乗った。

神野は疲れたように腕を組んで眼を閉じていたが、

「なあ、塚田君」

と、その眼を開いて言った。

「どうも、今日のうちに鈴木に会っておきたい気がするね」

「そうですか。じゃ、本庁からもう一度電話してみますか？」

「うむ。なんだか胸騒ぎがしてきた。どうも落ちつかないんだ」

「というと？」

「いや、なんだかよくわからないがね」

神野は靴の先に眼を落として言った。

「とにかく鈴木の家に電話をして、奥さんに主人が千葉県のどこに行ったか、きいてみよう。そして千葉の先方に電話をし、鈴木が何時にそこの家を出て、どこに回るといってたか、たしかめてみよう」

神野は気がかりげにいった。

午後六時半ごろ、塚田は警視庁から鈴木寅次郎の家に電話をした。

「はあ。まだお帰りになっていませんか。実は、どうしてもおたずねしたいことがあるので、早く連絡を取らしていただきたいのです。千葉のどちらにお出かけになったか、おわかりになりませんか？」

鈴木寅次郎は帰宅していない。神野は塚田が書くメモを横から見ていた。千葉の電話番号が取られている。

「ははあ。それからどちらにお回りになる予定でしたか……はあ、わかりませんか。それじゃ、またあとでお電話するかもわかりません」

電話を切った塚田は神野に、

「いま聞かれたとおりです。千葉からどこに行く予定だかわからないと言っています」

「その千葉の電話は、どういう家かね？」

「取引先だそうです。岡村《おかむら》といって、自動車の部分品を作ってるところだそうですがね」

「じゃ、そこにかけてみよう」

千葉の電話には神野が直接に出た。警視庁とは言わないで、

「鈴木さんはまだそちらにおられますか？　こちらは鈴木さんの取引先の者ですが」

電話口の声はその家の主人だった。

「鈴木さんですか。いいえ、今日は一度もこっちにおいでになりませんよ」

「おかしいですな。たしかにお宅に伺うと言って家を出られたそうですが」

「いや、うちにはおいでになる約束も無かったのです」

「そうですか……この時刻まで伺ってないとなると、もう鈴木さんはそちらに行くことはないでしょうね？」

「こちらはもう店を閉めていますからね。それに約束もしていませんし、たぶん、もうお見えにならないんじゃないですか」

「そうですか……もし万一鈴木さんがそちらに行かれたら、東京の家のほうにすぐ電話連絡をしてくれるように言ってくれませんか」

「わかりました」

電話を切ると、話を横で聞いていた塚田が眼を光らしていた。

「鈴木はどこに行ったんでしょうね？」

「さあ、どこだろうな」

神野は、つぶれた煙草をとり出して口にくわえた。マッチをすり、煙を吐く間、思案がつづいている。

「神野さん。鈴木の妻君が千葉行きの嘘を言ったのでしょうかね、それとも鈴木が家にそう言って外出したのでしょうか？」

「たぶん、後者のほうだろうな」

「出かけたのが今日の午前十一時ごろからでしょう。そうすると、もう八時間近く経っています」

「なんだか妙だな」

「あるいは神岡のところに寄っているかもわかりませんね。問い合わせてみましょうか？」

「うむ」

神野は返事したが、気乗りうすだった。あまりそれに期待していないようであった。

その晩、神野と塚田は鈴木寅次郎の家に行った。

神岡幸平に聞いても、鈴木の今日の行動は知らないという。北川良作への電話も同じ返事だった。

十時になったが、鈴木は戻らないばかりか、出先から電話の連絡もなかった。

「奥さん。こういうことはたびたびあるんですか?」

神野がきくと、よく肥《ふと》った妻君は、

「たいてい、間に一、二度ぐらいは電話をかけてくるんですが」

と、彼女も心配そうだった。警視庁から刑事が二人きているのでよけいに不安がっている。とうとう、十一時になった。神野は、自分の悪い予感がだんだん当たってくるような気がした。

妻君はおろおろした声で、

「主人の身に何か間違いでも起こったのでしょうか?」

と、刑事にきいた。表面は鈴木に事情を聞きたいことがあると神野は言っているのだが、妻君は今日の鈴木の帰りの遅いことと思い合わせて、すっかりおびえていた。

「奥さん」と、神野は、その妻君の顔を見て言った。

「奥さんは、この五月八日に、この家を昼間留守にされたことがありますか?」

「ええ、あります」

と、妻君はうなずいたが、顔色が変わっていた。

「それは公休日で使用人がほとんど居なかったそうですね?」

「はい」

「その間に、ご主人は神岡さんと北川さんを呼んで、ここでずっと話合いをしていられたそうですが、それはご存じですか?」

「いいえ。わたしが出たのは午後からで、帰ったのは五時ごろでした。ですから、その寄合いというのは済んだあとでしたから、神岡さんも北川さんも見ていません」

妻君は細い声で答えた。

「そうですか。ところで、その留守にご親戚《しんせき》の女性がこられて、神岡さんと北川さんとにサービスをなさったそうですが、それはどういうご関係の親戚ですか？　奥さんのほうですか、それともご主人のほうですか？」

「主人の関係です……といっても遠い縁戚に当たるので、わたしもめったに遇《あ》ったことのない女性ですが」

「名前は？」

「…………」

眼を伏せていた妻君は、とうとう顔まで伏せてしまった。神野と塚田は眼を見合わせた。

「奥さん」

と、神野は妻君の傍に行って、説き聞かせるように言った。

「こういうことは隠してはいけません。あとでそれが間違いの因《もと》になります。いいですか。奥さんはご主人から、その日外に行くように言われたのでしょう。そして縁戚の娘さんなどは来ていなかった。それもご主人から、神岡さんと北川さんのもてなしに呼んだというふうに言えと言われたのでしょう？」

妻君は急に顔をあげると、刑事二人をじっと見て泣き出した。

自殺者

神野と塚田は十二時すぎまで鈴木の家にいたが、とうとう鈴木は戻ってこなかった。いつまで待ってもきりがないので、半泣きしている鈴木の妻を残して塚田といっしょに出た。

「神野さんは、鈴木を疑っていますね」

終電近い国電をホームで待ちながら塚田がいったことである。

「うむ。たしかにおかしいからね。五月八日の神岡と北川との会合も、あの妻君の白状で結局嘘とわかったね。鈴木は妻君のほか、神岡にも北川にもそんな工作をしたのだ。どうも神岡と北川の様子がおかしいと思ったが、案の定だったな」

「神岡と北川も八日の日には東京に居なかったのですかね？」

「いや、あの二人は居たのだろう。八日は二人とも家で仕事をしていたから、工員もいることだし、証人は多い」

「鈴木は八日の夜、九時半ごろに家に戻ったと妻君は言っていましたが、天野山金剛寺の生駒の死亡が午後四時ごろとして、その犯行後、東京に帰れますか？」

「伊丹に出てから飛行機だろうな。これはあとで調べてみなければわからないが……」

塚田はしばらく考えこんでいたが、

「神野さん、もし、生駒殺しが鈴木の犯行だとすると、意外も意外、全く意外ですな」

と溜息《ためいき》をついたところに電車がはいってきた。

「ぼくにはどうも信じられません」

と、塚田は電車の中でも言った。

「鈴木は生駒を憎んでいたから、彼を射殺したことはわかるが、そうすると、それは神岡や北川などと相談の上ですかね？」

「いや、彼だけの意志による単独犯行だろうな」

神野は腕を組んで答えた。

「そうなると、鈴木はたいへんな突っ走りようですな。生駒を殺してしまっては、かんじんの売掛け金も取れなくて、元も子もなくなるわけですがねえ？」

「うむ……」

「それとも、もう金は取れないと思って殺《や》ったのですかなあ。まあ、あの仲間でも、鈴木の生駒に対する憎悪は相当なものには違いなかったですがね」

「うむ……」

神野は組んでいた腕をといた。

「ねえ、塚田君。まだ、はっきりとはわからないが、鈴木が生駒を殺したとすればだな、杉村と前岡を殺したのは誰だろう？」

「はあ……」

塚田は神野をじっと見た。

「前岡の場合は別としても、杉村殺しには生駒が犯人だった。共犯は例の運転手だ。女は単なる傍観者だろう」

「……」

「三つの殺人事件には共通の犯人がいる。生駒は殺された。残るのは運転手の男だ。これが生駒を殺した」

「え、そうすると、あのときの運転手に鈴木が化けていたんですか？　神野さん、それはあまりに突飛な想像じゃないですか？」

塚田は神野の言葉にびっくりしたように言った。

「そうすると、鈴木は生駒を殺す前までは、生駒の共犯だったということになるんですか？　前岡殺しまで含めてですよ」

「うむ……」

「では、その裏づけは？」

「裏づけといっても、今は何もないよ。仮定だからね」

「仮定でもいいです。どうも、ぼくにはうなずけませんね」

「……」

「だって、鈴木は神岡などほかの下請け仲間といっしょに組んで生駒を脅していたじゃありませんか。彼は生駒の擬装倒産のために自分まで倒産した男です。生駒に対しては恨みが骨の中までしみこんでいるはずです。あの男が生駒を殺す動機はわかりますが、その前に生駒と組んで杉村や前岡を殺したという理由がぼくには納得できませんよ」

「うむ……」

「しかもですよ。杉村殺しは三月です。その時期に鈴木が生駒の共犯をつとめていたとすれば、生駒との結びつきは、そのときからずっと早い時点でなければなりません。なにしろ、人殺しをやったのですからね。昨日や今日の結びつきではできないことですよ」

「うむ……」

神野はうなずいた。

「そうするとですね、少なくとも二か月くらい前にその結びつきができたとしますか。そのころ、あの連中、いっしょになって、しきりと生駒の所在をたずねて回っていたのですよ。それを知っているぼくには、どうもピンときませんね。……小説なら別ですがね？」

「小説？　小説なら、どうだというんだね？」

「例の推理小説ですよ。鈴木は生駒の陣営だが、それを味方に知られないように、わざと生駒に攻撃をかける。その点では、仲間のなかで最も尖鋭《せんえい》的になる。だから、仲間は誰も鈴木が生駒の味方だとは気がつかない……。そういう意外性です」

「いや、それは小説だけではないかもしれないよ」

神野は言った。

「ぼくはね、君のいま言ったことが、今度の事件の真相かもしれないと想像しているよ」

「え？」

「では、動機は何です、鈴木が生駒と組んで人殺しまでした動機は？」

「ぼくはね、鈴木は生駒に買収されたのではないかと思っている」

「買収？」

塚田は唖然《あぜん》としていた。

「たとえばね、生駒が鈴木とこっそり会って、君の売掛け金だけは全額払ってやる。これはほかの人間には気づかれないでくれ、その代わり、おれの味方になってくれとね」

「ははあ」

塚田はぽかんとして神野の顔を見ていたが、

「しかし……売掛け金を払ってもらうだけで、人間、その男のために人殺しをするでしょうか？」

「うむ、君の言うとおりだ。それでぼくも弱っている」

翌朝、神野は寝ているところを妻に起こされた。

「お父さん。交番の桜井《さくらい》さんが呼びにきていますよ」

「いま、何時だ？」

「八時五分です」

神野は寝床をはなれて大急ぎで着替え、玄関に出ると、交番巡査の桜井が立っていた。

「お早《はよ》うございます。いま、本庁の捜査一課の河合係長から電話があって、すぐに本庁においでになるようにとのことでした。河合係長もそれまでに登庁されるということです」

「わかりました。どうもご苦労さん」

桜井巡査は挙手をして帰って行った。神野の家には電話が無かったので、緊急の連絡はいつも近くの交番から取ってくれていた。

神野は手早く朝飯を搔《か》きこみ、洋服に着替えて玄関の靴をはいた。子供が学校に行くというので妻は忙しがっている。

「ひょっとすると、今夜は戻れないかもしれない」

彼はうしろを向いて言った。

「何か大きな事件でも起こったのですか？」

「さあ、わからん」

長い刑事生活で妻も馴《な》れていた。

新婚当時五日間も帰らず、妻が泣き顔で警視庁に問い合わせたのは、当時一つ話になったものだった。今はすっかり馴れている。

神野はバスの中で、河合からの呼出しは鈴木寅次郎に何か起こったのだと直感した。昨夜十二すぎまで鈴木の家にいたが、結局、彼は戻らなかった。もしかすると、鈴木の死体がどこかで出てきたのかもわからぬ。昨夜も帰り途《みち》、塚田といっしょに話したことだが、そのときの悪い予感がもう実現したような気がした。

鈴木の家に電話をして様子を聞く手もあったが、まず河合の話を聞いてからでないと、予想どおり鈴木の死体発見だとすれば混乱が生じる。死体は、もちろん、他殺に違いない。

昨夜、国電の中で塚田と話したことが思い出された。

生駒殺しの前の杉村、前岡の殺人事件には鈴木が生駒と組んでいたという神野の考えに、塚田は突飛なことだと言っていた。もっともなことだが、塚田も言うとおり、それを裏づけるには生駒が鈴木にだけ借金を支払う約束をしたということを証明しなければならぬ。だが、それにしても、塚田の言うとおり、売掛け金の支払いくらいで鈴木が杉村や前岡を殺すだろうか。この点が、大体の筋を想像しながらも神野自身にわからないところだった。

本庁の捜査課に出ると、河合がぽつんとすわっていて、あとは当直の班だけである。

「お早うございます」

「お早う……君、鈴木が自殺したよ」

「自殺？」

神野は呆然《ぼうぜん》とした。

「自宅でですか？」

「いや、氷川《ひかわ》だ。青梅《おうめ》の奥だよ。今朝早く報告があった」

東京都下西多摩《にしたま》の青梅から氷川に至る間は多摩川の上流となっている。両岸は岩石がせまり、渓流は岩をかんでいる。この辺は多摩川渓谷といって、東京都民のピクニック地になっていた。

しかし、国道から山のほうにはずれると深い山林だった。昔は木炭の産地で、江戸《えど》への供給源であった。

五月十七日午前六時ごろ、村道を歩いていた村人が、その道の真ん中に黒塗り国産中型車が停まっているのを見た。通りがかりに中をのぞくと、運転台にすわったままドアに凭《よ》りかかるようにして寝ている男がいた。車は白ナンバーだった。

この辺は渓谷沿いの国道からそう離れていない。夏になると、車に乗ったアベックが渓谷にきて夜まで遊び、車の中で蜜語《みつご》を交していることが多い。ヘッドライトもルームランプも消して、中でひっそりとしているのだ。

付近の者は、それに馴れていたので、夜、木蔭《こかげ》の路《みち》に灯を消した車が停まっていても、見て見ぬ振りをして過ぎる。

発見した村の者は、夜通しアベックがそこに停まって車の中で寝ていると思い、ひょいとのぞいたのだった。

だが、その車は運転手の男が睡《ねむ》っているだけで、助手席には誰も居なかったし、うしろのシートにも人影はなかった。

奇態なことだと思って、その村人が運転手を車越しにじっと見た。それは中年の顔で、身体を斜めにドアにもたせかけたま首をうなだれて、みるからに不安定な姿勢だった。が、それよりも村人を仰天させたのは、男の胸がまるで赤い絵の具を一筋縦に塗ったようになっていることだった。

発見者は夢中で駆け出し、国道に下りると煙草屋を起こした。この近所で電話のあるのはこの家だけだった。

三十分後、若い駐在巡査がオートバイに乗ってやってきた。

若い巡査はいち早くそこに縄を張り、警察学校で教わったとおりに模範的な現場保存を行なった。白ナンバーの数字を控えたのはいうまでもない。巡査が四キロはなれた所轄署に急報したのは、その処置が終わったあとだった。

「……そういうわけだ」

河合係長は神野に語った。

「所轄署からの報告だがね、検視に行ったところ、鈴木は前の左胸、つまり心臓部を近距離で射っている。しかも、車の中は荒らされていない。使用したピストルは運転台に落ちていたそうだ」

「ピストルの型は？」

「コルトだ。生駒射殺に使われたのと同型だよ。いままでの報告はそこまでだ……」

原田捜査一課長、河合一課二係長、神野、塚田ほか二係の数名、それに鑑識課員が三台の車に分乗して、氷川の現場に到着したのは午前十一時すぎのことであった。

現場には、通知によってすでに所轄署の署長や捜査課長などが待ち受けていた。車だけが物々しい警官の群れの中にぽつんと置かれていた。警視庁の車のあとから追跡した各社の記者たちもこれに加わったので、たいそうな人数になっていた。

鈴木寅次郎の死体はまだそのままに残されていた。所轄署の検視も本庁からの到着を待つために、ただ外見から観察したにすぎなかった。床に落ちているピストルも窓の外からのぞいてコルトと判断しただけであった。

車の外側から検査がはじまった。指紋の検出、写真の撮影、車の異状個所の検査など、あらゆる検証処置が済むと、はじめてドアが開かれた。鈴木の死体は草原に用意された蓆《むしろ》の上に寝かされた。

運転台の床には血がどす黒く油のように溜《たま》っていた。ピストルはそこから十センチくらいの距離の所に落ち、薬莢《やっきょう》は少し離れた所にあった。これらは鑑識係がハンカチに包んで拾い上げた。メーターに出ている走行距離は一五二キロとなっていた。鈴木の住む品川から氷川までは、どのコースを通るにしてもほぼ七〇キロくらいである。これによって鈴木が現場にくるまでかなりほうぼうを走っていたことが推定された。

次に鈴木の遺体の本格的な検視となった。

鈴木の服装は濃紺の背広上下に同色のネクタイをつけていたが、血染めの白いワイシャツの心臓部に当たる部分にはまるい穴があき、ぐるりは焦げた痕《あと》と硝煙で真黒くなっていた。これは次の下着も大体同じだった。衣服を脱がせて裸にしてみると、まるい射入口に火傷《やけど》があった。至近距離から射ったことは歴然としていた。

鑑識係は右の指を調べた。人差し指には引き金を引いた痕が残っていた。この状態からすると、鈴木は右手でピストルを握り、自分の心臓部を射った瞬間、衝撃でピストルを手放したものと推定された。

背中を返すと、弾丸は左胸の心臓部の裏側を貫通し、その射出口は射入口よりも大きく縁がザクロ型に裂けていた。

別の係官はピストルの指紋を採ったうえで弾倉を調べた。五連発の弾丸が四発残っていた。鈴木寅次郎は一発でおのれの心臓を射ち抜いたのである。

また別な係官は貫通した弾丸の行方を捜した。それは後部座席に近い右側のボディの中にめいり込んでいた。この位置からすると、鈴木の心臓を貫いた弾丸は運転台の座席うしろを斜めに貫いて、そこに止まったことになる。つまり、鈴木は運転台の正面にすわって射ったのではなく、身体を左のほうに斜めに向けてピストルを胸に発射したのであった。

——自殺だ。

神野は思った。ここに来た鑑識課もその意見だった。死後推定時間は検視時より約十六、七時間前だといった。彼の死は前日の五月十六日午後七時か八時ごろに当たる。

「この車だな」

と、神野は塚田といっしょに立って、そこに置かれた鈴木の車を見て言った。黒塗りの国産中型車であった。

「塚田君。旭川ダムの水底から引き揚げた車をわれわれは見ていたが、あれを思い出すな」

「まったくです」

あたかも岡山県のダムの車がこの氷川の山に移されてきたような感じであった。もっとも、同型同色の車は広く日本中にゆきわたっているので別にふしぎでないとはいうものの、やはりそんな錯覚が起きた。

神野は、車体のうしろのナンバー・プレートに近づいてみた。それは車体にはまっていて、東京陸運局の封印がしてあった。

「塚田君。ここを見ろ」

と、神野は叫んだ。番号板の四隅だけが何か擦れたように少し光っていた。

「やっぱり想像どおりだった。これは姫路の盗難車、五—か—五九六一のナンバー・プレートを接着剤で上から貼りつけた痕だ。あとでそれをはずして接着剤のかたまりを削り取ったんだよ」

塚田はうなずいた。

「そうすると、やはりあのときの運転手は鈴木だったんですね？」

「そうだ。鈴木が黒眼鏡をかけ、ジャンパーを着、ハンチングをかぶって典型的な職業運転手に化けていたのだ」

「そうすると、鈴木は、あのとき生駒と女とを乗せ、ダムの現場から湯原温泉の旅館に送りこみ、それから夜を徹して岡山に引き返し、東京へ向かったんですね？」

「そういうことになる。もっとも、鈴木が生駒と女を旅館に届けたのはだいぶん遅い時刻だったから、大阪に向かう途中、どこかに車を停め、仮睡して行ったに違いない。そのとき盗難車のナンバー・プレートは取りはずされ、この本来の番号板になっていたわけだ。接着剤を削り落としたのは東京に帰ってからだろうな」

「いくら捜索をやってもわからなかったわけですね」

河合係長が傍にやってきたので、神野はいま塚田と話したことを彼に説明した。

「そういうことだったのか」

と、河合もびっくりしていた。

「鈴木が生駒とあのころから共犯だったとは思わなかったな」

「共犯どころか、杉村を車に乗せたまま水底に飛びこましたのは鈴木ですから、実行行為の上では彼が主犯ですよ」

「まったくわからないものだな」

塚田も神野の前に頭をかいて、

「昨夜、鈴木の家から帰りの電車の中で神野さんの推定を聞いてぼくは反対しましたが、これには参りました」

と言った。現実が神野の推定を証明しているので仕方がなかった。

「しかし、鈴木もバカなやつですね。自分の売掛け金と引換えにあんな大罪を犯すとは……」

塚田は深い溜息《ためいき》をついた。

鈴木寅次郎の遺体は東京に運ばれ、監察医務院で解剖に付せられた。射入口の状態から推定し、ピストルは、ほとんど胸部に押しつけられたような状態で発射されたと思われた。これはピストル自殺者に最も多く見られる例である。すなわち、拳銃《けんじゅう》による自殺は、頭部のこめかみか、心臓の真上に銃先《つつさき》を当てるのを通例としている。ピストルが自殺者の手を放れ、すぐ近くに落ちている例は多い。なかには急激硬直のためにピストルを握ったままのものもある。鈴木の場合は、人差し指に引き金を引いたようなわずかなくぼみがみられた。

指紋の点だが、これもコルトの握りに付いたものと鈴木のそれとは完全に一致していた。他の指紋は付着していない。

このコルトについては、鑑識で残りの弾丸を使用して発射したところ、その旋条溝は、大阪の天野山金剛寺境内で射殺された生駒の弾丸とも全く一致していた。

ただ、本人の遺書は無かった。しかし、前後の関係からみて鈴木は、生駒殺しの捜査が近く自分の身辺にくることを予想して死を急いだものとみられた。

鈴木の妻に事情聴取を行なうと、

「べつに自殺するとかなんとかいうような様子は見えませんでした。十六日も千葉の得意先に用事があると言って、午前十一時ごろ、家を元気よく出て行きました。しかし、その前は何か深刻に考えにふけっていたこともありました。今から考えると、あれが今度の自殺に関係があったと思われますが、そのときは商売のことを思案しているとばかり思っていました」

と述べ、問題の杉村殺しの三月十三日については、

「今まで匿《かく》していて済みませんでした。主人は十二日の夕方から車に乗って、久しぶりに京阪方面にドライブに行ってくると言って出かけました。帰ってきたのが十四日午後二時ごろで、そのときは非常に疲れていました。わたしは長距離を運転してきたので、その疲労であろうと思っていました。まさか杉村さんの事件に関係があるとは思っていませんでした」

と言い、前岡殺しの四月十八日については、

「日はよく覚えていませんが、そのころ、主人は、名古屋方面にドライブしてくると言って一日一晩あけたことがあります」

と述べた。また生駒殺しの五月八日については、

「主人は、その日、東京都内を回ってくると言って午前十一時半ごろ家を出ました。戻ってきたのは夜の八時ごろだったと思います。どういう所を回っていたかは言いませんん

でしたが、あとになって、少し都合があるから、その日は神岡君と北川君とがここに集まって生駒問題で相談したことにし、おまえは朝から家に居なかったことにしてくれ、誰からきかれても、そのように答えるんだぞ、と言いました」

と、頭を下げた。

この点について、神岡と北川とを呼んでただすと、

「申しわけないことをしました。警察の人がきたら、そのように言ってくれと、鈴木君に頼まれたもんですから」

と、頭を掻《か》いた。

そのほか、自殺した鈴木寅次郎の生前の行動で疑問の点がいくつかある。

一つは、自殺に使われた拳銃三二口径コルトの出所だ。

これについて鈴木の妻女から事情を聴くと、主人がそのようなものを持っていたとは全く知らなかった、主人から見せられたこともなければ、しまっていたのを見たこともないと述べた。鈴木の知友関係を洗っても、ピストルを売買したとか譲渡したとかいうような線は出なかった。また鈴木の商売柄、ピストルをヤミで入手するというルートも考えられなかった。

次の疑点は、鈴木が生駒と以前から結託していれば、少なくとも下請けの仲間四人を裏切って生駒からこっそり金をもらっていなければならないが、鈴木の妻女は、そのようにまとまった金ははいったこともないと言った。鈴木の商売はイコマの倒産以来一度

倒れて、最近、ようやく細々ながら再開したのだが、目下無理な借金で苦しんでいる。もし生駒から金をもらっていれば、その全部は出さなくとも、多少は使うだろうからその経済的な苦悶《くもん》がゆるめられるはずだと言った。

次は、五月十六日の鈴木の行動だ。彼は午前十一時ごろ千葉の取引先に行くと言って家を出ているが、西多摩郡氷川の現場に何時ごろに到着したのかはっきりしていない。捜査当局では現場付近を中心にその車の目撃者を捜した。当日は天気がよく、また初夏入りのシーズンでもあったので、東京方面からマイカー族がおびただしく遊びに来ていた。黒塗り同型車はポピュラーなのでこれは多かった。したがって、とくに鈴木の車が人の印象に残ることはなく、目撃者が得られなかった。

ただ、付近の人で現場の道を通った者の話では、午後六時ごろにそこに車は無かったと言った。すると、鈴木の車が現場にきたのは午後六時以後ということになる。つまり、日没後、あたりが暗くなってきたころであろう。その後、翌朝の発見まで現場を通行したものはいなかった。

では、鈴木はそれまでどこを走っていたのか。メーターに出ている走行距離は一五二キロ。鈴木の家から氷川まではほぼ七〇キロくらいである。

しかし、鈴木の取引先関係や知人関係を調べたが、その日、彼はどこにも寄っていなかった。してみると、彼は氷川にくるまでにほうぼうを無意味に走っていたことになるが、この点について捜査当局は、鈴木が死に場所を求めていたのではないかと推測した。

最後の問題は、生駒殺しのあった五月八日の鈴木の行動だ。妻女の証言によると、鈴木は午前十一時半ごろ家を出ている。その前、車でどこかに出かけて帰宅しているが、そのとき、つまり、午前十一時ごろ、印刷屋の下村るり子と途中で遇《あ》って例の口論になったらしい。そのあとが、鈴木によってつくられた神岡と北川との架空な三者の話合いにつづくのだ。

生駒が天野山金剛寺の境内で殺されたのはその日の午後四時ごろであるから、事実上の鈴木の行動は十二時発の大阪行の旅客機に乗ったものとみられる。鈴木の居る品川と羽田はきわめて近いのだ。

捜査本部は鈴木の生駒殺しを復元した。

鈴木は十二時の旅客機(ジェット)で羽田を発《た》ち、十二時四十五分に伊丹に着いた。伊丹からタクシーで梅田に行く。この間約三十分。梅田駅からは地下鉄で天王寺まで行く。これが十五分。すると、地下鉄天王寺駅着が午後一時三十分である。

阿倍野橋駅は地下鉄から上がった所なので、これは阿倍野橋発河内長野行午後一時四十分に完全に間に合う。すると、河内長野駅には二時四十五分に到着している。

生駒が河内長野駅でこの電車の客を待っていたことは、彼を錦渓温泉まで送り届けたハイヤーの運転手の話でわかっているし、また彼を金剛寺に運んだバスの車掌も、生駒が伴《つれ》もなくひとりでバスに乗ったと証言している。

すなわち、鈴木寅次郎との間に打合わせができていたのである。

バスの中で生駒に伴《つれ》が無かったということは、もちろん、車掌をはじめ、ほかの乗客に鈴木の存在を知られたくなかったからである。

ところで、生駒はなぜ鈴木と他人顔でいたのか。

この点は、神野が前に考えたとおり、生駒と鈴木の間には或《あ》る密約があり、それを他の人間に気づかれないため、境内の山林の径《こみち》に行くまでは互いが知らぬ顔をしていたと思われる。大阪まで来てそのように装わなければならないとは驚くべき用心深さだが、それだけにあとで知られては困るような重大な密約があったのだ。

この用心深さがかえって生駒に災いし、鈴木によって射殺された原因の一つとなった。生駒はその真空の時間の中にあったため、まるでエアポケットに落ちこんだようなものだった。

鈴木がその真空を計画的に狙っていたかどうかはわからない。しかし、おそらく、それが彼の大きな意識にあったことは間違いなかろう。なぜなら、三二口径のコルトを忍ばせて持って来ているからだ。

こうなると、鈴木は生駒と交した約束の履行をかねてから生駒に迫っていたのではなかろうか。そして最後の談判が金剛寺境内だったと思われる。鈴木をそこに呼び寄せたのはもちろん生駒だ。彼はまさか鈴木がピストルを持ってこようとは夢にも思わなかった。生駒としてはそのような秘密な場所で鈴木と最後の折衝をこころみるつもりだったに違いない。

ところが、話合いは鈴木の予想どおりに不調となった。生駒が鈴木の要求を蹴《け》ったものと思われる。鈴木は怒りに燃えた。彼としては、その要求にこそすべての希望をかけていたのである。

山の径を歩きながら生駒の冷たい言葉を聞いていた鈴木が背後からピストルの引き金に手をかけているとは知らず、生駒は前を歩きながら悪態でもついていたのだろう。

捜査陣は、五月八日十二時羽田発の旅客機について搭乗客を調べた。だが、予想どおり搭乗者の中には鈴木寅次郎の名前は見当たらなかった。だが、彼が偽名で乗ったことはたしかである。

「それにしても、鈴木はえらくギリギリに東京を出発したものですね」

と、塚田は神野に言った。

「そうだな。考えてみると、伊丹に着いてから阿倍野橋に行くのもほとんど時間的な余裕がないね」

「当日、もう少し早く東京をどうして出発しなかったんでしょうね。万一、十二時発の飛行機が整備などの都合で出発延期になったら、阿倍野橋一時四十分の電車には乗れなかったのですがね」

「そうだ。それに、伊丹に着いてからも、たとえば、梅田までタクシーで行っているが、何かの原因で車が予定どおりの時間に着かなかったということもあり得るからね」

「どうして彼はそんな時間的に危ないやり方をしたのでしょうか？」

「やはり鈴木がその日東京にいたという印象をだれかに作りたかったんだな。ほら、その日の午前十時ごろ、鈴木は自分の車に乗ってどこかに行ってるだろう。あれだって、その日は大阪に行ったのではないという印象を植えつけておきたかったんだよ。それに、ちょうど運よく帰りには品川駅前で下村るり子と遇って、だいぶん彼女を怒らせているね。彼はわざとそんな口喧嘩《くちげんか》をして、彼女や、そのぐるりにいる人間にも印象を残しておきたかったのかもしれない。なにしろ、彼は大阪を飛行機で日帰りしているんだからな。その日東京にいたという印象づくりの苦心の工作だったのだ」

「そうすると、次は前岡殺しですが、あれも鈴木だとすると、どこで前岡を殺《や》ったのでしょうね？」

「当時生駒は東京にいたから、直接生駒が前岡殺しに関係しているとは思えない。しかし、大阪の地理に暗い鈴木が古市の王塚古墳を死体の捨て場所として思いつくはずはないから、あれは生駒の知恵だろう。生駒が鈴木にあの濠《ほり》に捨てるように指示したのだ。なにしろ、生駒は前に二度ほど天野山に行っているから、あの沿線にそうした古墳があるのは知っていたんだよ。鈴木はそれを実行したまでだ」

「では、どこで殺したんでしょう？」

「ぼくの想像だが、前岡は四月十六日の晩に汽車で東京を発っている。このときは生駒も翌朝の早い飛行機で大阪に行き、どこかで落ち合う約束だったと思う。これは杉村殺しの前日、つまり三月十二日、生駒、杉村、前岡がばらばらに東京を出発したのと同じ手だ。前岡は生駒と打合せどおりの場所で十七日の午前中待っていたのだろう。それがどこかは、前岡も生駒も死んでしまった今はわからないがね。しかし、大阪の天王寺駅あたりだろうということは見当がつく」

「それで？」

「鈴木は、その前の晩、東京を車で出発し、当日の朝、前岡の待っていた所に来たのだろうね」

——そのとき、鈴木は、たぶん、生駒が某所に居るから、そこまで自分が車で案内すると言ったのだろう。前岡は、うかつにも鈴木の言葉を信じて彼の車に乗ったのだ。

こうみてくると、鈴木が生駒と通じ合っていたことは前岡もかなり前から知っていたことになる。

鈴木は前岡を車に乗せて大阪周辺の或る場所に連れこんだ。そこはおそらく普通のレストランか食堂みたいなところだったろう。そこで、いくら経っても生駒はこない。前岡はいらいらしはじめる。

そのとき、鈴木は前岡をいろいろとなだめ、もう間もなく生駒はくるはずだと言って時間の引延ばしを図ったであろう。とどの詰まり、鈴木は前岡を乗せて或る場所に向かった。そこに生駒がきて待っているということにしたと思われる。

それがどこの場所だか、関係者が全部死んでいるいまわかりようはないが、大阪をはずれた場所だったことは間違いあるまい。何も知らない前岡は鈴木の運転にまかせた。

場所はわからないが、ある所で鈴木は車をとめ、そこで生駒の到着を待った。しかし、生駒はそこにも容易に現われなかった。いつの間にか夕方近くなった。前岡が空腹をうったえたので二人は近くの飲食店にはいり、安ものの中華料理をとった。鈴木はこうして、あたりが昏《く》れるのを待っていたのだった。それが前岡の死体を解剖したとき胃から出てきた中華料理であり、消化状態からみて死の二、三時間前であった。

鈴木が前岡を殺したのはどこだかわからないが、おそらく、車で彼を絞め殺したのではあるまいか。それでなくとも前岡は生駒がなかなか現われないので腹を立てていた。つまり、彼は落ちつかなかったのだ。そこで前岡は、運転席にいる鈴木を無責任だとか、何をやっているのだとか言って責めたと思われる。鈴木は淋《さび》しい道に車を停め、前岡のすわっている後部座席にはいり、説得するふりをした。このとき鈴木は隙を見て隠し持っていた紐《ひも》をいきなり前岡の首に巻きつけたと思われる。すなわち、凶行場所は彼の車の中である。

前岡はぐったりとなってシートの上に転がった。鈴木は運転台に戻り、暗い夜の中を、生駒から指示をうけた場所の王塚古墳に向かった。

古墳の濠までは車がはいらない。鈴木は息の絶えた前岡を抱え、道から濠端まで歩いて行った。……

――以上が神野の想定する鈴木の前岡殺しであった。

解明へ

鈴木寅次郎は自殺と決定した。捜査陣も外部にはそのように発表した。

他殺とみる理由は何もなかった。もし他殺なら、このような至近距離から射殺されることはない。背面からなら別だが、胸部の真上にピストルの銃口を密着させて発射しているのは、拳銃《けんじゅう》自殺者の特徴であった。もし他人がこのような状態で射つなら、被害者の手足を拘束するか、あるいは猛烈な抵抗をうける。鈴木の死体にはそのような形跡はなかった。しかも、彼の右人差し指の第二関節あたりには引き金を引いた痕《あと》が残っている。

鈴木に遺書はなかった。しかし、遺書がないからといって必ずしも自殺に疑問があるとはいえない。大体、中年すぎの自殺者には遺書がないのが多い。鈴木の場合、生駒に踊らされたとはいえ、杉村、前岡、それに、最後に生駒と三人を殺害しているので、遺書の書きようもなかったであろう。黙って自殺したほうがむしろ自然なのである。

だが、鈴木の口が永久に閉じられたことで、杉村、前岡、生駒の各殺人事件について部分的に解明できないままになってしまった。たとえば、神野が塚田に話したような前岡殺しの推定もその裏づけは何もないのだ。鈴木が前岡を車に乗せてどこまでいっしょに行ったのか、その胃から出た中華料理はどこの店で食ったのか、また前岡を絞殺した現場もはたして車の中だったのか、確証は何もないのである。

杉村殺しも同様で、生駒が殺され、鈴木が自殺した今、当局の推定が事実かどうか、裏づけは取れていない。また生駒殺しにしても前後の状況から推定が組み立てられたというだけで、実際的な証拠は無いのである。要するに、この三つの殺人事件は状況証拠によってのみ鈴木の単独犯行、あるいは生駒との共同犯行と決定しただけだ。

鈴木の犯行動機にも傍証がない。捜査陣は、大体、神野の推定どおり、鈴木寅次郎が生駒とこっそり通じ、彼だけが生駒から売掛け金をもらう約束をしていた。あるいは、それ以上の金をもらう確約があったのかもしれないとし、その利益と交換に鈴木は生駒から頼まれて杉村と前岡とを消したと考えている。

これは、イコマ電器の倒産前、生駒ら役員三人だけが社の金を横領着服していたが、その後、分け前の率をめぐって杉村と前岡から生駒に文句が出たと思われる。そこで生駒は、まず前岡を手なずけ、杉村を消すことで前岡に分け前を多く与える約束をし、前岡もそれを承諾したのだろう。

ただ、前岡は杉村殺しの犯行には直接関係しなかった。いわば、見て見ぬふりをして高松の妹夫婦のところに向かったのは殺人の実行が怕《こわ》かったからであろう。前岡の立場として当然だったといえる。彼は、その秘密を守ることで生駒から杉村に与える金のぶんだけよけいに取ればよかったのだ。ここでは、三分の一が二分の一になるのである。

関係者が死んでいることで、もう一つわからないことがある。

それは、三月十三日、旭川ダムで杉村殺しのあったとき、鈴木の運転する車に生駒といっしょに乗っていた女だ。派手なネッカチーフに黒眼鏡、赤いコートを着た得体の知れない女性だが、これが今までの捜査で全く浮かんできていない。

もし、この女が発見できれば、彼女の口から少なくとも杉村殺しの事件だけははっきりさせることができる。彼女は共犯者ではないが、事件の傍観者であった。重要な証人である。

とはいえ、かりに彼女を見つけてその証言を取ったところで、また、生駒と鈴木の犯行をそれで証明できたとしても、肝心の犯人は二人とも死んでいる。殺人事件は犯人が死ねば消滅するのだ。したがって、たとえ、その女を捕えることができてもなんにもならないのである。

しかし、神野は、それでは気が済まなかった。杉村を殺したのは生駒と鈴木だが、その犯行には具体的な証拠がない。あくまでも推定である。その意味で、疑問の解明にはぜひ彼女の発見が必要だった。

河合捜査主任の意見も同じで、捜査一課長も彼女の捜査はやってもよろしいという。ただし、証人捜索では不合理だから、共犯者の捜査ということになった。たとえ彼女が犯行に直接手を貸していなくとも、傍観していただけで共犯の疑いは成立するだろう。

だが、捜査陣ははなはだ気乗り薄だった。主犯と見られている生駒も鈴木も死んでいる現在、張合いがない。たとえ、その女を発見して責めたところで、共犯としては、たいそう弱い立場である。その程度では起訴しても公判維持がむずかしいほどだ。いきおい行きがかりの上から、神野と塚田がその女の捜査に当たることになった。いわば単独捜査のようなものである。

神野と塚田は鈴木寅次郎の妻女に会った。その女は生駒と親密だったと思われるが、旭川ダムで鈴木が彼らといっしょに居たのでもわかるとおり、鈴木もその女を必ず知っていたに違いない。さすれば、鈴木の口からその女のことが妻女に語られているかもしれないのである。

鈴木の妻女もすっかりやつれていた。神野の問いに元気のない声で答えた。

「さあ、そういう女のひとは主人から聞いたことがありません。だいいち、主人が生駒さんとつき合っていたことなどは、わたしも今まで夢にも思いませんでした」

それはもっともなことだった。鈴木は妻女にも誰にも知らせず、生駒とこっそり連絡を取っていたらしい。またそれでなければ完全な秘密は保てないに違いなかった。

「しかし、奥さん。それが生駒さんの親しい女性ということでなく、何かのついでにご主人の口の端にのぼったということはありませんか?」

「さあ、わたしには記憶がありません」

鈴木の妻女は、主人が自殺しただけでなく、殺人犯人と判ってショックを受け、思考力もほとんど失っているようだった。

もし生駒が鈴木を手なずけているなら、彼は鈴木に相当な金を与えていなければならないが、その形跡も妻女の口からは出なかった。また鈴木がほかの下請け同僚をだし抜いて生駒とこっそり手をつないでいたことも妻女にはわからなかった。

しかし、生駒と彼とが共謀しているなら、日ごろから両者に連絡がなければならないのだ。それはどういう方法だろうか。この点についても妻女は何も知らなかった。

そうした電話もなければ使いの者も来ていないというのだ。自分の家にかかってくる電話はすべて商売用だったと妻女は言うのである。

「主人は外交をしなければならないので、あの車で半日くらい飛び回っていました。二時間くらいで帰ってくることもあり、午前中の半日が家、午後の半日が外が普通でした」

神野が考えたのは、そうした商売で外出中に彼が生駒と連絡している時間はなかったろうか、という点だ。これは妻女には区別がつかない。

神野は鈴木の家を出てから塚田と話した。

「鈴木は毎日商売で外に出ているから、必ず生駒と連絡をとっている。向こうからは用心して鈴木の家に電話をしてこないだろうから、電話連絡としても鈴木のほうから生駒にかけ、そのときに打合わせができていたのだろうな」

「生駒の奥さんのほうは何も知らないと言っていましたね」

「生駒のことだ、人がいるときにかけるはずはない。また鈴木も偽名を使ったら生駒の家族にはわかりようがない」

「しかし、神野さん。ぼくはまだあのことが引っかかっているんですがね」と、塚田は言った。「鈴木がどうしてあんな殺人を次から次にやったのかわからないんです。売掛け金を回収するといっても、それは知れたものでしょう。まあ、本人にとっては倒産するかどうかの瀬戸際ですが、それにしても、そんな金で人殺しをするとは思えないんです。しかも、その金も鈴木の手にはいってないようですが」

「理屈だが、商売人は倒れるか立ち直れるかの瀬戸際だと、そんな気持ちになるのかもしれないな。鈴木は理性を失っていたのだ。生駒から眼の前にエサをぶら下げられてね。前岡の場合は、逆に杉村殺しを匿《かく》すために生駒と協力したのかもしれない。その挙句の果てが生駒にだまされたとわかり、彼を射殺したのだろう」

神野は、そう話していたが、ふいと気がついたように、

「その生駒殺しの日だがね、鈴木は品川の駅前で下村印刷所の女主人と遇《あ》っていたな。あれは偶然だろうか？　とにかく一応、下村るり子にも会ってみよう」

と言って、神野は塚田をうながし、国電品川駅に向かった。

「鈴木さんと品川駅前で遇ったのは偶然のような偶然でもないような、そんな具合です」

と、下村るり子は、神野と塚田の二人の刑事の訪問をうけて、その問いに答えた。この前と同じ汚ない印刷所の、土間に置いた客用のテーブルを挟んでのことだった。

横には女事務員が二人、机にかがんで事務を執り、間を仕切った奥からは印刷機の音が騒がしく聞こえている。暗い家なので印刷所には昼間でも電灯がついていた。

「偶然のような偶然でないような……いったい、それはどういうことですか？」

神野がお茶をすすってきいた。

「そう申しますと変ですが、実は、この前打ち明けなかったことがあります。鈴木さんが自殺されたので言えますけれど、その前は鈴木さんに迷惑がかかるような気がしてお話しできなかったのです」

下村るり子は引詰髪の白粉気《おしろいけ》のない顔で語った。黒ずくめの地味な洋服は、どう見ても小学校の先生としか思えなかった。その襟にも肩にも白く埃《ほこり》が載っていた。

「とおっしゃると?」

神野が話を促した。

「それはですね、あの日の朝九時半ごろでしたか、わたしに電話がかかって、今日十一時すぎから鈴木さんのところで、神岡さんや北川さんなどが集まって、どうしても生駒社長個人の財産から自分たちの売掛け金を取る方法の会議を開く、それだけを報《し》らせます、と言って電話を切ったんです」

「それは誰がかけたんですか?」

「わかりません。わたしが向こうの名前を聞こうとしたら、電話が切れたんです」

「鈴木の声じゃないんですか?」

「鈴木さんとは電話で話したことはないのでよくわかりませんが、いまから考えても、似ているようでもあり、別な人の声のようでもあり、はっきりわからないんです」

「そうですか。それで、その電話の主はあなたにも鈴木の家に来てくれと言ったんですか？」

「いいえ、そんなことは言いません。わたしもこうしてぴいぴいしているので、その運動にはぜひ入れてもらいたいのです。それで、わたしも鈴木さんの家に行くために急いで品川駅前に出ました。そうすると、十字路のところで鈴木さんが車を停めて、窓からわたしのほうを見ているではありませんか。それでわたしはその車に近づいて行ったんです」

「なるほど」

「はじめはおだやかに頼むつもりでした。ところが、鈴木さんはいきなりわたしの顔を見ると唾《つば》まで吐きそうに毒づいてきたんです。あの人のいつもの流儀ですわ。狡猾《こうかつ》な二股膏薬《ふたまたこうやく》の商人だというんです。わたしも腹が立つので、そこで口喧嘩《くちげんか》になりました。もう、そんなことがあったもんですから、とても鈴木さんの家に行くこともできず、そのまま家に帰ったんです。……どうも、あの電話は鈴木さんがほかの人を使って品川駅前におびき出させ、わたしに悪口を言うためのようでした……」

「なるほど、あなたは鈴木さんとは仲が悪かったですね」

と、神野は下村るり子の話を聞き終わって言った。

「はい。もし、あの電話が鈴木さんのしわざだったら、わたしをわざわざ品川駅まで誘い出し、悪口を言ったことになります。どうしてあんなことをなさったか、わたしには鈴木さんの気持ちがわかりません」

彼女は唇に微《かす》かな笑みを浮かべて言った。

「そうですな」

しかし、神野にはその理由がわかっていた。

「でも、鈴木さんがまさか自殺なさるとは思いませんでしたわ。新聞には生駒さんを殺した犯人のように書いてありましたが、やっぱりあれは本当ですか？」

「まあ、われわれはそうだと見ています。なにしろ、生駒さんを射ったピストルで自分の胸を射ったんですからね」

「そうですか」

下村るり子は肩を動かして、ふう、と溜息《ためいき》を吐いた。

「新聞には、杉村さん殺しも前岡さん殺しも鈴木さんのしわざのように書いてありましたが、あれも事実ですか？」

「断定はできませんが、その疑いは濃いのです」

「鈴木さんは追い詰められてとうとう自殺なさったんですね。あの方はイコマ倒産の責任者だった三人の社長、重役を殺してしまったわけですね。よほど憎かったには違いありませんが、少し狂熱的な性格だったんじゃないでしょうか。わたしの経験に照らしてみてもそう思いますわ」

「いや、どうもありがとう」

「お役に立ちませんでした」

「もう、これでおたずねに上がることはないと思います。たびたびお仕事をお邪魔しました」

「とんでもありません」

下村るり子は刑事二人を外まで見送った。そのうしろから、例の気のきいた女事務員が顔をのぞかしていた。

神野が曲がり角でふり返ると、二人はまだこっちを見ていた。

二人は電車通りに上がった。

「下村るり子の言う電話はやっぱり鈴木だな。……つまり、生駒を大阪で射殺した日の午前十一時には、車で東京を走り回っていたという印象を彼女に与えたかったんだよ。まさか、その日に大阪に行くことはあるまいというようにね」

その日、神野は久しぶりに早く家に帰って、風呂《ふろ》にはいった。彼は熱い風呂が嫌いで、ぬるい湯にゆったりとつかっているのが好きだった。

頭の中では、塚田に説明した、印刷屋の下村るり子を誘い出した五月八日の鈴木の行動の理由がまだ残っていた。

そのときの鈴木の心理を塚田に説明したが、神野はなんだか、あれが少し強引すぎるような気がした。考えてみると無理があった。

無理はどこだろうか。──

それは、下村るり子がその電話でやすやすと品川駅前に出かけたという点だ。

なるほど、彼女はイコマの売掛け金を少しでも回収したいとあせっていた。そのために、その日鈴木の家で神岡や北川らが例の問題で相談を開くと聞いて、一も二もなくそれに参加させてもらいに出かけた。彼女の以前からの行動をみればそれは一応自然だとはいえる。

しかし、問題は、ちょうど都合のいい十一時に品川駅前の交差点で鈴木の車を見つけたことだ。車が長く駐車できる場所ならともかく、そこは信号のところだったという。電車で品川駅に着いた彼女が折よく駅前で信号待ちをしている鈴木の車を見つけたというのは、少々辻褄《つじつま》が合いすぎているのではないか。

これは、鈴木がその日の十二時発の日航機で大阪に飛び、自動車や電車で乗り継ぎして行ったのとは違う。あの場合は、まだ計算が存在している。それに、目的地の河内長野駅では生駒が鈴木のくるのを待っていたから納得できる。しかし、鈴木と下村るり子の出遇いの場合には、両者には時間的な打合わせはなかった。……これは全く偶然だったとしか説明ができない。

その偶然も、ただそれだけの出遇いなら問題はない。だが、鈴木がそれを自分のアリバイとして工作したとすれば偶然では済まされなくなる。必然的に時間の打合わせがなければ実現できないことだろう。

しかし、下村るり子の説明によると、電話は鈴木の宅で寄合いがあるということだけだったというから、神野が塚田に説明した鈴木のアリバイ理由は成立しなくなる……塚田への説明が弱かったのはこの点だ。いや、弱いだけではなく、理由そのものが根底から崩れてくるではないか。

神野は湯の中でじっと考えた。

翌朝、神野は警視庁に出ると、塚田を呼んだ。昨日の夕方風呂のなかで考えたことを話すと、塚田は何度もうなずいたのち言った。

「しかしですね、そうなると、鈴木と、あの印刷屋の女主人とが、あの日の午前十一時かっきりに品川駅前で出遇《であ》うという約束をしていなければならないんですがね、そんなことは考えられません。二人は、あのとおり犬猿の仲ですからね」

「うむ。それでぼくも困っている。二人で打合わせしているなら、日ごろから意思の疎通がなければならない。鈴木は事ごとにあの印刷屋の女主人につらく当たっていたからね」

「そうすると、やっぱり品川駅前の出遇いは偶然ということになりますか？」

「理屈からいえばそうだが、どうもぼくには、そう決めてしまうには割り切れないものがある」

「そうですな。これは偶然か、計算かという大事な岐《わか》れ路《みち》ですね」

塚田も神野といっしょに考えこんでいた。

すると、塚田がふいに顔をあげて、

「神野さん。ちょっとした工夫を思いつきました」

「なんだね」

「ほら、あすこにいる気の利いた事務員です。あの女に、あの日の朝下村るり子が鈴木の電話を受けたとぎ、どんなことを言っていたかを聞いてみるんです。つまり、その電話がかかって十一時までに品川駅に行かなければならないと洩《も》らしたとすれば、偶然ではなくなります。ですが、いますぐ鈴木さんの家に会合があるそうだから行ってくると言えば、偶然の可能性が強くなります」

「………」

「つまり、ぼくが言うのは、あの朝、電話を受けた下村るり子の様子です。それから判断してみたいと思うんです」

「吉田という名前だったな、あの事務員は？」

「そうです。今度はぼくひとりで彼女が印刷屋から帰るのを待っています」

「しかし、いつ、あの印刷屋を出るかわからないよ。ああいうところはべつに退《ひ》ける時間も決まってないだろうし、夜業もあることだしね」

「そうですね。かといって呼び出せば、事務員の口からすぐに下村るり子に報告されるだろうし、どうしたものですかね？」

と、塚田は考えていた。神野は言った。

「そうだ、こうしたらどうだろう。君がイコマ電器の資材部の人に頼んで、至急に頼みたいことがあると言って呼びつけるんだ。下村るり子の留守を狙ってね。至急といえば、あの吉田という事務員が代わりに飛んでくるかもしれないよ」

塚田はひとりでイコマ電器に行くと言っていたが、神野も念のために同行することにした。

イコマ電器に行き、資材部の係長に会って用件を頼んだ。

「そんなことはわけはないです。だれかの名刺でも作らせることにしましょう」

係長はあっさり引き受けた。問題の倒産会社なので、警察というとひどく協力的だった。

「いつもくるのは、あの女主人のほうですか？」

神野が係長にきいた。

「ええ。あのひとは毎日定期的に回ってきています。それ以外、急用のときは電話をすると、いまあなたが言われた吉田という事務員が主人の代わりに飛んできます。向こうは商売ですから、どんな小さな注文でもいやな顔をしませんよ。なにしろ、競争が激しいですからね」

「今日はその女主人は用聞きにきましたか？」

「きいてみましょう」

と、係長は窓口にきき合わせていたが、

「一時間前に帰ったそうです。ですから、今だったら、あの事務員がくるはずですよ」

係長の言いつけで係りの者が下村印刷所に電話をした。

「吉田という事務員がすぐくるそうです。しかし、電車でやってくるから、あと四十分くらいかかるでしょう」

係りの者は報告した。

神野と塚田が四十分の時間つぶしに外でぶらつき、ころ合いをみて玄関のうしろに立った。ちょうど受付が邪魔をして見えない場所である。

それでもなお、十分ばかり待った。

「きたよ」

と、神野が塚田の肘《ひじ》をつついた。下村印刷所の気の利いた事務員は受付にちょっと頭を下げて、資材部のほうへ急ぎ足に去った。

資材部ではどうせだれかの名刺でも注文するのだから、用事はすぐ済むにきまっている。案の定、五分も経たないうちに吉田が出てきた。

このとき、神野はちょっと意外な気がした。あの暗い印刷所で見た女と、今の彼女とはまるきり人が変わったようにきれいなのである。印刷所では事務服のような上《うわ》っ張《ぱり》を着ていたのでわからなかったが、今は派手なスーツを着て、胸には、どうせイミテーションだろうが、真珠の花模様のブローチをつけている。顔もきれいに化粧し、まったく見違えるようであった。

塚田がすばやく出て行って呼び止めると、吉田という事務員はびっくりして立ちどまった。

塚田がいかにも偶然ここで遇ったような顔をしてにこにこし、彼女に低い声できいていた。うち合わせどおり、下村るり子が鈴木寅次郎の電話をうけた直後に外出したときの模様を質問している。

それに吉田は何か答えていた。神野もいつまでもここに隠れている必要はないから、彼女の傍にのこのこと歩いて行った。

「やあ、今日は」

と、神野はにこにこして事務員に声をかけた。

「今日は」

と、事務員は腰をかがめ笑顔で挨拶《あいさつ》を返したが、塚田のほかに神野まであらわれたのをさすがに不思議そうにしていた。

「お仕事ですか？」

と、神野はきいた。

「ええ。ここがわたしのほうのお得意先なものですから」

吉田はきれいな眼をあげて言った。印刷所の暗い所でしか見なかった彼女の顔が、外光をたっぷりと採り入れたこの建物の中では見違えるようにきれいであった。

「いま、五月八日の朝、よそから電話がかかって下村さんが出かけたときのことを聞いたのですがね」

と、塚田が横から神野に言った。

「あのとき下村さんは、ただ急ぎの注文があるから行くと言って出かけられたそうです」

「そうなんです」と、吉田が引き取った。「そのあと、帰ってきてから奥さんが、品川駅前で鈴木さんと口喧嘩《くちげんか》をしたよ、と言ってこぼしておられましたけれど、お出かけの際は行先を何もおっしゃいませんでした」

「その電話はあなたが受けたんですか、それとも奥さんですか?」

「奥さんです」

吉田は即座に答えた。

——そうすると、いままで神野が期待をかけていた推定は全く潰《つぶ》れたことになる。すなわち、その電話を聞いたのちの下村るり子は、事務員に鈴木の家に行くとも品川駅に行くとも何もいわなかったのだ。

「もう一つお伺いしますが、電話を聞いたあと、奥さんは外出をたいへんに急いでおられましたか?」

「いいえ、それほどでもありません。わたしたちにいろいろ注文品の進行状態などきいてから、ゆっくり外に出る支度をなさいましたわ」

予想は見事にはずされた。これ以上彼女を引き止めることもできなかった。

「済みませんが、この話は奥さんには内緒にして下さいね。つまり、参考的にあなたに聴いただけですから、奥さんが心配されるといけないのでね。なんでもないんですから」

このときであった。玄関から肥《ふと》った和服の女がはいってきた。黒っぽい羽織を着ている。こうした事務所に不似合いな客だが、ときどきはそうした姿の女性も会社などには出入りするものだ。つまり、彼女は料理屋かバアのおかみかと思われた。

その女性がこっちにくるのと、吉田が刑事の傍を離れて玄関に向かうのと同時だった。神野のほうで、おや、と思った。その和服の女性が駿峡荘のおかみと知ったからである。

だが、その瞬間、思いがけないことが眼の前で起こった。

駿峡荘のおかみは、はっとしたように足を停めた。それは神野たちのほうにではない。眼は下村印刷所の事務員吉田の顔をじっと見ていた。事務員のほうは神野からいって後ろ向きだから、彼女がどのような表情をしていたかわからなかった。しかし、彼女は顔を伏せるようにして足早に玄関の外に出た。

駿峡荘のおかみは、印刷屋の事務員の後ろ姿が消えるまで立ち停まって見ていた。

「おかみさん」

と、神野が彼女のほうへ歩き寄った。

「あら」

と、おかみもそこで初めて刑事と知って、にわかにその眼を細めて笑顔になった。

「しばらくですね」

「その節はいろいろご厄介をかけました」と、神野は言って、「今日はここにご用ですか？」

「はあ。この前、こちらの社用のお客さんをお泊めしたので、そのお勘定をもらいに来たんです」

「なるほどね。生駒前社長からのつながりですな？」

「まあ、そういうわけです。……生駒社長さんといえば、ほんとにお気の毒なことになりましたわね」

と、おかみは言った。しかし、その様子はなんとなくそわそわしていた。

「ところで、おかみさん。あなたはたった今ここから出て行った女のひとをじっと見ていましたが、あれは知っている人ですか？」

「知っているというか、たしかにあの顔には見おぼえがあるんです。刑事さん」

駿峡荘のおかみは何を思ったか、神野の脾腹《ひばら》を指でつついて、こっちに来てくれ、というように隅につれて行った。

「……刑事さん、あの人ですよ」

おかみはささやいた。

「なんのことです？」

「ほら、生駒さんがウチに泊まっておられたとき、ときどき訪ねてきた若い女のひとですよ」

「なんですって？」と、神野は顔色を変えておどろいた。「もう一度言って下さい」

「いま、あの方はわたしと真正面から顔が合って、すぐに眼を横にそらし、知らぬ顔をして出て行かれましたが、向こうもびっくりしていましたよ」

「そうすると、おかみさん。あんたのところに電話をかけたり、ときどきやって来ては生駒さんの部屋にはいっていたというのは、あの女のことかね？」

「そうなんです。あのときは今よりもっと派手な化粧と、派手な服装をしていましたが、たしかにあの人ですわ。だいいち、わたしと顔を合わせたあの人がうろたえたことでも間違いありません」

そばで聞いている塚田も眼をむいていた。

「間違いはないだろうな。もし、それが本当ならたいへんなことになるんだが？」

神野はたしかめた。

「間違うもんですか。わたしは客商売ですよ、刑事さん。一度ウチにこられた方は決して忘れないんです。それに、あの人は一度や二度でなかったんですもの」

「神野さん。たいへんなことになりましたね」

と、イコマを出て歩きながら塚田は興奮して言った。

「まったく思いがけないことになった」

神野も、まるで眼の前の景色がいっぺんに変わったような思いだった。

「しかし、それにしても、あの印刷屋の吉田という事務員と生駒とは線がバラバラで全然筋がとれませんよ」

「そのとおり。今まで全く出てこない線だったからな」

「出てこないというと、裏を探ってみなければわからないということですか？」

「駿峡荘のおかみの言うことが本当ならね。男と女の関係だ。どこにどういうふうな線が隠れているかわからない。しかし、まだぼくは夢をみているような感じだよ」

それは神野の率直な感想だった。彼にもまだおかみの言う言葉が信じられなかった。いや、その言葉をかりに信じるとしても、それから発展する想像が自分で信じられないのである。

「ともかく、あの吉田という女を洗ってみますか？」

「それは必要だな。……必要だが、何か、その前にわれわれのほうでやるべきことがあるような気がするね」

「どんなことです？」

「待ってくれ。いま頭の中がモヤモヤして、それが何かはっきりと出ないんだ」

二人はバスの停留所にきた。

「いずれにしても、まず洗ってみましょう。それは、あの女主人に協力を求めればいいんじゃないですか。現住所や家族関係はもとより、日ごろの彼女の生活環境ですね。おそらく女主人も彼女が生駒前社長とつながりがあったとは夢にも知らないでしょうから、その線は出ないかもわからない。しかし、いま言ったようなことを知るだけでも有力な資料になります」

「うむ……」

バスがきた。待っていた客はぞろぞろ乗ったが、神野は足を動かさなかった。バスの車掌が顔をつき出して、

「お早く願います」

と突っけんどんに言った。神野が黙っているので、車掌は腹を立てたようにドアを閉め、発車させた。

「どうしたんです?」

と、塚田が神野にきいた。

「君、あの女主人に吉田のことを聞くのは、ちょっと待ったほうがいい」

神野は考えを追うように言った。

「どうしてですか?」

「もし、女主人がわれわれの訊《き》いたことを吉田にこっそり告げたら、それで万事おしまいだからな。もし、吉田が今度の事件の関係者だとすればだよ。まあ、もう少し考えさせてくれ」

神野は塚田に考えさせてくれと言って、バス停留所からイコマ電器に戻り、玄関脇の長椅子に腰をおろした。一般の外来用の椅子だったが、それにうずくまって頭を垂れていた。塚田はその傍に黙って立っていた。

五分ばかりすると、神野がその顔をあげた。

「塚田君。いいことを思いついたよ」

神野の表情が少し明るさをとり戻していた。

「どういうことです？」

「ほら、さっき、資材部の係長が、下村印刷所の女主人は毎日注文聞きにやってくると言ったね」

「ええ、ほとんど毎日だと言ってました」

「もし女主人に差支えができてこられなくなったときとか、女主人が帰ったあと急用ができて電話すると、あの吉田という事務員が代わりにくると言っていたな」

「そうです。それで、われわれは今日、その用事にかこつけて吉田を呼んだわけです」

「そうだったな。だから吉田は毎日くるとは限らない。しかし、ときには女主人の代わりにくることもある。また急な注文の電話で彼女が駆けつけることもある。そこでだ、杉村が殺された三月十三、十四日の両日に吉田という女がこの会社に顔を出さなかったら、一つの手がかりみたいなことにはなるね」

「しかしですね、女主人ならともかく、吉田というのはここに毎日顔を出してるとは限りませんからね。また会社が急な用事で電話をしたとも限らないでしょう？」

「君の言うとおりだ。だが、とにかく、一応、この両日に吉田がここに顔を出したかどうか、資材部の人に聞いてみようか」

「わかるでしょうか？」

塚田は疑っていた。彼の言うのは、資材部のほうで正確に三月十三、十四の両日に吉田が資材部に顔を出したかどうか記憶はあるまいというのだ。

「それはやってみなければわからない。とにかく念のため聞いてみよう」

二人はまた資材部の窓口に引き返した。

さっきの係長が二人の顔を見て奥から出てきた。

「たびたび済みません」

神野が頭を下げて用件を話すと、

「あの印刷屋さんは女主人がほとんど毎日のようにここに来ていますがね、とにかく係りの者に記憶があるかどうか聞いてみます」

と、係長は伝票を書いている二十八、九くらいの係員を呼んだ。

「三月十三、十四日ですか。……さあ、その日にあの事務員が来たかどうか、さっぱりおぼえていません」

係員は答えた。

「しかし、何か印象にないかね？」

と、係長が神野の立場になって部下に訊いてくれた。

「そうですな……待って下さい。その両日にどんなものを注文しているか、台帳を見てみましょう。もし何か注文していれば、それを頼んだときのことが記憶に蘇《よみがえ》るかもわかりません」

資材部の若い係員は帳簿を繰っていたが、三月十三日のところにきて、じっと眼を注いでいる。

「三月十三日には出荷伝票の印刷を注文しています」

彼は係長にそれを見せた。

「なるほど」

係長も帳簿をのぞいて見ていたが、

「このとき、やはりあの印刷屋の女主人が注文を取りにきたのかね?」

と、きいた。

「そうですね」

若い係員はしばらく考えていたが、

「いや、このときは、さっき来た吉田という事務員のほうでした」

と、思い出したように答えた。

「なに、女主人ではないんですか?」

と、傍で聞いていた神野が係りに声をかけた。

「ええ。たしかにあの吉田という女です」

「君、思い違いじゃないだろうね？」

係長も念を押した。

「記憶があるんです。このときから出荷伝票の形式がちょっと変わりましたから。それで、注文を取りにきたあの女性に、ぼくがくどくどとそこのところを説明し、間違いのないように言ったおぼえがあります」

「それも、女主人と思い違いしてるんじゃないだろうな？」

「いいえ、たしかにあの吉田さんです。というのは、印刷物ができ上がって持ってきたとき、ぼくは気になるものだから刷り上がったものをよく見たんです。それはこちらの言うとおりになっていました。それで、あとで吉田さんが来たとき、それを言ったことがあります。吉田さんは、わたしが気をつけていたから間違わなかったでしょうと、笑っていました。そういう記憶もあるんです」

「それでは、三月十三日に吉田という事務員が主人の代わりに来たことは間違いないな」

刑事二人は顔を見合わせた。三月十三日は旭川ダムから湯原温泉に行った車に生駒と吉田という女が乗っていなければならない推定だったが、その日はイコマ本社にちゃんと顔を出したというのである。

「その出荷伝票の注文を吉田という事務員が聞きに来たのは、その日の何時ごろですか？」

「そうですね、だいぶん遅かったと思います。そうそう、あれはぼくがもう帰ろうと思ってる矢先でしたから、五時を回っていたと思います」

午後五時に吉田がここに現われたのでは、彼女は絶対に岡山県に行く余裕はないのだ。飛行機を利用しても間に合わない。

「君、その翌《あく》る日の十四日には、下村印刷所に何か注文してないかね？」

係長がきいた。

「あくる日は何も出していません。……そうそう、そういえば、翌る日の十四日もあの吉田さんが注文聞きにここに来ました。ぼくが、下村さんはどうしたんですかと訊いたところ、一昨日《おととい》から風邪をひき休んでいるので自分が代わりにきていると言ってました」

神野と塚田とはまた顔を見合わせた。

下村印刷所の女主人は十三日も十四日もイコマの資材部には注文聞きには回ってこなかった。十二日の晩に風邪をひいて休み、吉田という事務員が代わりに来た、というのだ。

「十五日はどうでした？」

と、神野は係りに訊いた。

「その次の日は、あの女主人がいつものように回ってきたと思います。だから、十五日だったでしょうね」

「ふうむ。そのとき、女主人はあなたに何か言っていましたか？」

「いや、別に」

「ははあ」

神野は考えていたが、係長と係りに、

「ちょっと待って下さい」

といって、カウンターの前からはなれた。

「さあ、たいへんなことになったぞ」

係りに聞こえない場所に位置を移しての低い立ち話だった。

「いったい、これはどういうことになるのだ？　杉村殺しのあった三月十三日には、あの吉田という事務員はイコマに注文聞きにきていた。その翌る日もきた。その代わり女主人は風邪をひいて休んでいたという。十四日といえば、その前の晩、生駒は女づれで湯原温泉の山水荘に泊まっているので、生駒も女もその日の夕方でなければ東京に帰れなかったはずだ」

塚田はすぐには答えなかった。二人とも重大な想像を同じようにしていたのである。

「……しかし」と、塚田がやっと言った。「まさか、そんなことが考えられるでしょうか？」

「まったく。まさか、そんなことがあろうはずはないとぼくも思う」

神野が重々しく答えた。

「しかし、やはり一応は三月十三、十四の両日、下村印刷所の女主人が風邪で寝込んでいたかどうかを調べる必要があるな」

「どんな方法でそれを調べたらいいですかね？　まさか、本人に直接当たるのは早すぎるでしょう？」

「うむ」

神野は生返事していたが、急に眼を大きく開いた。

「前岡が殺された四月十八日はどうだろう？　この日も下村るり子はここに顔を出してないかな。もし顔を出してなかったら、杉村殺しの三月十三、十四日の場合と同じになって偶然とはいえなくなる」

「あの係りの人はおぼえていますかね？」

「とにかく聞いてみよう」

神野と塚田はもう一度カウンターの前に戻った。

「四月十八日ですって？」

係りはもう一度帳面を開いて見ていたが、

「この日は何も注文していません。しかし、あの印刷屋さんがこの日に来たかどうかもはっきり言えません。しかし、ほとんど毎日のように来ていますから、たぶん、その日もやって来たんじゃないですかね」

二か月近くも前のことだし、こちらで思い出してくれというのが無理だった。

「毎日一度はあの女主人が顔を出しているんですね？」

神野は念を押した。

「商売熱心な方でね。ウチではあまりたいしたものは出していませんが、五日に一度くらいはちょっとしたものを頼んでいます」

係りがそう言って帳面を刑事二人に見せた。

「ほら、このとおり、印刷物の注文を出していますよ」

なるほど、五日か六日ごとに印刷物の注文が下村印刷所に行っている。もっとも、大きな印刷物は大手の社に出していた。

「おや？」

と、その帳面をいっしょに見ていた係りが言った。

「五月十六日に社用の名刺を三口注文しています。……この日は、たしか吉田という女の子がやって来ましたよ」

「女主人はこなかったのですか？」

「ええと……。あの日は女主人がいつになく早く回って来たので、帰ったあと下村印刷所に電話したところ、あの吉田という女がやってきたのです。彼女に名刺の原稿を渡したおぼえがあります」

「女主人がいつになく早く回ってきたというのはどういうことですか？」

神野はきいた。

「あの女主人はここにくる時間が毎日たいていきまっているのです。午後二時前後なんです。よそを回ってくる順序でそうなるんでしょうね。ところが、名刺を注文した五月十六日は午前十時ごろに顔を出しましたよ。今日はイヤに早いなと思ったことです。そのときは、今も言ったように名刺の注文はまだ出ていなかったので、あとでいつもの時間にくれば間に合ったのになァと思った記憶があります」

「そう」

神野は少し考えていたが、

「それに間違いはないでしょうな？」

と念をおした。

「大丈夫です。はっきり思い出しましたから」

「それで、翌日はいつものように午後から彼女はきていましたか？」

「そうなんです」

「どうもありがとう」

神野は係りに頭を下げて、

「もう一度何かお伺いにくるかもしれませんが、そのときはまたよろしく」

と言って、またカウンターの前をはなれた。

神野と塚田は再び玄関脇の客待ち用の長椅子に腰を下ろした。塚田は緊張していた。

「塚田君。いまの資材部の係りの人の話をどう思う？」

神野はきいた。

「ぼくは何がなんだかわからなくなりました」

塚田は正直に言った。

「わからないというと？」

「杉村殺しのあった日と翌日は、あの女主人がここに顔を見せなかった。そして鈴木が自殺した日、あの女主人はいつもと違って午前十時にここに顔を出しています。彼女が午後から居ないことは、吉田という事務員が電話で呼ばれて名刺の注文を聞いたことでもわかります。鈴木の自殺はその日の夕方ですから、女主人が午前十時にここに来たのは、それと時間的な関係が無いとはいえません」

神野は塚田から、五月十六日の朝早く下村るり子がイコマの資材部に顔を出したことと、その日の夕刻に鈴木が自殺したこととは、無関係ではあるまいという意見を聞き、うなずいた。

「そうすると、こういうふうに考えても構わないな。鈴木は十六日の午後七時か八時ごろ氷川の近くの村道で車を停め、そこで自殺したと思われる。もし下村るり子がその鈴木の自殺に立ち会っていたとしたら、彼女はいつもの例を破って午前中イコマ電器に顔を出しているから、午後からでも氷川に行くのは間に合ったわけだ」

神野が塚田の気持ちを代弁したように、そう言うと、

「神野さん。そういうことが考えられるでしょうか？」

と、塚田が奇態な表情になって反問した。

「それは五月十六日の場合だけなら問題はないが、なにしろ、彼女は杉村の殺された三

月十三、十四日には病気と言ってイコマ電器には来ていないからね。もしだな、彼女が実際に病気でなくてその両日東京に居なかったとすれば、鈴木の自殺の日と考え合わせて、彼女は必然的な事件の人物になるわけだ」

「そうすると、神野さん。杉村を旭川ダムに沈めたとき、鈴木の運転で生駒といっしょに乗っていた車の中の女は下村るり子だというんですか?」

「その女は派手な恰好《かっこう》をしていたね。ネッカチーフを被《かぶ》り、黒いサングラスをかけ、厚化粧をしていた。日ごろ地味な恰好をしている女だから、それを聞いても彼女のことを知っている人間にはイメージが合わないわけだ」

「では、吉田という事務員の役目はなんですか? 彼女は生駒の滞在していた駿峡荘に現われ、いかにも生駒の女のように振舞っていますが」

「彼女は下村るり子の身代わりで、女主人との連絡係だったのさ。しかし、それ以外にもっと重要なのは、われわれの捜査がはじまるとき、当然、旭川ダムの事件で生駒といっしょに乗っていた派手な女のことが問題になってくる。そのとき、駿峡荘の生駒のもとに来ていた若い女が彼女だというふうに錯覚をさせようとしたのだ」

「ぼくもそう思っていました。……しかし、神野さん。湯原温泉では生駒と下村るり子が泊まっていますからね。宿の女中は客商売に馴《な》れていますが、三十二、三の下村るり子を二十二、三の若い女と見たでしょうか?」

「下村るり子は、ふだん、あんなふうにちっとも構わないが、あれでも年齢よりは二つ三つ若く見えるほうだよ。それに、あのときは意識して若くしようとしていたから化粧もきれいにしていた。ほら、宿の女中が言ってたろう。真赤なルージュをつけて、ハイカラなヘアスタイルをしていたとね。それに、始終サングラスをかけていたというから、派手な服装とともに、田舎の宿の女中の眼にも若く見えたのは当然だろう」

「おどろきましたね。では、生駒と下村るり子のつながりですが、これはいつごろから始まったのでしょうか？　今まで全然線に出てこなかっただけに、ぼくには大きなショックです」

「さあ、それだ」

旭川ダムから湯原温泉に車で行った男女が生駒と下村るり子だったら、二人はどうしてそんな仲になったのだろうか。これまで捜査の過程では全然出てこなかった線である。それらしい暗示も人の話からは聞いていなかった。

「下村るり子は、生駒社長などは雲の上の存在で、自分たちのようなしがない会社出入りの印刷屋は話をしたことなどはおろか、じかに会ったこともないと言っていたね」

神野が言った。

「そうです。それは誰が聞いてもそうだと思います」

塚田が答えた。

「むろん、あんな小さな印刷屋なんかに社長が会うわけもないし、問題にもしていない。しかし、君はおぼえているだろう。いつぞや駿峡荘に行ったとき、生駒の部屋に彼の自伝のような小冊子が積んであったね。あれは何かの記念に刷ったのだが、生駒は宿の女中などに自慢半分にそれをやっていたということだが」

「そうでした」と、塚田も思い出した。「あれは下村印刷所で刷ったものでしたね」

「そうだ。だから、かなり前だ。たとえ小冊子でも、社長の自伝をあんな小さな印刷屋が引き受けるというのは少しおかしいじゃないか」

「なるほど。あのときはちょっと妙には思いましたが、そういうこともあるのかと聞き流してしまいましたね」

「そのとおりだ。いったい、あのパンフレットの注文は誰が出したのだろう？」

「それは資材部でしょう」

「もちろん、資材部だ。しかし、ぼくの考えでは、上のほうから印刷屋の指定があったのじゃないかと思うよ」

「それが当時の生駒社長ですか？」

「生駒直接とは限らない。だが、生駒の意を受けて注文したのかもしれない。それにだ、下村るり子は倒産前のイコマから印刷の注文を相当受けている。たとえ、その印刷代が全部凍結されたとしても、注文を受けていることは事実だ。あんな小さな印刷屋がほかの大きな印刷屋に伍《ご》して、それだけの注文をイコマから出してもらう、そこにカギはないだろうかね？」

「資材部長に会ったらわかるでしょう」

「すぐ引き返そう」

と、神野はまた資材部のほうに歩き出した。

資材部に行くと、当時の部長は替わっていた。そこで前任者に面会を求めてその点をきくと、

「社長のパンフレットは、たしか柳田秘書室長があの印刷所にしてくれという意向を持ってきたと思います」

前資材部長が答えた。柳田と聞いて二人の刑事は顔を見合わせた。

それで、再び玄関に引き返し、柳田に会うよう申し込んだ。

「やっぱり柳田が出てきましたね」

と、塚田がつぶやいた。

柳田秘書室長は、神野と塚田の待っている応接間に久しぶりにその顔を現わした。

「ずいぶんしばらくですね」

柳田は刑事二人に言った。以前のようにどこか人を喰《く》っているような言葉でなく、深刻な顔だった。思いなしか、その頰も痩《や》せている。かつて仕えていた生駒社長、杉村、前岡の二重役が非業の最期を遂げたので、さすがの彼も衝撃を受けているのだ。

「柳田さん。今日は単刀直入におたずねしますが、生駒前社長と下村るり子さんとの関係は、あなたもご存じゃなかったんですか？」

神野がいきなりきいた。

「下村るり子ですって？　それは誰です？」

柳田はきょとんとした顔できき返した。ふいに神野がそうきいたのは彼の瞬間の反応を見たかったのだが、柳田には少しも狼狽《ろうばい》したふうがなかった。その質問の意味が本当にわからないといった顔だった。

「下村るり子というのは、ほら、こちらに出入りしている下村印刷所の女主人ですよ」

「下村印刷所？」

柳田はちょっと考えて、

「ああ、あの印刷屋ですか」

と、やっと思い当たったようにうなずいた。そんな小さい印刷屋など日ごろから頭に無いといった顔だった。

「あなたは、その下村印刷所というのを知ってないんですか？」

「そういえば、その印刷所は、たしか、生駒社長の簡単な自伝をパンフレットにしたとき、それを頼んだ先だったと思います。やっと今それを思い出しましたよ」

柳田は自分から先にそう言った。それも彼の機先を制する誤魔化しではなく、正直な答えのようだった。

「そうですか。それはあなたが生駒社長から、下村印刷所に頼むがいいという指示を受けて、資材部かどこかに取り次いだのですか？」

「いや、そうじゃないんです。あれはですね……そうだ、なんでも杉村常務がその印刷屋の主人と知合いらしく、便宜を図ってくれと資材部長に言ったらしいですな。ぼくはそれをあとで聞きましたが」

「杉村常務？」

神野はなんだか、それで謎の半分が解けたような気がした。姫路から旭川ダムには二台の車が行っている。一台は鈴木の運転だが、一台は生駒といっしょにいた女の運転だ。杉村がダムの湖底に沈む前までは女が杉村を乗せて走ったと考えてもいいではないか。

つまり、杉村は下村るり子がいっしょだったことに少しも不自然を感じていなかったのだ。それは彼が生駒よりは早く下村るり子を知っていたからである。

神野と塚田とはすぐに本庁に帰って河合係長に報告をした。

河合は信じられない顔だったが、下村るり子を犯人と断定する二人の話を十分に聞き、さらに相互の間に質問と応答がなされた。この間に下村るり子を犯人とする推定の経路が語り尽くされた。

もちろん、疑問の点も少なくなかった。しかし、とにかく係長はこのことを捜査一課長に報告した。一課長を加えた協議が新しく行なわれた。その結果、下村るり子を重要参考人として喚《よ》ぶことに決した。

本人でなければわからない点は多々あった。たとえば、下村るり子はどのような時点で生駒伝治と知合いになったのか、また生駒が彼女を杉村と前岡殺しに利用しようとしたのはどのような時点だったのか、さらに下請業者の鈴木寅次郎がるり子とともに杉村、前岡殺しに協力したのはいつごろの時期か、そして最後に鈴木が生駒を射ったのは彼の単独な意志か、それとも下村るり子が協力しているのか、また鈴木の自殺に下村るり子がどの点まで関係しているのか——最も重大なことは、これら全体を通して下村るり子が生駒に協力した動機である。なぜ彼女は杉村、前岡殺しに生駒と協力したのか、その協力の結果彼女にどのような利益がもたらされるのか、この点は鈴木の生駒殺しと、その自殺とに大きな影響を持っている。

以上については、捜査側には何一つ具体的な証明ができなかった。証明どころか、およその推定すらできないのである。下村るり子が生駒とどのようなことから接近し、どのような交際を結んでいたかということがわかれば多少とも断定的な推定ができるが、それが明らかにならない限り何も考えることができなかった。要するに、下村るり子の口から直接聞くほかはなかったのである。

下村るり子を喚ぶことに決めたのが午後五時ごろだった。犯人ではないが、あるいは逮捕状を請求するかもしれないという重要参考人だ。明日を待ってはいられなかった。

神野と塚田はいっしょにすぐ本庁を出た。タクシーの中では二人とも黙っていた。運転手の耳をはばかったためもあるが、両人とも興奮でものが言えなかったのだった。神野はいつもよりよけいに煙草を吸い、塚田は落ちつかなく貧乏ゆすりをしていた。

そのタクシーを往来で待たせて、二人は下村印刷所に行った。機械の音は相変わらず盛んに聞こえていた。二人は表戸をあけてすぐ中を見たが、下村るり子の姿は無かった。

吉田という事務員も居なかった。ひとりだけ若い事務員が帳簿に何か書きこんでいた。刑事二人に不安な予感がきた。

「ご主人は？」

と、神野は、その若い事務員にきいた。

「はい。たしか奥に居るはずですけれど」

「済みませんが、ちょっとここに呼んでいただけませんか」

「はい。少々お待ち下さい」

「それから、吉田さんは？」

「吉田さんも一時間くらい前に奥のほうへ行かれたままです」

「奥さんのところですか？」

「そうだと思います。奥さんは今日の一時ごろから奥にはいっておられますので」

「一時ごろから？」

今が六時近かった。すると、あの働き手の下村るり子は五時間近くも奥にはいったきりということになる。しかも、彼女の腹心の事務員吉田も一時間くらい奥に居るというのだ。神野はますます不安になった。

待っていると、その事務員が奇妙な顔つきで戻ってきた。

「どこを探しても奥さんが見当たりません」

「吉田さんは？」

「吉田さんも見えないんです」

神野はいきなり靴を脱いだ。

「奥を見せて下さい」

塚田もつづいた。若い事務員はもちろん二人が刑事と知っている。彼女は二人の勢いに気を呑《の》まれて奥へ案内した。工場を素通りすると、その奥が女主人の住居になっていた。六畳二間に八畳二間、それに台所、物置などがある。部屋の様子を見ただけでも質素な生活であった。しかし、二人の影はどこにも無かった。

「外に出られたんじゃないですか？」

神野は事務員にきいた。

「いいえ。外へ出られるときは、奥さんは必ずわたしたちに何か言いおいて行かれるはずです。こんなに長い時間家をあけられるのですから、必ずそのことがあるはずです」

吉田も居ない。神野は不安になってガラス戸をあけた。下の土は黒かった。

「あれはなんです？」

と、神野はすぐ隣りのトタン板の小屋を指した。

「用紙を入れてある倉庫です」

「どこからはいるんですか？」

「こっちからです」

と、事務員は建物の裏側を指した。神野と塚田は下に降りて、そのほうに回った。

紙倉庫の表は閉まっていたが、錠はかけてなかった。刑事は、その戸を開いた。中は電気もつけてなく真暗である。近いところだけ外の光が積み上げた用紙を照らした。

「君、懐中電灯を持ってるか？」

「はあ」

塚田は尻《しり》のポケットから小型の懐中電灯を出し、中を照らした。倉庫の中は紙の山だらけで、その隙間をわずかに人が歩ける程度だった。

二人が進むと、奥のほうで女の泣き声が聞こえていた。そこに近づくと、泣き声は床の下から伝わっていた。斜面を利用して、紙倉庫の下が地下室になっていた。

地下室の狭い階段を降りて行くと、泣いているのは吉田だった。そして彼女がとりすがっているのは下村るり子の死体だった。


下村るり子の遺書。──

「警視庁捜査一課の神野刑事様。

あなたが私のところにこられたときは、もう私の口はあなたのご質問に何一つお答えすることができなくなっていると思います。私はあなたがすぐに私のところにおいでになることを予想しています。いずれはあなたが私に逮捕状を示して、いっしょに本庁へ行ってくれと言われる日があることを考えていましたが、それが案外早くやってきたように思います。

もうあなたがご想像になっているように、杉村さんが岡山県の旭川ダムに姫路の盗難車といっしょに沈んだとき、別の車で生駒といっしょにそれを見ていたのは私です。ネッカチーフを被《かぶ》り、黒いサングラスをかけ、厚化粧をし、真赤なコートを着て若い女に化けてすわっていたのは私です。私はあなた方がその女を長いこと懸命に探されていることを知っていながら、結局は私のところにその線が向かうことはないと信じていました。もし不運にも吉田が駿峡荘のおかみとあなたの眼の前で出遇《であ》わなかったとすればです。

生駒前社長と私の関係をまず申し上げなければおわかりにならないと思います。今まであなた方の眼の前にそれは少しも出ていなかったからです。それほど私たちは巧妙に人の眼から隠れていました。

そもそもは私が杉村さんを個人的に少し知っていたことから、この事件ははじまりました。亡くなった私の夫と杉村さんは同県人ということで、東京でつくられている県人会で何度かお目にかかっていました。杉村さんは当時日の出の勢いのイコマ電器の経理部長をしておられたので、主人はなんとかイコマの印刷をもらいたくて、県人会の会合で杉村さんと遇うたびにお願いしていたようです。けれど、主人が生きている間は結局仕事はもらえませんでした。

主人が死に、女ひとりであとをやってゆかなければならないので、主人が話していた杉村さんのことを思い出し、県人会の集まりに行きました。そして杉村さんをつかまえてお願いしたのです。杉村さんは考えておくと言われましたが、ある日、電話を下さって、実は社長の自伝のパンフレットをつくることになったが、それをひとつやってみてくれと言われました。私が杉村さんの紹介で初めて生駒に遇ったのは、やはり県人会の例会のある会場でした。生駒も、杉村さんも、それから私の亡夫も同じ県の出身でしたから。

　生駒は私と三十分も話しているうちに、すぐにその印刷を頼むということになりました。ついては、自分の原稿を渡すから、会社でなく、ある旅館にくるようにと言われました。あとから考えると、生駒はそのときすでに未亡人の私に特別な興味を持っていたのです。簡単に申しますと、私は生駒の誘惑に乗りました。それは打算が大きな原因でしたが、やはり夫に死別した女のさびしさもございました。そして、その関係が二年ほどつづいているうちに生駒から重大なことを頼まれたのでございます。——そんなわけで、生駒と私のことは杉村さん以外イコマの人は誰も知りません。

　生駒と私とはいつも場末の旅館で遇っていましたが、生駒があまりに粗々しいので、私はいつも自分が侮辱されているようで、いやでたまりませんでした。イコマ電器が倒産した直後のことでした。生駒が私に言うには、実は今度の倒産はすでに前からわかっていたので、自分と杉村、前岡の三人で会社の金を或《あ》る程度横領した。これは誰にも知られてはならない金だが、その分け前について杉村と前岡とが不足を言っている、自分としてはイコマ電器の創立者は自分であるから、その大部分を取得するのは当然だと思っているが、杉村と前岡とは自分たちの分け前が一千万円やそこらではあまりにひどすぎると言って、最近自分に対し増額を要求している、単にそれだけではなく、もし、自分がそのことを承知しなかったならば、いっさいを債権者会議や世間に対して暴露すると言っておどかしている、この二人は今後も自分の脅威である、なんとなれば、たとえ一時その要求を容《い》れたところで、二人は同じことを今後も言うに違いない、それでは自分の身の破滅であるから、この際あの二人を永久に消してしまいたい、どうか自分を手伝ってくれ、もし力をかしてくれるなら、自分の内妻として相当の財産をわけてやると言いました。

私はおどろいて、いろいろ思いとどまるように言ったのですが、生駒はどうしても承知しません。結局、私もそれを承諾せざるを得なかったのです。こんな重大な秘密をうち明けられては私も生駒に従うほかはありませんでした。もしも従わなかったら、私の身が危険になるような不安を感じたからです。ところが、そのとき生駒は、自分の財産は東京では目立ちやすいから、大阪、神戸、京都など、ほうぼうの銀行に架空名義で預けている、その証書と印鑑はみんなおまえに預けるから保管してくれと言いました。

私はしばらくそれを預かっていたのですが、ちょうど、その折り、神岡さんなど下請業者が売掛け金の返還を迫って、生駒に対して強く要求する動きが出ました。私はそれを見て、かねて生駒が杉村、前岡の二人を消したいと言っているので、下請業者のひとり鈴木寅次郎を味方に引き入れてやったほうが犯行がわからなくて済むだろうと言いました。私がなぜ鈴木さんに目星をつけたかと申しますと、あの男は今でこそ中小企業の経営者として、堅気になっておりますけど、以前には相当ぐれていたらしく、暴力団かテキヤの仲間にはいっていたらしいということを神岡さんから聞いていたからです。生駒は私の言うことをたいそう喜び、結局、私が間に立って秘《ひそ》かに外へ鈴木さんを呼び出し、彼には売掛け金はもとより、その何倍かのお礼を出すから手伝ってくれと言いました。金に困っている鈴木さんは承知をしました。

鈴木さんと私たちは、毎夜のように私の家に集まり、その計画を練りましたが、これが外部にわからないように鈴木さんも生駒の攻撃側に回り、神岡さんなどといっしょに売掛け金の回収運動を一段と激しくいたしました。それで、誰も生駒と鈴木とがそんな連絡をしていようとは想像しませんでした。また私と鈴木の場合も同じことで、表面はわざと犬猿の仲のように見せかけたのであります。

岡山県の旭川ダムで杉村さんを殺したいきさつはすでにお察しのことと思います。生駒は、三月十二日に河内の天野山金剛寺の宿坊で杉村、前岡と集まり、金の分配のことで彼らの要求を聞くということを約束しました。そして、約束は必ず実行するが、いま金を分配すると、検察庁に睨《にら》まれている時だから、どんなことで足がつくかわからない。ついては隠匿財産の管理かたがた、杉村に当分関西に駐在してほしいと頼み、前岡もその処置に賛成しました。そのあと生駒は杉村さんに、今回は久しぶりだから岡山県の奥の湯原温泉へ休養に行こうと勧めました。杉村さんはそれを承知して、まんまとその計略にはまったのです。

私はその前日、生駒といっしょに飛行機で大阪に行き、一人で大阪のホテルに一泊しました。そして翌朝、東京から自分の車に乗ってきた鈴木さんといっしょに姫路まで行き、姫路で鈴木さんが自分の車と同型同色の車を盗んでいる間に、私は生駒と杉村さんを鈴木の車に乗せて走りました。

すべての犯罪計画は生駒の意図から出ていました。杉村さんを三月十四日に見かけたというニセの投書や、杉村さんの黒革の書類鞄《かばん》に四月十七日の朝刊とその週の週刊誌を入れて、置引き常習犯にわざとつかまらせたりしたのも、みんな生駒の計画ですが、それをやったのは鈴木さんです。鈴木さんは大阪に昔の仲間がいましたので、その男に金をやって置引きを使い、そのあとまた金を出してその置引きの保釈工作に備えさせたりしたのです。そうやって杉村さんがまだ生きているように見せかけたのです。それは当局に対してだけでなく、前岡さんにも杉村さんのニセの葉書をたびたび出しています。

杉村さんを消したあと、今度は前岡さんです。生駒は前岡さんと大阪で落ち合い、杉村さんのところへ行って三人で会合し、分配金の一部を渡すという約束をして前岡さんをおびき出したのです。けれども生駒は大阪へ行かず、鈴木が生駒の命令をうけて自分の車で大阪まで行き、待ち合わせ場所で前岡さんを乗せて生駒の待っている所

申していました。でも、そんなにうまくできるはずはありませんね。
されたときは死後十日ですが、鈴木は絶対に死体が浮かばないようにうまくやったと
て夜を待ち、車の中で絞め殺し、あの古墳の濠《ほり》に捨てました。前岡さんの死体が発見
に案内するようにみせかけ、大阪の南のほうの羽曳野市に行く途中、ぐるぐると走っ

　こうして生駒は邪魔者の二人の仲間を消したのです。それまで少しずつは鈴木に金をやっていましたが、いよいよ最後の大金を渡すのが惜しくなって約束を渋りはじめました。そこで怒った鈴木に生駒を殺させるようにしたのは私です。どんなに嫌っていても、肉体関係まである男を殺させる気になるのはおかしいとお思いになるかもしれませんが、前にも書きましたように、生駒はほんとうにいやな人です。それにとてもお金にきたなくて、二年の間、私のからだをもてあそびながら、大してものも買ってくれませんでした。それに、杉村さんや前岡さんを消したのも、分配金を出すのが惜しくなったからですし、殺人までさせた鈴木にさえ約束をはたそうとしないのを見て、私も結局、生駒に利用されるだけで、あとはどうなるかわからないとつくづく感じたのです。いっそこの際、生駒を亡きものにすれば、預かっている金が自分のものになると思って鈴木をそそのかしたのです。生駒の金は、杉村を消してから前岡を殺すまでの四十日の間に、ぼつぼつ目立たないように、全部現金にして私に渡していました。これはイコマの管財人が各銀行の無記名預金を厳重に調査しはじめたからです。その金はすべてこの地下室の金庫の中に収めています。

私は鈴木にピストルを渡しました。そのピストルは、亡夫がずっと前にヤミで進駐軍兵士から流れていたものを買っていたのです。これは誰も知っていません。鈴木に対し私は生駒から預かっている横領資金のことを話し、もし彼を殺せば、これはあなたと私の山分けになると言ったのです。鈴木は生駒が約束を実行するつもりのないことを知っていたので私の言いなりになりました。そして一方では生駒には、鈴木をきっぱりと拒絶したほうがいい、この際引導を渡しておかないと、あの男はいつまでもうるさくつきまとうと吹きこんでおきました。二人の会見はあの金剛寺で行なわれ、鈴木の生駒射殺になったわけです。

鈴木は無事に大阪から東京に戻りました。誰も鈴木と生駒の関係を知らないばかりか、外見では他の下請け連中といっしょに生駒を敵として激しく攻撃していたので、まさか鈴木が金剛寺の境内で生駒とこっそり落ち合おうとは夢にも想像していなかったのです。同じことは私と鈴木の関係でもいえます。

鈴木は東京に戻って私に、生駒の財産の半分を寄こせと言いました。それで、その話のために氷川のドライブとなったのです。私は午前中にイコマ電器に顔を出し、午後、都内の或る場所に待ち合わせて鈴木の車に乗り、現場に行きました。すでに夕方になっていましたが、金の話をしながら暗くなるのを待ったのです。あとは生駒を射ったピストルで間近に運転席にいる鈴木を射殺し、ピストルについた私の指紋を拭《ぬぐ》い、ピストルの銃先《つつさき》をハンカチで握って、死人となったばかりの鈴木の指紋をピストルに押し付けたあと、死体の傍に捨てて逃げたのです。帰りは氷川駅まで歩こうとしたところ、途中で東京に帰る車のアベックが同情して青梅駅まで送ってくれました。鈴木は案の定、『自殺』となってしまいました。

鈴木を自殺ということにして殺したのは、鈴木を味方につけたときから彼に私が脅迫されつづけていたからです。しかし、なぜ、このような恐ろしいことをしたのか、私は自分でもわかりません。一度まちがった道にふみ迷うと、次から次へと、足をすべらして、どうにもならなくなってしまいます。ほんとうに恐ろしいと思います。——もう、これ以上、告白を書く気がしません。私の死がその告白です……」

解説

香山《かやま》二三郎《ふみろう》（コラムニスト・書評家）

松本清張《まつもとせいちょう》はタイトル・ネーミングの名人であった。

社会派ミステリーのパイオニアとなった『点と線』はその意味でも記念すべき作品といえよう。評論家の権田萬治《ごんだまんじ》は「人間というものは、なにか一つの点のようなものではないか。この点と点を結びつけている線が、あるいは親友であり、恋人であり、先輩後輩の関係である。しかしこの線は、あるいは、他人が見てそういう線を引いているのではないか。実際はそうではないが、あたかもそうであるように他人が勝手な線を引いている、という関係もありうると思う」という作者の言葉を引いて、「偽装心中事件とアリバイ崩しを扱っているこの作品に、まさにぴったりの題名ではないだろうか」（『松本清張　時代の闇を見つめた作家』文藝春秋《ぶんげいしゅんじゅう》）と評した。その通り、「点と線」という素っ気ない単語の羅列にこんなドラマチックな意味合いを含ませるとは、やはり天才肌というほかない。

もっとも、作家阿刀田高《あとうだたかし》によれば「松本清張は、タイトルのつけかたがうまい人であったが、時によっては思い込みが強く、少々飛躍的なタイトルをつけてしまうケースがないでもない。〈点と線〉はみごとだが〈ゼロの焦点〉はわかりにくい」(『松本清張あらかると』光文社知恵の森文庫)とのこと。その点について、権田萬治は「清張の場合、短篇の場合は別として、長篇は細かいストーリー展開まであらかじめ決めずに書く傾向があり、そのため、どういう展開になってもあまりおかしくないように、抽象的なタイトルを付けて置くということがあったと考えられる」(『松本清張　時代の闇を見つめた作家』)と述べている。

本書『二重葉脈』はどうか。一見物語とは乖離《かいり》したわかりにくいタイトルのようだけれども、葉の表に分布する葉脈を、暴走する経営陣と抑圧される下請業者とが対立する企業社会になぞらえているとすると、実は物語に即したイメージ豊かなネーミングといえるだろう。

物語は、その両者の対決現場から始まる。東京・荻窪《おぎくぼ》の杉並《すぎなみ》公会堂で三か月前に倒産したイコマ電器の第一回債権者会議が開かれたのだ。イコマ電器は家電を中心に売り上げを伸ばし急成長したが、設備投資を拡充しすぎて弱電気不況を乗り切れなかった。しかしワンマン社長の生駒伝治《いこまでんじ》は粉飾決算を続け、倒産。会社更生法の適用と相成ったのだが、下請業者は二〇〇社以上といわれ、三億円余の使途不明金を横領したとの疑惑を持つ生駒社長への追及は激しかった。生駒宅に押しかけ警官につかまったこともある神岡《かみおか》紙器の神岡幸平《こうへい》や隠匿した資金を吐き出さなければ実力行使も辞さないと訴える鈴木《すずき》製作所の鈴木寅次郎《とらじろう》、工員の給料が払えないのを苦に妻が自殺した北川《きたがわ》合成樹脂製作所の北川良作《りょうさく》など、業者たちの言葉はいずれも出席者たちの熱い共感を呼ぶものばかり。

だが当の生駒伝治はというと、神田駿河台《かんだするがだい》の駿峡荘《すんきょうそう》ホテルに雲隠れしていた。

生駒は自分の居場所を知る数少ないイコマ電器秘書室長の柳田一郎《やなぎだいちろう》や弁護士の小林博一《こばやしひろいち》を前に文句を並べていたが、やがてふいに姿を消す。柳田が九段《くだん》で旅館を営む元愛人の丸橋豊子《まるばしとよこ》に問い合わせても知らぬというし、前営業担当専務の前岡正造《まえおかしょうぞう》や前経理担当常務の杉村治雄《すぎむらはるお》に電話をしても二人とも四国や奈良へ旅立っており連絡がつかなかった。のちに駿峡荘の女将《おかみ》からの連絡で、生駒が東北の方へ旅立ったらしいことがわかるが……。

ここで場面は一転して、岡山県の山間、旭川《あさひがわ》人造湖沿いの集落で起きた出来事に話は移る。岡山方面から来た白ナンバー車が運転を誤り、湖に落ちたと民家に駆けこんでくる。幸い、車は斜面を滑って前面を湖水に漬ける程度で済んでいた。付近の住民を集めて車を引っ張り上げ、事故は片付く。乗っていた初老の男客と若い女は無事上流の湯原《ゆばら》温泉に向かって去り、同温泉の山水荘《さんすいそう》に投宿、翌日土地のタクシーで新見《にいみ》の駅で降りていったという。

この湯原温泉のエピソードは物語的に後半重要になってくるし、ミステリー的にも重要な役割を果たすことになるのだが、それは読んでのお楽しみとして、やがて生駒は東北旅から帰京、彼を糾弾しようとする前出の神岡を始めとする五人の下請業者の追及を逃れるように、居場所を転々としていく。

してみると、のらりくらり、何が物語の要なのか、ちょっとわかりにくいかも。しかし、杉村の不在が長引くにつれ、ついに警察の出番となるに至って、本格的な捜査活動小説の発動と相成るのである。そこで登場するのが警視庁捜査一課の神野滋《じんのしげる》巡査部長なのだが、まずはその外見にご注目。彼は「四十くらいのずんぐりした男」で「うす汚れたネクタイも緩み、ズボンも折り目がとれてだぶだぶしている。（中略）赭《あか》ら顔のところは、すし屋のおやじのような印象だった」。スッキリした会社員風の相棒、若手の塚田《つかだ》刑事とは対照的だが、捜査法も至って地道な聞き込みを基本とする。わからないことは根気よく聞いて回る。そうやって聞いて回るうちに、あるいは塚田刑事と対話をしているときにひらめきが訪れるというタイプである。

　刑事コロンボとはタイプは異なれど、充分一読に値する警官探偵である。

　さて、神野たちが登場して以後、物語は連続殺人ものへと転じていくが、読みどころはその犯人探し――フーダニットの行方もさることながら、事件現場の選定にあろう。まずは大阪・羽曳野《はびきの》市古市《ふるいち》にある王塚《おうづか》古墳。応神天皇陵がモデルとおぼしき架空の古墳だが、著者が本作の刊行と前後して古代史ものに傾注していったことを考えると、単なるトラベルミステリー的な興味からの舞台選定ではないだろうことがうかがえよう。そして前出の湯原温泉に続いて、大阪・河内長野《かわちながの》市の金剛寺《こんごうじ》の事件となるのだが、その場所については『砂の器』の方言〝カメダ〟の謎を髣髴《ほうふつ》させる言葉仕掛けが使われている点にご注目。

関西の舞台選定についてはまた、鉄道ファンに次の点、注意を喚起したい。本書が描かれた一九六〇年代半ば、東海道新幹線はすでに開通していたが、在来線もまだまだ元気でユニークな列車が走り回っていた。本書に登場する急行能登《のと》・大和《やまと》もその一つである。金沢、和歌山、湊町《みなとまち》と行先の異なる三つの列車が一つに連結されて運行されていたとは、今となってはアンビリバボーな現象というほかない。

前半の企業サスペンス的展開といい、後半の捜査小説的展開、そして終盤の犯罪小説的展開といい、してみると、本書は清張小説の既作の総決算的なたくらみが盛り込まれているといってもいいかもしれない。そう、『点と線』のアリバイ崩しの妙、『ゼロの焦点』のトラベルミステリーの妙、『けものみち』の金融犯罪ものの妙などなど。

本書は「読売新聞」一九六六年三月一一日から翌六七年四月一七日まで連載された。『点と線』『眼の壁』で大ブレイクを果たして八年、まさに脂の乗り切った清張小説がここにある。

本書は、一九七四年五月に小社より刊行した文庫を改版したものです。

本文中には、気が狂う、工員、職工、女中、アンマ、どもる、人夫、未亡人、後家など、今日の人権擁護の見地に照らして、不適切と思われる語句や表現がありますが、作品全体として差別を助長するものではなく、また、著者が故人である点も考慮して、原文のままとしました。

二《に》重《じゆう》葉《よう》脈《みやく》

新装版《しんそうばん》

松本《まつもと》清張《せいちよう》

昭和49年 5月30日 初版発行
令和7年 1月25日 改版初版発行

発行者●山下直久

発行●株式会社KADOKAWA
〒102-8177 東京都千代田区富士見2-13-3
電話 0570-002-301(ナビダイヤル)

角川文庫 24492

印刷所●株式会社暁印刷
製本所●本間製本株式会社

表紙画●和田三造

●お問い合わせ
https://www.kadokawa.co.jp/ (「お問い合わせ」へお進みください)
※内容によっては、お答えできない場合があります。
※サポートは日本国内のみとさせていただきます。
※Japanese text only

ISBN 978-4-04-115465-6 C0193

◇◇◇

角川文庫発刊に際して

角川源義

第二次世界大戦の敗北は、軍事力の敗北であった以上に、私たちの若い文化力の敗退であった。私たちの文化が戦争に対して如何に無力であり、単なるあだ花に過ぎなかったかを、私たちは身を以て体験し痛感した。西洋近代文化の摂取にとって、明治以後八十年の歳月は決して短かすぎたとは言えない。にもかかわらず、近代文化の伝統を確立し、自由な批判と柔軟な良識に富む文化層として自らを形成することに私たちは失敗して来た。そしてこれは、各層への文化の普及滲透を任務とする出版人の責任でもあった。

一九四五年以来、私たちは再び振出しに戻り、第一歩から踏み出すことを余儀なくされた。これは大きな不幸ではあるが、反面、これまでの混沌・未熟・歪曲の中にあった我が国の文化に秩序と確たる基礎を齎らすためには絶好の機会でもある。角川書店は、このような祖国の文化的危機にあたり、微力をも顧みず再建の礎石たるべき抱負と決意とをもって出発したが、ここに創立以来の念願を果すべく角川文庫を発刊する。これまで刊行されたあらゆる全集叢書文庫類の長所と短所とを検討し、古今東西の不朽の典籍を、良心的編集のもとに、廉価に、そして書架にふさわしい美本として、多くのひとびとに提供しようとする。しかし私たちは徒らに百科全書的な知識のジレッタントを作ることを目的とせず、あくまで祖国の文化に秩序と再建への道を示し、この文庫を角川書店の栄ある事業として、今後永久に継続発展せしめ、学芸と教養との殿堂として大成せんことを期したい。多くの読書子の愛情ある忠言と支持とによって、この希望と抱負とを完遂せしめられんことを願う。

一九四九年五月三日

角川文庫ベストセラー

失踪の果て　松本清張

中年の大学教授が大学からの帰途に失踪し、赤坂のマンションの一室で首吊り死体で発見された。自殺か他殺か。表題作の他、「額と歯」「やさしい地方」「繁盛するメス」「春田氏の講演」「速記録」の計6編。

紅い白描　松本清張

美大を卒業したばかりの葉子は、憧れの葛山デザイン研究所に入所する。だが不可解な葛山の言動から、彼の作品のオリジナリティに疑惑をもつ。一流デザイナーの恍惚と苦悩を華やかな業界を背景に描くサスペンス。

黒い空　松本清張

辣腕事業家の山内定子が始めた結婚式場は大繁盛だった。しかし経営をまかされていた小心者の婿養子・善朗はある日、口論から激情して妻定子を殺してしまう。河越の古戦場に埋れた長年の怨念を重ねた長編推理。

数の風景　松本清張

土木設計士の板垣は、石見銀山へ向かう途中、計算狂の美女を見かける。投宿先にはその美女と、多額の負債を抱え逃避行中の谷原がいた。谷原は一攫千金の事業を思いつき実行に移す。長編サスペンス・ミステリ。

犯罪の回送　松本清張

北海道北浦市の市長春田が東京で、次いで、その政敵早川議員が地元で、それぞれ死体で発見された。地域開発計画を契機に、それぞれの愛憎が北海道・東京間を行き交う。鮮やかなトリックを駆使した長編推理小説。

角川文庫ベストセラー